盛世君臣

乾隆和他的文臣武将

【第一卷】

呈瑞 棹夫 著

中国青年出版社

图书在版编目（CIP）数据

盛世君臣：乾隆和他的文臣武将. 第一卷 / 呈瑞，棹夫著. —— 北京：中国青年出版社，2025.5. —— ISBN 978-7-5153-7835-0

Ⅰ. I247.5

中国国家版本馆 CIP 数据核字第 2025JQ8707 号

责任编辑：彭岩
出版发行：中国青年出版社
社　　址：北京市东城区东四十二条 21 号
网　　址：www.cyp.com.cn
编辑中心：010-57350407
营销中心：010-57350370
经　　销：新华书店
印　　刷：北京盛通印刷股份有限公司
规　　格：710mm×1000mm　1/16
印　　张：19.75
字　　数：260 千字
版　　次：2025 年 5 月北京第 1 版
印　　次：2025 年 5 月北京第 1 次印刷
定　　价：58.00 元

如有印装质量问题，请凭购书发票与质检部联系调换
联系电话：010-57350337

卷首语

帝制中国的盛世余晖
——乾隆朝权力运行全景解码

当历史的长镜头扫过18世纪的东方帝国，乾隆朝君臣的身影已不再是史书中的泛黄剪影，而是嵌刻在专制政体基因链上的遗传密码，有些仍在清代中后期的治理血脉中隐秘流淌。这段历史留给后世的，不是英雄史诗或权谋传奇，而是一组关于权力、人性、制度与文明的启示录。乾隆朝的君臣互动，既是中国两千年帝制的集大成者，亦是专制政体在现代文明冲击前的完整预演，是中国历史传统政治中"皇权与能臣"共舞的经典样本。乾隆作为中国历史上实际统治最久的君主，以其深邃的政治智慧驾驭着庞大的官僚机器，他的文臣武将，则在皇权框架下施展出卓越的治理能力，共同构建了多民族国家整合与传统文明巅峰的强大治理引擎。这部著作以文明解剖刀的冷峻，切入盛世的肌理，揭示其权力运行的深层逻辑，在帝国的鼎盛与隐忧之间，在君臣的协作与博弈之下，隐藏着理解中国历史传统政治的核心密钥。

一、传统政治文明的巅峰建构

乾隆朝的历史功绩，在于完成了农业文明时代国家治理的理想型建构。君主以"大一统"为核心理念，通过军事经略与制度创新，将草原、雪域、农耕三大文明板块整合为超稳定政治共同体。边疆治理中"因俗而治"的智慧，使中央集权与地方自治达成微妙平衡；官僚体系内"礼法合治"的设计，将道德伦理与行政效能熔铸为治理共同体。科举制的成熟、典籍整理的系统化、疆域控制的精细化，共同构成传统政治文明的"黄金三角"，使帝国在人口突破三亿、疆域达1300万平方公里的规模下，维持了60余年的基本稳定。这种治理成就，不仅是技术层面的制度优化，更是中华文明在农业时代的生存智慧结晶。

二、君臣共生的权力运化

君臣之道，是传统政治秩序的核心。君主垂拱而治的权威如太阳，以"天命靡常"的合法性叙事构建治理坐标；臣僚燮理阴阳的智慧如行星，在"君为臣纲"的伦理框架内运化四海，共同构成了政治权力运行的基本理念。君主的乾纲独断需借臣僚的执行效能落地，文臣的治术谋略需凭君主的权威背书，武将的疆场征伐需靠中央的调度维系。乾隆朝将这种理念推向极致。君主以"天命龙驭"的恢弘气度统摄四海，文臣以"修齐治平"的治世理想经纬天下，武将以"拓土开疆"的赫赫武功界定权力版图。这种权力架构的精妙处，在于将君主权威升华为制度性自觉，使千万人的协作成为可能，让广袤疆域的治理具备了现实基础。密折往返间的君臣互商，经筵讲论中的治道探讨，边疆奏报中的临机决断，皆在证明君臣互动的精妙处，在于刚柔相济的动态共生，终致"君明臣贤、政通人和"的治理胜境。

三、君臣关系的人性博弈

乾隆朝的君臣故事，恰似一幅双面绣，正面是专制政体的精美构图，背面是人性追求的杂乱线头。君主对文治武功的极致追求，臣僚对功名事业的热切向往，共同交织成一幅斑驳陆离的人性图谱。乾隆朝的君臣互动，是专制权力借制度建构与权术实践，对人性进行深度规训、锻造的历史剧场，是人性欲望与生存智慧在权力熔炉中淬炼的生存叙事。君主以"天命"构建合法性，以"恩威"驾驭官僚群体。文臣武将在制度框架内发展出复杂的生存策略，他们既要以施政能力证明价值，又要以道德姿态维系认同，更要在皇权猜忌中保全自身。乾隆朝的臣僚既有张廷玉们"万言立就"的默契，也有和珅们"善体圣心"的逢迎；既有傅恒们"决胜疆场"的担当，也有胡中藻们"因言获罪"的惶恐。军机处的高效运转建立在"跪受笔录"的人格矮化之上，科举制的公平表象掩盖了"八股取士"的思想驯化，密折制的信息畅通伴随着"人人自危"的监控恐慌。人性的多面性呈现，让权力场成为观察人性欲望的绝佳实验室。庙堂上宦海沉浮的个体命运，交织着荣耀与血泪，既是人性弱点的显影剂，也是制度弹性的试金石，谱写出传统政治博弈场中波谲云诡的人性史诗。

四、权力架构的精密与脆弱

盛世的表象下，是权力架构的精密耦合与内在张力。君主通过垂直管理体系将决策权收归中枢，使官僚体系成为皇权的延伸臂膊。军机处的设立标志着传统集权模式的极致化，信息的高速流转与决策的高度集中，在平定边疆、赈济灾荒等重大事务中展现出高效的动员能力。但这种"乾纲独断"的模式，是将治理效能绑定于君主个人智慧，其成效仰赖于"圣君—能臣"的偶然组合，却难以规避制度性风险。当传统治理惯性抑制变革动能，当"循吏"传统取代创新精神，盛世便在制度的自我复制中埋下衰变的种子。

五、文明转型的历史宿命

乾隆朝的历史价值，在于其作为传统文明的"临界样本"，它既展现了农业帝国的治理极限，亦预示了现代转型的历史必然。当君主与臣僚在"天朝上国"的幻象中强化既有秩序，全球范围内的工业革命已重塑文明竞争规则。传统政治的超稳定结构，在技术变革与全球互联趋势面前，暴露出封闭性与滞后性的致命缺陷。盛世的黄昏中，制度的惯性与认知的茧房，使帝国错失了与现代文明对话的窗口期，这种历史宿命，实则是所有农业文明在工业浪潮前的共同挑战。

结语：在历史中照见未来，在余晖中看到永恒

这部著作的终极使命，在于将历史叙事从帝国兴衰升维至文明演进，乾隆朝是传统政治的"理想型"标本，亦是现代治理的"反思性"镜像。愿读者在盛世的光谱中，既见传统治理的智慧光芒，亦察文明转型的历史暗流，从而在古今对话中，获得照亮未来治理之路的思想启示。任何文明的存续，皆取决于能否在稳定与变革、封闭与开放之间保持动态平衡；任何治理体系的生命力，皆源于对人性多样性的包容与对创新动能的培育。乾隆朝留给后世的是一把解读权力的钥匙。它让我们看见，所有伟大的时代都需要权威来凝聚共识，却也需要规范来校准正轨；需要制度来维系秩序，却也需要创新来突破惯性；需要精英来启明征途，却也需要包容来守护多元。权力运用的真谛，不在权柄势能轻重，而在价值取向所在，是以价值主导势能，而非让势能凌驾价值。权力应成为开拓文明的风帆，应化作滋养发展的活水，应擎起领航时代的火炬，应点亮指引征程的灯塔。真正的盛世智慧，在于深谙权力谦抑之道，既要葆有构建秩序的勇毅，亦要持守敬畏人性的谦卑；既要秉持守护传统的自觉，亦要兼具拥抱变革的胸襟。

封建盛世皆成过往，繁华旧梦终化泡影，难脱治乱兴衰的宿命轮回；今之盛世正昌明，固人民至上之基，砺自我革命之刃，弘守正创新之魂，筑命运与共之舟；吾辈躬逢旷古未有之治世盛景，当擎真理之炬，承时代之任，共铸民族复兴之千秋伟业。

棹夫

2025 年 6 月

目 录

张廷玉

顾命大臣只当了三天 / 〇〇二

新皇上任三把火 / 〇〇七

神秘的"弘晳逆案" / 〇一一

张鄂党争 / 〇一四

君臣斗法 / 〇二一

配享太庙 / 〇二七

傅 恒

乾隆的卫青 / 〇三八

国事家事交相织 / 〇四〇

平步青云背后的奥秘 / 〇四八

关键的一战 / 〇五二

盛世贤相 / 〇五九

平准的头号功臣 / 〇六一

伴君如伴虎 / 〇六六

滇缅风云急 / 〇六八

良将殒命在丛林 / 〇七二

最后的征途 / 〇七四

刘统勋

出身书香世家 / 〇八四
投身治水工作 / 〇八六
不畏强梁劾权臣 / 〇八九
两袖清风的能臣 / 〇九二
军机处与河政之间 / 〇九六
祸福相依立军功 / 一〇〇
负责西北测绘工作 / 一〇六
盛世能宰相 / 一〇八
成为首席军机大臣 / 一一四
协助乾隆平定金川 / 一一八
鞠躬尽瘁感君心 / 一二五

于敏中

翩翩江南佳公子 / 一二八
风流状元炼成记 / 一三二
多才多艺侍师君 / 一三五
政坛新星露头角 / 一四〇
军机处的"监军" / 一四四
大清军国股肱臣 / 一五〇
成为首席军机大臣 / 一五四
平定金川的功臣 / 一五七
推动编纂《四库全书》/ 一六三
长江后浪推前浪 / 一七二
生姜还是老的辣 / 一七七
重臣身后哀与荣 / 一八三

和　珅

满洲寒门的俊秀子弟 /一九二

靠上大树 /一九五

皇帝的新宠 /一九八

查处李侍尧 /二〇四

不是带兵的料 /二一〇

接待英国使团 /二一五

敛财有术 /二一九

泾渭分明忠与奸 /二二三

乾隆禅位幕后的刀光剑影 /二二六

成为"二皇帝" /二三〇

乾隆去世与和珅末日 /二三六

福康安

身世之谜 /二四二

初出茅庐的世家子弟 /二四六

平定金川立奇功 /二五一

出色的地方经济官僚 /二五九

开始独挡一面 /二六四

立殊勋于台湾 /二六七

救火队长 /二七七

藏边风云急 /二七九

临危受命 /二八二

跨越喜马拉雅山 /二八五

《钦定藏内善后章程二十九条》 /二九四

将星陨南疆 /二九八

张廷玉

顾命大臣只当了三天

雍正十三年（1735年）八月二十三日，雍正皇帝突发疾病，整个圆明园顿时陷于极度慌乱的状态。

成为皇帝之后，雍正平时都居住在圆明园，只有逢年过节才回大内居住。这一点上，他学习的是父亲康熙。

满人自古就居住在东北，那里的气候不比关内，春夏时间很短，秋冬时间很长。即使到了夏天，温度也不会太高，不像关内夏天酷暑难当。清廷入主中原以后，如何适应关内的气候与水土成了难题。

经过几代人的时间，满人对关内的水土渐渐适应，但对关内夏天炎热的气候却还是感觉头疼，对于皇家，特别是皇帝本人来说尤其如此。

清廷入关之初，顺治皇帝学习明朝皇帝，以紫禁城为家，并逐步修复了在混战中遭到破坏的紫禁城。

顺治等皇家贵胄住进紫禁城，这才发现一个大问题。原来紫禁城设计之初，并没有充分考虑到宜居性的问题，特别是夏天不易散热，整个紫禁城像一个大蒸笼，酷暑难当。出现这种状况也并不奇怪，毕竟紫禁城是在朱棣早期的燕王府基础上改建而成，缺乏通盘的设计和考虑，这才出现这样的宜居性问题，导致明朝皇帝自己也不爱住皇宫，而是想方设法另建行宫别墅居住。

早在入关初期，多尔衮就在北京城外另建小城，供自己避暑之用。这座小城到顺治亲政后当然被废弃了，但思路却保留了下来。到了康熙二十年以后，三藩之乱带来的破坏逐渐被修复，康熙就在明武清侯李伟修建

"清华园"残存的水脉山石的基础上，仿照江南园林的格式，建造了著名的"畅春园"。每到夏天，康熙都会带着妃嫔和文武百官，到畅春园避暑办公，文武百官也纷纷在畅春园附近寻找临时住所。

康熙还在畅春园附近兴建一些规模较小的园林，赏赐给皇子和亲信大臣。其中，圆明园就被康熙赐予四阿哥胤禛。

圆明园离畅春园非常近，骑马片刻即可到达。康熙晚年愈加喜欢畅春园和附近的山水，有时候哪怕是寒冬腊月也舍不得离开。雍正居住在圆明园，非常便利府上的太监、仆人与畅春园的人员来往。可想而知，雍正利用自己府上的太监、仆人，和畅春园的人员建立了密切的联系渠道，最后毕其功于一役，在康熙突然去世的时候，抓住机会登上了皇帝的宝座。

雍正之所以能够顺利抓住机遇，是因为当时康熙正居住在畅春园。时值康熙六十一年（1722年）隆冬，康熙在畅春园突然陷入昏迷，不久便去世。四阿哥胤禛奉遗诏继承皇位，改元"雍正"。

可以设想，在康熙去世的关键时刻，胤禛多年在畅春园内部建立的网络发挥了大作用。如果康熙是在管理严格、各个皇子耳目众多的紫禁城去世，恐怕胤禛就不一定会这么顺利继位，甚至皇位被八阿哥一党截了胡也说不定。

雍正继位以后，也仿效晚年的康熙，日常在御园居住。不过雍正并没有选择父亲喜爱的畅春园，而是选择了自己当皇子时候的赐园——圆明园居住。

雍正做出这个选择是可以理解的。紫禁城有大量皇子阿哥、王公大臣的耳目，畅春园很多人也是两面人甚至多面人，都信不过。只有圆明园里的人员是自己多年选择、经过重重考验才能在圆明园当差，用起来既放心又得心应手。从此圆明园继承了畅春园的"夏宫"地位，甚至成为清帝居住办公的主要场所，开创了清朝独具特色的"御园理政"制度。只有在逢年过节和重大典礼的时候，皇帝才回紫禁城小住。

雍正在康熙晚年逐步受到重用，但相较其他皇子，依旧有些不显山不露水。康熙晚年两废太子胤礽，在历史上都是不多见的。康熙培养胤礽数十年，对其寄予太大希望，甚至默许胤礽发展个人势力，对太子胤礽的心意都快赶上朱元璋对太子朱标了。

但让康熙始料未及的是，太子实力在康熙的庇护下，得到快速的增长。虽然不能与康熙相比，但压制百僚、让普通官员俯首帖耳，却是绰绰有余。这无疑大大动摇了皇权。无奈之下，康熙只得花大力气打击太子的势力，但这却带来了新的麻烦。

这个时候清朝的八旗制度还有很明显的关外色彩，很多重要权力条块化地分割在许多满洲王公大臣手上。经过近百年的演变，八旗集团的几个大山头被清帝分割成众多的小山头，再也形不成对皇帝的直接威胁。不过人算不如天算，眼看太子失势，这些小山头就开始纷纷串联，各自找到了心仪的皇子，支持他们去争取帝位。康熙也没有预料到，太子势力的垮台，居然引发这么大范围的权斗，局势险些失控，只能宣布暂时不立太子，并狠狠地打击了最猖狂的八阿哥一党。

在这混乱的局势中，胤禛以超然的面貌出现，赢得了各方势力的好感。后来胤禛能够顺利地继承皇位，也是因为各方势力对他的普遍认可。不过，能够在残酷的储位竞争中站稳脚跟，无疑需要过人的才智和稳重的性情，而且后者的作用更加重要。因为稳重的性情能够有效延长胤禛站在舞台上的时间，从而有效吸取其他阿哥的经验教训，不断增长自己的智慧和实力。胤禛的心性与其他阿哥相比，显然是十分稳重的。

这种稳重，除了胤禛的隐忍功夫外，更多地来自他的宗教信仰。胤禛笃信道教，是中国历史上最后一个狂热信奉道教的皇帝。同时，胤禛还信奉佛教，当了皇帝以后甚至让名僧文觉禅师做自己的顾问，参与政治。在当四阿哥和雍亲王的年代，参禅修道无疑给了雍正莫大的支持，让他能够以宗教为掩护，有效联络各方力量，成为"九王夺嫡"的最终胜利者。

雍正本质上还是一个性情中人，做事情经常靠一时冲动而不是深思熟虑。当了皇帝以后，雍正逐渐沉迷于修道，让道士给他炼丹，以求长生不老。这种丹药都含大量重金属，对身体有很大戕害，必定对雍正的身体甚至思维能力产生很大负面影响。

雍正最信任的汉族大臣是张廷玉。雍正继位之初，张廷玉就积极向雍正靠拢，赢得了雍正的赏识和喜爱。雍正身上是有几分侠气的，做事喜欢快意恩仇，对喜爱的大臣往往愿意给予超额的物质和精神奖励。但如果你让他失望，他的报复也会超额到让人胆寒。这种特质从雍正如何对待年羹尧就可以看出来。

张廷玉当然比年羹尧老成得多。对待雍正这样的老板，只要忠心耿耿，任劳任怨，就会获得应有的待遇。张廷玉文采风流，其父又是康熙朝名相张英，从小家学渊博，练就了出色的战略眼光和行政能力，深受雍正喜爱。同时，张廷玉又精通满语满文，满语流利程度甚至让许多满人脸红，也成了张廷玉在雍正面前邀宠的利器。此时满人入关已久，满语流利程度大不如前，皇帝要与人用满语交流，反而找张廷玉更方便。张廷玉又利用自己的文化优势，对满文文献进行了不少整理工作，更让雍正刮目相看。

经过张廷玉的努力，他和雍正的感情日渐加深，君臣相处非常愉快。雍正不仅让张廷玉当上了文华殿大学士、首席军机大臣，还给了张廷玉配享太庙的待遇。

配享太庙是清朝一项极高的政治荣誉，只有立下赫赫战功的武将才可以享受。张廷玉是文臣，又是汉人，能获得此项殊荣是非常不易的。由此可见雍正的性情，但这却为后来张廷玉在乾隆朝的遭遇埋下了伏笔。

正当张廷玉踌躇满志，觉得可以追随雍正大展宏图的时候，却接到了雍正病危的消息。张廷玉大惊失色，不由得开始算计起自己的政治前途。雍正此时不过六十，按常理至少还能活五年到十年，张廷玉，还有另外一名重臣鄂尔泰，都觉得可以追随圣明天子，作出更多的贡献。但现在……

雍正在弥留之际，还是顾惜老臣的。按照雍正的遗诏，四阿哥弘历继承大统，庄亲王允禄、大学士鄂尔泰、张廷玉等同为顾命大臣，辅佐新君弘历。雍正在遗诏里特地提到，张廷玉去世之日，当受配享太庙的待遇。

张廷玉按照雍正的意思拟好遗诏，不由得泪如雨下。一是感念雍正的恩遇。这种君臣相知之情，放在整个中国历史上也是少见的。二是为自己的前途流泪。俗话说一朝天子一朝臣，新君弘历一看就不是什么善茬，自己在他手上最终会怎么样，张廷玉自己心里也没底。不过雍正在遗诏里专门提到让他配享太庙，无疑是给他上了一道牢牢的政治保险。即使日后新君对他起了杀机，有这道遗诏可保张家全家平安。这是真正的恩遇啊！种种复杂的情绪在心头缠绕，化作满腔泪水，喷薄而出。

雍正丧事办理完毕，张廷玉等拥戴弘历继承大统。弘历与张廷玉等商议，决定于第二年改元"乾隆"。从此，人们就以乾隆皇帝来称呼弘历，乾隆的本名弘历，知道的人反而不是很多了。

乾隆是乾纲独断式的君主，对为君之道的把握远胜于雍正。同时，乾隆继位的时候，已经是25岁的年轻人，顾命大臣很难做他的主。这样的情况历史上也是有先例的。魏文帝曹丕临终的时候，安排陈群、司马懿、曹休、曹真为顾命大臣，辅佐魏明帝曹叡。没想到曹叡英明独断，一当上皇帝就把权力牢牢抓在自己手里，闭口不提顾命的事情，还将曹休和司马懿打发到地方领兵。四位大臣见状，也只能认这个厌，乖乖地听从曹叡的安排。

乾隆的个性也和曹叡类似，只不过比曹叡更加英明独断。乾隆觉得自己已经是成年人，完全具备独立施政的能力，压根儿不需要什么劳什子顾命大臣。本来乾隆对雍正的诸多施政措施就心怀不满，这下子对父亲更没有好感，于是就摆起脸色给几个顾命大臣看。

张廷玉、允禄、允礼、鄂尔泰等四名顾命大臣看着年轻皇帝的脸色，不由得胆战心惊。四阿哥的厉害，他们早有风闻，今日更是亲身领教。四名辅政大臣赶紧向乾隆启奏，请求辞去"顾命"的名分，只以普通大臣的身份辅佐皇上施政。乾隆看这些大臣如此懂事，不由得大为满意，脸色这才缓和了些。结果这四个受雍正遗命辅政的"顾命大臣"，只当了三天就去掉了"顾命"的名号。

新皇上任三把火

乾隆下旨，暂停雍正所设的"军机处"，改设"总理事务处"，由允禄、允礼、鄂尔泰、张廷玉等人以"总理事务王大臣"的名号辅政。乾隆当皇子的时候，对雍正诸多"新政"颇不以为然，当了皇帝以后就开始改弦易辙，将军机处改为总理事务处也是其中重要的措施。不过乾隆很快就发现总理事务处的缺点，那就是近支宗室在其中影响过大，不利于皇帝集权。乾隆这才感叹乃父的智慧，没几年又将总理事务处改回了军机处。

不过，乾隆暂时取缔军机处，也有一层慰劳老臣、给他们政治补偿的意味在内。总理事务处的威望和权力，显然要大过军机处。既然张廷玉等自愿放弃顾命大臣的权力和名号，就要对其进行政治安抚，任命这些老臣为"总理王大臣"，就是对他们进行权力上的补偿。总理王大臣的权力，显然要大过军机大臣兼大学士，但要明显小于顾命大臣。

乾隆继位之初，遇到的挑战绝不比雍正和康熙小，甚至可能有所过之。康熙继位的时候只有八岁，有鳌拜等四位如狼似虎的辅政大臣，再加上维护皇权的汉臣力量，能够冲击皇权的力量其实都被有效控制；雍正继位的时候，有效地整合了康熙晚年近臣的势力，再结合废太子胤礽的部分力量，迅速完成了权力过渡，并在很短时间里解决了"八爷党"的威胁。乾隆所面临的形势，要比父祖当初所面临的更加复杂。

雍正继位之初，其实是很弱势的君主。雍正缺乏自己强大的基本盘，所以只能大肆重用康熙晚年的近臣如马齐、张廷玉、隆科多、年羹尧等，并且利用废太子和允祥、允禄、允礼的力量，消灭了"八爷党"。但这么一来，势必要分给这些人相当的政治果实，就削弱了雍正自己的基本盘。后来雍正虽然解决了隆科多和年羹尧，开始培养自己的亲信，但随着权力的巩固，雍正被权力迷惑了双眼，逐渐放松了对嫡系力量的培养。

雍正也并非没有觉察到危机，因此采取了一些行动进行弥补。雍正十年（1732年），太子少保、云贵广西三省总督鄂尔泰奉诏回到京师，担任保和殿大学士兼首席军机大臣，取代了张廷玉首席军机大臣的位置。张廷玉降为次席军机大臣。这标志着雍正已经意识到中枢各派势力错综复杂，远非皇帝所能轻易驾驭，因而任命了自己一手培养的鄂尔泰为首辅，开始了收权的历程。

俗话说，"冰冻三尺，非一日之寒"。清廷将近百年的宗王参政的传统，哪里是仅用五六年时间就能改变的？特别是康熙任用诸皇子参政、管部，让顺治亲政以后稍有颓势的宗王参政传统重新抬头。康熙为了更好地控制八旗，将自己的儿子送到各旗架空老旗主，牢牢地将八旗控制在了君主手里。但这么一来，就让皇子们都有了自己的势力范围，每个皇子都有一堆马仔。这些皇子之间再展开合纵连横，造成的政治风云让康熙本人都偶尔有生不如死的感觉。

康熙给子孙挖的大坑，雍正并没有足够的时间去填平，这些沉积百年的问题一股脑儿打包给了乾隆。雍正上台伴随着重重疑云，这也造成雍正的合法性不足。雍正为了取得内外臣僚的支持，不得不向除了"八爷党"和三阿哥允祉外的其他政治集团让步，特别是承认康熙中晚期以来宗王参政的现实，重用允祥、允禄和允礼等原来靠拢康熙和胤礽的弟弟，并给予胤礽后人较高的政治待遇。这些强大的宗王势力所造成的"一国三公"局面，是乾隆要完全执政所必须解决的，特别是乾隆要建立强有力的中央集权体制，宗王参政的问题更是非解决不可。

除了盘根错节的宗王势力，还有强大的重臣势力。雍正晚年致力于培养鄂尔泰，让鄂尔泰成为满洲大臣中的第一人。鄂尔泰春秋正盛，雍正去世的时候到京师担任首席军机大臣才不过三年，怎么会甘心就此退出历史舞台？！就算鄂尔泰答应，鄂尔泰身边的门生故旧也不会愿意。

就是张廷玉本人，也在朝廷有庞大的势力。张廷玉父亲张英，深受康熙的宠信，官至文华殿大学士，门生故旧遍布京华。张廷玉本人则早在康熙三十九年（1700年）就考中进士，康熙对张廷玉也颇为喜爱，是康熙晚年较为重视的大臣之一。当然，张廷玉真正成为军国重臣，还是在雍正时期。雍正因为张英曾教自己读书，对张廷玉青眼有加。正是在雍正手上，张廷玉成为军机大臣兼保和殿大学士，权力甚至超过了其父亲。正是因为有父子两代为相的经历，在乾隆和时人的眼中，张廷玉的分量甚至超过了鄂尔泰和其他满洲大臣。

雍正尽管早早地就决定让四阿哥弘历作为储君，但没有给弘历做好政治上的安排。雍正自己也没有想到会走得这么早，喜好炼丹，服食丹药应是主因。但乾隆继位的时候，发现周围都是强藩强臣，稍有不慎就会栽在这些人的手里，怎能不对父亲雍正生出怨恨之心？

不过乾隆到底是一代雄主，很快就找到了解决之道。出于对父亲的不满，也为了响应朝野的呼吁沽名钓誉，乾隆将军机处改为总理事务处。但这么一来就造成宗王势力过强，甚至鄂尔泰、张廷玉都被允禄、允礼压过一头。朝野上下都觉得不便，乾隆也感觉到宗王势力的威胁。经过周密的策划，乾隆二年年底（1737年），军机处重新被设立。

恢复军机处，是乾隆为了打击允禄、允礼势力而处心积虑的招数，目的就是将允禄、允礼排挤出新军机处。好巧不巧，就在这个时候，允礼凑趣地死了，宗王势力顿时缺了条大腿，允禄独木难支，只得默认了军机处重新设立的事实。

乾隆二年（1737年）十一月，乾隆下旨废除总理事务处，重新设立军机处，任命鄂尔泰、张廷玉、讷亲、海望、纳延泰、班第为军机大臣，宗王势力受到极大削弱。

此次乾隆恢复军机处，是有着通盘的战略考虑的。乾隆意识到，强大的宗王势力依托于八旗制度，是清朝前期政治混乱的根源。诚然，强大的宗王势力的存在，让清朝皇室能够动员整个宗室的力量，出则挂帅拜将，入则治国安民，有效地巩固了清王朝的统治。但到了和平年代，宗王势力对皇权的威胁则不可小觑。

康熙本来有条件解决这个问题，但他为了整肃清朝开国初期各个强宗大藩们的势力，让自己的儿子们进入八旗架空原来的旗主，结果造成新老势力合流，对康熙、雍正造成强大压力。

八旗势力向六部九卿的渗透，让八旗内部形成了特有的权力系统和渠道，国家机密信息难以得到保密，对清廷的统治形成很大威胁。很多重要的决策和机密信息，非常容易被八旗内部人员侦知，然后顺着八旗内部的权力渠道流传，严重影响官僚机构正常的运转秩序。这种状况与清廷早期强大的宗王政治传统相结合，导致清廷政治紊乱。如不及时改变这种状况，清朝成为第二个元朝，在统治一百多年后被迫退出中原，也不是不可能的。

乾隆决定重新设立军机处,就是为了解决清代前期权力分散、八旗内部山头威胁皇权的问题。张廷玉在雍正时期,为军机处拟定的廷寄制度,成了乾隆集权的重要工具。乾隆下令,命许多重要的皇帝指示和御笔亲批不必下发内阁润色成正式的圣旨,而是由军机处直接以寄信的方式转发给直接办理的大臣,称为"廷寄"。重大军事和地方政治事务,也由办理者直接将公文递交军机处,由军机大臣与皇帝商量后,直接将处理指示以廷寄的方式交给办理者。这么一来,不但重大国务活动的保密性大大加强,八旗内部各个山头再也不能够染指重大国务活动。

军机处的重新设立,张廷玉、鄂尔泰无疑发挥了重要作用。毕竟在总理事务处,允禄、允礼以亲王之尊,处处压张廷玉、鄂尔泰一头,让治国经验丰富的两位老臣施展才华的空间被大大压缩。因此在恢复军机处的问题上,张廷玉和鄂尔泰是完全站在皇帝这一边的。

神秘的"弘皙逆案"

这么一来,以允禄为代表的皇室宗亲就不能再染指重大国务活动,实际上被排除出参与国家治理的重臣行列。这个举措有违清廷在关外就形成的"祖宗家法",当然会引起以允禄为首的宗王、贵族们的强烈不满。这些宗王、宗亲居然聚集在胤礽嫡子弘皙周围,上演了一场谋逆大戏,史称"弘皙逆案"。

弘皙是胤礽嫡子,幼年曾被康熙留在宫中亲自抚育,深得康熙宠爱。康熙对弘皙的宠爱,还在弘历之上,甚至有人认为,弘皙才是康熙最喜爱的孙子。康熙虽然废掉胤礽，但在心里也知道胤礽除了不堪为君外，也没有太大的过失，甚至这种不堪为君的情况，也有很多被人陷害的成分在内。康熙熟读史书，深知当太子的不容易，因此在废掉胤礽之后，反而父爱之心大起，愿意在生活上照顾胤礽。

更发人深思的是，胤礽当了四十年的太子，党羽遍布京华，连康熙都忌惮三分。胤礽也长期主持过国政，很多官员是胤礽和康熙共同提拔，他们父子之间的关系错综复杂，这就使得康熙很难完全剪除掉胤礽的党羽。"八爷党"崛起之后，康熙反而要借助胤礽的残余力量对"八爷党"进行钳制，无形之中让胤礽保存了大量实力，从而能在雍正时期继续发挥影响。

雍正继位之后，面对"八爷党"特别是十四阿哥允禵对自己继位合法性的强大质疑，不得不更多地倚重康熙老臣，以及和康熙老臣有千丝万缕联系的胤礽一系。比如小说中的"侠王"允祥，真实历史上就和太子过从甚密；允禄、允礼等人，更是康熙晚年比较喜爱的皇子，政治上唯父亲马首是瞻；年羹尧、隆科多、张廷玉等人，都是康熙一手提拔的臣子。康熙去世极其突然，仓促之间四阿哥胤禛被推上皇位，很可能是两股势力合谋的结果。

这么一来，雍正在胤礽一系面前就直不起腰杆，不得不向胤礽一系让渡大量利益，以压制"八爷党"。这期间一定发生了大量不为人知的故事，可惜都湮没在历史长河之中。康熙旧臣和太子一方结合，本来就是无缝接轨，可以尽量减少朝局的震荡。如果"八爷党"继承大统，那整个朝廷的既有格局就要被改写，这显然不是康熙旧臣和太子系人马所愿意看到的。

在这种情况下，弘晳在整个爱新觉罗家族的地位就非常超然，甚至某种意义上超过了雍正诸子的地位。弘晳本人，一定程度上还有允祥、允禄、允礼等人，有足够理由认为弘晳才是皇家嫡系正统。至于雍正有没有为了上位，而向太子系做出让弘晳继承自己皇位的口头承诺，也只有当事人知道了。值得指出的是，如果按照清朝的关外继承法，弘晳是可以继承叔叔雍正的皇位的。

正因为有这些复杂的关系，允禄暗助弘晳谋逆，就是可以理解的了。当事人自己很可能不觉得是谋逆，而只是觉得在"拨乱反正"而已。由于牵涉的皇室宗亲过多，地位过于尊贵，此案被秘密审理、审结，相关档案经过销毁关键部分后被永远封存，一直到清朝灭亡才重见天日，但已经远远不能恢复历史的全貌了。

弘晳逆案让允禄等宗王彻底退出政治舞台，也让乾隆亲眼见到宗王参政对于皇权的巨大危害。乾隆痛下决心，要改变这一对皇权有巨大威胁的制度，让宗王彻底退出政治舞台。乾隆以身作则，他的皇子们并没有像康熙、雍正的皇子那样，全面参与政治，而是过起了富贵闲人的生活。从此宗王不得参政特别是不得进入军机处，成了清朝的"新祖宗家法"，一直到咸丰年间才被打破。但那个时候国步艰难，而且汉大臣力量强悍，远非普通满大臣所能钳制，皇帝只能用宗王的尊贵名分对汉大臣势力进行打压和平衡了。

乾隆让宗王势力彻底退出政治舞台，大大加快了清朝"中原化"的进程，从此清朝看上去越来越像普通的中原王朝，贵族政治开始让位于官僚政治，汉大臣在国家政治生活中的地位也得到极大提高。在这个过程中，张廷玉作为康熙朝老臣的代表，不但没有掺和到弘晳谋逆案件中，反而利用其康熙朝老臣代表的身份，为乾隆处理弘晳贡献了宝贵的支持力量。张廷玉乃是这一系列政治事件的当事人，他的态度，足以让弘晳引以为傲的"合法性"化为泡影，并且影响到一大批康熙的老臣站到乾隆一边。

当然，鄂尔泰在这个问题上，也坚决支持乾隆，但他的分量没有张廷玉重，尽管他是首席军机大臣。鄂尔泰是雍正一手提拔的臣子，对这些事情只有间接的知悉，发言权远远不如张廷玉。因此在这个问题上，乾隆更多地感激张廷玉，也埋下了乾隆对此二人区别对待的种子。

拿掉了允禄等宗王势力，清朝政治终于步入了正轨，乾隆手中的权力开始逐步达到令康熙、雍正想象不到的高度。但在这个时候，一个新的问题开始浮现，将对乾隆的大权独揽造成阻力，这便是分别围绕着鄂尔泰和张廷玉形成的势力。

张鄂党争

允禄等宗王退出政治舞台，留下了大量权力真空，只由乾隆一个人填补也是不现实的，势必有大量权力会流入鄂尔泰和张廷玉之手。特别值得注意的是，允禄等宗王势力退场后，会留下大量的八旗下属无人照看，这些人都要寻找新的大树依靠。张廷玉是汉人，和这些八旗大爷渊源不深。想想张廷玉大力帮雍正和乾隆巩固皇权，打击旗人，这些八旗子弟对张廷玉也有戒心。鄂尔泰是满人，和这些八旗子弟有千丝万缕的关系，当然是他们投靠的首选。

张廷玉历仕三朝，深受康熙和雍正的宠爱，加上父亲张英的关系，在朝中可谓树大根深。虽然很多人去烧鄂尔泰的热灶，但张廷玉在中枢的时间远比鄂尔泰长，对朝廷上下的熟悉程度要胜过鄂尔泰，因此也不愿意被鄂尔泰架空。随着时间的推移，双方麾下的子弟兵越来越多，阵营也渐渐分明。

乾隆看到此等情状，心中那是有忧有喜。忧的是朝中形成尾大不掉的两个集团，对皇帝显然有很大威胁。特别是鄂尔泰集团充斥着大量满人，对皇帝控制八旗都产生了严重的负面影响；喜的是双方矛盾极深，几乎有水火不容的势头，总比铁板一块架空皇帝强。乾隆是何等聪颖，很快就有了应对的办法。

两位老臣不顾一切地结党，甚至除了讷亲、海望、班第等少数人外，剩下的朝臣不是鄂党就是张党，的确让乾隆气急败坏。不过乾隆也明白，相对于鄂尔泰，张廷玉毕竟是汉人，结党更多的原因是为了自保，乾隆也能理解。如果张廷玉不结党，满朝上下都是鄂尔泰的人，那乾隆就要考虑掀桌子了。张党的存在，让乾隆有了对付鄂尔泰的把手。

鄂尔泰虽然是首席军机大臣，但在资历方面，却不如张廷玉。在处理很多军国大事方面，鄂尔泰往往不如张廷玉精细，考虑问题也不如张廷玉周到。雍正在世的时候，张廷玉看在雍正的面子上，还勉强与鄂尔泰合作，帮鄂尔泰补台。到了这个时候，鄂尔泰对于权力的渴望，已经让张廷玉感到很大威胁。张廷玉从乾隆的脸色里感觉到了皇帝对鄂尔泰的不满，也摸到了乾隆对于所谓"张党"的态度，胆子也逐渐大了起来，开始与鄂尔泰集团针锋相对。

鄂尔泰深受雍正赏识，本人又是饱学之士，在满汉官员中都有很大影响。鄂尔泰曾长期担任地方官，在西南一带主持"改土归流"，将世袭的土司改为朝廷直接任命的"流官"，让这些地区处于中央的直接统辖之下，对西南边疆的稳定作出重大贡献。

鄂尔泰文化素养深厚，喜欢吟风弄月，是当时旗人中为数不多的干吏。鄂尔泰任军机大臣以来，也花了不少心思笼络汉人文士，因此"鄂党"除了大量旗人官员之外，也有不少汉人官员，比如于敏中的外公史贻直，还有仲永檀、胡中藻等人。著名的旗人文学大家尹继善也是鄂党主要成员之一。同时，著名汉军旗人将领张广泗也是鄂党成员。鄂党成员有文有武，在社会上有雄厚的根基，而且成员横跨满汉和八旗各旗份，其实力要远超当年的鳌拜集团。

鄂党实力如此强悍，相形之下，张党实力就要寒酸许多，其确定成员似乎仅有汪由敦、张照等寥寥数人而已。不过，这并不意味着张党就一定处于劣势。张党多随侍在乾隆左右，对乾隆的影响颇大，也能及时从乾隆那里接受庇护。乾隆喜好文学，张党成员能够以文字娱君，当然能从乾隆那里收获更多的好感和垂青。更重要的是，之所以张党成员面目不清，鄂党成员多有名有姓，是因为张党受到乾隆庇护，没有点出他们的名姓。在封建政治下，结党是大忌，一旦被点名结党，日子便不会好过，甚至会结束政治生涯。尹继善多年不得入军机处，史贻直被乾隆贬斥，张广泗被处斩，胡中藻被牵连进"文字狱"，就是明证。

张鄂两党围绕国家大政方针，进行了激烈的争斗，这种争斗很快就发展到人身攻击方面。进入乾隆朝以后，张廷玉同鄂尔泰的私人关系急剧恶化，甚至发展到终日共事不交一语的状态。这种状况当然不利于国家日常治理，但乾隆却心下窃喜，认为可以借助张廷玉的力量打击鄂尔泰。事实上的确如此，张廷玉有力地抵制了鄂党权力的扩张，更让鄂尔泰本人有了一个体面的结局。如果鄂尔泰的势力发展到鳌拜那个地步的话，乾隆是会对鄂尔泰下狠手的。

鄂张关系越来越紧张，对政事的看法也都各执一词，争执不休，往往都送交乾隆进行裁决。乾隆在这些争执中，又多支持张廷玉等人的意见，无形中让张党的气焰更加高涨。由于受到皇帝的支持，张廷玉对鄂尔泰的态度也越来越不客气。

某个夏天的中午，在军机处办公的鄂尔泰觉得酷暑难当，于是摘下官帽，想把官帽放在一边纳纳凉。没想到军机处房屋狭小，一时间居然找不到地方放置官帽。

原来雍正和乾隆设置军机处的时候，并不想给予军机处太好的办公条件，而只是安排比较简陋的房屋，始终维持军机处的临时办事机构形象。这当然有效地约束了军机处权力的扩张，更是在时时刻刻提醒军机大臣不要真的把自己当成唐宋时期的宰相。无论是紫禁城还是圆明园，军机处的办公房屋都很狭小，这也逼着军机处必须维持高效运转，否则机密公文根本无处存放。清朝皇帝驾驭臣子用心之深沉，由此可见一斑。

鄂尔泰手里拿着官帽，却找不到存放的地方，不由得尴尬地笑了："这顶帽子放在哪里好啊？"本来鄂尔泰也是一句无心之语，没想到不和鄂尔泰说话已久的张廷玉这个时候却微微一笑，不紧不慢地开了腔："此顶还是在自家头上为妙。"鄂尔泰脸色即变。

鄂尔泰为相多年，已经很长时间没有人敢如此抢白他，不由得恼羞成怒。但鄂尔泰更明白，张廷玉圣眷正隆，乾隆对张廷玉的信任要远胜于自己。如果为这件事就和张廷玉翻脸，闹到乾隆那里，肯定要被乾隆斥责为"小题大做"。思来想去，鄂尔泰只能忍下这口气，不过还是一连几天闷闷不乐，与张廷玉的关系也由此进一步恶化。

这种言语上的攻讦很快就发展为你死我活的斗争，但起因却颇为奇特，是由一个工部的老石匠的葬礼引发的。原来工部有一个老石匠叫俞君弼，此人技艺精湛，参加了很多重大工程的建设，每次都能得到不少赏金。俞君弼本人十分节俭，又善于经营，天长日久，俞君弼的家资积累到一个惊人的数额，成了京城的隐形富豪。

但这个俞君弼却有一个遗憾，就是他没有自己的儿子，只好收养了一个义子。老石匠的巨额财产，当然遭到了义子的觊觎。乾隆五年（1740年），俞君弼病重去世，留下一大笔遗产，引发了一场出人意料的风暴，结果让九门提督在狱中自尽。

俞君弼的女婿名叫许秉义，早就在盘算着如何将老丈人的巨额钱财弄到手。许秉义有个亲戚是内阁学士许王猷，才华横溢，在朝中颇有影响。许秉义为了争夺岳父遗产，平时就送了不少金银给许王猷。许秉义拜托许王猷，务必要出席岳父葬礼，好借助内阁学士的名头为自己争夺遗产，毕竟内阁学士也是从二品大员！许王猷收了人家的好处当然要办事，当即应允。

许王猷是个爽快人，不仅自己出席老石匠的葬礼，还请了担任九卿的同僚好友前去参加。当然，每个参加的人都得到一个大红包作为酬谢，众人的心中不由得乐开了花。这个许王猷应该是张党成员，居然让张廷玉本人送来了亲笔书柬，向老石匠表达哀思。这还没完，大学士徐本、赵国麟居然率领汉人群臣到老石匠灵前祭拜。这么一来，大家心中也就有数了，前来参加葬礼的官员，基本上都是张党！

清代礼仪森严，规定只有帝、后葬礼才用"九卿会丧"的礼仪，而且规定公卿以下，无旨一律不得会丧。现在老石匠的葬礼搞成这个规格，显然已经大大逾越了礼制。这就给人留下了讦告的把柄。

原来老石匠还有一个干儿子，许秉义把事情搞得这么大，也是为了对付这个干儿子。这个干儿子应该跟着老石匠干过不少工程承包，社会经验异常丰富。看到干爹葬礼居然出现"九卿会丧"的排场，社会关系复杂的他当即意识到其中的问题，很快就向九门提督鄂善举报了此事。

九门提督是堂堂的正二品大员，鄂善更是乾隆的心腹，当然不会惧怕许王猷。鄂善眼看此事涉及这么多张党成员，虽然有心袒护，但事情已经闹到自己手上，如果被人告到乾隆那里也是没办法交差，加上石匠干儿子又送上白银万两，鄂善就把这件事送呈乾隆处置。

乾隆一见鄂善的奏折，不由得惊怒非常。为了几百上千两银子，堂堂大学士、九卿居然不顾朝廷的颜面，去参加一个石匠兼工部分包商的葬礼，而且玩出了"九卿会丧"的把戏，在老百姓面前丢尽了朝廷的脸。

更让乾隆震怒的是，"九卿会丧"按礼制，只有帝、后丧葬才能启用。现在许王猷等人居然闹这么一出，不能不让乾隆感到是对自己的诅咒。想到这一点，乾隆怎么能不愤怒异常？

乾隆是个爱惜文士的人，特别喜爱文采风流、精于书画的士人。许王獻文采风流，精于诗文、书法、篆刻，更精通满文满语，深得乾隆喜爱。现在玩这么一出，乾隆当然不会再宠爱他，便下旨免去许王猷的官职，并对徐本、赵国麟等大加斥责。随后，乾隆又依照行贿官员之罪，处置了老石匠的女婿许秉义。

事情眼看就这么过去了，乾隆本人也不想多提此事，毕竟有伤朝廷体面，而且牵涉的多为张党成员，认真查办只会增强鄂尔泰的权力。但鄂党并不想轻易放过此事。

乾隆六年（1741年），鄂党成员、监察御史仲永檀向乾隆上奏，弹劾鄂善在老石匠遗产争夺案中收受贿赂。乾隆收到奏折大惊，连忙派人调查此事。调查结果显示，鄂善果然收受老石匠干儿子的巨额贿赂。乾隆看到调查结果，不由大怒，赐鄂善在狱中自尽。

乾隆赐鄂善自尽以后，对仲永檀大加称赞，将其树立为敢于谏言的模范，升其为左佥都御史。不过，乾隆在这里上了鄂党的当。鄂党重提此案，并不仅仅是瞄准鄂善，真正的目标是张廷玉本人和他的徒子徒孙。在弹劾奏折中，仲永檀还指责张廷玉在此案中行为失体，应予追查，但对鄂党势力非常忌惮的乾隆没有回应这个请求。

尽管如此，鄂党认为让乾隆赐死鄂善，已经是很大的胜利，决心再接再厉，向张党发起更猛烈的进攻。这次出马的又是仲永檀。仲永檀上书弹劾张党大将张照，声称张照与张廷玉勾结泄露宫中机密，而且在管理乐部事务时亲操戏鼓，大失朝廷体面，请求对张照进行处理。

乾隆接到仲永檀的弹劾奏章，不以为然，亲笔反驳仲永檀，认为鄂党泄密更多。至于亲操戏鼓之事，乾隆也派人调查，认为查无实据，便不了了之。此次鄂党的攻击落了空。

张照是乾隆时期的大书法家，擅长行楷书，是"馆阁体"书法能手。乾隆非常喜爱张照的书法，常让张照代书御笔，张照也因此在乾隆心中占据了非常重要的位置。仲永檀弹劾张照,从乾隆的态度可想而知,除非仲永檀拿出像弹劾鄂善那样一击致命的证据,可他偏偏又拿不出来。

张党上次不敢反击,是因为众多张党成员去给老石匠祭拜,伤了朝廷体面而理亏。这次张党并没有什么过硬证据捏在鄂党手上,顿时就有了反击的底气。

乾隆七年(1742年)冬,仲永檀被捕,起因就是仲永檀将机密事务偷偷告诉鄂尔泰的儿子鄂容安。这些事情本来做得比较隐秘,但既然你用这个罪名弹劾了张照,平时人家对你泄密是睁一只眼闭一只眼,现在就别怪人家张照不留情面。仲永檀被捕后,先是坚决不承认泄密,看到如山的铁证后又拒不承认与鄂尔泰有关。不过,前来审讯的王公大臣对其中的奥妙非常清楚,自然个个捻须含笑不语。

乾隆顾及大臣体面,决定对仲永檀和鄂容安二人不动大刑,也不加深究,仅仅依照现有证据定罪。乾隆命三法司给二人量刑,并示意可酌情减免刑罚。就在这个时候,仲永檀突然死于内务府慎刑司监狱中,时人多以为其是被张照毒死。鄂容安被三法司判处流放,乾隆特地加恩赦免。

没过多久,张照也发病而死,很多人都传说是由于仲永檀鬼魂作祟,夺去了仇人的性命。本来想乘胜追击的张党看到这种情形,也只好打消了继续讦告鄂党的念头,整个事件草草结束。

鄂党受此打击,一蹶不振,逐步陷入瓦解状态。鄂尔泰本人也遭到迎头棒喝,整日郁郁不乐,再不像以往那样勇于任事,身体也一日不如一日。乾隆十年(1745年),一代名相鄂尔泰病逝,终年六十五岁。

鄂尔泰去世后,鄂党势力大为削弱,但这并不意味着乾隆就此放下了对鄂党的成见。鄂尔泰去世之后,与鄂尔泰关系密切的鄂党上层被乾隆打入另册,比如尹继善,仕途多有坎坷;鄂党中下层特别是满人则被乾隆逐步消化吸收,为乾隆盛世的建设作出不少贡献。

张鄂党争在清史上有重要意义。清廷入关以后，很长一段时期汉官势力都处于被压抑状态，很难与满洲大臣相抗衡，更不用说在与满洲大臣的党争中取胜，甚至汉官结党也被皇帝视为大逆不道。这种情况，以多尔衮时期和鳌拜时期为最。康熙亲政以来，汉官地位逐步上升，但仍然不能与满洲大臣相比。康熙朝执掌枢柄的，依然是以满洲大臣尤其是皇室出身的王公为主。张鄂党争是清朝历史上汉大臣第一次在政争中击败满大臣，标志着汉官基本上在朝廷里取得与满洲大臣分庭抗礼的地位。如果得到皇帝的支持，甚至能够占据优势。这种情况的出现，也有力地推动了清廷的中原化进程，从而在乾隆时期基本完成向一个中原本位王朝的过渡。

君臣斗法

鄂尔泰去世以后，张廷玉一党不由得欢欣鼓舞，以为全面掌控中枢的局面就在眼前。特别是张廷玉，觉得此番应该拿回被鄂尔泰占据十多年的首席军机大臣宝座，没想到乾隆却安排了讷亲出任首席军机大臣，让张党成员跌碎了一地眼镜。

讷亲是乾隆继位以来悉心培养的新一辈满洲大臣，钮祜禄氏，满洲镶黄旗人。讷亲出身满洲贵族豪门，是当年努尔哈赤身边"五大臣"之一额亦都之曾孙，其祖父更是广为人知，就是逢迎鳌拜倾轧苏克萨哈的辅政大臣遏必隆。当然遏必隆后来迷途知返，协助康熙稳定了擒鳌拜后的朝局，得到了历代清帝的信任。

有了这样的出身，加上确有干吏之才，因此讷亲获得了乾隆的充分信任。乾隆在重新建立军机处以后，一边放任张鄂党争，一边利用这个时间大力培养嫡系力量特别是嫡系满洲大臣力量，最后选定了讷亲为目标。讷亲也不负乾隆的期望，在河工、海塘、绿营事务中，建树颇多，而且清正廉洁，赢得了乾隆充分的信任。

乾隆让讷亲当首席军机大臣，当然是为了从鄂党手中收回权力，毕竟乾隆又不欠张廷玉的，鄂党留下的权力真空自然要由乾隆亲信来弥补，只会留一两根骨头给张党啃啃。但同时，张党中多有风流文士，不乏深得乾隆欢心之人，乾隆也不希望他们成为自己的政敌。如果张党在鄂党倒台后一家独大，势必要成为乾隆的剪除目标。事后看来，乾隆对鄂党始终耿耿于怀，一直在打击鄂党，而对张党诸多成员，除张廷玉本人外，却轻轻放过了。

乾隆的良苦用心，张廷玉当时未必能彻底想清楚，但这个结果却给张廷玉当头一棒。本来张党认为，协助皇帝打倒鄂党，这首辅的位置当然要由张廷玉来坐，没想到乾隆却选了年轻的讷亲。尽管乾隆照顾张廷玉面子，辩称满人才能担任首席军机大臣是雍正定的规矩，但还是让张党成员包括张廷玉本人愤愤不平。不过，张党成员不少都是乾隆文学侍从，深受皇帝宠爱，因此真正愿意为张廷玉出头和乾隆掰一掰手腕的基本没有，这一点张廷玉就不如鄂尔泰了。

不过在这个时候，乾隆依旧很看重张廷玉的政治经验。张廷玉辅佐过康熙、雍正，父亲又是张英，对整个朝廷的政治发展走向非常清楚，更知道如何游刃有余地处理各种突发事件。这是一笔宝贵的财富，乾隆当然不想让这笔宝贵财富就此失传，因此对张廷玉仍旧好生挽留，希望其能帮助讷亲真正承担起首辅之责。张廷玉虽不满意，但还是按照乾隆吩咐的去做了。

尽管如此，乾隆还是在为张廷玉的退休悄悄做着准备。海望、班第、纳延泰等人在军机处多年，对如何处理政务已经逐步熟悉，足以辅佐讷亲；

张廷玉的门生汪由敦也被乾隆拣选入军机处,把他当作第二个张廷玉来培养。这些举措都被张党成员看在眼里,知道皇帝对张廷玉的恩眷已经衰退,纷纷开始与张廷玉划清界限。

老于宦海的张廷玉也深深感觉到世态炎凉。鄂党的倒台并没有换来想象中的权位,反而迎来了一众满蒙新贵。张廷玉懊恼之余,也感觉到被乾隆算计了,顿起急流勇退的心思。不过乾隆为了安慰张廷玉,特地规定,今后内阁行走排名,讷亲居于前列;吏部行走排名,张廷玉居于前列。这才让张廷玉稍稍心安。

不过张廷玉也明白,乾隆现在更加倚重的是讷亲、傅恒等新贵,需要借重的仅仅是自己多年的辅政经验而已。自从鄂尔泰病故以后,军机处放眼望去都是年轻人,只有自己一人是白发苍苍。虽然门生汪由敦和故人之子蒋溥也在军机处当值办事,但当着讷亲、傅恒、纳延泰、高斌等强势的满蒙军机大臣的面,也不好过于亲近,以免有结党嫌疑。张廷玉感到了从未有过的寂寞,甚至开始留恋鄂尔泰还活着的日子。

日月如梭,光阴似箭,讷亲、傅恒、汪由敦等人的政务能力随着时间的推移也越发成熟,张廷玉的重要性进一步下降。讷亲、傅恒等人对于一般政务,在礼貌性地找张廷玉商议的时候,心中已经有了腹案,张廷玉的意见往往也只是锦上添花而已,甚至功劳经常是算在了讷亲、傅恒等人的头上。

此时的白头相国张廷玉在唏嘘之余,不由得想起明朝的白头相国严嵩。严嵩深得嘉靖欢心,把持朝政二十年,结果因为年老智竭,最后为更年轻的徐阶、李春芳、高拱等不容,被众人赶出内阁,不但儿子严世蕃被斩首,本人也被赶到墓园养老,郁郁而终。想到这里,张廷玉反而有点羡慕起老对手鄂尔泰了。

张廷玉知道,现在是自己离开的时候了。如果不离开军机处,就怕讷亲、傅恒、高斌等人蓄意构陷，就如徐阶等人对待严嵩那般兴起大狱，将自己和汪由敦等张党干将一网打尽。张廷玉在和乾隆的接触中发现，乾隆对鄂党的恨意仍然未消，那皇帝对张党又是什么看法？张廷玉不由得不寒而栗，开始思考如何体面地退出政治舞台。

乾隆十三年（1748年）正月，张廷玉上书乾隆，请求辞官回乡养老。乾隆看到张廷玉的奏折，自然大为满意。不过乾隆此时觉得还需要借助张廷玉的政治经验，而且对这位老臣还有几分眷顾之情，于是下旨好言慰留。乾隆在圣旨中温言安慰张廷玉："卿受两朝厚恩，且奉皇考遗命，将来配享太庙。岂有从祀元臣归田终老之理？"

不论乾隆后来对张廷玉如何，但这几句话说得却是言之成理。张廷玉既已被雍正赐予配享太庙的资格，自然不能以普通人臣看待，而是部分具备满洲勋贵的身份。须知清代配享太庙的功臣，加上因为受老哥和珅牵连的和琳，满打满算才27位！这些功臣里有多尔衮、多铎、豪格、代善、岳托、胤祥、费英东、额亦都等对清王朝立下赫赫战功的大臣。张廷玉能厕身其间，真可谓雍正给予的超级厚恩。

正是这个缘故，乾隆自然不会用对待一般汉臣的标准，而是以满洲勋贵的标准来要求张廷玉。按照清代的规矩，满洲勋贵的进退操于皇帝之手，个人是没有自主决定的权力的。乾隆希望张廷玉能够在朝廷当一个"伴食宰相"，平时不太过问政事，但关键时刻又能够发挥压舱石的作用，为自己分忧。

这个心思，张廷玉未必能够充分体会到。尽管张廷玉精通满文满语，但饱受儒家文化熏陶的他对贵族政治那套玩法肯定是没那么熟悉。张廷玉还忽略了乾隆的另一个心思：像张廷玉这样的三朝老臣，到底会用怎样的眼光看待自己，特别是在父亲雍正和自己之间，到底会更忠于谁？

这个疑问不只限于张廷玉，对鄂尔泰也是同理。乾隆经过多年观察分析，认为鄂尔泰对父亲的忠诚要胜过对自己的忠诚，因此即使在他去世以后，也不打算轻易放过鄂党。但对张廷玉，这些年张廷玉一直兢兢业业，让乾隆挑不出什么毛病，因此乾隆决定还是尽量与张廷玉善始善终。

乾隆十三年（1748年）四月，乾隆任命讷亲为经略，到四川指挥平定金川之战。此前乾隆派遣以干练著称的鄂党成员、清军名将张广泗为川陕总督，负责进攻金川叛军。张广泗进军不力，令乾隆深感不满，决定派遣讷亲挂帅，负责指挥金川之战。没想到讷亲虽是军功世家出身，本质上却是个文人，对于行军打仗之事还不如鄂尔泰懂得多，还与张广泗闹了很多矛盾。张广泗也是汉军旗出身，不像绿营将领那么弱势，也没少给讷亲下绊子，后果可想而知。

乾隆让讷亲担任经略指挥金川作战，也是想培养超过鄂尔泰和张廷玉的名相。乾隆当皇帝已经十多年，政务一直都是靠雍正留下的鄂尔泰和张廷玉维持，乾隆自己培养的大臣还没有显露出超过鄂、张的苗头，这让自诩超过父亲的乾隆心里很不是滋味。乾隆一心想开创盛世，要做到这一点就需要一批治国能力堪比鄂、张的年轻大臣。讷亲就是乾隆经过多年寻找和培养的心腹人才，乾隆对他寄予了无限的期望。

遗憾的是，讷亲刚愎自用，临阵又胆小如鼠，很多平时看不到的缺点在战场上被成倍放大出来，导致清军多次失利。时间一长，乾隆也看出来了，讷亲此人虽然吏才过人，相才却不足。做一个巡抚绰绰有余，当首辅治理天下就不行了。再加上讷亲因为多次的畏战情绪和言论被人揭发，羞怒交加的乾隆干脆将其处死，开了首席军机大臣被处斩的先河。

乾隆这么下狠手杀讷亲，也有感到被张廷玉看笑话的心理在作怪，堪比雍正杀年羹尧。但张廷玉、傅恒等人看在眼里，不由得心惊肉跳、战战兢兢。这或许可以解释张廷玉和傅恒日后的行为。

到了这个时候，张廷玉对什么首席军机大臣也不感兴趣了，尽管讷亲被杀腾出了位置。当然，他感兴趣也没有用，因为乾隆此时已经决心让张廷玉退居二线。乾隆深恐张廷玉和张党成员利用讷亲被杀的机会重新反扑，甚至还担心不断遭到打压的旧鄂党成员与张党合流，因此火速提拔傅恒担任首席军机大臣，以绝张廷玉之望。

乾隆十四年（1749年）正月，乾隆下诏，援引宋代文彦博之例，命张廷玉不必每日到军机处当值，而是十日一至都堂议事，四五日一入内廷备顾问。显然，这是将张廷玉"请"出了军机处，不让他插手日常军国大事的处理。毕竟傅恒太过年轻，资历更不能与张廷玉甚至讷亲相比，如果张廷玉日日在军机处当值的话，显然很可能会成为隐形首席军机大臣。这种局面，显然不是一心想培养自己心腹的乾隆所乐意看到的。

到了这个地步，张廷玉也明白，军机处是不能再待下去了。幸亏傅恒和岳钟琪调度有方，在乾隆十四年（1749年）正月迫使大金川土司莎罗奔归降，保住了朝廷的面子，否则因为兵败再折损傅恒这么个首席军机大臣，乾隆会有何反应，张廷玉都不敢设想。

乾隆对傅恒、岳钟琪及时平息大、小金川之乱也极为满意，尽管他知道充其量只是暂时休战而已。乾隆之所以对讷亲痛下杀手，很大程度上是因为讷亲的愚蠢让金川之战变成了乾隆本人的一场不大不小的政治危机。讷亲的战败，让张党、鄂党成员都在看乾隆的笑话，对乾隆本人的影响可想而知。如果本质上是文官的傅恒再战败，恐怕乾隆就真的不得不让张廷玉出来收拾残局了。一想到这个，乾隆对傅恒的欣赏之心就油然而起，对张廷玉的憎恶又多了半分。

乾隆猜忌张廷玉内心在看笑话，张廷玉也未必没有这个心思。不过在讷亲、傅恒出征的日子里，张廷玉还是兢兢业业地操持着军机处大小事务，实际担负起首席军机大臣之责，为前线作战创造了良好的条件。讷亲、傅恒不在的日子里，其他军机大臣对张廷玉的态度恭顺了许多，由此也让张廷玉感觉到鄂尔泰之贤。在多年共处的日子里,鄂尔泰对张廷玉的攻击并不算多,不少时候反而是张廷玉在言语和政事处理上攻击鄂尔泰。

接到金川捷报和让自己在内廷聊备顾问的圣旨后,张廷玉明白乾隆的羽翼已丰,不再需要自己为他做些什么了。当然,傅恒毕竟过于年轻,此前在讷亲和张廷玉的压制下,处理大政的经验暂时也不算丰富,所以张廷玉暂时还能有参与政事的资格。不过这个时候的张廷玉,已经是心力交瘁,不愿意再操劳了。当然,这里面肯定也夹杂了一丝不甘心。

配享太庙

乾隆十四年(1749年)年底,经过张廷玉再三恳求,乾隆终于同意他以原官保和殿大学士致仕,并赠三首御制诗送别。当然,乾隆心里还是有疙瘩的,这个时候的张廷玉在乾隆看来已经是没牙的老虎,反而颇为看重这只没牙虎的几分利用价值。乾隆希望张廷玉能够居京养老,有事偶备顾问。同时乾隆还希望张廷玉能够在京中带领一班御用文人吟风弄月,从事文化事业,也能成就一段千古君臣知遇的佳话。

乾隆的这种心思,张廷玉不见得不明白,但鄂尔泰、讷亲等人的遭遇,确实也让张廷玉胆寒。虽然乾隆对自己还算宽容,但自己毕竟当了二十年宰相,有很多捂住的事情还没有完全被乾隆发觉。同时自己只要在京中居住一天,就有张党甚至鄂党成员不甘心,想利用自己弄出些事情。这个风险,张廷玉可不想冒。盘算之下,张廷玉便一再向乾隆表达致仕之意,终于被乾隆批准。

大喜过望的张廷玉此时还有个心病,就是雍正曾经赏赐他配享太庙的事情。配享太庙在历朝历代都是莫大的荣誉，在清朝更是如此。张廷玉在乾隆时期兢兢业业，不敢稍稍忤逆乾隆意旨，与雍正赏赐的配享太庙的荣誉也有很大关联。雍正精于权术，由此可见一斑。当然，雍正对张廷玉还是很眷顾的，赐予张廷玉配享太庙，也是赐予他一道护身符，让乾隆将来清算张廷玉的时候，会有所顾忌。

张廷玉深知，乾隆是个天威难测的雄主，说不定哪一天不开心就会清算自己。张廷玉希望，能够通过向乾隆索取保证的形式，让乾隆对自己有个承诺，也让自己的晚年不至于在惊恐之中度过。

乾隆既已批准张廷玉以原官致仕，并亲赐御制诗三首送别，于人臣已经是莫大的荣耀，张廷玉当然要入宫谢恩。张廷玉决定在入宫谢恩的时候，请求乾隆给自己一道诏书，确保自己能够配享太庙，陪伴世宗宪皇帝（雍正）永久享受大清的香火供奉。

乾隆不动声色地听完张廷玉声情并茂的恳求，不由得拉长了脸。配享太庙这根胡萝卜在张廷玉面前晃了十多年，自己一直没有提，这才让张廷玉俯首帖耳。虽然君臣十多年间颇有摩擦，但张廷玉始终都保持了克制，不敢像鄂尔泰一样暗地里挑战皇权，主要原因就在于配享太庙对他的诱惑。这一点乾隆本人是非常清楚的。

但在乾隆看来，雍正给予张廷玉配享太庙的资格实在是太早了些。张廷玉在乾隆朝的表现，并不能让乾隆完全满意。乾隆自认对张廷玉已经极尽优容，张廷玉和鄂尔泰相争，乾隆不顾大清朝开国以来满尊汉卑的惯例，亲自出手力挺张党，让张廷玉战胜了鄂尔泰，已经是天大的信任和尊重。就凭这一点，乾隆就自认不欠张廷玉什么！

平心而论，尽管乾隆对张廷玉的势力颇为忌惮，但乾隆对于经验丰富的张廷玉还是很看重的。虽然张廷玉已是近八十老翁，但乾隆还是希望他能留在京城养老，时时以备顾问，有什么大事的时候还能为自己顶一顶。

为此，乾隆特地保留了张廷玉在军机处行走的资格。但让乾隆恼火的是，张廷玉明明知道自己的用心，却还是再三请求致仕，不能不让乾隆感到疑惑，张廷玉对自己到底有几分忠心。现在张廷玉拿出世宗宪皇帝的遗诏请求自己再书一道手诏，这不是对自己天大的不信任吗？

乾隆摁住心中的怒火，还是答应了张廷玉的请求。望着连连叩头、近乎欣喜若狂的张廷玉，乾隆心中不由得生起一丝轻蔑：如果张廷玉继续兢兢业业，留在京师为大清鞠躬尽瘁，配享太庙根本就是小事一桩。鄂尔泰这么和乾隆作对，不还是得到了配享太庙的资格？看着张廷玉的表情，乾隆更加认为张廷玉不是什么纯臣，只不过是名利心甚重的禄蠹而已。

不过既然张廷玉是这样的人，乾隆也懒得和他废话，亲手写就一份手诏，重申了张廷玉配享太庙的资格，并亲自作诗一首给张廷玉，诗云：

造膝陈情乞一辞，动予矜恻动予悲。
先皇遗诏惟钦此，去国余思或过之。
可例青田原侑庙，漫愁郑国竟摧碑。
吾非尧舜谁皋契，汗简评论且听伊。

乾隆的不满之情，跃然纸上。

大喜过望的张廷玉已经来不及看乾隆的脸色，连连叩头而退。乾隆看在眼里，心里的厌恶更是多了几分。当然，为了表示对老臣的抚慰，乾隆还是赏赐了张廷玉不少宝物，并恩准张廷玉第二天不必到宫中谢恩。

乾隆说张廷玉不必按照礼数进宫谢恩，其实也是句客气话。乾隆是个非常在意臣下态度的人，态度端正的话，乾隆反而不会太计较。但在这个时候，乾隆对张廷玉已经起了很大的不满情绪，就对张廷玉的态度很看重了。告诉张廷玉不必入宫谢恩，其实也是出给张廷玉的一道不大不小的考题。

张廷玉到底还是低估了自己在乾隆心中的分量，更低估了乾隆对自己的不满。张廷玉没有想到，乾隆嫌他碍手碍脚是真，希望他能随叫随到辅佐国政也是真。在乾隆看来，张廷玉在京师养老，隔三岔五前来面见君王效忠效力，才是正道，也能够成全"君德"。张廷玉几次三番要回乡，反而让人觉得是乾隆容不下他，显得"君德"有亏，乾隆早就憋了一肚子气。没有意识到这一点的张廷玉第二天就犯下大错，对他晚年生活产生重大影响。

第二天，乾隆正坐在大内等待张廷玉前来谢恩，却只等到了张廷玉的儿子张若澄代替父亲前来谢恩。乾隆一听来的是张若澄，不由得火冒三丈，尽管张若澄也是他最为宠信的内廷文人之一。乾隆怒斥了张廷玉和张若澄，命军机大臣傅恒、汪由敦拟旨，命张廷玉明白回奏为何不亲身前来谢恩。

没想到旨意还没有下发给张廷玉，宫外传来张廷玉已经前来谢恩的消息。乾隆不由得大怒，意识到一定有人向张廷玉通风报信。乾隆当即展开追查，发现是张廷玉的弟子汪由敦报的信。乾隆怒斥了汪由敦，考虑到汪由敦是自己非常信任倚重的汉人军机大臣，并有意将他作为下一个张廷玉来培养，所以放过了汪由敦，而是将一腔怒火都发泄在了张廷玉身上。

乾隆当即把张廷玉赶走，命令召集大臣合议张廷玉的罪名，给张廷玉安排多条大罪，包括没有君臣礼数、不讲君臣之义、不信任皇上、在皇上身边安插眼线等，条条都是大罪，建议削夺张廷玉的官职，并夺去爵位和配享太庙的资格。军机处命人到张廷玉家里宣读了圣旨，把张廷玉吓得浑身发抖，只得乖乖写了一道奏折，将自己痛骂一顿，愿意接受任何惩处，请求乾隆饶恕。乾隆看了张廷玉的请罪折子，气也消了大半，重申张廷玉仍然可以配享太庙，只是削去了他的伯爵爵位，以示惩罚。

受到如此惊吓的张廷玉生怕自己落到讷亲的下场，归乡之心更加迫切，结果又一次出了昏着儿。乾隆十五年（1750年），皇长子永璜去世，让乾隆伤心欲绝。永璜因为在皇后富察氏去世的时候表现得不够悲戚，被乾隆痛责后得病去世，年仅23岁，让乾隆再次遭到情感暴击。这个时候的张廷玉已经不敢再动用关系去打听消息，惶惶然如丧家之犬的他很快就向乾隆上书，请求回乡养老。

被接连丧亲搞得神志癫狂的乾隆一看到张廷玉的折子，不由得暴跳如雷。张廷玉是皇长子永璜的老师，与永璜有师生之谊。现在永璜刚刚去世，张廷玉于情于理都应该暂留京师，表达哀悼之情，而不是一心想着自己的安危，急急忙忙就要回乡。乾隆当即下旨将张廷玉痛骂一顿，并将配享太庙的代善、多铎、岳托等功臣名单给张廷玉看，问张廷玉可有资格与这些功臣并列。到了这个份上，张廷玉只得乖乖承认自己没有配享太庙的资格，请求乾隆取消自己的配享资格。

有了这句话就好办了。乾隆马上命大学士、九卿廷议，该如何处置张廷玉。廷议的结果是罢去张廷玉的配享资格，夺去其官爵，赶回家乡。乾隆接到廷议的结果，算是开恩，不削去原官，只是罢去张廷玉的配享资格，将张廷玉赶回了家乡。

心如死灰的张廷玉终于回到了家乡，但他知道事情还没有完。到了这个时候，张廷玉的政治智商终于开始恢复。他突然意识到，自己在乾隆心中的地位，要远远大于自己的想象。乾隆是真心希望自己在京师养老，并为大清鞠躬尽瘁的。而且乾隆在对汉大臣优容的同时，更希望征服汉大臣的心，希望汉大臣能够表现出更多的忠诚。在乾隆看来，张廷玉既然获得了配享太庙的殊荣，就应该在这方面作出表率，虽鞠躬尽瘁肝脑涂地，也应在所不惜。

醒悟过来的张廷玉后悔不迭，不过这个时候已经买不到后悔药了，只能徐图将来。张廷玉明白，乾隆还会再找自己麻烦，因此要打起百倍精神来应对。张廷玉还敏锐地发觉，乾隆对张党、鄂党仍然是耿耿于怀，心中的芥蒂并没有随着自己的去职和鄂尔泰的去世而消失。看这苗头，鄂党可能很快就会迎来新一轮打击，而皇帝也有可能继续打击自己，以对张党、鄂党成员进行震慑，降低他们联手的可能。

想通了这一切的张廷玉反而冷静下来，从容地准备应对乾隆新的打击。果然没过多长时间，乾隆的责难又来了。这次惹祸的是张廷玉的亲家公、张若澄的岳父朱荃。朱荃是乾隆二年（1737年）以监生的身份中博学鸿词科，取二等，授庶吉士，后又授编修。朱荃多年辗转于清水衙门，张廷玉碍于乾隆的威势，也不敢对其加以援手，一直到张廷玉下台前夕，朱荃才被张廷玉保举为四川学政，主持四川文教事务。就在这个时候，朱荃母亲去世，按礼制朱荃需要守孝三年，但清苦已久的朱荃不想放弃这个机会，就向朝廷隐瞒了母亲去世的消息，若无其事地去四川上任了。

这种事情哪里会隐瞒长久，再加上朱荃到四川后，公然贿卖生员，甚至在受贿后同意当地秀才隐瞒父母丧事赶考，很快就被人举报。朱荃自知罪孽深重，投水身亡，却把烂摊子扔给了张廷玉和张若澄。

乾隆翻阅朱荃的案宗，意外发现朱荃居然和吕留良案件有联系，算得上吕留良的外围门生，这下子可把乾隆气坏了。吕留良这个案子是清史上有名的"谋逆"大案，牵涉数百人，就是张廷玉经办的，最后张廷玉居然和吕留良的外围门生结成了儿女亲家，还保举他当四川学政，怎能不让乾隆抓狂？

愤怒的乾隆有理由认为张廷玉是精于钻营、心机深沉的卑鄙小人，更认为张廷玉是看不起自己，甚至心怀叵测地同情反清复明分子。乾隆就朱荃案下发的上谕明白地指出，张廷玉一意包庇朱荃，雍正年间必不敢如此，无非是欺负自己年轻无知罢了。而且朱荃如此贪赃枉法，不就是仗着有张廷玉做后台吗？乾隆在圣旨中痛斥了张廷玉一番后，命张廷玉明白回奏，并下令追缴数十年来康、雍、乾三帝赏赐张廷玉的物件。

张廷玉知道这次闯了大祸，弄不好满门抄斩都有可能，毕竟朱荃和吕留良一门有着铁板钉钉的师承关系，而且自己又知情。张廷玉不由得又急又气，悔恨自己当初怎么给张若澄选了这样一门亲事。张若澄深受乾隆宠爱，将来即使不能入军机处，拿一个协办大学士甚至大学士应该不在话下。张廷玉只能做好准备，等待皇帝使者上门拿问。

钦差德保奉乾隆之命，气势汹汹来到张廷玉老家，只见张廷玉早已带了一家老小跪在门口迎候。德保和张廷玉是老熟人，本人又学富五车，对张廷玉还是有起码的尊重的。德保宣读完圣旨，不尴不尬地和张廷玉聊了几句，当即下令查抄张家。

原来乾隆对德保早有交代，此次查抄张家，除了张家的家财外，重点是张家的藏书和文字。乾隆非常好奇，张廷玉心中对康、雍、乾三帝到底是什么看法，而且好奇他到底是不是一个贪官。如果给乾隆抓住一点点蛛丝马迹，那他可就要对张廷玉不客气了。派德保这么一个文化大家来查抄张家，就是怕一般旗下武人做不好这件事情。

德保果然不负乾隆重望，在张家掘地三尺，把张家的珍玩、银两特别是书籍、文字通通造册抄走。德保嘱托张廷玉，老老实实在家待着，等待皇上的发落，切不可再生事端。张廷玉只得诺诺答应。

乾隆仔细看了德保交上来的清单，发现除了康、雍、乾三帝赏赐的大量珍玩以外，还有白银36万两。让乾隆吃惊的是，张廷玉家中抄出的珍玩，几乎都是三位皇帝的赏赐，而且与大内的赏赐档案严丝合缝，说明张廷玉一直没有将这些赏赐变卖，而是妥善珍藏。乾隆看到此等情形，心里火气先消了三分。

张廷玉家财大约折合白银36万两，这个也大大出乎乾隆预计。乾隆认为，张家两代为相，特别是张廷玉本人执掌中枢二十年，身为首辅的讷亲、傅恒都要让张廷玉三分，张家家资一定会富可敌国。现在只抄了36

万两白银，让乾隆对张廷玉有了新的评价。在乾隆心里，张廷玉已经不是那种嗜利小人的形象了。

乾隆最感兴趣的，是从张家抄来的藏书、文学作品和书信等材料。张英、张廷玉都擅长文学，数十年来留下的文稿堪称汗牛充栋。张家又是诗书传家，几代人留下的藏书让乾隆这个看尽天下古籍珍本的人都惊叹不已。张英、张廷玉还有大量书信、读书笔记等文字资料，这个是乾隆最为关心的。

乾隆花了几天几夜的时间，试图从张廷玉的文稿和书信中寻找对朝廷不满的怨愤之词，并且希望从张家藏书中发现"悖逆"书籍。遗憾的是，乾隆没有找到一丁点儿他想要的东西。

乾隆不死心，发动翰林和文字太监们仔细翻阅，最后还是一无所获。在张廷玉的著述和书信中，都是歌颂康、雍、乾三帝恩情的文字，情真意切，令人感动。乾隆本人还读到了张英关于康熙的大量文字，让乾隆对自己的祖父有了新的认识，有的地方甚至让乾隆都眼含热泪。看到这些文字，乾隆终于慢慢地放下了心中的杀机。

不看僧面看佛面，看在康熙和张英的面子上，乾隆还是决定放张廷玉一马。当然，仅仅从张廷玉的文字里看不到一句"悖逆"之词，并不足以打动乾隆。乾隆虽然这时候还没有后来的老辣，但这点韬晦的小把戏，还是瞒不过他的。

真正打动乾隆的，是张英、张廷玉在私人文字里对康、雍、乾三帝情真意切的描绘，让老油子乾隆都看出了其中的真挚，特别是让乾隆知道了很多他印象比较模糊的康熙、雍正朝的情况。人非草木，岂能无情，正是在这次认真的阅读后，乾隆慢慢地对许多事情有了新的看法，对张廷玉的成见也大为减轻。

既然如此，乾隆就顺势责备了德保，说德保错会了皇帝的旨意，皇帝没有让德保抄张廷玉的家,是德保擅作主张。由此造成的不良后果,德保须一力承当。当然,德保是不可能被处分的,但张廷玉家中抄出的东西,基本退还给了张家。

放下了对张廷玉的成见后,乾隆开始以相对公平的方式处理朱荃案中张廷玉的责任问题。八月初五,张廷玉在家乡桐城写下与朱荃交往情形,上奏乾隆。九月,乾隆看到张廷玉的奏折后,下旨切责张廷玉。乾隆声称,张廷玉"身受三朝厚恩,且膺配享太庙之旷典",应当"鞠躬尽瘁,不忍言去",其罪在"思归荣乡里,于君臣大义遂恝然置之不问",而联姻朱荃"反为其小者"。在洋洋洒洒说了一通张廷玉的罪状后,乾隆宣布,看在张廷玉辅政多年,颇有微功的分儿上,就不革职治罪了。但死罪可免,活罪难饶,追缴康、雍、乾三帝赏赐张廷玉的珍玩、物件,并罚款二十万两白银,以示薄惩。

乾隆的板子高高举起,却是轻轻打下,三两句就豁免了张廷玉结亲吕留良余党的天大罪名。在这份圣旨中,乾隆公布了自己憎恶张廷玉的真实原因。正如乾隆所指,张廷玉如果真的非常在意配享太庙的荣誉,就应该事事服从皇家的安排,鞠躬尽瘁,死而后已,这样才能够折服百僚,表率千古。平心而论,乾隆的这个要求并不算过分,否则乾隆朝能够配享太庙的不乏其人,尹继善、刘统勋、于敏中等,都应该获得这样的殊荣。特别是刘统勋,为官清正,各项功勋都不比张廷玉差,最后也没能够配享太庙。而且尹继善、刘统勋、于敏中都殁于任上,真正做到了鞠躬尽瘁,死而后已,没有享受过哪怕一天的退休生活。

在乾隆的回护下,张廷玉仅仅被罚了二十万两白银,与吕留良余党结亲的大事被轻轻放过,这在素以酷烈著称的乾隆那里简直是不可思议之事。半年后,张廷玉交清了这笔罚款,有惊无险地躲过了这场足以致命的风波。

盘点下来,张若澄是这场风波中最大的输家。张若澄天资聪颖,文采风流，尤其精于绘画，深得乾隆喜爱，综合文化素养甚至在于敏中之上。如果没有这场风波，张若澄将是乾隆重点培养的对象，甚至像于敏中一样入主军机处，成为首席军机大臣，也不是不可能的事。但现在张若澄的夫人是吕留良余党之后，已经把张若澄未来一切的可能封死，张若澄只能怀抱着满腔的才华，在郁郁不得志中度过余生。乾隆三十五年（1770年），张若澄抱憾而终。

张若澄是张廷玉的儿子，于敏中是鄂党领袖之一史贻直的外孙。于敏中成为首席军机大臣以后，顺便把张党余脉收编到自己麾下，加上鄂尔泰、史贻直留下的资源，权倾朝野，即使阿桂、和珅也要让于敏中三分。张党、鄂党相争二十多年，最后还是鄂党笑到了最后。

躲过生死劫的张廷玉已经将一切看开，知道乾隆已经不会再来加害自己，心中的大石头也算放下了。张廷玉从此闭门谢客，不问世事，更不留任何著述文字，看上去已经和平常老翁无异。在这样平淡的生活中，张廷玉迎来了自己生命的终点。

乾隆二十年（1755年）三月二十日，张廷玉卒于家中，享年八十四岁。

乾隆得知张廷玉去世的消息，欲喜还悲。张廷玉的死，标志着雍正时代已经彻底成为过去，加上鄂党屡遭打击，乾隆已经真正摆脱了父亲的阴影，成为大清朝完全的主宰。但张廷玉毕竟教自己读过书，很多政治经验和为君之道，乾隆都是从张廷玉那里学来的，说是一点感情也没有，那是不可能的。现在张廷玉已经去世，不会再对乾隆有任何的威胁，乾隆反而开始念起张廷玉的诸般好处，逐渐反思自己对张廷玉做得是否过分。在这种心情的驱使下，乾隆下诏，从厚抚恤张廷玉的后事，并恢复张廷玉配享太庙的资格。

张廷玉终于和代善、多尔衮、多铎、阿桂等并列，成为清代配享太庙的26位功臣之一。

傅恒

乾隆的卫青

在清代的历史上，乾隆时期堪称辉煌。伴随乾隆皇帝开创千古功业的，是一群杰出的文臣武将，傅恒无疑是其中最显眼的一位。

乾隆皇帝是在一片仓促中继承皇位的。雍正皇帝生前虽然用心栽培乾隆，以至于到了雍正后期，四阿哥弘历是皇位继承人几乎是朝野共识，但那一天真到来的时候，还是引起了一片惶恐。雍正去世的时候，年纪还不到六十，尽管身体不如以往，但谁也没有想到这么快就会迎来死神的光临。因此，雍正并没有为乾隆的继位做太多准备。

这种准备上的欠缺给年轻的四阿哥带来了很大的潜在风险。古来皇帝感觉自己大限将至，就会对权力的交接做出安排，为储君顺利继承权力铺路，但雍正皇帝显然没有来得及为乾隆顺利登基做出人事上的准备。雍正宠信的鄂尔泰和张廷玉仍然重权在握，成为挡在新君面前的大石头。平心而论，鄂尔泰和张廷玉都不是鳌拜那样的人，但雍正突然去世，让他们的预期政治生涯大为缩短，换谁都是不开心的事情。而对于年轻的皇帝来说，年高望重的先皇重臣，以及他们背后的门生故吏，实实在在地对自己的权力和施政蓝图构成了掣肘。在这种情况下，年轻的皇帝需要一批新人，来推进自己的政治主张，并且逐步从老臣那里接管权力。

傅恒在这种情况下，幸运地被乾隆选中，登上了历史的前台。傅恒出身满洲世家，富察氏，镶黄旗人，祖父为康熙前期的户部尚书米思翰。康熙与大臣商量撤销三藩的时候，多数满汉大臣都主张徐徐图之，唯有明珠与米思翰坚决赞同。米思翰不但坚决支持康熙撤藩，还以户部尚书的身份向康熙保证，一旦三藩叛乱，朝廷能够有足够的钱粮支持平叛，这才让康熙下定决心撤藩。

与米思翰相比，傅恒父亲李荣保就没有那么耀眼，不过也担任了察哈尔总管的职位。然而，李荣保却得到了父亲没有得到的殊荣，就是成为大清皇后的生身之父。雍正五年（1727年），李荣保之女嫁给了四阿哥弘历，并被立为正福晋。此时的四阿哥，已经被雍正皇帝视为自己的继承人，在政治上炙手可热。富察贵女嫁给四阿哥，家族前途无疑是一片光明。

乾隆皇帝提前登基，无疑让富察家族的分量更显吃重。乾隆皇帝也正有大力拔擢富察家族的意图。乾隆登基的时候只有二十六岁，虽然是风华正茂，但面对先皇留下来的诸多重臣，还是稍显稚嫩。这种情况古往今来并不少见，年轻君主的解决办法就是从自己伙伴和姻亲中选拔人才，逐步建立起自己的班底。汉武帝即位之初，为建立自己的势力，大力提拔卫青、霍去病，逐步掌控了汉军，把老将和老臣们慢慢边缘化。卫青、霍去病也争气，迅速成长为能与匈奴骑兵主力进行大规模野战的杰出将领。

不过汉武帝一直乐此不疲，并没有像乾隆那样及时收手，而是在任用外戚和近臣的道路上越走越远。就是乾隆皇帝自己的祖父康熙，早年也是通过索额图、明珠等身边侍卫的力量，顺利擒拿鳌拜而掌控大权的。年轻的乾隆面对满朝老臣，自然会提拔围绕在身边的年轻人，以夯实自身的权力基础。在这种背景下，傅恒就像当年的卫青、霍去病一样，踏上了人生的快车道。

机会只留给有准备的人，而傅恒无疑对自己的未来有着充分的准备。雍正皇帝在九龙夺嫡中发现，大量的八旗子弟儒学教育水平不高，只知道忠于自己的旗主，忠君情结淡薄，这才让康熙皇帝晚年受窘于复杂的立嗣问题，无形中缩短了康熙皇帝的寿命。雍正皇帝有鉴于此，下令八旗子弟要认真学习儒学，培养忠君爱国的理念。

傅恒在这种情况下，自然饱读诗书，打下了较为扎实的儒学功底。作为八旗子弟，傅恒的弓马功夫自然也十分娴熟，堪称文武双全。

此时的八旗，虽然已经入关将近百年，但是仍然具有较为强大的武力基础以及经济基础，贵族家庭有足够的财力支持子弟学习弓马功夫。康熙和雍正都很重视八旗武力的建设和维系，日益兴盛的儒学教育也让八旗子弟文化素养比以前大为提高。伴随而来的，就是八旗青年中涌现出不少像傅恒这样，既能够担任军事职责，又有较强行政能力的人才，成为乾隆皇帝建功立业的重要支撑力量。

乾隆皇帝自然也看上了与自己有郎舅之亲的傅恒。傅恒父亲虽然不甚显达，但他的伯父马齐却是康熙、雍正年间赫赫有名的宰相，在八旗中有着显赫的地位。刚刚登基的乾隆根基不稳，也需要争取一些八旗世家的支持。傅恒与自己的关系，以及富察家族在整个八旗中的地位，都让乾隆皇帝甚为满意，将其视为心腹。

国事家事交相织

乾隆五年（1740年），傅恒被任命为蓝翎侍卫，正式开始了仕途。虽然蓝翎侍卫仅仅是正六品的职位，但毕竟日夜侍奉皇帝，能够目睹和经历很多重要国务活动，重要性远非一般正六品官员所能相比。与其他朝代不同，清朝皇帝喜欢从八旗贵族子弟中挑选侍卫，并且在适当的时候任命中意的侍卫担任各级中高级职位。侍卫因此也成为满族官员重要的来源。

乾隆当然不会让傅恒在蓝翎侍卫的位置上待太久。乾隆七年（1742年），傅恒被任命为御前侍卫，一跃而成侍卫中最高等级。同时傅恒还被任命为总管内务府大臣,负责管理圆明园事务。圆明园本来是雍正的私人花园,紧挨着康熙喜欢居住的畅春园。畅春园是康熙中晚年常居之处,大致位于现在北京大学西门一带。康熙赏识当时是四阿哥的雍正,特地将附近的圆明园赏赐给四阿哥。雍正即位以后,没有迁居畅春园,而是居住在圆明园,并将圆明园进行了扩建和改造。雍正本人,也是在圆明园离开了人世。

乾隆登基以后,也选择了圆明园作为自己日常居住和办公之地,圆明园成为事实上的大内,只有逢年过节才回紫禁城小住一两个月。傅恒被委派管理圆明园事务,等于是皇帝把家交给了他,可见乾隆对他的信任。傅恒也不负乾隆厚望,兢兢业业工作,把圆明园事务打理得井井有条,让乾隆在满意的同时,感到他可以肩负更大的责任。

乾隆八年(1743年),傅恒被乾隆任命为户部右侍郎,成为掌管国家财政的几位重要官员之一。傅恒在管理圆明园事务的时候,掌握着圆明园皇帝私人金库和珍稀物资库房,对会计、出纳和各项收支已经十分熟悉,管理户部事务堪称得心应手。乾隆十年(1745年),虚年24岁的傅恒被任命为军机处行走,正式进入军机处这个国家中枢机构。

军机处是雍正创立的国家中枢政务部门,在清朝中后期国家政治生活中有极重要的地位。清朝前期,权力机构之间的关系十分复杂。清朝中枢既有议政王大臣会议这样的权力怪物,决策和执行过程又要受明朝留下来的内阁的牵制。议政王大臣会议是关外时期的产物,由八旗旗主和各旗重要大臣所组成,对各项军国大事进行会议、讨论,做出的决定常常连皇帝都不能修改;内阁是明朝的遗留,皇太极在关外的时候,模仿明朝并根据关外特色,设立了"内三院"(内弘文院、内国史院、内秘书院),既保留了明朝内阁的基本职能甚至有所扩大,但又取消了明制内阁起草诏书、掌握国家日常行政工作的权力。清军入关之后,内三院和明内阁合并,几经反复,清朝才确立了自己的内阁制度,保留了明内阁的大部分权力。内阁大学士权力很大，在国家日常行政事务中还有较大的发言权，因此对皇权造成了另一重限制。

这种叠床架屋的权力关系，在对皇权造成很大限制的同时，也为野心家开启了后门。康熙晚年"九龙夺嫡"之所以那么激烈，与皇子们在八旗、内阁、六部都有自己的党羽，并且很多权力关系互不统属，皇帝干预不易有很大关系。"八贤王"胤禩和他的小集团经过康熙一再严厉打击，仍然保留可观实力，让康熙无可奈何，根源就在于中枢部门这种复杂的权力关系和八旗内部的人身依附关系。

有鉴于此，雍正皇帝决定将军机处作为新的决策与行政中枢，绕开那些错综复杂、尾大不掉的会议与衙门。军机处原本是为了处理西北军情而设立，在实际运行过程中，雍正感觉到了军机处运转高效、事权统一又易于保密的便利，毕竟在那个时候，还有许多胤禩的"八王党"企图刺探军情政情，伺机而动，军机处的设立打破了他们的幻想。因此，雍正皇帝将军机处作为常设部门，辅助自己处理国家大政。

军机处的设立，基本将议政王大臣会议和内阁架空，甚至取二者之长，在皇帝的支持下，不仅拥有了原来内阁的基本权力，而且将议政王大臣会议的一些权力收到手中，成为清朝中后期国家的政务中枢。为了安抚内阁，雍正皇帝将内阁的品级由正五品衙门升为正一品，内阁也正式荣升为国家最高政务部门，但只有名义上的权力。

清朝皇帝对于自己一手打造的这个权力怪物也很警惕。不仅军机大臣需要加内阁大学士的头衔才能被视为真正的宰相，而且在办公设施上，军机处长期保持着临时部门的色彩。圆明园的军机处在圆明园被焚毁后已不可考，但紫禁城的军机处我们都看得到。紫禁城的军机处设于隆宗门旁边的一排平房，各种设施都很简陋，与想象中的深门大院有很大区别。军机处离皇帝居所养心殿不远，军机大臣被传唤后很快就能来到养心殿。清朝皇帝也是用这种手段时刻提醒军机大臣，不要忘记自己皇帝近臣的身份。

乾隆登基以后，有鉴于军机处为鄂尔泰和张廷玉所把持，加上满洲权贵对军机处的敌意，曾经宣布裁撤军机处，改设"总理事务部"，取消了允禄、允礼等宗室贵胄把持军机处的权力。在允禄等宗室贵胄靠边站以后，乾隆迫不及待地恢复了军机处，并且通过对军机处进行改制、改组等手段，大大削弱了两位重臣鄂尔泰、张廷玉的影响力，让军机处成为自己得心应手的权力工具。

但在这个时候，乾隆还不能完全离开鄂尔泰、张廷玉等老臣独自掌管政务，还需要一个过渡时期，因此乾隆将鄂尔泰和张廷玉留在了新的军机处。

乾隆之所以决定将允禄等排挤出中枢，显然经过了深思熟虑。清朝前期政治从本质上看是贵族政治，八旗旗主以及入关后的皇子在政治上有着举足轻重的地位。康熙中后期的"九龙夺嫡"，以及雍正时期怡亲王允祥、庄亲王允禄和果亲王允礼的强势，都让皇权遭到了一定程度的削弱。这些往事乾隆耳熟能详，有些事还亲身经历，因而乾隆本人对皇亲辅政的弊端可谓洞若观火。新军机处成立以后，乾隆暗暗断绝了皇亲进入军机处辅政的道路，并且皇亲不能入值军机这一条，从此成为清廷祖宗家法的一部分，一直到咸丰时期恭亲王奕䜣入值军机，才打破这个规矩。

皇亲集体退出军机处，就给皇室之外的满洲人和汉族文臣提供了地位上升的契机。非皇室出身的满洲大臣，只要才能出众，就能够有比以往更多的机会进入中枢；而对于汉族文臣来说，普通满大臣的压制力量，要远远逊色于皇家出身的军机大臣，甚至在不少时候，满洲军机还要看汉军机的脸色。乾隆的这个举动，带来的影响是极其深远的。它让清王朝的贵族政治色彩大大减弱，传统文官政治的色彩大大加深，此后的清朝政治也愈来愈像宋明等传统中原王朝，也由此赢得了汉族士大夫更深的认同。

傅恒在这个节骨眼儿上被任命为军机处行走，乾隆显然大有深意。作为三十岁左右的年轻君主，在面对比自己大二三十岁的大臣的时候，心里的不自然是可想而知的。更何况，父亲的忠臣不一定是自己的忠臣，至少不会像对父亲那样对自己俯首帖耳。鳌拜曾经是皇太极和顺治的忠臣，但在面对更幼小的康熙的时候，还是情不自禁地摆起了老资格。乾隆需要的，不是和父亲这帮老臣天荒地老，而是要培养起完全忠于自己的大臣，比如傅恒。

乾隆十二年（1747年），傅恒升任户部尚书，成为掌管大清财政的重臣。乾隆对傅恒的厚望，整个朝野都察觉到了。但就在这个时候，时局的变化，改变了傅恒的人生轨迹。

傅恒的姐姐孝贤皇后，与乾隆感情深厚，为乾隆生下两个皇子：永琏和永琮。与康熙皇帝一样，乾隆皇帝有着浓厚的嫡庶情结，对宗法制度看得很重。乾隆一心想模仿祖父康熙，立嫡子为皇太子，既为大清，也为自己争一个好听的名分。

乾隆父亲雍正，原本并不是皇太子的热门人选，只是因为康熙晚年夺嫡形势波谲云诡，各方势力都已撕破了脸。康熙病发又非常突然，为政权平稳过渡计，康熙这才让相对超脱的雍正即位，为的就是尽可能降低"九龙夺嫡"对整个满洲贵族阶层的伤害。但相对超脱、又不是热门继承人的雍正即位，却让很多已经在太子和"八爷党"身上出了重资的八旗贵族不服气。无数流言蜚语扑向雍正，让雍正的继承合法性始终受到质疑。有鉴于此，雍正对八旗大臣也没那么放心。雍正时期汉族大臣地位陡升，与八旗大臣深深卷入"九龙夺嫡"，彼此之间形成复杂的政治网络和联系，让雍正不能完全掌握和放心，有很大的关系。

乾隆也饱受类似的困扰。与其他皇帝不同，乾隆的生母和出生地点却一直有些说不清楚。从画像上看，乾隆长相酷似雍正，生父是雍正确定无疑。但在乾隆生母和出生地问题上，却有些不大不小的疑团。据大内档案记载，雍正即位之初，下旨"格格钱氏封为熹妃"，而到了乾隆六年（1741年），在乾隆下旨整理的《世宗宪皇帝实录》中，相同的记载却变成了"格格钮祜禄氏封为熹妃"，不由得令人心生疑惑。这里面到底发生了什么事情，也只有昔年的当事人清楚了。

还有一个问题是乾隆的出生地到底在哪里。史料中给出两种不同说法：一种说法是出生在雍和宫，另外一种说法是出生在避暑山庄。相对第一种说法，第二种说法更加权威，因为它出自乾隆的儿子嘉庆皇帝之手，并且得到了乾隆本人的背书。嘉庆在乾隆庆祝八十六岁生日的时候，为父亲写了一首祝寿诗，里面有两句"肇建山庄辛卯年，寿同无量庆因缘"。写完以后，嘉庆还意犹未尽，又增加了一句注解"康熙辛卯肇建山庄，皇父以是年诞生都福之庭"，明明白白写出了乾隆的出生地。

按照传统礼制，这首诗是要被呈送给乾隆本人作为一份大礼的，乾隆本人也肯定看过这首诗，想必也是大为赞许，不然嘉庆也不会这么精心地把这首诗保存下来。第二年嘉庆又写了一首贺寿诗，再一次提到了乾隆的出生地是避暑山庄。

这些疑窦都说明，乾隆皇帝的身世绝不像看上去的那么简单。当然，在进一步的资料被发现以前，出于对历史的尊重，咱们也就点到为止。不过，乾隆身世上的疑点，在当时的贵族社会肯定不是什么秘闻，而且当时的人所知道的情况一定比现代人多很多。围绕着皇帝的身世，肯定形成很多流言蜚语，加上以往对雍正继位合法与否的种种流言，对乾隆皇帝地位合法性的打击可想而知。

在这种情况下，爆发了扑朔迷离的"弘晳逆案"。弘晳是当年康熙太子胤礽的嫡长子，康熙本尊的嫡长孙，地位异常尊贵。胤礽派系虽然遭康熙多次打击，但胤礽多年来与康熙父子情深，而且太子系在人事上与康熙嫡系绵密交织，康熙除了在二废太子的时候对太子系下过狠手外，基本上对太子系还是网开一面。被康熙近臣推上皇位的雍正，同样没有对胤礽势力下过重手，而是采取了怀柔和利用的政策。这就给乾隆埋下了一个大雷。

满洲贵族非常讲究嫡庶之别，八旗内部各种爵位的世袭，又与嫡庶身份紧密挂钩，因此弘晳本人在八旗贵族尤其是原胤礽势力圈子里的地位高得超乎想象。雍正皇帝由于实力不足，不得不对太子旧党的力量多有借助，比如怡亲王允祥、庄亲王允禄等，无形之中也助长了这些人的气焰。

这些人在雍正活着的时候不敢造次，到雍正去世后可没那么多顾忌了。乾隆身世上的疑点，让这些人更以为找到了啥把柄，开始围绕着弘晳组成小团体，经常聚会宴饮，数说皇帝的种种不是。乾隆将庄亲王允禄等人排挤出新军机处，也让这些人心怀不满。

俗话说，哪有不透风的墙，这些酒话很快就传到乾隆耳朵里。乾隆听了这些话，表面不置可否，可很快就把弘晳迁到京郊郑家庄居住。

郑家庄是胤礽生前所建王府，规模宏大，耗费不少银两。胤礽没有来得及享用这座王府便告去世，郑家庄就落到了弘晳手里。弘晳到了郑家庄，还是认不清形势，居然在郑家庄设立和内务府对应的各个办事机构，在郑家庄关门做起了皇帝。这下子可让乾隆抓住了把柄，很快就把弘晳拿捕归案，这就是清史上疑窦重重的"弘晳逆案"。

当然，作为中国历史上的杰出皇帝，乾隆并不想让家丑外扬，只是悄无声息地处理了这起非常事件，以至于很长时间内人们都忽略了它的存在。这也是吸取了雍正皇帝处理曾静谋反案的教训：一起小小的谋反案，雍正居然亲自与曾静辩驳，还著书宣告天下，搞得里外不是人。乾隆干净利落地对当事人做出发落：庄亲王允禄停双俸，罢理藩院尚书；弘昌革爵，降为闲散宗室；弘普革爵、交其父庄亲王严加管束；弘晈停郡王世袭，终身罚俸；宁和革爵、降为闲散宗室；弘昇则革爵、永远圈禁。处分看上去挺重，不过这么处理谋逆事件，根本谈不上什么力度，更何况乾隆不久以后还给他们中的多数人落实了政策，这些人又纷纷复出担任要职，只不过不像以前那么受倚重罢了。

对于弘晳本人，乾隆的处分却异常严厉：弘晳被革去亲王爵位，胤礽留下的理亲王爵位由弘晳异母弟弘㬙降爵继承，封为理郡王。不仅如此，弘晳还被改名"四十六"，开除宗室身份，押往景山东菓园圈禁所囚禁。弘晳妻子、儿女被取消近支宗室"黄带子"身份，仅仅保留"红带子"身份，降为远支宗室，交由理郡王弘㬙严密看管。郑家庄的理亲王府也被步军统领衙门接管，并于数年后拆除。三年后，弘晳暴病而亡，为"九龙夺嫡"画上了一个血的句号。

乾隆如此严厉处理弘晳一家，是有充分理由的。满清皇室是一个具有严格尊卑顺序的宗法团体，大宗与小宗之间界限森严，不可逾越。而且这种宗法关系还蔓延到八旗内部，形成种种复杂的权力关系，甚至连君主都无法完全驾驭。在极端情况下，甚至存在废立君主的可能。弘晳所结交的一帮在雍正时期呼风唤雨的近支宗室，表面上只有他们几个人，私底下却暗藏庞大势力，而且还有宗法关系这一神兵利器，对乾隆地位构成可怕的威胁。乾隆之所以对弘晳之外的宗室高高举起，轻轻放下，原因就在于忌惮这些人背后的权力网络。

乾隆干脆利落地处理弘晳谋反案，也给"九龙夺嫡"，甚至清朝前期的宗室贵族政治画上了一个句号。清朝前期的宗室贵族政治发源于关外时期，八旗旗主、王爷、贝勒经常受皇帝委托，要么佐理政事，要么管理六部中的一部，加上又有兵权或者担任各级官员的奴才，权力要远远大于明朝的内阁成员。努尔哈赤与皇太极时期有所谓的"四大贝勒"（代善、阿敏、莽古尔泰、皇太极），多尔衮和顺治时期有所谓"理政三王"（尼堪、博洛、满达海），都是权倾朝野，威名赫赫。到了康熙时期，康熙秉承贵族政治传统，让自己的儿子管理六部，打理各种政务，满以为这样会让皇权更加巩固，却不料这些龙子凤孙与原来各个圈子里的老牌贵族搅在一起，反而成为皇权重要的掣肘力量。康熙皇帝晚年被夺嫡的阿哥们搞得焦头烂额，原因即在于此。

雍正皇帝上台以后，收拾了根深蒂固的"八爷党"，但对于满洲深厚的贵族政治传统，实力薄弱的雍正也是无可奈何，只能在重用允祥、允禄、允礼等兄弟的同时，尽量提高满汉普通大臣的地位。尽管雍正没有完全处理清朝贵族政治的遗留问题，但他对"八爷党"的处置，以及对诸王权力的限制，为乾隆彻底解决这一问题做好了铺垫。

弘晳势力的退场，意味着"九龙夺嫡"时代的彻底落幕，雍正一系已经无须再借助其他政治势力的力量，就能够独立掌握大局，这是雍正花了十几年时间都没有能完全做到的事。宗室们退出政治舞台，也为傅恒等满洲普通世家的子弟开辟了更大的空间。

平步青云背后的奥秘

经历了如此之多的复杂事件，乾隆对于树立自身的合法性，有了超乎寻常的心理需求。弘晳之所以横行霸道，依仗的不过是康熙嫡子所赋予的宗法身份。同时，大清入关一百多年，在立太子问题上始终没有很好的解决方法。当然，这与太子在八旗贵族制下立身不易，有很大关系。太子不仅仅要小心翼翼地保持与皇帝的关系，还要谨防兄弟们和他们身后的八旗贵族的暗算。

精通汉文化，深知汉人心理的乾隆明白，如果大清不建立太子制度，很不利于增强汉人对清朝的认同。雍正一系在宗法问题上所吃的亏，更让乾隆有了一种紧迫感和代偿感，希望通过立自己的嫡子为太子，提升雍正一系，进而提升大清的合法性。因此，乾隆对自己的两个嫡子寄予了厚望。

尽管乾隆满怀期待，但老天爷似乎还是给乾隆开了一个残酷的玩笑。傅恒姐姐、孝贤皇后所生的两个嫡子：皇次子永琏和皇七子永琮都先后早夭，让乾隆的立嫡梦想无言破碎。更让乾隆伤心的是，两次经受丧子之痛的孝贤皇后受不了打击，身体一天比一天衰弱。乾隆看在眼里，急在心上，决定带皇后到泰山祈福治病。没想到皇后到泰山以后病情开始加重，经过调养虽然有所起色，但还是不幸在回京路上去世。

乾隆与孝贤皇后伉俪情深，这对曾经不识愁滋味的少年夫妻，在一起度过了很多幸福快乐的时光，成为乾隆皇帝永远的追忆。不过，两位嫡子和皇后先后去世，让乾隆皇帝心性大乱，毕竟这是他最亲近，也是寄予无限政治期望的人。为了寄托对皇后的哀思，乾隆下诏，要求按规格更高的《大明会典》的礼仪，为皇后办一场宏大的葬礼。

乾隆要求，在皇后大丧期间，文武官员百日内不准剃头，持服穿孝的二十七天内，停止音乐嫁娶；一般军民，则摘冠缨七日，在此期间，亦不嫁娶，不作乐。这种规格，在清朝史上属于空前之举。不过正因为不符合以往相关要求，有些不开眼的宗室和官员，没有了解皇帝的心思，让皇帝大发雷霆，接连打出重拳，令人错愕。

大阿哥永璜和三阿哥永璋在迎接皇后灵柩的时候，表现得不够伤感，已经让乾隆大为不满。在葬礼上，永璜并没有注意到场合，居然还和三阿哥等人有说有笑，脸色轻松，让乾隆暴跳如雷。这也难怪，皇后两个亲生儿子已经夭折，现在永璜就是皇后的长子和宗法上的亲儿子。母亲去世，当儿子的居然一脸轻松，成何体统？即使放在今天也要受谴责。乾隆为此大声呵斥永璜，并暗示取消永璜皇位继承资格。永璜惊骇、伤感之下，得了抑郁症，两年后不幸去世。

乾隆对皇长子的去世大为伤心，不过已经晚了，而且永璜不是唯一因为皇后去世吃了瓜落儿的。乾隆弟弟、和亲王弘昼是大阿哥师傅，因为没能教导好大阿哥在皇后葬礼上尽到人子本分，受到乾隆斥责和罚俸处理。翰林院掌院学士、乾隆朝后期名将阿桂之父阿克敦，因为翰林院上奏的孝贤皇后册文（可以看作清朝官方的追悼词）存在满汉文翻译错误，让乾隆暴跳如雷。正好不久前乾隆免去了阿克敦担任的协办大学士一职，将这个重要职位交给了傅恒，乾隆认为阿克敦是在借册文发泄不满，下旨将阿克敦交刑部严办。

刑部揣度乾隆心事，以为皇帝是要"高高举起，轻轻放下"，也顾及和阿克敦的同僚之情，刑部自作聪明地给阿克敦判了个"绞监候"，就是死刑缓期执行，满以为遂了皇帝的心意，皇帝会按照以往惯例给阿克敦减刑，以示皇恩浩荡。不料乾隆看到刑部的判决后龙颜震怒，认为刑部在有意包庇阿克敦，下旨将刑部一干大员署理刑部尚书盛安、尚书汪由敦、侍郎勒尔森、钱陈群、兆惠、魏定国全部革职，加恩留任。

阿克敦的小命算是保下来了，多亏刑部同僚替他担了风险。如果刑部大员们直接判斩立决啥的，盛怒之下的乾隆真有可能批准。这还没完，当年五月，乾隆认为大行皇后初祭礼所备的饽饽品质不好，祭祀桌张也不鲜明干净，下旨将负责此事的光禄寺卿增寿保、沈起元、少卿德尔弼、窦启瑛等全部降一级调用。

两江总督尹继善、闽浙总督喀尔吉善、湖广总督塞楞额、漕督蕴著、浙江巡抚顾琮、江西巡抚开泰、河南巡抚硕色、安徽巡抚纳敏等五十多名满汉文武大员，因为没有奏请到京城叩拜皇后灵柩，被乾隆认为无人臣之礼，均受到严厉处分。更夸张的是，当年九月，湖广总督塞楞额因为在皇后治丧期间违背乾隆旨意剃头，被乾隆赐自尽。这样的事不用说在康熙、雍正年间，就是在皇太极、多尔衮时期也很少发生！

皇后与两位嫡子相继去世，显然给了乾隆非常大的打击。乾隆不得不怀疑，尽管上苍给了自己想要的一切，却是以拿走另外一些他十分在意的东西作为代价的。考虑到乾隆特殊的身世，早年肯定有一些不为人知的故事，这不能不影响到乾隆的心性甚至对整个世界的看法。乾隆处置政事的作风也由早期的宽容，摇身一变为刚猛峻厉，这对整个清朝的政治和评价都产生了深远影响。

皇家的变故，尤其是皇后的去世，对傅恒的命运也产生了深刻影响。乾隆对傅恒固然有栽培之心，但皇后和两位皇子的存在，让乾隆在重用傅恒的同时，又有些犹豫不定。毕竟当年位高权重的索额图的前车之鉴，让乾隆在任用傅恒的问题上始终有所顾虑。

索额图是康熙皇帝的心腹，被康熙委以重任，但他同时也是废太子胤礽的叔外公。但胤礽长大成人以后，索额图就成了胤礽最重要的靠山。让胤礽和索额图始料不及的是，康熙皇帝居然"超长待机"，成了中国历史上在位时间最长的皇帝。最后胤礽只在康熙死后多活了不到两年时间。索额图在这种情况下，上蹿下跳，搞了不少阴谋，希望让胤礽提前继位，结果被愤怒的康熙判处终身监禁后暴亡。前车之鉴，历历在目！

鉴于这历历往事，加上自己缺乏有力舅家支援，乾隆不得不巧用手段，艰难地在王爷和大臣们之间周旋。幸得上苍保佑，加上乾隆自己资质非凡，年轻的皇帝终于一点点从王爷和重臣们手中成功地收回了权力。其中的艰辛曲折，堪称一言难尽，乾隆自是冬日饮冰水，点滴在心头。对于傅恒的下一步升迁，乾隆既希望傅恒能成为乾隆朝重臣，成为自己有力的帮手，又担心他升迁过速，权势过重，将来在太子和自己间横生出许多枝节。皇后本人虽然已经过了最佳生育年龄，但春秋正盛，也会成为傅恒的有力靠山。但随着二阿哥、七阿哥的夭折，特别是皇后本人的去世，傅恒的潜在政治势力和能量大减。到了这个时候，乾隆就敢于放手任用傅恒了。

关键的一战

乾隆十三年（1748年），孝贤皇后还在世的时候，傅恒就被授予协办大学士，正式跻身宰相的行列。当时的内阁虽然权力渐渐被军机处所侵夺，但重大国务暂时还是不能绕过内阁，而且内阁是正一品衙门，军机处虽权重，却没有级别，所以军机大臣只有在内阁有了头衔，才能够权责相符，成为正式宰相。协办大学士虽然仅是从一品，却大大增强了傅恒在国务活动中的影响，也是皇帝要进一步重用他的标志。

数月后孝贤皇后去世，让傅恒再没了后宫中强有力的奥援，乾隆对傅恒的顾虑和警惕更是大大放松。就在这个节骨眼上，傅恒迎来了人生的一个重要机会。

早在雍正时期，清廷就在西南少数民族地区推行"改土归流"的政策，逐渐把当地世袭的"土司"改成朝廷委派的"流官"，即有任期的外省籍文官治理，对国家的统一和治理都是很有意义的。"改土归流"早就被提出，一直到鄂尔泰担任云南巡抚的时候，清廷才在鄂尔泰的建议下大规模在西南推行此政策，这也是鄂尔泰重要的政绩。"改土归流"政策一向推行得比较顺利，但到了大小金川地区，却陡然出现波折。

大小金川，位于今日四川省阿坝藏族自治州金川县、小金县，地势险要，特别是扼守四川入藏通道，战略价值极其重要。大小金川地区除了有险要的地势可以构建工事进行割据之外，还有大片土地可以放牧和耕种，因而大小金川地区的土司有着强大的军事和经济实力。

大小金川并不是铁板一块，而是分为大金川和小金川两个土司辖区。由于大小金川地区强大的经济和军事潜力，一直有野心家妄想统一大小金川，并进一步对外扩张自己的势力。乾隆十年（1745年），大金川土司莎罗奔设下鸿门宴，诱捕了小金川土司泽旺，吞并了小金川土司辖区。莎罗奔还不安分，依仗强大的实力，不断侵吞其他土司领地，对四川其他地区形成强大威胁。

乾隆敏锐地感觉到了大金川的威胁，决计逼迫莎罗奔退出小金川，莎罗奔哪里愿意？一场残酷的战争便开始了。

乾隆十二年（1747年），乾隆派名将张广泗为川陕总督，会同原川陕总督庆复，率领重兵进攻莎罗奔。大小金川地区地势险要，莎罗奔等历任土司又修筑了完善的碉堡群，哪里是缺乏山地作战经验的清军轻易能够啃动的？张广泗等人的攻势被大金川军连连击退，清军损失惨重，不得不暂停进攻。

消息传到京师，乾隆不由得大怒，不过这个时候他对张广泗还抱有信心，只是决定授予自己的心腹、军机大臣讷亲经略之职，带领精锐清军与大量给养，到前线指挥战事。

讷亲本是文官，只会纸上谈兵，张广泗更不满意来了个经略到自己头上指手画脚。清军在大金川的堡垒群面前早就束手无策，现在又遇上将帅不和，哪里能有好果子吃？在讷亲的胡乱指挥下，清军伤亡惨重，大金川却依然耸立。

乾隆见状，只得下旨将讷亲、张广泗拿问，由傅恒取代讷亲担任经略。为了给傅恒壮行，乾隆特地将傅恒由协办大学士升为保和殿大学士，成为帝国正式的宰相。

不过对于傅恒来说，这绝不是什么轻松差事。讷亲在罢去经略以后，被乾隆下旨赐死，张广泗则被送到京师问斩。此时金川前线形势已经糜烂，稍不小心，傅恒就会重蹈讷亲的覆辙。在这个时候，傅恒表现出了将政略和军略结合起来的杰出能力。

傅恒虽然当过侍卫，顶多是个人武功比较高强，一对一的格斗水平没话说，但那和指挥千军万马是两码事。清军入关以后，为适应管理大一统帝国的繁重工作需要，满洲大臣逐渐转向文武分途，而且满洲文官的地位渐渐高于满洲武官。康熙以来，皇帝大凡要培养身边满人的军事才能，都会为之创造很多优厚的条件，特别是找一些容易打的仗给培养对象打，让他轻松地刷到军功，增强日后的发展资本。但对于在军事上初出茅庐的傅恒来说，这次的的确确地拿到了一块硬骨头。

仗打到这个份儿上，究竟如何收场，乾隆皇帝自己也心中无底。如果此战失利，乾隆好不容易建立起来的威望无疑会大损，届时被乾隆打散了的王公大臣势力会有什么反应，可就只有天知道了。傅恒审时度势，对这些早就了然于胸。同时，傅恒也明白自己缺乏指挥经验，也定下了相应的对策。

傅恒明白，要圆满地完成任务，离不开乾隆的配合与支持。特别是乾隆已经被金川战事搞得焦头烂额，寝食难安，很容易被刺激得失去理智，做出欠缺考虑的事情，从而进一步搞坏前线形势。届时自己恐怕也要像讷亲那样被抛出来当替罪羊。因此傅恒的第一步，是要做好乾隆皇帝的情绪管理工作，让皇帝的心情逐步恢复正常。

乾隆十三年（1748年）十二月二十二日，傅恒率领京旗和东三省满洲兵共五千人从京师出发，踏上了远征大金川的路途。一路上，傅恒非常频繁地给皇帝写奏折，汇报自己一路的辛劳，是如何勤于王事，任劳任怨，整顿军队和维系士气的，让乾隆心下大慰。眼看傅恒如此乖巧懂事，办事又如此扎实勤劳，乾隆自己反而有点不好意思，情绪也渐渐稳定下来。

看到傅恒在军事上同样表现出在政务上的成熟、平和与精细，乾隆感到这次终于用对了人。俗话说，将在外，君命有所不受，这个道理乾隆还是懂的。乾隆开始愿意逐步放权给傅恒，听从傅恒关于战局的意见，更在内心愿意灵活调整此次战争的目标。毕竟乾隆登基以来，还从来没有遇到过战事，打出一个开门红是最重要的。毕竟清廷以武立国，如果大金川战事取得胜利，将向天下臣民尤其是八旗宣告，乾隆是一个能够继承皇太极、多尔衮和康熙伟业的君主。

傅恒显然也明白这一点。初任统帅的他，显然明白自己在军事指挥能力上的短板。这就让傅恒决心在具体军事部署和指挥上，更多地尊重前线将领的意见，自己则主要将宝贵的精力集中于打动君心、争取资源和协调军政目标上。

傅恒的做法产生了明显的效果。现在他有了一个头衔——"经略大学士"，这是当年洪承畴曾经担任过的职位，由此可见皇帝对他所寄予的期望。傅恒一路辛劳谨慎，并将自己的工作详详细细写下来汇报给乾隆。傅恒明白，自己身边肯定有皇帝的线人，会将自己的一举一动详细汇报给皇帝。不过傅恒明白，皇帝对自己奏折上的内容肯定会是异常关心，生怕自己成为讷亲第二，向圣躬隐瞒关键军情，因此皇帝肯定会让线人反复验证自己奏报的内容。傅恒就准备用这一点来做做文章。

傅恒每一二日就向皇帝上奏折，汇报自己的情况，以及一路的见闻，特别是入川以后，对军情、民情和地理形势的奏报更加详细用心，让乾隆对整个战场形势一览无余。乾隆满意之下，也有了更深的现场感和参与感。四川本身就是天险之地，调运物资非常不易。傅恒麾下八旗兵携带大量军用物资进军四川的辛苦，通过傅恒的奏报已让乾隆详细知晓；从四川盆地向大小金川进军的艰苦，傅恒也通过奏折和身边线人的密报，让皇帝对远征金川的艰难有了更深刻的了解。到了这个时候，难局已经打开了一半。

经过重重险阻，傅恒终于到达金川前线，此时迎接和辅佐他的是康熙、雍正两朝名将岳钟琪。此时的岳钟琪已经六十二岁，但宝刀不老，依然熟习弓马，精干锐利。乾隆深知傅恒虽然精明能干，是宰相之才，但行军打仗毕竟不是其所长，因而特地给他配备了岳钟琪这样一位智勇双全的老将作为助手。岳钟琪在雍正年间担任过统帅，因没有处理好内部关系而遭人构陷，身陷囹圄，对搞好与皇帝和皇帝近臣关系的重要性这一点有着刻骨的体验，因此也很欢迎傅恒作为统帅。由此可见，乾隆选择岳钟琪，也是经过了慎重的考虑。现在将相和谐，前线的指挥关系就进一步理顺了。

傅恒也很爽快，把具体的军事部署权力交给了岳钟琪，自己仅仅负责宏观监督职责。岳钟琪也很识趣，大的军事行动都在和傅恒商量后，经过傅恒首肯才进行。傅恒、岳钟琪执掌前线指挥权以后，立即捕杀了大金川埋伏在清军中的奸细，狠狠给了莎罗奔一个下马威。随后，傅恒、岳钟琪经过周密部署，指挥清军向大金川发动了猛烈进攻。

岳钟琪不愧是沙场宿将，指挥清军大败叛军，先后攻克敌军大小碉卡四十七处，缴获粮谷十二仓，焚毁敌寨数十座，基本歼灭了大金川叛军的外围兵力。叛军受此重挫，只能够龟缩到十几个大堡垒里。这个时候清军的物资供应也已经很紧张，岳钟琪也只能尽量用智取，先后攻占了康八达、塔高等险要之处，将莎罗奔一伙逼到了窘境。

傅恒与岳钟琪商议，尽管目前战事顺利，但清军后勤已经开始窘迫，要继续开展长期大规模的战事确实有很大困难。此前，傅恒已经通过多种方式，把前线的艰难状况奏报了乾隆，特别是前线物资日益紧缺的状况。乾隆看到这些奏报，自然也是心情沉重。经过多年劳而无功的战争，财政状况并不乐观，乾隆心里对这个是有数的。经过仔细斟酌，加上傅恒巧妙的运筹和准确的信息沟通，乾隆终于点头，同意对莎罗奔势力进行招降。

说来也巧，莎罗奔与岳钟琪有一段不浅的交情。岳钟琪当年随年羹尧平定青海的时候，莎罗奔曾经率领手下土兵，跟随岳钟琪作战。莎罗奔很佩服岳钟琪的军事才能，对他可谓又敬又怕。岳钟琪昔日在四川任职的时候，也曾调停过川西包括大金川在内的各个土司之间的冲突。岳钟琪秉公而断，让各个土司心服口服，在川西积累了崇高的威望。在与傅恒商议后，也征得了乾隆的默许，岳钟琪决定利用这一段老关系，说降莎罗奔。

莎罗奔也不想再打下去了。虽然叛军让清军吃了大亏，但叛军毕竟力弱，又是本土作战，生产遭到极大干扰。时间一长，叛军物资储备开始紧张，军心也开始涣散。只是依仗本土作战优势，叛军才能够苦苦支撑。岳钟琪招抚的橄榄枝一伸出，莎罗奔当即喜出望外，心下自是一千个一万个答应。但莎罗奔也担心清军在耍花招，因而有些举棋不定，一时间难以决断。

岳钟琪在与傅恒商量后，决定亲赴敌营，说降莎罗奔。傅恒虽然有些担心，但看到老将军无畏的劲头，也就不好再说什么。部将们都劝岳钟琪多带人马赴会，以防不测，却被岳钟琪谢绝。岳钟琪认为，莎罗奔已成惊弓之鸟，如果多带人马，反而会让他在惊吓之下判断不清形势，不利于招降，因此只带了十几个骑兵，奔赴莎罗奔大营。

莎罗奔早就带着麾下众头人在寨前暗中窥伺，只见岳钟琪果然如约前来，而且身边只有十几名骑兵，心下的大石头慢慢落了地。岳钟琪到了寨门，喝令莎罗奔打开寨门来见。莎罗奔下令打开寨门，岳钟琪带着麾下骑兵鱼贯而入。

岳钟琪一见莎罗奔和麾下的头人，都是自己当年的老部下，捻须笑道："你们还认识我吗？"莎罗奔等人眼见老长官真的来了，纷纷叩首拜见，岳钟琪将他们一一扶起。莎罗奔亲自端来茶汤，岳钟琪接过一饮而尽，又要了一碗。莎罗奔眼看岳钟琪毫无顾忌地饮用茶汤，知道朝廷确有招抚之意，恐慌之情顿时散去。

岳钟琪饮完茶汤，向众人大声宣布："天子虽然威严，却心怀仁德，尔等若降，许尔等不死。"莎罗奔等人听了这话，当即叩拜，口称归降。第二天，莎罗奔等随着岳钟琪到了清军大营请降，傅恒严厉地申斥了他们，然后举行了招降仪式，宣布接受大金川的投降，并赦免了莎罗奔等人。持续两年多，耗费钱粮无数的第一次金川之战宣告结束。

第一次金川之战的顺利结束，与傅恒运筹帷幄、理顺各方面关系密不可分，甚至可以说是首要的原因。傅恒的全局洞察力，巧妙的手段和细密的心思，特别是与岳钟琪相处所表现出来的容人之量，在金川之战中表现得淋漓尽致。第一次金川之战堪称一个筛选器，让傅恒脱颖而出，成为帝国的首辅，同时也让不合格的讷亲以惨烈的方式出局，无形中为乾隆朝前期的善治开辟了道路。

这场战事对于乾隆本人的意义也是巨大的。乾隆执政前十年，内地形势平稳，经济渐渐繁荣，边疆也没有大的战事。这种情况的出现，对于老百姓当然是好事，但却不一定有利于国家长久的安定。在古代常常可以看到这样的情况，国家在长期的和平以后，遇到突如其来的战争惊慌失措，结果导致长久的动荡，安史之乱就是典型的案例。乾隆在执政的前十年并没有遇到过大的战事，因此对如何作为帝国的领导者去应对和指挥战争并没有概念，顶多是跟着雍正揣摩学习，而雍正的武功实在是不怎么样。

正因为如此，乾隆在遇到莎罗奔反叛的时候，表现得并不成熟。乾隆不熟悉军情民情，急于求成，在庙算不足的情况下，盲目追求过高的目标，而且在选将用人上也出现了很大的问题。如果不是傅恒力挽狂澜，运筹帷幄，利用各种资源迫使莎罗奔投降，这场战争极有可能以失败而告终。如果真出现这种情况，乾隆的自信心将大受打击，整个乾隆朝的政治，包括边疆形势，将向不可测的方向发展，大清将有可能提前五十年迎来衰退年代。通过最后的成功，乾隆也得到了充分的淬炼，开始具备作为最高统帅的信心和谋略，以及统筹全局的能力，去指挥一场成功的战争。整个乾隆朝的武功和开疆拓土的战绩，都是源于乾隆、傅恒、岳钟琪君臣一心的合作与谋划。由此可见，傅恒在第一次金川之战中的功绩，不可谓不大，但这种功绩则在相当程度上被后人忽视了。

在既有的条件下，傅恒圆满地解决了大金川叛乱问题，为自己，也为乾隆的政治生涯开辟了光明的前景。经此一战，傅恒在军机处甚至整个中枢的地位愈加巩固，也让乾隆能够进一步摆脱鄂尔泰、张廷玉等人的门生故旧对朝政的影响，从而为乾隆中后期堪称辉煌的武功和治理打下坚实基础。尽管傅恒没能够完全彻底地解决大小金川的问题，但傅恒积累的经验和办法，让乾隆对大小金川的形势有了更深的理解，从而为三十年后彻底解决大小金川的问题做好了铺垫。

盛世贤相

傅恒率领得胜之师回到京师，受到乾隆皇帝的大肆褒奖。傅恒被封为一等忠勇公，赐宝石顶、四团龙补服。傅恒赶紧请求乾隆撤回这些厚重的封赏，但乾隆坚决不许，要求傅恒身着四团龙补服来宫廷叩见。不久，乾隆又为傅恒建了宗祠，更为傅恒在东安门内建造了府邸。这下子傅恒在皇城内就安了家，与乾隆的交流更方便了。

功勋卓著的傅恒回京，成为名副其实的首揆，无人能够撼动他的地位。自从三藩之乱以来，很少有大学士和军机大臣取得这样的地位。不过，深受儒家思想熏陶的傅恒并没有被冲昏头脑，而是对自己的处境有着清醒的认识：乾隆与他的父亲雍正一样，是一位雄猜之主，并不好伺候。如果说雍正还有几分真性情和对称心臣下的怜护之意，乾隆性情则更加高深莫测，翻起脸来也更加无情。金川之战自己运筹帷幄，巧妙地让皇帝自动入彀，改变了皇帝的既定计划，乾隆嘴上不说，事后想起来肯定不是滋味。如果稍有居功自傲之意，恐怕下场就和讷亲一样！

再说，平定大金川叛乱，尽管是暂时平定，也让整个帝国避免了一场可怕内耗，能够有更多时间休养生息，这是令天下人都叹服的巨大功勋。立下如此功勋，再去担任首揆，自从清朝立国以来，只有一个鳌拜。清醒的傅恒每想到这些，怎能不为自己和家族的前途忧心。

为了减少乾隆对自己的猜忌，傅恒在权力分配上表现出了更加谦恭的态度。自从明朝中期以来，内阁首辅的权力渐渐加重。重大国务问题的处理意见，都由首辅一手包办，次辅和其他内阁成员有时候甚至都不能闻问。这种风气也被清朝沿袭下来，清朝内阁特别是军机处也照搬了明朝的这个规矩。皇帝有事传召军机处商议的时候，以往都是首席军机一人进入养心殿或者圆明园勤政殿等皇帝办公场所面见皇帝。傅恒为避免专擅国政之名，更为了让乾隆放心，向乾隆恳求让所有军机大臣一并入大内面见皇帝，并得到了乾隆的首肯。从此，军机大臣集体面见皇帝，当面接受皇帝的旨意，就成了军机处正式的制度。

傅恒为人和善恭谨，礼贤下士，颇有西汉霍光之风。傅恒虽是首席军机大臣，却能团结同僚，让同僚在心情愉快的状况下工作。傅恒的这个特点，在远征金川以前就表现出来。傅恒主持下的军机处，能够高效地处理各种军务政务，让乾隆在处理国家大政之余，有更多的时间精力用于休息、读书和对政务进行复盘。傅恒远征金川以后，乾隆明显地感觉到了军机处效率下降，多次对军机处表示了不满。傅恒回京以后，军机处的运行效率又恢复如常，让乾隆大为满意。

不仅如此，傅恒对身边的汉族文士也大为照顾，为国家选拔、培养了不少人才。其中最典型的就是乾隆时期著名史学家、文学家赵翼。赵翼是江苏常州人，擅长史学、文学，其所著《廿二史札记》在中国文化史上影响很大，与王鸣盛《十七史商榷》、钱大昕《二十二史考异》合称"清代三大史学名著"。赵翼于乾隆十五年（1750年）中举，乾隆十九年（1754年）考授内阁中书、军机处行走，在傅恒的领导下工作。赵翼初入军机，俸禄微薄，经济上常常捉襟见肘。有一年岁尾，赵翼戴着一个破皮帽到军机处上班。傅恒见了，悄悄塞给他五十两白银，要他买个新帽子过年。赵翼正愁无钱过年，看到这五十两白银不由得喜出望外，把这些银子都买了年货，仍然戴着旧帽子上班。傅恒见状，也能够体谅赵翼的苦衷，一笑置之，让赵翼感念了一辈子。

为了赵翼的前途，傅恒鼓励他参加科举考试，并没有因为用他顺手就加以阻拦，为之多方奔走，险些让赵翼高中状元。由于乾隆希望出一个北方状元，该科状元花落陕西王杰，赵翼只得了个探花。赵翼中探花以后，傅恒向乾隆大力推荐他，但喜好以貌取人的乾隆认为赵翼外貌欠佳，没有像傅恒希望的那样重用赵翼。不过，傅恒对赵翼也是尽了最大心力，赢得了时人的叹服。

平准的头号功臣

乾隆十九年（1754年），准噶尔发生内乱，台吉阿睦尔撒纳不满大汗达瓦齐的暴虐与失信，起兵反抗达瓦齐的统治。双方展开了大混战，阿睦尔撒纳战败，率领麾下两万余部众投降了清朝，并愿为清朝大军前驱，进攻准噶尔。消息传来，乾隆高兴地接纳了阿睦尔撒纳，并封他为亲王。阿睦尔撒纳的请求也的确让乾隆心动，乾隆于是与大臣商议，希望能对准噶尔用兵。

让乾隆感到意外的是，满汉大臣大多主张息事宁人，不要听信阿睦尔撒纳的挑唆。此时的大清，经济正处于蒸蒸日上的状态，承平的生活消磨了满汉大臣的雄心，都不愿意发生大规模的战争。更何况准噶尔并不是好啃的骨头。自从康熙朝以来，准噶尔就是清廷大敌，多次给清廷以重创。特别是雍正朝的和通泊之战，准噶尔军大败清军京旗精锐，八旗精兵损失7000余人，京师八旗几乎家家戴孝。这场战役重创了雍正帝开拓边疆的欲望，也让雍正本人的政治声望大损，甚至在一定程度上缩短了雍正的寿命。此后清廷不得不与准噶尔开展和谈，一直到乾隆四年（1739年）才达成了和议。清准之间，已经有15年没有战事。

平心而论，清军尤其是八旗军的战斗力，包括单兵战斗力，是超过准军的。自从康熙打败噶尔丹以后，清军就对准军处于攻势。只不过清军远离核心统治区作战，粮草运输困难，准噶尔军力又比较强悍，这才让清准之间的战争持续了将近百年。

准噶尔军事上的强大不仅包括传统的骑兵优势，还包括装备与后勤补给上的能力。准噶尔与沙俄也进行了较长时间的边境战争，双方时战时和，准噶尔也从沙俄那里进口了大量军火，甚至利用沙俄俘虏指导自身的近代军火生产。同时，准噶尔内部还有稳定的农业经济，能够源源不断地为准噶尔战争机器提供支持。在这种状况下，准噶尔在与清廷的战争中表现出强大的韧性，多次把清廷逼入窘境，令清廷狼狈不堪的同时又无可奈何。

时间一长，朝廷上下对准噶尔都滋生了多一事不如少一事的心态：只要准噶尔不主动惹事，就假装它不存在好了。现在皇帝要利用准噶尔内乱的机会讨伐它，满汉大臣当然不愿意附和。

乾隆也是又急又气：如果只有他一个人主张打准部，所有的大臣都不赞同的话，皇帝也不能一个人唱独角戏啊？就在这个时候，首席军机大臣傅恒挺身而出，赞同皇帝的伐准提议。

傅恒这样做对自己是有风险的。满朝文武都不赞同，只有你赞同，那赞同的人只要分量足够，就有很大可能成为挂帅出征的首要人选。即使躲过了挂帅这一关，一旦仗打不好，就会成为皇帝的替罪羊去背所有的锅。你说这何苦来哉？

傅恒当然明白这些道理，但多年的政务、军务经验让他明白，准噶尔即便不是清朝大敌，也让大清西部的防线出现一个很大缺口。从准噶尔地盘出发，越过阿尔泰山，深入喀尔喀，就足以动摇京师，从根本上危及清朝的统治。清朝历代英主都很重视解决准噶尔的问题，原因即在于此。

清朝入关以来，与准噶尔作战和对峙已经有七八十年。残酷的事实证明，准噶尔绝对是一个不可忽视的对手。准噶尔的大汗们都认为，自己的使命是统一蒙古，再造成吉思汗的辉煌，因此准噶尔与大清的矛盾可以说是不可调和的。同时，准噶尔与西藏在宗教上也有密切联系，噶尔丹本人就被认为是藏传佛教温萨活佛转世。如果准、藏一体，在整个蒙古世界的号召力将是无与伦比的。

傅恒清醒地看到了准噶尔强大的潜力，以及其在蒙古世界的号召力，因此坚决支持乾隆讨伐准噶尔的决策。此时傅恒担任首辅已近十年，在朝堂之上威望卓著，加上又有实际军事经验，因此说话分量要远远超过一般的满汉大臣。傅恒一表态，其他大臣也就不好再说什么，讨伐准噶尔的决策就这么定下来了。

事实证明，这次机会是难得的消灭准噶尔的战略窗口期，被乾隆和傅恒幸运地抓住了。乾隆此次并没有让傅恒担任统帅，而是调动了五万大军，十四万匹马，由萨喇勒为定边右副将军，阿睦尔撒纳为定边左副将军，大举讨伐准噶尔。傅恒作为首席军机大臣，辅佐乾隆，全盘主持对准作战指挥。

准噶尔军民早已不满达瓦齐的残暴统治，纷纷向清军投诚，清军没费太多力气就拿下了准噶尔本土，达瓦齐被乌什城阿奇木伯克霍集斯擒获，献给清军。清军取得了空前的大捷。

虽然形势一片大好，但阿睦尔撒纳开始不安分起来。清廷为了犒赏阿睦尔撒纳的功勋，封他为双亲王，这是清代史上对外姓臣子少有的殊荣。但是，阿睦尔撒纳的目标，是借清军之手消灭达瓦齐，好自己当准噶尔可汗，而不是要长期当清朝的臣子，让准噶尔成为清朝的领土。为了达到这个目的，阿睦尔撒纳很快就开始了各种小动作，准备把清军驱逐出准噶尔本土。

乾隆和傅恒对阿睦尔撒纳的野心早有察觉，也为此做了一些预备。不过到这个时候，乾隆还是希望给阿睦尔撒纳一个机会，下诏要他回京觐见。

狡诈的阿睦尔撒纳接到乾隆诏书，知道大事不妙，仓促之间就举了反旗，偷袭了清军在伊犁地区的驻防军。伊犁清军只有500多人，叛军人多势众，清军统帅班第、鄂容安自杀，清军将士全部为国捐躯。其中，鄂容安是鄂尔泰的亲生儿子。鄂容安为国捐躯，也算为乾隆与鄂尔泰家族的恩怨画上了一个句号。

乾隆与傅恒得知阿睦尔撒纳造反，当即调兵遣将，平定叛乱。阿睦尔撒纳本以为自己反旗一竖，准噶尔诸位台吉、宰桑就会群起响应。但他没想到的是，人心一散，队伍就不好带了。诸位台吉、宰桑都与清军搭上了关系，亲眼看到了清军的强大，当然不会傻乎乎地跟着阿睦尔撒纳跑，更何况当初是阿睦尔撒纳引来了清军，也不好向父老乡亲们解释自己的作为。这么一来，准噶尔部的动员效率大为下降，根本不能与以往相比。

在这种情况下，清军进攻阿睦尔撒纳，就不像康熙、雍正时代那么辛苦。虽然经历了一些波折，最终还是大败叛军。阿睦尔撒纳见势不妙，带着部下借道哈萨克投奔沙俄，被沙俄收容，数月后在沙俄感染天花病死。

阿睦尔撒纳的逃亡和病死，标志着清朝终于彻底打垮准噶尔，天朝帝国的战旗在天山南北高高飘扬。

乾隆为了表彰自己的功绩，特地下诏，将准噶尔土地改称"新疆"，取"故土新归"之意。对于乾隆来说，单凭这一项功绩，就足以成为中国历史上边功最盛的几位帝王之一。

乾隆与傅恒君臣协力，力排众议，成功地消灭准噶尔汗国，完成了祖国统一最后一块拼图，堪称不世之功。值得指出的是，乾隆二十年到乾隆五十年（1755—1785年）这段时间，极有可能是清廷解决准噶尔问题最后的时间窗口。清朝国势在乾隆中期达到巅峰，随后就开始走下坡路。在乾隆中期，清军包括八旗军的战斗力也都维持在一个很高的水平，财政收入也能够支持大规模军事行动。在这个时候解决准噶尔问题，无疑是黄金时段。

同时我们还要看到，准噶尔武备坚强，虽然不敌清军，但自保却是绰绰有余。正常情况的话，即使全盛时期的清廷，要打到伊犁、消灭汗庭也绝非易事。准噶尔内部的变乱，是清廷能够以较小代价统一准噶尔地区的重要因素。如果准噶尔不发生致命的内乱，很可能不会给乾隆可乘之机。

还有一点，准噶尔地处交通要道，与英、俄来往都很方便。英国在乾隆年间正在印度大肆扩张，印度主要部分逐步落入英国之手。沙俄更不用说，与准噶尔一直处于时战时和状态，经济、人员和技术交流都颇具规模。

在这种情况下，如果清廷不能够及时统一准噶尔，在英国彻底征服印度，特别是第一次工业革命发生以后，解决准噶尔问题将变得更为困难。届时清廷还有无决心彻底解决准噶尔的问题，可就不好说了。如果真的出现这种局面，准噶尔有可能利用自己和西藏地区的传统联系干预西藏局势，就像他们在康熙末年做的那样，整个中国西部形势都会发生巨变。万幸的是，乾隆与傅恒的果断决策和出色指挥，让这种大乱消弭于无形。

傅恒此战虽没有直接担任军事统帅上阵出征，但却以其丰富的政治和军事经验，辅佐了乾隆指挥这场至关重要的战争，并取得了辉煌的成功。傅恒的功劳，乾隆皇帝都看在眼里，因而在战后给了傅恒最大的封赏。

乾隆下旨，再次封傅恒为一等超勇公之职。金川之战后，傅恒已经被封为一等超勇公，此次等于是援引清朝"双亲王"之例，封傅恒为"双一等公"，实在是旷古殊荣。傅恒生性谨慎，自然明白"月满则亏"的道理：倘若这次接受了"双一等公"，让皇帝赏无可赏，下次再立下功劳怎么办？难道让乾隆把皇位禅让给自己？于公于私，这个封赏都不能要。傅恒于是声泪俱下，苦苦哀求乾隆，坚决不要这个新封的一等公，让乾隆大为满意。

伴君如伴虎

日月如梭，光阴似箭，转眼四五年过去，傅恒一直在军机处兢兢业业处理政务，未尝有一日懈怠。这段时间，傅恒以其出色的才略和敬业的工作态度，获得了时人的高度赞誉。傅恒恭谨仁爱，执政平和，爱惜人才，在士人中也有很高威望。

中国有个传统，就是宰相往往要负责历史典籍和规章制度的编纂工作。唐朝著名宰相李林甫，就负责编纂了《唐六典》，在中国文化史上留下了浓墨重彩的一笔。傅恒受乾隆委托，负责编纂了《周易述义》《春秋直解》《西域同文志》《增订清文鉴》《附明唐桂二王本末》《平定准噶尔方略》《皇朝职贡图》《吏部则例》《钦定诗义折中》《钦定大清会典》等重要典籍，不但赢得了乾隆的赞赏，也在士林中获得盛誉。

面对傅恒在朝野的声望，乾隆也不由得开始吃醋，觉得有必要对傅恒进行敲打，傅恒的日子开始有些不好过了。军机处每日需要处理大量文书，人手又有限，难免出一些小错。乾隆一旦抓住这些小错，当即叫来傅恒，劈头盖脸就是一顿训斥。对于这些小题大做的申斥和处分，乾隆美其名曰"防微杜渐"，防止傅恒搞不清楚自己的定位。其实乾隆的这种说辞在某种程度上来说也没错，却给傅恒造成了严重的心理负担。

乾隆意犹未尽，抓住一切机会对傅恒进行敲打和提醒。乾隆三十三年（1768年），已故大学士高斌之子、已故高贵妃之弟高恒，因为在担任两淮盐政期间，收受盐商贿赂，并造成大量亏空，东窗事发后被震怒的乾隆下令判了死刑。傅恒可怜高恒与自己有类似的经历，两人姐姐又同为皇帝已逝的后妃，情不自禁地向乾隆哀求，希望皇帝看在已故高贵妃的面子上，饶高恒一命。

面对苦苦哀求的傅恒，乾隆却表现出了极为强硬的态度。乾隆不仅亲自下令将高恒斩首，而且还冷冷地对傅恒说："若皇后弟兄犯法，当如之何？"一句话说得傅恒如五雷轰顶，战战兢兢，半天说不出话来。

傅恒明白，自己在朝野的威望已经遭到了皇帝的猜忌。自古伴君如伴虎，少年君臣更是难相始终。自己与乾隆年纪相差不大，皇帝威望和实力的增长，也会让自己的威望和实力水涨船高，君臣之间摩擦猜忌就成了理所当然。这种案例，古有汉武帝与卫青，当朝也有康熙与明珠、索额图。少年君臣之间的欢好与默契，随着年纪的增长，迟早要让位于无情的现实。当年长孙皇后就是明白这个道理，这才迫使自己的哥哥长孙无忌在春秋最盛的时候退出政坛，不过最终长孙皇后还是没能够挽救自己家族的命运。每想到这些，饱读诗书的傅恒就感到，一张无形的巨网正在将他越裹越紧，无论怎样挣扎都无济于事。傅恒只得低下头，用心更用力地去处理各项军国大事。需要八分力的，傅恒就用十分，以此让自己摆脱纷繁杂乱的心境。

滇缅风云急

不过，世界局势的急剧变化，让傅恒不得不又一次跨上战马远征，并最终让傅恒失去了生命，也让富察家的荣宠又延续了一代人。

乾隆十七年（1752年），缅甸军事强人雍籍牙统一了缅甸，开创了缅甸历史上最强大的贡榜王朝。贡榜王朝一建立，就开始了对外扩张。雍籍牙统一缅甸后不久，就派兵向曼尼坡发动进攻，并征服了这些地区。乾隆二十四年（1759年），雍籍牙派兵进攻暹罗（今泰国），在暹罗军队的英勇反击下，雍籍牙中炮身亡。五年后，缅军大举进攻暹罗，并于乾隆三十二年（1767年）逐步占领了暹罗大部分领土。缅甸的国势达到了鼎盛时期。

在这种情况下，贡榜王朝开始将兵锋指向北方，逐步蚕食中缅边境地区的诸土司辖地。新崛起的军事强国缅甸雄心勃勃，但可惜犯了四面出击的毛病。

早在乾隆二十三年（1758年），雍籍牙就向中缅边境的诸土司征收贡赋。有些土司不服，向清廷请求支援。但这个时候正值乾隆对准噶尔用兵的关键时刻，因此对雍籍牙采取了忍让政策。乾隆二十七年（1762年），缅甸对云南的骚扰陡然升级，这个时候乾隆正忙于对新收复的准噶尔地区的善后工作，因此并没有做出太激烈的反应，但雄才大略的乾隆在傅恒等人的辅佐下，已经开始准备对缅战争的工作。

不过，缅甸贡榜王朝正处于国力的上升期，军队也已经过多年征战的历练，实力远非处于内乱状态的准噶尔可以相比。缅甸人口众多，兵员数量要大大超过准噶尔，而且在武器装备上也远远超过准噶尔。准噶尔军事技术源自沙俄与中亚地区，而缅甸则通过贸易，从当时军事技术领先的英国和法国手中获得了大量先进武器，特别是射程、火力远超清军的燧发枪。清军当时只装备火绳枪，明显落后于缅军。在清军长期引以为傲的火炮方面，缅甸也不落后于清朝。由此可见，对缅战争将是一场恶战。

乾隆三十年（1765年），大股缅军入侵云南。乾隆因为准部业已平定，不愿再忍让，因而发下严厉上谕，要求边境清军讨伐缅甸。

云贵总督刘藻本是乾隆心腹文官，但对军事并不熟悉，清军在这样一位统帅指挥之下进行战争，其结果可想而知。尽管在战争之初，清军收复了车里土司城橄榄坝和猛笼、猛歇、猛混、猛遮等城，但缅军并没有遭受大的打击。相形之下，清军反而组织混乱，疲于奔命，结果遭到缅军伏击，吃了大亏。

乾隆接到前线奏报，不由得龙颜大怒。加上刘藻此前的奏报多有自相矛盾和掩盖真相的问题，乾隆下旨将刘藻降为湖北巡抚，仍留军前效力。刘藻恐惧，自刎身亡。

乾隆一直都将刘藻看成心腹，并不想将他重重治罪，相反还想让他戴罪立功，没想到他居然用这种方式逃避责任，不由得大为光火。乾隆下旨，将刘藻以庶人之礼安葬，不许在墓碑上刻写他平生的事迹。同时，乾隆让大学士、陕甘总督杨应琚担任云贵总督，准备再次讨伐缅军。

杨应琚到了前线，发现苦战多时的缅军已经开始撤退，不明敌情的他胆子当即肥了起来。云南地方官绅饱受缅军骚扰之苦，也想借这个机会犁庭扫穴，以绝后患，纷纷鼓噪杨应琚扩大战争，干掉这个有力对手。一些被新兴强权缅甸压榨的缅北土司也都来寻求内附，请求清政府接纳，他们认为与其被雄心勃勃、武功旺盛的缅王所压榨，不如寻求远在天边的中华天子保护。眼看形势一片大好，杨应琚慢慢放下了应有的戒心，开始飘了。

作为一名干吏，搜集情报、判断民情和佐理决策本来是杨应琚的特长，但在缅甸问题上，杨应琚却马失前蹄，栽在他最熟悉的地方。杨应琚搜罗了很多关于缅甸的情报，但情报来源却主要是云南官绅和缅北土司。这些人巴不得把事情搞大，好让清廷出动大军帮他们摆平雄心勃勃的缅王，肯定对情报进行了高度筛选，只说缅甸内部四分五裂，容易下手。

杨应琚虽然干练，却缺乏足够的国际视野，思维还停留在宋明时代。他不明白，缅甸的兴起，实际上有很强的国际因素。如果没有英、法的技术输出和武器出口，缅甸不会有如此之强的军事实力，这也可以看成欧洲技术革命在远东地区产生的地缘政治冲击波。但这些东西，当时的西方人也没有清晰地认识到，更是远远超过了杨应琚的认识和应对能力。

杨应琚不知道缅甸已经形成了一个新兴的军事强权，更不知道缅甸大军正在暹罗攻城略地，所向披靡。因此杨应琚向乾隆奏报，请求接受缅北土司希望归附王化的要求。

乾隆虽然也依赖杨应琚的情报进行决策，但并不想盲目扩大战争。可能是摸清楚了皇帝的心态，杨应琚信誓旦旦地向乾隆保证，只接受缅北土司的归附，不进一步扩大战争，而且缅甸的军事实力也无法进行回击。看了这些奏报，乾隆这才放下心来，同意了杨应琚的行动方案。

有了皇帝的批准，杨应琚开始放手大干。不过他的决策和意图真的只是想搞搞工事防御，对于战争的扩大压根就没有预案，因此也不得不吞下和刘藻同样的苦果。

杨应琚派遣数千绿营兵，开赴滇缅边境，招安缅北诸土司。这下子引发了连锁反应，缅北土司们纷纷要求归顺大清，缅甸腹地俨然门户大开。缅王见状连忙从暹罗战场抽调三万大军，北上迎击清军。这下子暹罗军民的压力大减，但清军却要吃瘪了。

这三万大军装备精良，战斗经验丰富，会合了原来与刘藻作战的一万多缅军，又强征了一些土司的军队，总兵力达五万多，是当时远东地区难得一见的大规模的拥有近代装备的野战兵团。而且这支军队习惯于丛林作战，这种战斗经验是清军缺乏的。反观清军方面，不但武器不如对手，而且一直都依靠云南地方绿营为主要作战力量，也没经过中央统筹调度，在全局范围内倾注战争资源，结果可想而知。

缅军与清军一交手，清军就处于下风，缅军依仗兵力和装备优势，特别是正规主力部队参战的优势，将以地方部队为主的清军打得落花流水。而且清军不习惯丛林作战，疫病也让清军战斗力大减。丛林作战是很吃力很可怕的，有时候几个小时只能行军几百米。清军没有做好在丛林作战的准备，怎么敌得过擅长丛林作战的缅军？

果不其然，在缅军大部队到达之后，清军又开始吃败仗，被缅军打得节节败退。清军进退失据，调度混乱，被缅军牵着鼻子走。据不完全统计，这个阶段清军损失44名军官，3500名马步兵。但杨应琚却隐瞒损失，谎报战功，最后被在前线暗访的傅恒之子福灵安揭穿。乾隆大怒，下诏将杨应琚逮捕回京，审讯后在避暑山庄赐令自尽。一代干吏，落了个比刘藻还惨的下场。

清军在缅军面前被打得如此狼狈，除了技术方面的原因外，更主要的是清廷上下对缅甸包括东南亚形势不明，也没有刻意去搜集、整理特别是分析这方面的情报。反观西北方向，康熙、雍正包括乾隆，对准噶尔和沙俄情报搜集的工作一直都抓得很紧，也取得了丰硕的成果。康熙皇帝派遣图理琛出使在伏尔加河中下游游牧的土尔扈特部，还想让图理琛寻机出使伊斯坦布尔，打算和奥斯曼帝国发展外交关系，只是受到沙俄的阻挠才作罢。当然，清廷的这些情报搜集工作，主要还是针对准噶尔。在准噶尔被平定以后，清廷对外情报搜集工作很快就开始懈怠，几年内就在对缅甸关系上结出了苦果，只能由清廷中枢慢慢品尝。

良将殒命在丛林

仗打到这个程度，已经不能再收手了，否则以后缅军年年骚扰，清廷和云南地方哪里受得了？更何况如果收手的话，缅甸有可能认为清廷是软柿子，寻机集中主力进攻云南的话，那西南大局就要糜烂了，乾隆和清廷哪里承担得了这个政治责任？无奈之下，乾隆与傅恒下了血本，决定从中央调度粮饷和其他资源，并调动八旗精锐主力参战。

乾隆和傅恒决定调遣精锐京旗三千人，四川绿营八千人，贵州绿营一万人，合计两万多大军，由伊犁将军明瑞担任统帅，全盘指挥在滇清军，对缅甸作战。

明瑞是傅恒的侄子，富察氏，以勇猛善战著称。在平定阿睦尔撒纳的战争中，明瑞身先士卒，战功累累，被视为清军自岳钟琪之后难得的勇将之才。乾隆对明瑞寄予厚望，将明瑞看成股肱之才，有作为第二个傅恒培养之意，特别是明瑞的军事才能比傅恒更加突出，这一点让乾隆尤为满意。

不过，明瑞成长于北国，又一直在大漠戈壁作战，不熟悉东南亚地区的作战环境。明瑞本人虽然智勇双全，但在智和勇这两个名将维度上，更偏向于勇一些。这就为明瑞后来的悲剧埋下了伏笔。

明瑞接任云贵总督以后，积极筹划对缅用兵。但在这个时候，缅甸基本征服暹罗，能够抽调更多的军队来对付清军。反观清军方面，无论是乾隆和傅恒等战略指挥层级，还是明瑞等前线统帅，都没能搞清楚对手这个战略级别的变化。大清又一次懵懵懂懂地走上战争之旅。

在做好自认为周密的准备以后，明瑞兵分两路，进攻缅甸。一路由明瑞亲自率领，另一路则由参赞大臣额尔景额指挥。此时的八旗军受到乾隆多年的整饬、训练与厚养，加上受到平准战争的淬炼，正是战斗力的巅峰。乾隆调来的川贵绿营，也是比较适应南方气候的精兵。缅军与八旗军甫一交手，就发现这支清军不同于以往的云南地方部队。八旗军的骑射功夫，让缅军吃了不少亏。缅军见势不妙，改为采用坚壁清野、诱敌深入战术，引诱清军进攻缅北丛林地带。

明瑞不愧为清军头号悍将，带着麾下南路军把缅军打得落花流水。清军将领观音保、长青等，率领八旗骑兵冲散缅军，取得南线的主动权。数日后明瑞亲自率兵猛攻缅军，攻破缅军层层营寨，取得大胜，歼灭缅军2000余人，这是清缅开战以来清军难得的酣畅淋漓的胜利。明瑞此战也负了伤，但仍坚持指挥战斗，被乾隆封为一等诚嘉毅勇公。

明瑞被空前的胜利冲昏了头脑，不顾清军战斗力在热带丛林地区明显下降的实际，以及后勤供应的艰难，驱使清军猛打猛攻。这一套在准噶尔那里或许有用，但在热带丛林，而且地势复杂的缅甸，就不能照搬了。但求胜心切的明瑞仍然不顾一切地向前进攻，在杀伤大量缅军后，终于因为后勤乏力而陷入困境。

兵势就像掰手腕，你的力气一耗尽，就是人家反扑的时候。在明瑞部因为缺粮而转攻猛笼，希图获得后勤补给的时候，缅军已经冷酷地逐步切断明瑞部的后路。乾隆三十三年（1768年）正月中旬，缅军攻占木邦，明瑞部的后路被全部切断，清军陷入绝境。

被困住的明瑞希望北路清军来救援，但他不知道的是，北路清军主帅额尔景额已经患病身亡，继任的额尔登额畏敌如虎，压根不敢前来救援明瑞，明瑞现在只能靠自己了。

乾隆三十三年（1768年）二月初十，被缅军主力包围的明瑞下令突围。勇敢的明瑞亲自率兵断后，抵挡缅军的进攻。缅军主力紧紧追杀，清军损失惨重。明瑞的断后部队很快被缅军团团包围，明瑞力战而亡，部将观音保等也都英勇战死。明瑞麾下八旗兵，除了一小部分逃回云南，其他全军覆没。

消息传到京师，乾隆大为震惊，震惊之余又大为悲痛。明瑞是乾隆一心培养的八旗悍将，又是乾隆的内侄，乾隆在他身上寄予无限期望，甚至把重振八旗雄风、维系八旗武力的希望寄托在他的身上。狂怒的皇帝当即下旨，将额尔登额凌迟处死，全家流放新疆。

乾隆当然不可能就此罢手。不过，英勇善战的明瑞都牺牲在清缅战场，要继续这场战争，就必须解决主帅人选问题。

最后的征途

明瑞差不多已经是乾隆甩出的王牌，现在明瑞在缅甸战场牺牲，其余和明瑞差不多分量的将领，都已经心生惧意。要他们挂帅出征，不但有些强人所难，而且难保不会出现更大的问题。乾隆和傅恒都已明白，要想大胜缅甸，已经是没有可能。到了这个份上，清军已经不能再失利，只能利用自身庞大的国力，逐步磨掉缅甸的兵锋，迫使其在战略上接受失利的后果。这就需要统帅具有战略眼光和运筹才能，就不是如明瑞这样的赳赳武夫所能应付的了。乾隆放眼整个大清军政高层，也只有傅恒能够承担这个重任。

傅恒也心如乱麻。明瑞的英勇牺牲，让傅恒悲恸不已。富察家的男人为朝廷流血，在乾隆朝已经不是第一次！乾隆十五年（1750年），傅恒哥哥傅清担任驻藏大臣，眼见西藏郡王珠尔穆特·纳木扎勒谋划造反，傅清不顾安危，诱杀纳木扎勒，让一场大祸消弭于无形，但傅清却付出生命的代价，与都察院左都御史拉布敦、参将黄元龙等一起遇害。现在明瑞又战死沙场，怎能不让傅恒伤心欲绝？

傅恒更加明白，此次挂帅出征，凶险程度远超过以往几次战争。缅军大败明瑞统率的八旗精锐，已经让大清的威望和军事实力大损，这是一个强大的对手，而且还有天时地利的加持。在打赢了前三次战争以后，缅军的胜势几乎已经很难撼动。

平心而论，傅恒的军事才能乍看上去并不算突出，他的长处在于将军略和政略相结合，调动各方面因素取得胜利，在临阵厮杀和机变方面，傅恒是不如明瑞的。傅恒在军事上的作用，相当于诸葛亮，是战略指挥级别的人才。面对如此难局，也只有傅恒这样的统帅才能够取得体面的结果。如果第三次战争的指挥者不是明瑞而是傅恒，或者明瑞担任傅恒的副手，结果就会大不相同。

乾隆三十四年（1769年）二月，乾隆拜傅恒为经略，阿里衮、阿桂为副将军，舒赫德为参赞大臣，鄂宁为云贵总督，率领13000名京师八旗兵出征。乾隆急令贵州绿营兵9000人入滇，接受傅恒的指挥。此时清廷上下已经冷静下来，开始认真细致地搜集关于缅甸的情报，发现缅甸原来是东南亚一个新兴的军事强权，居然已经攻灭暹罗，实在不可轻视。但清廷也发现缅军不善野战,在平原地区作战能力远不如清廷中央军,尤为惧怕八旗兵的骑射,因而在战术上也做了比较大的调整,以稳扎稳打为主,做好长期作战准备。

傅恒明白,缅甸已经是东南亚军事强权,上升势头绝非准噶尔所能相比。在与阿桂、阿里衮等人详细谋划以后,傅恒上奏乾隆,请求调动贵州、四川绿营兵大举入滇,同时调动绿营精锐水师出战。傅恒等经过精密分析,认为必须发挥清军水师优势,水陆并进,让缅军首尾不能相顾,从而削弱缅军主场作战的优势。

乾隆看了傅恒的奏折,深为满意。已经了解缅甸虚实的乾隆明白,此战不容再失,因此痛快批准了傅恒的奏请。

清军此次作战准备异常缜密,傅恒充分发挥了他细致、周密和谨慎的特长,尤其是他能够尊重一线将士,充分放权,让他们参与作战计划的制订,这是很不容易的。要做到这一点,需要主帅有宽阔的胸怀和识大体的气度,而傅恒无疑就是这样一位统帅。

清军兵分两路,一路由傅恒亲自率领,从水路进攻缅甸;另一路由阿桂和阿里衮率领,从陆路经由铜壁关进攻缅甸。

缅军听说清军来攻,又拿出坚壁清野的法宝,希望像击败明瑞一样击败傅恒。但傅恒的才略远非明瑞所能相比。傅恒接受明瑞的教训,稳扎稳打,步步为营,很快便在战争中获得一定的优势。

两路清军进展顺利,缅军仍旧采取诱敌深入的战术,但战争毕竟在自家国土上进行,稍有失手就会引发严重后果。清军水师连战连胜,两路清军很快就杀到了缅军重镇老官屯。尽管清军陆军在老官屯附近的战斗中吃了些亏,但依靠水师的优势和胜利,还是保持了对老官屯的攻势。

乾隆三十四年(1769年)十一月十七日,一万六千名清军多次对老官屯展开进攻。但缅军在此拥有三万左右军队,又有坚固工事,清军屡攻不下。在这个时候，热带疫病再次袭击了清军。

作为清军主力的京旗兵本来生长于北国，很多人做梦也没有想象过热带雨林地区的气候。在乾隆时代，医疗卫生条件又很差，患了热带病在和平时期都不易治疗，更何况在物资紧缺的战争时期。清军因为疫病出现大量非战斗减员，甚至连清军副帅阿里衮和水师提督叶相德也相继患病去世。在这种情况下，清军的攻势已经难以为继。

傅恒本人也患上热带疾病，腹泻不止，但仍然强打精神料理战事。就在这个时候，缅军援兵到达老官屯，缅军实力进一步增强，清军的形势更趋恶化。

尽管清军陷入困境，但缅军也不轻松。在与清军交战的同时，缅军正在进行征服暹罗的战争。本来缅军已经节节取胜，眼看就要完全吞下暹罗，成为一个上百万平方公里的中南半岛大国，却因为与清廷爆发战争，不得不将大量资源投入清缅战场，犯下了四面出击的错误。暹罗军民所面临的压力也随之大减，各种形式的复国斗争也更加活跃。缅军陷入令人难堪的两面作战境地。

因此，缅军统帅摩诃梯都罗认为，缅甸国力与中国相差太大，而且缅军在平原开阔地带又不是清军的对手，即使再度取胜，也很难将战场蔓延到中国境内。即使歼灭了傅恒率领的清军，也难保乾隆在盛怒之下，不会再度派兵前来，这种长期的消耗战不是缅甸所能承受的。因此，摩诃梯都罗产生了与清军议和的念头。

清军那边也已经吃不消。尽管傅恒已经做了周密的准备，缅甸前线的困难还是超过他的想象。缅甸前线不仅粮草转运困难，而且气候恶劣，热带疾病横行，即使云贵士兵也难以适应。傅恒出征的时候，总共调动两三万大军，到这个时候却只剩下一万三千多人。傅恒开始明白明瑞当时的处境。尽管自己率兵一路歼灭不少缅军，但缅王正从暹罗源源不断地调回大量兵力，加上缅军又是本土作战，清军形势越发险恶。在这种情况下，清军不要说继续攻占老官屯，是否能够安全回国都成了问题，稍不留神就会重蹈明瑞的覆辙。傅恒无奈，只得强撑病体，将情况原原本本上奏乾隆，请求乾隆允许与缅甸议和。

还没等到乾隆的回音，摩诃梯都罗的求和信件就到了傅恒的手中。傅恒看到这封信，不由得喜出望外。求和这种事情也有讲究，就如恋爱中的表白一样，谁先开口，谁就把主动权交了出去。傅恒有了求和的心，除了等乾隆的批准以外，还在琢磨怎么向缅方开口才不丢面子和里子。如果傅恒主动向缅方开口求和，丢了乾隆最看重的天朝大国的面子不说，对方也可能狮子大开口，提出难以接受的条件，甚至可能利用求和做幌子，试图歼灭清军。即使傅恒不顾触怒乾隆的风险提出议和，议和的战场风险也是很大的。

现在摩诃梯都罗主动提出议和，怎能不让傅恒喜出望外？！傅恒根据各种情报判断，缅军也到了十分艰难的时刻，议和是有诚意的。在与阿桂等人商议以后，傅恒决定自己一身扛起议和的政治责任，与缅军展开和谈。

经过激烈讨价还价，双方达成了协议。这场和谈是双方主帅承担了沉重的政治责任而进行的，核心目的就是停止这场对双方来说都已经骑虎难下的战争。双方的君主也明白这一点，但都不愿意就和谈作出具体指示，以免承担相应的政治责任。缅方承诺向清廷纳贡称臣，释放全部俘虏，并允诺不再骚扰云南边境和依附大清的土司；大清承诺交出缅方所认为的"叛乱"分子，重开边境贸易，双方君主互派使节、互赠礼物。虽然双方对这份协议都有不满，也都没打算真正完全履行，但毕竟达成了协议，双方就可以罢兵了。

就在这个时候，乾隆允许撤兵的圣旨也到了傅恒之手。经过多次战争的淬炼，乾隆的军事指挥和运筹能力也越发成熟。乾隆并不想孤注一掷，更不想让傅恒遭到同明瑞一样的命运。乾隆明白，以傅恒的忠谨，不到万不得已绝不会向自己提出撤军请求。留得青山在，不怕没柴烧，清军通过此次作战，对缅甸的情况已经有深入了解。傅恒统率的清军如果能平安回国，将为下一次征讨缅甸打下扎实基础。乾隆决计让清军撤退，并默认了傅恒的议和，这是乾隆超过很多君主的地方。

缅王对这个"条约"也很不满意。在他看来，缅军已经在战场上占据很大优势，这个"条约"对清廷作出过多的让步，尤其是称臣纳贡一条，让缅王非常恼火。但就在这个时候，暹罗军民发起轰轰烈烈的复国斗争，让缅军狼狈不堪，而清军的攻势也大大减轻了暹罗军民所面临的缅方军事压力。缅王虽然恼火，却也明白缅甸这个时候也无力两线作战，所以也默许了这个"条约"。

虽然清廷在清缅战争中未能取得战术胜利，但从战略上看，清廷无疑是占据上风的一方。缅甸与清廷作战，显然是尽了全力，后期战争也主要在缅甸本土进行，并且战后缅甸虽然长时期没有向清廷派出贡使正式进贡，却如约不再骚扰云南。反观清廷一方，虽然后期八旗精锐和川贵精兵大出，但始终没有全面动员，对全国经济发展的影响也不算严重。如果明瑞没有冒进身亡，战争结果其实是可以接受的，甚至清廷可以取得更好的结果。特别重要的是，清军不断的攻击，阻碍了缅甸吞并、消化暹罗，让中国南疆没有出现一个巨型邻居，也让暹罗人民没有长期生活在亡国的悲痛中，对中国南疆的安定和东南亚形势的均衡，是很有利的。

从战略上来看，清廷主要吃了情报不明的亏，中央和地方对于缅甸的情报工作一塌糊涂，所获情报不能够支持如此重大的战争决策和指挥需要。如果清廷在战前能够获得缅甸的详细情报，按照乾隆和傅恒的指挥能力，就会在战略层面进行更加细致的准备，统筹各项战争资源，甚至在第三次战争中直接让傅恒出任经略，以明瑞进行辅佐，结果会好上太多，至少明瑞不会牺牲。清廷在清缅战争中，上下情报不明，不能够在中枢层面统一调度分配资源，并做出最优决策，反而犯了添油战术的错误，结果一步步挥霍掉手上的战略优势，从而不得不接受战术平局的结果。

不管乾隆对结果如何不满意，缅甸在以后再也没有骚扰过云南，乃是板上钉钉的事实。西南地区的形势也由此获得安定，为数年后乾隆二征大小金川、开辟四川进藏通道打下坚实基础。

此时的傅恒已经身染重病，时日无多。或许正是感觉到这一点，傅恒才毅然决定与缅军议和，从而保住了天朝的颜面和战略优势。在此之前，傅恒已多年积劳，在乾隆的阴影下战战兢兢，如履薄冰，身体无疑受到很大损伤。南征的辛苦、战役的指挥和运筹、水土的不服、疾病的困扰，都在大口大口吞噬着傅恒的元气。能够支撑到议和的时刻，并且再经千里迢迢跋涉，回到京城，已经是奇迹，也由此可以看出傅恒身体的壮健。

但到了这个时候，再壮健的身体也经不住这么消耗了。按照傅恒的聪明，不会不知道如此辛劳对自己身体的戕害。但是，傅恒更是深深明白，自己担任首辅二十年，为人宽厚，功勋卓著，在朝野积累了巨大的声望。这种声望已经让皇帝都感到嫉妒与不安，不能不让傅恒忧心忡忡。富察家今后何去何从，自己的最终命运又是如何，都让傅恒感到深深的迷惘。明瑞的牺牲，暂时缓解了富察家特别是自己潜在的危机，但这一切，到底何时才是尽头。

也正因如此，在生命的最后一段时光里，傅恒表现出惊人的勇气，毅然决定与缅军议和，扛起所有的政治责任，为大清保存了元气。傅恒相信，凭借自己和明瑞的功勋，乾隆即使对议和不满，也不会太过为难自己。即使被乾隆贬斥，或许也是一个为自己解套的机会。少年君臣可以长保欢好，不至于相互猜忌而难为情！

出于这种心态，傅恒平和地度过了一生中最后的时光。乾隆三十五年（1770年）二月，傅恒终于回到京师。从烈日炎炎的缅甸回到白雪皑皑的京师，一路上鞍马劳顿，对身患重病的傅恒的伤害可想而知。回京之后，乾隆对傅恒大为关心，几乎没有提及对议和的不满，让傅恒心中的大石头落了地。傅恒从此不问朝政，安心养病，但身体已经很难复原。回京两个月后，傅恒病情急剧恶化，药石难医。尽管乾隆派来御医诊治，但傅恒的病已非一日，即使华佗再生也无办法，乾隆只得眼睁睁地看着自己的首辅一步步迈向死亡。这不能不让乾隆百感交集。

乾隆三十五年（1770年）七月十三日，傅恒在京师的家中病逝，年仅49岁。乾隆对傅恒大加赞誉，亲临傅恒灵前致祭，赐谥号"文忠"，并下旨按照镇国公的规格为傅恒办理后事。嘉庆元年（1796年），垂暮之年的乾隆思念傅恒功劳，追封傅恒为郡王，配享太庙。傅恒的身后荣宠，在清廷满人大臣中堪称无二，傅恒也成为清廷满执政大臣中能够善始善终的少数人之一。

刘统勋

出身书香世家

在乾隆一朝，名相辈出，主政历程总共可以分为三个阶段：第一阶段是过渡期，主要是消化雍正时期的宰相权力，让他们传帮带，培养出自己信得过的人执掌军机处，代表人物有张廷玉、鄂尔泰等；第二个阶段是成熟期，这个时期乾隆本人的执政水平也越来越高，出现了傅恒、刘统勋、于敏中等名相，与乾隆本人相得益彰；第三个阶段则是收官期，出现了阿桂、和珅、王杰等在清史上赫赫有名的宰相。这三个阶段出现的宰相，与乾隆本人的执政能力和政绩，都是息息相关的。乾隆本人的功业，包括著名的"十全武功"，高峰都出现在中期。而在乾隆朝起到承上启下关键性作用的，就是被乾隆本人誉为"真宰相"，乾隆晚期大学士"刘罗锅"的父亲刘统勋。

康熙三十八年（1700年）十二月二十三日，一个男婴在陕西汉中府宁羌州知州刘棨家中出生，他就是清史上著名的宰相刘统勋。

刘家是书香门第，籍贯山东高密，孔夫子家乡盛行的文风显然对刘家产生了深刻的影响。刘统勋祖父刘必显，于明朝天启四年（1624年）中举，入清后于顺治九年（1652年）中进士，先后任户部河南司主事、广西司员外郎等官职，为官清廉，不畏强暴，深得时人赞赏。刘统勋父亲刘棨，于康熙二十四年（1685年）登进士第，历任多职，最后出任四川布政使。刘棨为官也有乃父之风，曾为救济受灾民众而冒着风险开仓放粮，被民众称颂为"刘青天"。出生于这样的家庭，无形中锻造了刘统勋清廉、刚正的品格。

光阴荏苒，刘统勋很快长大，束发从学，走上了父祖曾走过的科举之路。刘统勋的才华显然要高出父祖不少，加上父亲的积累，刘统勋读书的环境比前人好很多。康熙五十六年（1717年），十八岁的刘统勋中了举人。雍正二年（1724年），刘统勋高中进士，被选为翰林院庶吉士，后担任编修。

翰林院是清要之地，明代有非翰林不得入阁的不成文惯例，内阁阁老多数都出身于翰林院，因此翰林院的地位在明代非常尊贵。到了清代，虽然翰林院地位不如以往，但依然在国家机构中拥有重要地位。特别是清中期以来，朝廷日益重视科举正途出身的官员，翰林院作为容纳、训练科举考试顶级考生的机构，地位之尊贵更不待言。

雍正时期，刘统勋的杰出才华逐渐被朝廷注意，朝廷特授予刘统勋"南书房行走"的职务。"南书房行走"是康熙设置的官职，康熙自幼就苦于满洲王公大臣对皇权的钳制，鳌拜倒台后虽然来自满洲王公大臣的钳制力道有所减弱，但由汉族文官把持的内阁，对皇权仍然有所羁绊。为了摆脱这些各色机构人等对皇权的限制，康熙模仿唐朝皇帝重用翰林学士的故智，从翰林院选拔优秀人才进入自己读书学习的书房——南书房当值，称"南书房行走"。

在南书房，康熙与各位"行走"坐而论道，谈古说今，总结治乱之道，希冀有补于今朝。很多重要政务的处理，康熙也与各位"行走"商议，商议成熟后就由各位"行走"直接拟订上谕，从而绕过了内阁，内阁的实权进一步被削弱。在康熙朝中后期，南书房在国家政治生活中扮演了重要的角色，进一步加强了清朝皇帝的权力，关外旧制被进一步削弱。

但南书房的设立和吃重有一个潜在危机，就是会削弱满洲王公大臣的权力。南书房的成员主要来自翰林院，成分也以汉族高级文人为主。康熙帝将议论大政和草拟诏书的权力交给这些汉族文人，无疑会大大降低满洲王公大臣对于国家大政的发言权，从而会让整个八旗集团都产生大权旁落的危机感。

有鉴于此，雍正皇帝逐渐用军机处取代了南书房处理国家大政和草拟诏书的地位，不过并没有取消南书房。南书房依然是翰林文学近臣伺候皇帝读书的地方，皇帝在这里与文学之士们相处轻松，也从南书房当值的文学近臣中选拔了不少人才。刘统勋就是其中最重要的人才之一。

刘统勋的才学显然引起了雍正的兴趣，但雍正当时才五十多岁，堪称春秋正盛，因此对刘统勋始终处于考察和培养状态。不过，雍正对于刘统勋的才学和人品是高度认可的。在入职南书房后不久，雍正又命刘统勋担任"上书房行走"，教育皇子们读书，后来又授予刘统勋詹事等职务，培养他的资历和清望，以备大用。

然而人算不如天算，雍正在五十八岁的时候就去世了，改变了雍正朝很多大臣的人生轨迹。雍正不是不愿意用刘统勋，很可能是感觉自己还能再多活十年到十五年，刘统勋的任用问题并不是十分迫切的事情。同时还要考虑到，雍正做事风格是大破大立，喜欢的是田文镜、李卫等不拘一格的臣子，生性清正刚直的刘统勋未必合他的胃口，而且又太年轻。雍正的骤然去世，让刘统勋能够提前登上政治舞台的中央，担任更加重要的角色。

投身治水工作

乾隆元年（1736年），刘统勋被提拔为内阁学士，开启了他在乾隆朝波澜壮阔的政治生涯。清代制度，内阁学士为参赞政事之官，担任内阁学士的官员常常兼任六部侍郎，熟悉政务后很快就能专任正式侍郎。后来乾隆虽然取消了内阁学士的侍郎兼职，但担任内阁学士的官员，依旧很快就能转任侍郎，地位相当尊贵。

不过在这个时候，鄂尔泰、张廷玉等人依旧把持着中枢，乾隆只得暂时忍耐，暗中选拔、培养忠于自己的人才。刘统勋显然入了乾隆的法眼，但乾隆并没有急于提拔刘统勋，而是给了他一项重任，协助大学士嵇曾筠到浙江，主持修建海塘工程和治理河流水患。

水利是古代中国国家治理的一项中心工作。古代中国是一个农业大国，农业成就堪称执世界之牛耳。然而，中国古代出色的农业成就，都是建立在全国性的水利工作与工程基础上的。早在远古时期，中国就出现了"大禹治水"的历史故事，大禹也凭着治水的功劳，在全国范围内建立了水利管理体系，并借助这个体系的力量成立了中国历史上第一个王朝——夏王朝。

后起的商王朝畜牧业发达，在水利建设上似乎没有大的成就，但到了西周时期，重视农业的周王朝逐步形成了包括蓄、引、灌、排的初级农田水利体系，为后世的水利发展打下坚实基础。到了春秋战国时期，中国的水利工程建设能力进一步提高，特别是位于西陲的秦国，先后建成都江堰、郑国渠等在世界古代史上也属著名的水利工程。而秦国也依仗这两个巨大工程带来的农业增量统一了全国，建立了中国历史上第一个大一统王朝——秦王朝。由此可见，古代中国是一个建立在水利工程基础上的文明。

清廷入关以后，由于北方的粮食产量难以完全满足京师皇室、百官和八旗成员的需求，必须从南方调运粮食，因此京杭大运河的漕运就成了国家第一等的大事。为了确保漕运的进行，清朝皇帝被迫投入大量精力确保京杭大运河附近的河流，尤其是黄河的平稳运行。否则周围水系水量的变化，对漕运的正常运营会产生很大的干扰。同时，清朝又是一个农业国，水利灌溉对于农业的发展有很大作用，这也迫使清朝帝王和统治集团在水利灌溉事业上投入大量精力。

早在顺治时期，清朝就开始投入相当精力和资源兴修水利。为了确保漕运畅通，以及治理泛滥的黄河，清廷专门设立"河道总督"一职，由内秘书院学士、汉军镶黄旗人杨方兴担任首任河道总督。杨方兴担任河道总督十余年，在黄河治理和运河维护上成绩斐然，确保了顺治年间清廷诸多重大军事行动的顺利进行。由此，清廷也充分意识到水利对于大一统王朝维系的重要作用，使得满族君臣逐步从农业帝国统治者的立场来考虑问题，加速了清朝汉化的历程。

正因为看到水利工作的重要性，以及熟谙弓马的满人在水利建设方面的不足，清朝皇帝在水利人才的培养和使用上一直都很积极。这项工作当然不太适合满人来做，却比较适合熟悉行政和各地民情的汉族文人。正因为水利对于清王朝是如此重要，清王朝才花大气力去培养治水人才，将治水人才放在了在前朝很难获得的重要位置。整个清朝，治水名臣辈出，水利工作成为汉族文臣重要的晋身之阶。比如后来鼎鼎大名的林则徐，就在水利建设上有过亮丽的成绩。乾隆让年轻的刘统勋去兴修水利，可见其对刘统勋所寄予的期望之深。

刘统勋跟着治水名臣、大学士嵇曾筠到了浙江，一路风尘仆仆，向嵇曾筠学习治水之法。嵇曾筠眼见刘统勋聪明好学、一身正气，不由得大为欣慰，将平生治水秘诀一一传授，毫无保留。嵇曾筠以治水之功，深得雍正赏识，特封其为文华殿大学士。文华殿大学士是清朝大学士中地位最高的，号称宰相之首，一般都是满人的禁脔，整个清代只有嵇曾筠、李鸿章等寥寥一二位汉人获得这个职位。由此可见雍正帝对嵇曾筠的恩遇，以及嵇曾筠在治水事业上取得的殊勋。有了这样一位好老师，刘统勋在治水上就有了一个很高的起点，也将以此为基础铸就他一生的辉煌。

乾隆二年（1737年），刘统勋按惯例升任刑部侍郎，仍然在浙江负责水利建设、维护工作。显然，乾隆也意识到嵇曾筠年事已高，中枢层面需要一位新的能够代替嵇曾筠的治水人才，这才让刘统勋继续留在嵇曾筠的身边学习。乾隆对刘统勋的欣赏和栽培，都在这一煞费苦心的安排中了。

事实证明乾隆的这一安排相当具有眼光。刘统勋跟随嵇曾筠学习治水不过两年，一代治水名臣嵇曾筠就与世长辞。刘统勋接过了嵇曾筠留下的重担，中枢治水重臣可谓后继有人。

乾隆三年（1738年），乾隆将刘统勋召回京师。刘统勋恋恋不舍地离开了浙江，踏上了回京的旅途。此次江南之行，刘统勋不但学到很多治水之法，而且熟悉了江南风物人情，对于他今后辅佐乾隆大有裨益。

不畏强梁劾权臣

乾隆四年（1739年），因母亲去世，刘统勋不得不按照礼制，辞官为母守孝二十七个月。按照清朝制度，汉官遇父母去世需要守孝三年，称为"丁忧"，实际计算是二十七个月。这段不短的岁月对汉官个人当然有较大影响，但在特定情况下，皇帝也会允许汉官"夺情"，这就因事而异，甚至因人而异了。满官也需为父母守孝，不过仅需百日之数。在丁忧问题上，康熙有一个创举，就是让武官特别是满洲武官与汉臣一体丁忧二十七个月，而在明朝，武官是不需要丁忧的。这个措施推行了大约六十年，乾隆后来担心满洲武官丁忧时间过长荒废武功，才改为满洲武官只需百日守孝。

乾隆六年（1741年），刘统勋守孝期满，回京担任都察院左都御史，负责监督、弹劾百官不妥言行。一般来说，经过长期丁忧的官员，重新任职以后都会产生一种小心翼翼的心态，生怕得罪人，从而失去来之不易的任职机会，但刘统勋却不管这一套。

在监督百官方面，年已四旬的刘统勋表现得像一个热血青年。回京后的刘统勋发现，张廷玉和讷亲把持朝政，这两位不但自己暮气沉沉，还形成了强大的朋党，特别是张廷玉。汉官力量在清朝刚入关时陷入低谷，顺治亲政后有一段时间宠信汉官，所以汉官力量得到短暂恢复，但随着鳌拜等四大臣辅政而重新陷入谷底。康熙亲政以后，汉族文官力量开始缓慢恢复，但由于强势阿哥们各自结合了强势的八旗贵族，汉官力量恢复有限。

这种状况到了雍正时期才得以根本性改变，而其中关键性人物就是张廷玉。张廷玉在康熙朝就崭露头角，但在雍正朝才得到大展身手的机会。

雍正经过云谲波诡的"九龙夺嫡"才获得皇位，对于深陷其中的八旗贵族有一种深深的不信任感，反而对因权势不足而未能深陷其中的汉官更加放心。同时，雍正成长的年代，也是清朝汉化开始加速的年代，雍正本人也接受了较为完善的儒家思想教育，因此对强调君臣之道的汉官更有亲近感和认同感。在这种情况下，作为汉官的杰出代表，张廷玉脱颖而出，发挥了康熙朝只有明珠、索额图等权相才能发挥的作用。

张廷玉具有杰出的政治才能，辅佐雍正帝取得多项政绩，有力地扭转了康熙晚年宽政而造成的弊端，为乾隆时代的发展高峰打下坚实基础。在这个过程中，雍正帝对张廷玉也越来越宠信，张廷玉登上了整个清代汉人都难以登上的中枢权势高峰，后来的汉臣很少有他这样的权势。到了乾隆朝，张廷玉的权势已经让乾隆都有芒刺在背的感觉。

汉官势力虽然未必比得过八旗贵族，但有一点是普通八旗贵族万万比不上的，就是汉官势力具有极强的延续性。汉官通过同乡、同年、师生等关系互相援引，在地方上又有强有力的根基，因此势力往往能够在师生间代代承袭，即使满族皇帝也无可奈何。满洲大臣就不一样。满洲大臣一旦倒台，势力一般都会被消除得非常彻底，除了满汉融合的鄂党这个比较极端的案例。皇帝对满洲大臣的处置，要比处置同级别的汉族大臣随意和严厉得多。

张廷玉历事三朝，深得诸位清帝信任和倚重。即使是乾隆，也不得不在多方面借助张廷玉的政治经验和才能。但乾隆心里是不满意的，因此扶植了讷亲作为军机大臣牵制张廷玉。张廷玉和讷亲根基深厚，朋党众多，寻常人等哪里敢去捋虎须？但这次他们遇到了硬茬。

刘统勋在熟悉朝情后，立即奋笔疾书，上了两份奏折，同时弹劾张廷玉、讷亲两位军机大臣。弹劾其中一位已经是石破天惊之举，更何况同时弹劾两位？怕不是活腻歪了？

乾隆恐怕也是这么想的。但乾隆仔细读过刘统勋的奏折后，不由得大为叹服。刘统勋在弹劾奏折里认为，张廷玉威名太盛，而且喜欢提拔姻亲、学生，搞自己的关系网，朝野上下对此议论纷纷，为正纲纪，也为张廷玉本人晚节着想，请皇上三年之内不要重用张廷玉；讷亲则是喜欢搞一言堂，户部和吏部归他管辖，每次两部议论大事，都是讷亲说啥就是啥，他人无从置喙。刘统勋认为讷亲无君子之风，不知道集思广益，谦逊待人，将来恐怕会惹大事，请求乾隆对讷亲多加教育。

这两份奏折虽然弹劾了二人，但出发点都是为两位大臣着想，而且很多说法后来也都应验，特别是讷亲最后就死在刚愎自用上。就是对于张廷玉，刘统勋的奏折虽然责备严厉，但希望张廷玉能保住晚节的关爱之心也是溢于言表。乾隆看到这两份奏折，也感觉到了其中的真诚，特别是奏折里只有过失而无具体罪状，属于治未病的性质，也不由得大为感动。

乾隆的确有敲打敲打张廷玉的意思，对讷亲也不是十分满意。但如果乾隆亲自做这种事情，肯定要寻到张廷玉、讷亲的实在过失才能进行，而且在具体处置上也会颇费心神：轻了会结怨大臣，重了会惹来刻薄寡恩之讥。刘统勋的这两份奏折，既能让乾隆达到敲打二位大臣的目的，又能让乾隆处置两位大臣的空间大大拓展，怎能不让乾隆开心？

经过一番思量，乾隆给出了处理意见。乾隆将刘统勋的两份奏折发给众大臣观看，并说："如果张廷玉和讷亲真的像刘统勋所说的那样，刘统勋恐怕不敢写这样的奏折。张廷玉、讷亲身为辅弼大臣，本来就任大责重，被人指摘也是寻常。古人云'闻过则喜'，张廷玉和讷亲不要因为刘统勋的责备而心生芥蒂，不然如何辅佐朝政？至于二人兼职太多的问题，可以研究，并适当削去兼差。"

乾隆不动声色，高高举起，轻轻放下，在给张廷玉、讷亲二人戴了顶高帽子的同时，削去二人不少职权，解决了心中一直在考虑又颇感棘手的问题。二位大臣也无话可说，虽说心里有些愤懑，但这种情绪主要还是冲着刘统勋。

两袖清风的能臣

经此一役，刘统勋在朝野名声大振，就连乾隆本人也对他十分满意。张廷玉在朝廷经营四五十年，门生故吏满天下，汉官多出于其门下，早令乾隆十分忌惮。乾隆也一直想寻找与张廷玉有矛盾，又有大臣之体的汉官进行培养，以削弱张廷玉在汉官中的影响力，刘统勋的出现当然大得君心。

不过，刘统勋这下子也得罪了树大根深的张廷玉和冉冉升起的新星讷亲。这两位可是当时军机处的当家人，特别是讷亲。鄂尔泰去世后，军机处首席军机大臣空缺，本应该由张廷玉接任。但忌惮张廷玉势力的乾隆直接跳过了张廷玉，任命讷亲为军机处首席大臣、保和殿大学士。刘统勋一下子得罪这两位，特别是讷亲，对他的影响可想而知。

但是乾隆并没有忘记刘统勋，也在煞费苦心地为刘统勋找出路。乾隆十一年（1746年），乾隆任命刘统勋为漕运总督，负责漕运和督修运河附近水利。这种工作，在嵇曾筠去世后就少有人做，讷亲等人也难以反对。乾隆需要刘统勋这样一位熟悉业务、两袖清风的治水官僚，这就巧妙地躲过了讷亲的反对。只不过人算不如天算。讷亲也没想到，一年多以后自己居然会被乾隆赐死，而被他压制的刘统勋则作为军机大臣辅佐乾隆帝二十余年，并在生命的最后两年打破汉人不得为首席军机的惯例，成为军机处首席军机大臣。

作为漕运总督，刘统勋除了确保漕运畅通以外，还要确保运河周边水患不至于影响漕运。刘统勋精于水利工程修建，担任这项工作绰绰有余，这也是讷亲难以反对刘统勋担任漕运总督的原因。漕运于清王朝命运关系甚大，京城百万人都依仗漕运输送的米粮活命，因此漕运对清廷来说简直是生命线。第一次鸦片战争期间，英国虽然在战场上占尽优势，但清廷毕竟皮糙肉厚，就是不与英国谈和，英国也无计可施。时间一长，英人未必能稳操胜算。就在这个时候，英人发现漕运对清廷的重要性，于是攻下镇江，在南京登陆，切断了漕运，这才迫使清廷讲和并签订不平等的《南京条约》。

刘统勋此次担任漕运总督，绝非什么轻松差事。乾隆十三年（1748年），黄河下游因暴雨决堤，洪水肆虐，整个山东、苏北哀鸿遍野。对于大清朝来说，黄河决堤固然可怕，更可怕的是漕运因此中断，八旗子弟和官员们的口粮成了大问题。就在这个时候，乾隆急调刘统勋与高斌一起到山东，一边治理水患，一边恢复漕运。

黄河是中国的母亲河，哺育了伟大的中华文明，但历史上黄河也给民众带来很多灾难。早在先秦时期，黄河泛滥就史不绝书。到了汉武帝时代，黄河泛滥二十余年，连宰相勘察灾情的时候都背着土筐去建筑河堤。黄河裹挟着大量泥沙入海，让黄河中下游河床海拔越来越高，结果黄河成了"悬河"，中下游黄河的河床比沿河平地海拔还要高上十多米。在这种情况下，黄河一旦决堤，后果可想而知。

更为严重的是，北宋末年，开封守将杜充为了防止金兵南下，丧心病狂地挖开黄河河堤，结果黄河在广大的黄淮平原上信马由缰，最后河水改道，夺淮河河道入海，这就是中国历史上骇人听闻的"黄河夺淮入海"事件。一直到1853年，黄河才再次改道，从山东东营入海，这个时候离杜充破坏黄河河堤已经过去了七百多年。

黄河夺淮入海，是金元明清时期黄河水患频发的重要原因。明清时期，大一统王朝的统治日趋稳固，朝廷多次考虑从根本上治理黄河，将黄河改道至山东入海。但这样的话就遇到一个严重问题：运河水量不足。

漕运是依靠京杭大运河，将粮食等物资源源不断地从江南运到京师，整个水道上千公里，航运之艰辛可想而知。运河是人工开凿，河道里本来没有水流，都靠周围河流将水流注入，才能够确保运河河道有足够水量，保证漕运船只能够经过。运河江苏段特别是苏北段的河道，如果仅仅依靠淮河的水量，远远不足以支持运量如此庞大的漕运，而必须借助黄河的水量，才能确保整个漕运路线的顺利畅通。所以如果采用人工干预手段将黄河改道至山东入海，漕运就会有中断的危险。

还有一个很麻烦的地方。漕运时常需要引进黄河河水，大量黄河泥沙势必在运河河道沉积，从而抬高运河河床，降低运河运送能力。要改变这一状况，除了需要时常疏浚运河河道以外，还需要治理黄河。这样才能够确保运河水量的同时，降低黄河对黄淮平原的伤害，并且尽量减少运河中的黄河淤泥沉积。

由此可见，清代河政的日常工作非常繁重，几乎每年都有大规模的修缮工程。朝廷对河政也异常重视，每年"两河"（黄河与运河）维修经费高达五百万两白银。这笔钱相当于清朝中前期高峰岁入的十六分之一，有时甚至能占国家岁入的六分之一之巨！

如此巨额的拨款，自然让很多河务官员垂涎欲滴，不少人就开始动这方面的歪脑筋。到了后来，每年工程拨款，不过只有十之一二真正用来营修水务，其他的拨款都进了各级河务官吏的腰包。如果有某河督愿意将十分之三的经费用来治河，就会被众人齐颂为清官，可见河政贪腐之严重。

刘统勋临危受命，再加上这些复杂的利益关系，所接手的其实是个烫手山芋。接任漕运总督后，刘统勋连忙乘船出发，日夜兼程赶往灾情最严重的山东。

到了灾区，刘统勋拒绝了当地河政官员的宴请，坚持不下船赤脚办公，让当地河政官员倒吸一口冷气。不过河政官员们也明白，这次水患严重，如果治理不顺利，大家都没啥好果子吃。看到总督大人一心治水的做派，官员们也放了一半的心。

在这个时候，刘统勋多年前所学就真正显示出它的价值。刘统勋经过详细勘察，认为运河山东段水位暴涨，有可能危及运河江苏段。因此除了堵上黄河大堤的缺口外，当务之急是分流运河水量，让洪水不至于肆虐到江苏境内，否则造成的危害将倍于现在！刘统勋一面调集民生物资安置灾民，一边与经验丰富的老河工商议，很快拿出了治水方案。

刘统勋主张，运河山东段相当危险，必须引河分流，将运河山东段过量河水导往大海，才能确保江苏段安全。刘统勋根据地势、堤坝和水位情况，当即紧急调低了德州哨马营和东平戴村两处堤坝的高度，并连夜施工，加高了沂州江枫口两处的大坝，确保洪水分流一部分的时候不至于冲到江苏，为利用山东天然河道将洪水导入大海争取到宝贵时间。刘统勋将自己的治水方案写成奏折，八百里加急送到京城，呈请乾隆批准。

经过十几年的浸淫，乾隆已经习惯了和洪水与河务打交道，在治水上也有了相当的积累和眼光。乾隆一眼看出，刘统勋的治水方案合理，所费也不多，说明刘统勋并不想利用河政自肥，而且此次河务官员也没有太大怨言，说明刘统勋统御得力，让习惯自肥的下属也心服口服，不由得龙心大悦。乾隆当即批准了刘统勋的奏折，授予刘统勋人、财、物全权，主管山东治水。

得到乾隆的批准后，刘统勋紧急采办各项物资，有条不紊地分发给灾民，各个工程前线也获得了大量真材实料用于治水工程。刘统勋披星戴月，以船为家，奔赴各个治水节点，统筹协调银两、物资和人力。整个过程井井有条，资金都足额拨放，刘统勋本人分文不取。各级河务官员看到总督大人如此廉洁，而且此次水患非同小可，也就收敛了平时的气焰。在众人的齐心勠力下，各项治水工程逐步完成，水道也经过疏浚，洪水慢慢经过聊城从山东南部河流入海，空前的危机终于过去了。

消息传到京师，乾隆大喜，重重嘉奖了刘统勋。让乾隆尤为满意的是，刘统勋两袖清风，不但为朝廷省下大笔银两，而且工程质量无懈可击，有力地保证了漕运的安全。乾隆从此次治水的经历中看到，刘统勋才可大用，比张廷玉更是多了几分技术官僚的精明和统筹能力，新一代汉官领袖已经是呼之欲出。

军机处与河政之间

刘统勋回京后，乾隆很快升任其为工部尚书、翰林院掌院学士。工部尚书负责全国范围内大规模工程兴建，翰林院掌院学士更是清要之官，任掌院学士的不少都升迁为大学士，常常也有大学士亲自兼任翰林院掌院学士的，比如张廷玉担任大学士后就兼任过翰林院掌院学士。掌院学士平时更能够在皇帝左右，就各种大事发表意见，成为皇帝的私人顾问，麾下又有大量翰林，俨然是清流领袖，地位十分尊贵。

乾隆十七年（1752年），乾隆任命刘统勋为军机处行走，成为整个朝廷汉族文官领袖。此时讷亲已经因为第一次金川之战战败被赐死，傅恒主掌军机处。在讷亲死后一年左右，张廷玉也离开了军机处，军机处仅有汪由敦一名汉人。刘统勋进入军机处，锋芒仅次于满洲军机傅恒和舒赫德，加上资历和身为汉官领袖的资望，实际上是军机处仅次于傅恒的重量级人物。

说起舒赫德，年纪比刘统勋小十岁，祖父是康熙年间著名的帝师徐元梦。徐元梦虽然名字像汉人，却是不折不扣的满洲人。徐元梦字善长，舒穆禄氏，满洲正白旗人。徐元梦是清朝前期满洲文士中的代表性人物。舒赫德生于这样的家族，自然文武双全。刘统勋升任军机处首席大臣以后，舒赫德也成为满洲大臣领袖。但舒赫德与乾隆的私人关系，却不如刘统勋那样亲密。不过舒赫德与刘统勋关系不错，刘统勋多次维护舒赫德的地位，让舒赫德在乾隆中期发挥了重要作用。

刘统勋进入军机处，意味着军机处已经彻底由乾隆亲手培养的大臣掌控，雍正时期最后一丝色彩彻底褪尽。踌躇满志的乾隆，在政务和军务上已取得足够多的经验，即将带领清朝进入最鼎盛的时期。

对于刘统勋来说，多年丰富的治水和工程营建方面的经验，让他在处理国家大事的时候，考虑得要比张廷玉、傅恒等人更加周到。乾隆显然也明白这一点，毕竟在整个乾隆朝，军务活动在整个国家大政中的分量一直都非常重，因此乾隆更需要一个内政能手来稳定大局，繁荣经济，从而为盛世打好物质上的基础。这个重任，就非刘统勋莫属了。

乾隆十八年（1753年）夏，江淮洪水再度泛滥，这一次问题主要出在运河江苏段。连日的暴雨让洪泽湖水位暴涨，大量水流喷涌而出，冲溃了邵伯运河二闸，高邮车逻坝也出现决口，高邮县、宝应县一片汪洋，对运河产生重大威胁。事情传到京师，乾隆不由得又惊又怒，下令刘统勋与策楞一起南下查处。

刘统勋与策楞等人日夜兼程到了江苏，一边勘察灾情，组织救济灾民和治理水患，一边严查各种工程账目。根据刘统勋多年的经验，运河江苏段出现如此灾情，多半是施工质量不过关，其中各级河务官员贪墨的银子不知道有多少！

经过一番严查，刘统勋和策楞等发现，外河同知陈克济、海防同知王德宣贪污公款，致使运河工程质量不过关，让运河二闸和车逻出现多处险情；通判周冕玩忽职守，没有做好洪泽湖水位暴涨的准备，让洪水在江淮间肆意纵横。河道总督高斌虽然清廉，但对于下属疏于管理，致使运河江苏段险情迭出，也有失察之责。刘统勋与策楞等将这些情况写成奏折，连夜上奏乾隆。

乾隆接到刘统勋等人的奏报，不由大怒。让乾隆尤为震怒的是，高斌作为国丈兼三朝老臣，居然玩忽职守，让运河出现如此之大的险情，真正是打了皇帝的脸。高贵妃去世得早，与乾隆感情又比较深厚，所以乾隆对高斌一向多有回护。现在高斌惹出这么大的事情，怎么能让乾隆不感到羞怒交加？！

乾隆下旨，将高斌革去一切职务，留在工地效力，以赎罪孽；协办河务张师载未能尽规劝之责，一并革职，发往工地，亲自参与施工赎罪。事情还没有结束。当年九月，黄河在铜山县张家路决口，洪水一路南下，流到洪泽湖以后夺淮河河道出海，引发重大灾害。乾隆命刘统勋等严查，又发现同知李敦、守备张宾贪污误工，这才致使此次重大水患出现，高斌本人也有不可推卸的失察之责。

乾隆得到刘统勋等人的汇报，不由得怒不可遏。黄河在铜山县决口的时候是阴历九月，已是深秋时节。这个时候本来就不是发大水的季节，黄河上游即便有暴雨，雨量也不会大，形成的洪水规模远不能与六七月相比。居然这样规模的洪水就能把铜山县的大堤冲到决口，其贪墨情形可想而知！乾隆当即命军机处拟旨，对此案做出严厉裁决。

刘统勋等很快等来语气严厉的圣旨。盛怒的乾隆命令，立即处死贪墨的同知李敦、守备张宾二人，前河道总督高斌与前协办河务张师载虽未亲自贪腐，却罪孽深重，难以轻饶，绑赴刑场陪斩。高斌和张师载不知就里，在万念俱灰下被绑赴刑场，战战兢兢地看到李敦、张宾二人被血淋淋地斩下头颅，正以为要轮到自己的时候，监斩官这才宣布旨意：君恩浩荡，且饶二人一条狗命！高斌、张师载这才回过魂来谢恩，不过人已经是死过一次了。两年后，高斌在工地病累交加而亡。

按照旨意惩办一干罪官后，刘统勋也没有轻松多少，毕竟高斌闯下的大祸还要有人收拾。要收拾这样的烂摊子，除了清廉能干、精通水务的刘统勋，还有谁能够做得到？刘统勋不得不住在铜山，每日奔波于工地，负责修筑河堤，补上大堤缺口。幸亏刘统勋对河务已经是驾轻就熟，特别是李敦、张宾的下场让各级河务官员战战兢兢，不敢动什么歪脑筋。在刘统勋的统筹指挥下，工程推进异常顺利，很快就补上了铜山大堤的缺口。

河政在昏庸的高斌、张师载的主持下，漏洞百出，纵使是刘统勋这样清廉、专业的干吏，也只能稍作弥补。尽管河政还有诸多弊病等着刘统勋去补救，但军机处的运行更需要刘统勋。乾隆权衡之下，也只能调刘统勋回京，河政只好头痛医头、脚痛医脚了。

祸福相依立军功

刘统勋回京后，进一步得到乾隆的信任与重用。乾隆十九年（1754年），刘统勋升任太子太傅，兼陕甘总督。陕甘总督主管西北军事特别是对清廷至关重要的陕甘绿营，在清廷眼中是一等一重要的官缺，一般都授予满人。早在清廷入关的时候，驻扎陕西的总督主管川陕等广大地区的军事，称"川陕总督"。由于川陕总督辖区过大，而且很多险要地区被连成一片，清廷感到有必要重新设置川陕总督的职权，以免尾大不掉。乾隆中期开始，驻扎陕西的总督不再管辖四川军事，四川另设四川总督，陕西方向则设陕甘总督，主管西北军事。乾隆二十九年（1764年），陕甘总督衙门从西安迁到兰州，从此再也没有转移到其他地方。

实际上，入关以来，清廷就非常重视对西北地区的经营。陕甘总督基本可以看成"满缺"，通常不授予汉人。清廷对西北的经营应该说非常有效，西北也成为八旗军人势力非常稳固的地区。甚至可以这样说，相比于清廷的老家东北，西北地区更像是清廷的大本营和后方。慈禧太后在八国联军入侵的时候逃到西安，不是没有原因的。辛亥革命的时候，也只有全国西北地区的清朝势力展现出压制革命党的实力，甚至有迎接清帝到西北避难的图谋。能将这样的基本盘交到刘统勋的手上，可见乾隆对刘统勋的信任。

乾隆让刘统勋担任陕甘总督不是偶然的，而是蕴含着他对西北用兵的深刻盘算。清廷入主中原以后，西北的准噶尔长期是清朝主要的作战对象。虽然准噶尔地处新疆，但它南可与西藏进行宗教、文化和经济交流，东可以对喀尔喀蒙古产生影响，实力绝不可小觑。

特别重要的是，准噶尔汗国与西藏存在密切的宗教联系，西藏一些地方分裂势力也企图依仗准噶尔作为自己的军事支柱。满蒙联合是清朝得以建立的根本，如果放任准噶尔坐大，准噶尔利用血缘和宗教两件有力武器争取到信奉藏传佛教的喀尔喀，对清廷的打击会是致命的。所以清廷拼了老命，砸锅卖铁也要和准噶尔干到底。

清准断断续续缠斗百年，清廷逐渐取得上风，但一时也拿准部没有办法。乾隆十九年（1754年），准噶尔贵族阿睦尔撒纳因为政治斗争失利，率两万属民投降清朝。乾隆敏锐地察觉到解决准噶尔问题的时候已到，立即命刘统勋担任陕甘总督，负责对准作战事宜特别是后勤事宜。

让刘统勋担任陕甘总督，体现了乾隆的良苦用心。刘统勋辅政多年，各项表现都让乾隆深为满意，唯一的欠缺就是刘统勋尚不熟悉军务。尽管乾隆主观上不想赋予汉大臣以过重的军权，但这并不意味着乾隆不希望军机处的汉族大臣熟悉军务。特别重要的是，军机处的满洲大臣，常常在战争时期担任大军主帅，在后方辅佐乾隆进行军事指挥和调度的，往往就以汉大臣为主了。因此，即使是从减轻自身工作量的角度来说，乾隆也希望军机处的汉大臣熟悉军务，对于刘统勋这样亲手培养的贴心汉大臣更是如此。

不过对刘统勋来说，军务几乎是全新的课题。刘家三代为官，在政务、钱粮、河政等方面，积累了丰富的经验，这也是乾隆看重刘统勋的原因。但在军务方面，刘统勋却是个新手。当然，军机处日常工作之一就是处理四方军务，刘统勋跟着傅恒，耳濡目染也学习了不少。但如果要一下子成为军务上如傅恒一般的老手，显然是不现实的，还要付一点学费。

清廷与准部缠斗将近百年，虽然占了上风，但因为征途遥远，对于国力消耗甚大，一直没有能够彻底战胜准部。现在有了阿睦尔撒纳带路，清军势如破竹，轻而易举打败了准部，活捉准部诸多高级贵族。在清军进军准噶尔的时候，刘统勋兢兢业业地做好各项后勤和其他支持保障工作，为清军的胜利打下坚实的基础。

但阿睦尔撒纳可不是啥省油的灯。阿睦尔撒纳引清军入准，可不是为了当什么清朝的劳什子"双亲王"，而是为了自己做准噶尔的大汗。不过阿睦尔撒纳可能忽略了，清廷在其一百五六十年的创业史和治理史当中，积累了异常丰富的政治经验，其纵横捭阖能力，远非他阿睦尔撒纳所能相比，更何况阿睦尔撒纳所能动员的力量，只是准部已经被清军吓得落魄的两三万残兵败将。阿睦尔撒纳好像当年的钟会，就算造了反，有啥好果子吃？

乾隆也逐步洞悉了阿睦尔撒纳的野心，下旨让阿睦尔撒纳前来朝见。阿睦尔撒纳知道真去朝见的话，肯定是被软禁，干脆扯旗造反。乾隆虽然早有心理准备，还是遇到了麻烦。

阿睦尔撒纳带领叛军，恶狠狠地向清军扑来。此前为了让阿睦尔撒纳安心，乾隆并没有在准部故土配置过多兵力，整个准部故土清军驻军不到一万，还是分散驻扎，这就给了阿睦尔撒纳可乘之机。一时间各地叛乱如火如荼，对清军构成强大压力。

就算是这样，还是有许多准部台吉（汉语"太子"的蒙语转音，意思是部落首领）、宰桑（汉语"宰相"的蒙语转音，意思是部落重臣）不愿意跟随阿睦尔撒纳造反，而是希望追随清军平叛。但在这个时候，清军定西将军永常犯了一个关键错误。

阿睦尔撒纳起兵反叛，逼杀了伊犁清军主帅班第、鄂容安。消息传到驻扎在乌鲁木齐的清定西将军永常耳朵里，永常不由得惊惶失措。此时永常麾下尚有精兵5800人，无论如何都是一支强大的力量。如果永常坚定沉着，处置得当，是有可能在早期遏制叛军的发展势头的。然而怯懦的永常一心想逃跑，还犯下了好几个大错，从而连累了刘统勋。

永常带了大批清军正想开溜，没想到居然有不愿意参加叛乱的一些台吉、宰桑带着数千人马前来投奔，希望和永常一起平叛。永常早已被班第、鄂容安的死吓破了胆，哪里敢再与阿睦尔撒纳交锋？就连这些前来投奔的义军，他也怀疑是阿睦尔撒纳派来的卧底，居然挟持了为首的宰桑，一路狂奔到巴里坤，丢下大片土地和部落民众给了阿睦尔撒纳。

不仅如此，永常居然还下令刘统勋查办河政的老搭档策楞离开他的驻地，带兵前来接应他撤退。这还不算完，永常又命令蒙古副都统阿敏道放弃驻地，带领麾下的军队一起到巴里坤，防范阿睦尔撒纳的进攻。这一下阿睦尔撒纳的叛乱就像燎原之势，很难处置了。

永常仓皇逃到巴里坤，心知乾隆不会这么轻易饶过他，就开始动起了歪脑筋。此时刘统勋得知伊犁生变，班第、鄂容安遇难，连忙赶到巴里坤查看情况，见到了永常。永常看到刘统勋，好比看到了亲人，哭得梨花带雨，又鼓起三寸不烂之舌，极力声称准部故土已不可守，煽动刘统勋上奏乾隆，请求放弃巴里坤，像明朝一般退守哈密，才是上策。

刘统勋对于军事本是外行，西北用兵的庞大军费也让刘统勋感到肉疼，因此珍惜民力的刘统勋与永常一拍即合，愿意上奏乾隆，请求退守哈密。君子可以欺之以方，永常拉刘统勋下水的计划一下子就成功了。

乾隆正在为班第、鄂容安的牺牲而痛心疾首，又接到永常怯懦畏战、擅离职守的报告，正是熊熊火山眼看就要爆发的时候。刘统勋的这份奏折当即点燃了乾隆的怒火。在乾隆看来，自己对刘统勋百般培养回护，提供各种难得的历练机会，而他居然不思报效，提出要放弃清军浴血奋战才拿到的国土，可恶程度直追永常！

愤怒的乾隆当即命军机处下旨：永常怯懦无能，玩忽职守，着即夺去一切职务，枷送回京受审；刘统勋办差不力，动摇军心，立即革职，逮至京城受审，其子刘墉（就是大名鼎鼎的刘罗锅）一并拿问。严旨之下，永常和刘统勋都被逮捕，押送京师。永常自知罪孽深重，居然被活活吓死在临潼。不过有人认为也有可能是永常作为八旗领兵大员，不宜在刑部过堂受审，有伤八旗将帅体面，被乾隆暗地里下令处死或者赐死了。刘统勋作为汉臣，可没有这份待遇，乾隆下令将他从陕西押送至刑部，严刑拷问。

按照雍正以来拿人的流程，刘统勋的家也被抄了，家财和其他物品的情况被详细制作成清单，呈送到乾隆皇帝的面前。刘统勋为官清廉，各项财产合计价值二万两左右白银，乾隆点点头，认可了刘统勋的节操。乾隆更感兴趣的，是另外一样东西。

这件东西就是刘统勋日常在家中著述的文字。乾隆的文学素养甚至汉文化修养，在清代帝王中首屈一指，因此对文化的力量也深有体会，倍加关注。乾隆本人天资甚高，虽然不像康熙那样留心学术，但对于儒学的心得，对于汉族文人精神世界的熟悉，以及文化在大一统官僚政治中的作用的感悟，是要远远高于康熙的。相对于康熙，乾隆更加重视在文化领域实现对汉族士子的压制，对身边大臣更不例外。

这种苗头，在张廷玉的身上就可以看出端倪。张廷玉被抄家的时候，乾隆特地让人抄没了张廷玉所有的文字，并亲自仔细搜索，实在没有发现任何对乾隆不满的"悖逆狂妄"之处，这才放过了张廷玉。

刘统勋抄家清单呈送到乾隆面前的时候，乾隆专门下令，将其中文字部分全部挑选出来，送到御前细细察看。在这一刻，乾隆很可能动了杀机。乾隆对刘统勋当然是很放心，但对于刘统勋的精神世界，乾隆还是有一丝好奇。特别是此次奉旨办理军务，刘统勋有没有对自己征准的决策暗地反对并形成文字，这是乾隆很想知道的。如果真有这样的文字，凭借刘统勋的名望，一旦流传后世，对乾隆声望的打击可想而知。乾隆当然不会允许这种情况发生。同时，乾隆也想看看自己宠信的这位治世能臣，在日常生活的另一面到底是个什么样子。

乾隆仔仔细细地翻阅了刘统勋的诗文、书信和日记，甚至连他保存的父祖遗文都仔细阅读，一点"悖逆"的文字都没有发现。让乾隆深为感动的是，刘家三代人对康熙、雍正、乾隆三代皇帝满怀感恩和深情，对朝廷忠心耿耿，对百姓苍生充满眷顾。几十万字的文稿，生动地刻画出一个忠心皇上、忠心朝廷、忠心苍生的家族，不由得让乾隆都生出几分眷顾和内疚之情。

火气渐消的乾隆已经原谅了刘统勋，这对盛年的血气汹涌的乾隆是很不容易的。此前满汉大臣如果在重大问题的决策上开罪乾隆或者办差不力，乾隆是毫不手软的，这次对刘统勋也怕是如此。稍不留神，刘统勋就是讷亲的下场。正是刘家三代人的一片赤诚之心深深感动了乾隆，也温暖了乾隆那颗因为长期目睹残酷政治斗争而变得越来越冷酷的心，从此乾隆处置"获罪"的满汉大臣，就不是那么杀伐决断，而是留有一定余地了。

乾隆下旨，刘统勋虽有罪过，但书生办理军务本就勉为其难，并且办理征准后勤不无微功。乾隆特地指出，刘统勋面对重大问题时甘冒风险，敢于发表自己的意见，忠心可嘉，决定从宽免罪，退回家产，刘统勋被当场释放，发往军前效力，其子刘墉等一体释放回家。不久，乾隆又任命刘统勋为刑部尚书。

当然，乾隆是不会放过阿睦尔撒纳的。阿睦尔撒纳裹挟新败之师造反，本来就有很大虚张声势的成分。不趁他虚弱的时候将其消灭，就会放虎归山，日后必成大患。这一点乾隆看得很清楚，也是很正确的。乾隆重新调集军马，大举向叛军进攻。叛军果然缺乏招架之力，节节败退，最后阿睦尔撒纳逃到境外，征准战争获得最终的胜利。

在这个过程中，刘统勋兢兢业业地办理各项后勤和军中行政工作，也作出了自己的贡献。看到乾隆决策的正确，刘统勋对乾隆的钦佩之情又加深了一层，君臣之间的心结算是彻底解开了。

负责西北测绘工作

随着平叛战役的顺利推进，准噶尔盘踞的西域汉唐故土被纳入了大清的版图。这块土地对于中央帝国来说，既熟悉又陌生。中央帝国曾经保存了大量关于西域的资料，但由于长期的战乱，很多资料已经付之一炬，很难寻觅了。清廷与准部进行了百年战争，但对于准部腹地的情况，依然是不甚明了。作为一名杰出的君主，乾隆当然明白，朝廷对西域腹地的生疏，对于朝廷日后治理这片土地，维护国家的统一，是很不利的。当务之急，是绘制出这片土地的具体情况，从而为日后的行政和军务打下基础。乾隆由此派出刘统勋为首的测绘队伍，对整个西域进行详细的测绘工作。

这项规模巨大的工作由刘统勋、傅恒、褚廷璋、何国宗等负责，但傅恒长居京师辅政，具体测绘工作还是由刘统勋负责。在清代，西北史地学是士林显学，褚廷璋、何国宗就是清代西北史地学发展的早期推动者。

清廷对西北地区重要性的体察要远远胜过明朝，部分原因正在于清廷对于西北地区复杂军情、民情的正确认识。清廷出身于辽东地区，而明代辽东地区是明、蒙古、女真三方势力犬牙交错、相互影响的。清廷（后金）要想站稳脚跟，就必须与蒙古势力处理好关系。也正是在与蒙古势力打交道的过程中，清廷熟稔了蒙古文化甚至地理，因而对蒙古势力强大的西北地区情况的了解要远胜于明朝。善于处理蒙古、藏区各种错综复杂的关系，也成了清朝引以为傲的"家法"的重要组成部分。

乾隆当然想深化清廷的这种优势，因此在给西域取名为"新疆"后，就在推动对新疆大地的测绘工作，借以了解这片热土。在这件工作上，乾隆并没有把汉官排斥在外，甚至汉官在其中还拥有主导地位。乾隆清醒地认识到，要想掌握包括新疆在内的西北史地状况，必须倚重汉官的专业技能与素养。这充分体现了乾隆看待、任用汉官的风格：虽然高度防范，但在能力上对汉官没有偏见。甚至为了限制汉官影响的扩张，而在特定领域（比如军事）限制使用汉官。这一点与康熙形成鲜明的对比。也正因为如此，在整个乾隆朝，虽然汉官多受压抑，但政治影响力和实力要远远高于康熙朝。

刘统勋带着测绘队伍，深入天山，行走瀚海，搜集了大量第一手数据。在大地测绘方面，清廷早已积累了相当的经验。早在清朝入关时期，地图投影等先进的大地测量技术就已传入中国，并引起了清廷的兴趣。地图投影方法精确度高，但需要大量数据，这项数据更要覆盖大片国土，在当时封建制度占主导地位、小国林立的欧洲显然是很难做到的。地图投影法首次的成功应用以及成熟，恰恰是在康乾时期的中国。

早在乾隆二十年（1755年），乾隆便着手准备开展西域大地测绘工作。左都御史何国宗奉乾隆之命，带领钦天监西洋教士到伊犁等地进行测绘工作，积累了很多宝贵数据。第二年，刘统勋奉命与何国宗一起，在全疆进行大地测绘，取得不少成就。乾隆以为，虽然刘统勋没有经过天文学与测绘学的训练，但长于办理河务，河务也需要进行大量测绘与计算工作，因此刘统勋肯定能协助何国宗做好这项工作。

乾隆果然没有看错人。刘统勋很快就掌握了大地测绘的技巧。即使有不懂的地方，刘统勋也虚心地向何国宗与西洋传教士请教，丝毫不用朝廷大员的派头来压人。经过艰苦的工作，刘统勋与何国宗基本完成天山北麓数据的搜集与整理工作，天山南麓的数据，则有待数年后著名数学家明安图去完成。

刘统勋在大地测绘上的工作，影响是极其深远的，直接开启了西北史地学这一清代显学。刘统勋等带领大量汉族官员参加新疆测绘工作，让相关知识在汉族士林里也不再是秘密，这与康熙时代形成鲜明的对比，由此也可见乾隆的开明之处，允许汉族官员和士人接触这些对于满洲贵族来说属于机密的资料。

乾隆的善意换来了丰富的果实。嘉庆以后，随着工业革命的推进，西方帝国主义开始觊觎中国西北地区，西北边疆危机凸显。在这种情况下，大批优秀的汉族官员、士人，在道光帝的支持下，开展了西北史地之学的研究，取得了丰富的硕果。大量优秀的学者深入西北，风餐露宿，足迹遍于嘉峪关内外，让整个学界、政界对于西北地区的了解大为加深，从而让清廷能够制定出卓有成效的政策，遏制了帝国主义的侵略，保住了大部分西北边疆地区。

盛世能宰相

乾隆当然不会让刘统勋离开帝国中枢太久，而是想着办法给他创造复出的机会。人才难得，经过西北战事带来的一系列风波，刘统勋在军务上也积累了相当经验，更不用说在经济、治水、民政、查案上，刘统勋早就是一把好手。军机处虽有傅恒坐镇，但傅恒生性谨慎，操劳太过，乾隆也需要刘统勋作为汉官领袖，为傅恒分担处理军国大事，在让傅恒得到休息的同时，顺便也维持一下满汉政治势力之间的平衡。

乾隆二十一年（1756年）六月，河南等地暴雨如注，黄河再发洪水，在江淮大地肆虐。这一次，又是江苏省铜山县的防水工程出了问题。由于对洪水估计不足以及偷工减料，铜山县孙家集一带的防洪大堤没能防住这波洪水，导致洪水漫过大堤，一泻千里，造成严重灾害。

乾隆接到铜山县黄河洪水漫过大堤的陈奏，不由得龙颜大怒。河政事关国家稳定和正常运作，历代清帝都将河政作为执政要务，在河政上花钱都很舍得，但多年的投资却换来这么个结果！河政总督富勒赫是乾隆用心培养的河政大员，富勒赫本人也在河政上下过很大功夫，并指出了河政诸多弊病，但到关键的时候还是顶不住。要不是富勒赫缺乏统筹能力，黄河洪水此次也不会漫过大堤，对漕运造成严重威胁。乾隆一边罢免富勒赫的河道总督之职，一边急调老牌治水专家刘统勋暂代河道总督，负责监修被洪水破坏的各处大堤和其他防水工程。

说到监修河道工程，乾隆现在完全信得过的也只有刘统勋。刘统勋在河政工程上的精明、清廉和全局眼光，早已被一而再再而三地证明。特别是在清廉方面，不但自己分文不取，更能让各级河务官员自觉地收敛平时贪腐习气，乖乖地做好各项工程建设任务，这一点让乾隆深深信赖和满意。惊魂初定的刘统勋离开了西北，回到了他熟悉的河政领域。刘统勋兢兢业业，监督各项工程不断向前推进，到了冬天终于完成了灾区各地防洪工程的修缮。

乾隆二十四年（1759年），刘统勋被任命为协办大学士，正式进入"真宰相"行列。清朝制度，虽然军机处权重，内阁地位下降，但内阁是正一品衙门，理论上是国家最高行政机关，内阁长官大学士地位崇高。军机大臣虽然掌握机密，但只有兼任了大学士，才能被朝野视为真正的宰相。

内阁大学士分为"三殿三阁"，每殿每阁设两名大学士，共十二名。这十二名大学士一旦入值军机处，就是帝国真正的宰相，连皇帝都默认的。但大学士毕竟地位崇高，一些入值军机处的官员资历不够，立即授予大学士会被人议论，所以雍正设立了"协理大学士"，用于协助大学士办事。军机成熟以后，乾隆将"协理大学士"改为"协办大学士"，满汉各两名，主要是授予一些资历较浅又在军机处办事得力的大臣，较好地解决了一些资历较浅的军机大臣职务升迁的问题。这些大臣先担任协办大学士，然后再升任大学士，既增加了皇帝用人的灵活度，也照顾了官场的情绪，可谓一举两得。

但到了后来，由于清廷资历老、功劳大的官员太多，很多人不适合入值军机处，但又不能不予以抚慰，就授予大学士的高位，以安其心。比如李鸿章就被授予文华殿大学士，是清朝少有的汉人文华殿大学士。但这么一来，就造成了不少军机大臣长期担任协办大学士，很难升任正式的大学士，造成不少矛盾。比如光绪帝师翁同龢担任军机大臣多年，却一直都是协办大学士，就让袁世凯劝说李鸿章辞去文华殿大学士的职务，好让自己递补，没想到李鸿章直接赶跑了袁世凯。翁同龢一直到被革职，都是协办大学士。慈禧的宠臣刚毅是军机大臣，但也一直是协办大学士，也几乎找不到愿意退位的大学士去让他递补。某日刚毅在军机处骂骂咧咧，政敌荣禄就问他为何不开心，刚毅说："担任协办大学士多年，不知何日才能升大学士，故而心中烦闷。"已经是大学士的荣禄皮笑肉不笑地说："何不将我毒毙，你不就有机会了吗？"刚毅大怒："你以为没有这一天吗？"差点当场在军机处上演全武行。

乾隆让刘统勋担任协办大学士，离成为正式大学士只有一步之遥。此时刘统勋已经在军机处站稳脚跟，在乾隆的特意培养下又有军功傍身，地位和实力可以说仅次于威名赫赫的傅恒。但傅恒毕竟是首辅，同时对于世事的经验不如刘统勋，很多军务之外的棘手事情，乾隆还是去点刘统勋的将。

乾隆中期开始，官场风气渐渐败坏，开始侵蚀盛世的根基。这个时候的乾隆仍属奋发有为的君主，对此类案件可谓深恶痛绝，一经发现绝不手软。但是，这些贪腐案件常常牵涉满洲亲贵与官员，如果由满洲大员去查办，往往触及八旗内部复杂的关系，旗人官员未必下得了这个手；如果由汉族官员去查办，牵涉敏感的满汉关系，一般的汉族官员也都避之唯恐不及。在这个时候出来救场的，正是清廉正直、深为满汉官员共同敬畏的刘统勋。

乾隆二十三年（1758年），云南爆发贪腐大案。原来云贵总督恒文和云南巡抚郭一裕商议，乾隆五十大寿在即，为了报答乾隆皇帝的提拔之恩，应当向皇帝进献一份贵重的礼物。这份礼物不仅要代表自己，也要代表滇省，最好是能够体现云南特色。想到这些，恒文和郭一裕开始抓耳挠腮犯了难。

郭一裕还是鬼点子多，想出了向乾隆进献金手炉的"好"办法。京师冬季漫长，冰雪交加，皇上无论是在圆明园还是在紫禁城，都时常冻得瑟瑟发抖，因此很喜欢手炉这些取暖物品。郭一裕提议，何不利用云南矿藏丰富的优势，打造一批金手炉进献乾隆作为寿礼？

恒文当即拍案叫绝，盛赞郭一裕有诸葛之才。原来这云南盛产贵重金属，在古代是大大有名。中国地大物博，但贵重金属却相对匮乏，不但黄金、白银储量相对不足，铜矿储量也不高。当然，中土很多贵重金属都是以伴生矿的方式储藏，但在电解法还没有被发明的古代，这些矿藏是不可能被开采的。贵重金属的不足，也制约了古代中国商品经济的发展。到了清代，中国白银的主要来源地有三个，一个是美洲，一个是日本，最后一个就是云南。

所以现在我们应该明白，北宋与辽签署的"檀渊之盟"，实际上是对宋朝的沉重负担，因为宋朝需要向辽每年输入"岁币"二十万两白银。宋朝自己不生产这些白银，必须进口才能解决这些白银的来源，否则会造成国内通货紧缩，影响经济的发展。那个时候日本白银开采技术十分落后，宋朝进口白银的主要渠道就是云南大理政权。元、明、清三代，云南更是向朝廷提供了大量贵重金属，有力支持了国家经济的发展。郭一裕想到向乾隆进献金手炉，可谓是将皇帝个人需求与云南地方特产巧妙结合起来，脑袋确实灵光。后来他的命运和恒文出现那样大的差别，是有原因的。

恒文当即下令，命属下官员向各个矿场收购黄金。不过恒文自己也想捞一笔，每两黄金的收购价只肯给10两白银。这可让下属犯了难。黄金价格一向高昂，市价金银兑换比例是1两黄金兑换15两左右白银。恒文这么一来，等于自己和郭一裕直接吃掉5两银子的差价，将锅直接就甩给了下面。

下属官员们也犯了难。总督大人给出这么个价格，手下人不但一点汤都喝不到，反而面临如何采购足够黄金的难题。总不能拿出八九两白银收购1两黄金吧？官员们也无奈，干脆表面上一文不赚，直接用这个价格向各个矿场收购黄金。也有头脑灵光的，搭上总督大人的便车，偷偷用这个价格向矿场套购黄金获利。

这么一来整个市场就乱套了。恒文想打的金手炉肯定不止一个，不然的话一个实用的金手炉顶多两斤重，折合成白银不过一千多两，恒文顶多少给三百两左右白银，不会对市场造成太大冲击。恒文的如意算盘肯定是要进贡几十个金手炉作为乾隆的寿礼，而各级官员又都把自己的"辛苦费"算了进去。按照这种算法，恒文这一单所要征购的黄金，至少有数千两之巨！一时间市面上黄金紧缺，金价急剧上涨，整个云南金融紊乱，百姓怨声载道。

事关切身利益的黄金矿主和商贩们不服，纷纷扬言要到京城告状，让狡猾的郭一裕大为惊恐。这个主意是他出的，他也没想到恒文会弄成这个样子。如果真让这些商民告到乾隆面前，八旗出身的恒文大可以将责任全都推给他姓郭的。想到这里，郭一裕连忙上奏乾隆，向乾隆请罪，顺便把恒文给举报了。

乾隆接到郭一裕的奏折，不由得勃然大怒。恒文和各级官员打着为自己祝寿的名义，惹出这么大的事端，对乾隆声誉构成何等的损害！乾隆马上命令刑部尚书刘统勋到云南查办此案，务必要查个水落石出。

刘统勋接到圣旨，不敢怠慢，披星戴月赶到昆明查办此案。事关"圣誉"，刘统勋一到昆明，就缉拿恒文、郭一裕以及相关人等，细细盘问。案情本不复杂，刘统勋很快查清楚全部真相，赶紧写成奏折，上报乾隆皇帝。

清廷入关初期，满汉官员在司法上的权益是严重不平等的，突出表现在汉族官员不能或不敢审讯满官。不要说在顺治时期，即使在康熙后期，满汉官员在司法上仍然存在明显的不平等现象。康熙后期著名的两江总督噶礼与江苏巡抚张伯行互参案，明明张伯行处处占理，但审讯的官员愣是不敢为张伯行说话，在审讯过程中处处偏袒噶礼。直到康熙亲自出面干预，才还了张伯行一个清白。

到了乾隆时期，这一局面已大为改观。刘统勋等作为乾隆宠信的汉族大臣，已经可以独立查处满洲官员涉及的大案。比如此案，恒文的级别和分量，不比当年的噶礼轻上太多。乾隆在这一点上也比较开明，默认汉族官员可以根据皇帝的授权，查办满洲官员而不受报复。满洲官员因为长期浸淫儒家文化，对汉族官员审理获罪满官的抵触情绪也大为减轻。正因如此，乾隆对此案作出令人吃惊的判决。

乾隆下令，恒文"为大臣，以进献为名，私饱己橐，簠簋不饬，负恩罪大"，赐令自尽；郭一裕虽然贪鄙，但能够主动检举此案，因此尚属可以原谅，免去职务，斥退回家思过。这一处理结果令人瞠目结舌，特别是对郭一裕的处理远较恒文为轻，对满洲大臣的震慑可想而知。

刘统勋不畏强梁，敢于惩办皇亲国戚、天子私臣，赢得了满朝文武甚至乾隆本人的尊敬，乾隆对刘统勋也越发倚重。当时天下承平日久，八旗大臣触犯法律的情况也越发严重，乾隆感觉必须对这些不法勾当加以惩处，不然八旗上下武勇之风会被贪财好货的风气所腐蚀。惩办这些八旗大臣的案件，让京旗官员去审理，显然会遇到各种人情和关说，不但会影响司法判决的公正，而且会引发八旗内部的矛盾。在这个时候，清正刚直、善于办事的刘统勋，就是审理这类案件的不二人选。

乾隆二十五年（1760年），西安将军都赉被曝出克扣军饷，以及侵吞库银等其他不法行为。西安将军可不是一般的小官，而是手握帝国西部八旗和陕甘精锐的大员，跺一跺脚地动山摇的角色。乾隆得报后异常震怒。在乾隆看来，都赉居然敢克扣八旗将士和陕甘精锐的粮饷，实实在在是挖大清武力墙脚的行为。不过都赉位高权重，一般大臣不敢查办，又是刘统勋不顾安危，前往西安拿下都赉审问。经过调查和审讯，都赉各项贪腐罪行属实。刘统勋审结后上报三法司，经乾隆定夺，都赉被革去各项官职差事，判斩监候，一时间震动朝野。

在乾隆朝中期的贪腐大案中，刘统勋查办了最棘手、最麻烦的几起，有力地遏制了贪腐之风，也让乾隆朝的风气为之一振。乾隆中期之所以有雄厚的财力统筹内外，防御各种军事威胁，与刘统勋在反贪方面的作为是密不可分的。

成为首席军机大臣

乾隆二十六年（1761年），刘统勋升任东阁大学士，兼管兵部、礼部事务。大学士管部是清朝特色，因为军机处的设立，让内阁的权力被架空。为了安抚一些没有入军机处的内阁阁老（因为从理论上来说他们才是"宰相"，而且内阁是国家最高行政机关，军机处只是临时机构），也为了进一步将行政权力抓在手中（内阁大学士也在大内办公，理论上也是皇帝直辖的"内廷"的一部分），雍正和乾隆特命大学士到六部管理各项行政事务，并由乾隆形成定制。大学士到所管之部的时候，大堂正中放着一把太师椅，由管部大学士坐在上面，称为"中堂"，满汉两位正尚书只能乖乖坐在两旁。后来清朝就把包括大学士和军机大臣在内的拥有宰相地位的官员称为"中堂"，比如李鸿章虽然不是军机大臣，但他是文华殿大学士，所以也被称为"李中堂"。刘统勋成为正式的大学士，又在军机处当差，地位直逼傅恒。加上刘统勋行政历练比傅恒更完整，又有军功傍身，即使最牛的两位满洲军机傅恒和尹继善看到他都礼敬有加。

成为"中堂"以后，身为大学士、军机大臣的刘统勋成为朝野公认的真宰相。当然，在整个清朝，皇帝是比较忌讳人们公开谈论"宰相"这个词的。但公认的事实就在那里摆着，皇帝也无可奈何，一般情况下都是默认。到了晚清，皇帝和太后又想出新的花样，就是将大学士和军机大臣分开，军机大臣担任协办大学士，正式大学士又去管部，有时还让御前大臣取代部分军机大臣的职能，以分割军机大臣的权力。这也是皇帝为了限制"宰相"的权力想出的各种办法，可谓用心良苦。

对于刘统勋来说，成为"真宰相"，无疑是乾隆对他的高度信任和认可。刘统勋资历深厚，履历完备，乾隆为了栽培他也是煞费了苦心。更重要的是，乾隆需要对傅恒有所牵制，而刘统勋显然是不二人选。傅恒位高权重，与乾隆又是郎舅关系，但越是这样的人，坐大以后越难处理。乾隆饱读诗书，怎么会不明白这样的道理？乾隆需要刘统勋这样清正刚直，又不像张廷玉那样善于结党的重量级心腹汉官来牵制傅恒，分割傅恒的权力，让傅恒不至于走上鳌拜、索额图等人的道路。

傅恒对这一点也是心知肚明。乾隆二十年后的军机处，人才辈出，刘统勋和尹继善无论在资历、人望和能力方面，都不比傅恒差，也让傅恒时时谨慎，不敢专擅。刘统勋和尹继善也都是顾全大局的人，除了必要的商议和争论外，基本上不会与傅恒发生人事上的冲突，与傅恒关系相处得也比较融洽，不至于让乾隆有取舍之难。这样一来，乾隆既限制了傅恒的权力和影响，又得到了一个能和衷共济的军机处，也是大为满意。六七年间，君臣无事。

不过，作为军机处难得的能够肩负挂帅重任的人才，傅恒的担子比一般人更重。清缅战争期间，傅恒不得不作为清军主帅出征，刘统勋和尹继善扛起了维持军机处日常运作的重任。令人遗憾的是，傅恒由于长期的操劳，以及所承受的心理压力，年仅四十九岁就去世，留下巨大的权力空白，亟须乾隆去填补。

乾隆也猝不及防。尽管他对傅恒有所不满，但由于傅恒事事谨慎，加上又有刘统勋和尹继善的牵制，这种不满并没有到要摊牌的地步。乾隆自信，依靠像刘统勋这样的重臣的协助，他能够顺利驾驭傅恒，不让他成为第二个鳌拜或者索额图。同时，乾隆也在加紧培养重臣，于敏中等新一代军机大臣，也开始进入中枢，分割傅恒的权力。然而傅恒居然这么年轻就去世，打乱了乾隆所有的部署。

在强烈而短暂的悲痛过后，乾隆首先要考虑的，就是谁来接替傅恒的角色。可能的人选有两个，一个是尹继善，另一个就是刘统勋。

尹继善虽是满人，却是正儿八经的进士出身（雍正元年进士），论资历不比刘统勋差。尹继善也是文人出身，督办过河工，与刘统勋经历有所类似。乾隆对尹继善也很欣赏，称赞其为八旗读书人中的翘楚。尹继善从政经历丰富，特别是担任地方官多年，爱惜民众，让利于民，为民众所盛赞和怀念。在这一点上，刘统勋是有所不及的，因为刘统勋没有在地方上长期担任督抚的经历。乾隆会选择哪一位担任傅恒的继承人呢？

乾隆给出了一个折中方案：尹继善担任军机处首席大臣，刘统勋出任内阁首辅。尽管内阁的权力已经大为缩水，但内阁在文武百官中的崇高地位却是军机处所不能替代的。尹继善毕竟是满人，与皇家的天然联系，以及在地方上的善政与名望，让他在与刘统勋的角逐中占据了优势。更重要的是，汉人不能当首席军机大臣是乾隆自己定的规矩，乾隆也不好意思一下子就给破了。因此，乾隆让刘统勋担任内阁首辅以作为对刘统勋的补偿，这可是多少读书人一辈子的梦想。

尹继善担任首席军机大臣之后，沿袭傅恒遗风，兢兢业业，不敢懈怠，平和辅政，不生事端，清朝的国力不断提升。遗憾的是，尹继善当了两年多的首席军机大臣后，突然染病去世，让乾隆悲痛不已。

尹继善是八旗读书人中的翘楚，与东南文士也多有交往，因此被乾隆多次斥责。当然乾隆对尹继善还是比较放心的，只是对其沽名钓誉、舞文弄墨的习惯看不过眼而已。同时，尹继善在东南文士中的声望，也让乾隆心生醋意。不过到了尹继善晚年，他与乾隆的关系明显改善，乾隆也很喜欢与尹继善切磋诗词，君臣感情更深一步。尹继善的去世，让乾隆在悲痛的同时，还要解决尹继善继任者的问题。

这次乾隆亲手打破了自己立的规矩。乾隆让刘统勋代替尹继善，出任首席军机大臣。此时刘统勋已经是军机处威望最高、资历最深的大臣，辅佐乾隆多年，又亲眼见到了傅恒、尹继善是如何佐理国家大政，以及处理重要政事前因后果的，这种经验舍此并无他人。乾隆也因为刘统勋与自己关系亲厚，毕竟刘统勋是自己一手提拔大用，所以在首席军机大臣的人选上，痛快地选择了刘统勋。

刘统勋也是异常感念乾隆的恩遇。刘统勋明白，乾隆内心对中枢汉臣是有深深猜忌的，非常忌讳汉大臣在中枢握有重权。当然这也不能完全怪乾隆多心，满洲大臣的行政能力不如汉大臣，如果任由汉大臣势力的发展，满洲大臣在行政能力上的短板就会凸显出来。实际上，乾隆对汉文化是有较深感情的，据说甚至还萌生过恢复汉服的念头。正因为如此，乾隆既愿意赋予汉大臣更多的实权，又要限制汉大臣权力的发展。这一点刘统勋深有体会。

刘统勋明白，自己是乾隆一手培养、提拔，除了在地方没有督抚的历练，能给的乾隆也都给了，对乾隆自然有深厚的感情，这种感情在军机大臣中恐怕仅次于傅恒。同时，刘统勋一身正气，清正廉洁，也被乾隆深深地看在眼里。乾隆能亲手打破自己立的规矩，正是因为无论从哪个方面来看，刘统勋都令乾隆十分满意。这一点刘统勋自己也心知肚明。刘统勋决心用自己的一切，报答乾隆的知遇之恩！

协助乾隆平定金川

刘统勋担任首席军机大臣后，仿效尹继善的做法，对傅恒、尹继善留下的运转良好的规制一律保留，治国以清静无为为要，确保盛世的延续和重大军政活动的开展。一时间海内无事，为乾隆进行重大军事活动做好了雄厚的物质准备。

乾隆一朝，在安定边疆的成绩上，要远远超过康熙朝和雍正朝。乾隆虽是没有亲身军旅经历的盛世天子，但十分擅长捕捉军事机遇，并且将这种机遇转化为现实的军事优势。尽管在具体的军事指挥上，乾隆和他的大臣们没有少犯错误，但在战略层面所犯的错误并不多，而且基本可以通过帝国的物质优势补救。因此在乾隆一朝，军事上的征伐在战略层面都获胜了，这也是乾隆晚年得意地列出自己"十全武功"的原因。

或许是冥冥之中自有天意，刘统勋担任首席军机大臣，就是为了辅佐乾隆成就彻底平定大小金川的不世之功。第一次金川之役后，问题只是被掩盖而没有彻底解决，乾隆对此也是心知肚明。乾隆三十六年（1771年），大金川土司索诺木与小金川土司僧格桑再次发动叛乱。

叛乱如火如荼，直接冲击了清廷在四川的统治，乾隆心急如焚。乾隆召见了刘统勋，咨询应当如何处置。刘统勋出于珍惜民力的考虑，建议招抚大小金川土司。自从傅恒去世以后，乾隆在军务上还是比较尊重刘统勋的意见，毕竟刘统勋比尹继善更具军事经验。不过这一次，乾隆拒绝了首席军机大臣的意见，坚持派兵进攻叛军，刘统勋负责居中运筹协调，并协助乾隆指挥战争进程，就像当年傅恒在平准战争中扮演的角色一样。

刘统勋的担忧是有道理的。残酷的清缅战争刚刚停息不久，战争的创伤还没有完全被平复，甚至为了征缅还损失了明瑞这员难得的八旗悍将，连傅恒都染病早逝，对国力的损伤可想而知。乾隆之所以默许傅恒与缅甸的和议，也是担心大小金川方面会有连锁反应。刘统勋希望能够暂时安抚大小金川，但乾隆看得更高一层：如果不趁自己精力还算旺盛，刘统勋等有军事经验的辅弼大臣还在位的时候平叛，恐怕以后就更解决不了了。有鉴于此，乾隆决心不惜血本，一定要平定大小金川。

战事果然如刘统勋所料，清军在崎岖的山区遇到极大困难，某种程度上甚至超过了第一次金川之战。清军大举出动，由大学士温福、桂林（人名）率领，首先进攻小金川。

乾隆三十七年（1772年）五月，清军战事不利，乾隆下诏罢去桂林官职，由阿桂代替桂林。阿桂的参战让战事逐步出现转机。当年十二月，清军攻破小金川，小金川土司逃窜到大金川，合兵对抗清军。

大金川地势比小金川更加险峻，兵马粮草也更多，是一块极其难啃的骨头。历朝历代都没能真正管辖过这块地区，只能羁縻当地土司、头人进行间接治理。此次乾隆决心完成汉唐王朝都没有完成的壮举，要将这块战略价值极大、事关四川安定的地区，收为中央直辖。

清军兵分三路，气势汹汹地扑向大金川。一路由温福率领，舒常为参赞大臣；一路由阿桂率领，海兰察为参赞大臣；一路由丰升额率领，哈国兴为参赞大臣。傅恒之子福康安为领队大臣，负责协调各方行动。

清军的这个阵容可谓豪华，不但囊括了八旗精锐和陕甘绿营劲旅，还包含了阿桂、福康安、海兰察等名将，先后在军机处办过差的也有温福、阿桂、福康安、丰升额等，等于是四员军机大臣齐上阵，在清军征战史上真不多见。乾隆虽然对进攻大金川战事的艰苦程度有所预期，但事态的发展还是超过了他的预料。

大金川地势极为险要，历代金川土司根据地形精心构筑了大量堡垒，易守难攻，清军每前进一步都要付出血的代价。名将阿桂带领清军猛攻，却被层层布防的堡垒群所遏制，不得前进半步；丰升额一路小有进展，攻克了一些堡垒，与温福大军会合；温福一路进展不顺，在与丰升额会合后，于乾隆三十八年（1773年）二月十日移师木果木继续进攻。

让乾隆始料不及的是，清军居然在木果木地区大败于大小金川联军，伤亡人数仅次于雍正年间的和通泊战役。原来一些投诚的小金川头人到清军大营后，发现清军后路空虚，可以乘机截断清军后路，就动了歪心思，把这个关键的情报送给了大金川方面。大小金川联军于是派出重兵，偷袭清军后方。不巧的是，温福正好将清军后路防御兵力调离，被大小金川联军杀了个措手不及。清军正面的大小金川联军也开始发动进攻，与偷袭军队一起夹攻清军。清军大败，主将温福也战死，这是乾隆时期清军自明瑞以后第二员在战场上损失的主将。勇将海兰察见势不妙，只得且战且退，并收拢残兵，与督办粮草的刘秉恬部会合，这才稳住阵脚，并急忙将战况上奏乾隆。

乾隆接到奏报，不由得又惊又怒，清军已经很多年没有打过这样的败仗了！据查实，温福麾下两万清军，战死四千人，包括主将温福，两名副都统，三名提督，以及总兵、御前侍卫、副将、参领、知府、知州、知县、主事、同知、典史、都司、守备、参将等文武官员共计一百余人，即使是和通泊之战，清军将佐损失也没有这么惨重！此外，清军囤积的大量粮食、银两、骡马、火药等，也悉数落入叛军之手。乾隆大发雷霆，下旨切责胡乱指挥而造成如此损失的温福，夺去其一等伯的世袭爵位，降为三等轻车都尉世职。数年后乾隆想起温福，还不解恨，又下令夺去温福三等轻车都尉世职。

仗打到这份儿上，连铁血的乾隆都心生惧意，想要停止这场损失惨重的战争。但兹事体大，乾隆觉得也有必要咨询一下首席军机大臣兼内阁首辅刘统勋的意见。刘统勋对这场战争的态度，朝野上下是知道的。如果刘统勋也赞同停止这场战争，那乾隆就准备放弃，同时还有很多善后工作需要刘统勋去处理。

不过这个时候乾隆和刘统勋并不在一个地方。乾隆正在避暑山庄消暑，而刘统勋正在京师军机处办理各项军务和民政，统筹军粮和各项后勤工作，支持与大小金川土司的战争。乾隆停战决心已定，急忙召刘统勋到避暑山庄商议此事。

出乎乾隆意料的是，前来觐见的刘统勋居然力主继续作战。刘统勋认为，为了进攻大小金川，朝廷已经耗资巨大，如果此时停战，不但已经投入的钱粮都打了水漂，而且会助长大小金川凶焰，有可能引发意料不到的连锁反应，让朝廷百年来在西南的经营付之一炬。刘统勋又仔细分析了朝廷的财政状况和江南各省的税赋和地方留存情况，认为朝廷的财政状况完全可以支持这场战争，而大小金川土司粮草、弹药不过只有三年之储，叛军的处境要比朝廷更加困难。刘统勋建议，在这个艰难时刻，应该咬牙坚持，集中全国兵力、财力于一隅，不出两年，必收全功！

刘统勋的建议给乾隆打了一剂强心针。乾隆深深明白，刘统勋这个时候建议继续坚持这场艰难的战争，不仅是公忠体国，更是对自己政治上的支持！此战如果就此退兵，对乾隆的政治声望肯定是严重的打击。刘统勋的有力支持，让乾隆看到了刘统勋对国家和君主的忠诚，更看到了刘统勋一心报答知遇之恩的儒生气节。乾隆不由得心生敬意，连忙请刘统勋立即回京，全权处置战事。

与乾隆三十多年的君臣感情，并没有改变刘统勋太多。与张廷玉、讷亲、傅恒等人相比，刘统勋更多了几分骨鲠之臣的色彩。在关键问题的决策上，刘统勋敢于说出自己的意见，而且他的出发点也都是为了国家和乾隆本人好。通过刘统勋的一贯表现特别是其被抄家的那次导致君臣龃龉的事，乾隆对刘统勋也有了较为深刻的了解，因此对刘统勋也有了更大的包容度，这在一般臣子那里是很少见的。第二次金川之战，刘统勋提出反对意见，事后不但安然无恙，而且还肩负协助乾隆指挥筹划军事的重任，这对乾隆来说，真是破天荒的事了。

在清朝开国一百多年的历史上，重要军国大事都是由八旗贵族拍板，汉大臣长期以来仅有咨询顾问的权力，甚至有的时候汉大臣提出的合理意见也被驳斥，在顺治和康熙前期尤其如此。像第二次金川之战一样，就战和重大问题单独咨询刘统勋的意见，并且最终决策就是在乾隆和刘统勋君臣二人之间作出的，在整个清代历史上也是很少见的。由此可见乾隆对刘统勋的器重，更可以看出议政王大臣会议撤销以后，八旗贵族特别是近支王公在国家大政中的发言权在急剧下降。正是在乾隆手上，清王朝在体制上的关外色彩进一步褪色，清王朝也越来越像一个传统的中原王朝。乾隆本人对这一点也不是没有觉察，因而他后来越发重用满洲大臣，也是为了补救一二。

得到了刘统勋的有力支持，乾隆开始放手大干。在刘统勋的建议下，乾隆任命久经沙场的阿桂为主将，封阿桂为定西将军，统一指挥前线清军，并从京旗中抽调西山健锐营、火器营共两千人，又从关外调吉林、黑龙江八旗兵两千人，交由阿桂带领，以补充因木果木之战造成的损失。刘统勋则负责统筹后勤，征调东南各省存粮，发往金川前线。

果然不出刘统勋所料，金川方面的战斗力也已接近衰竭。清军更换主将，又获得生力军的支援后，很快获得了战争的主动权。阿桂带领清军步步紧逼，粮弹两缺的大小金川军开始逐渐不支。乾隆三十八年（1773年）十月，清军重新攻占因为木果木大败而丢失的小金川各寨，开始移师进攻大金川。

为了攻克大金川，乾隆在刘统勋的协助之下，可谓下了血本。在刘统勋、于敏中等军机大臣的运筹下，江淮一带的粮食储备都被运到四川以供军需，而这些粮食原本是为了调节漕运粮食的丰歉的。湖北粮食也被大量征调入川，整个长江运输繁忙不息。粮食入川显然不能走三峡，滟滪堆可不是闹着玩的，只能到三峡段改走陆路，通过陆路将粮食运到四川。在成都到都江堰的官道上，挤满了各地向金川前线运送粮食、弹药等物资的车队。乾隆调动全国适合在金川作战的火炮，比如劈山炮、九节十成炮、冲天炮等，发往金川前线。当时的火炮身管加工精度不好，经常是打了几百发炮弹火炮就要报废。为了解决这个问题，乾隆甚至将大量工匠和铜料送往金川前线，随时铸造火炮以弥补前线损失。

不仅如此，乾隆还将清军精兵悉数调入西川。除了抽调京旗入川之外，乾隆还抽调蒙古骑兵和各地绿营精锐入川作战，统归阿桂指挥。可以这样说，清军最精锐的部队，已经被悉数调入阿桂麾下。乾隆倾全国之力，发誓要拿下大金川！

大金川地区之所以难于进攻，历朝历代都没能真正将其控制，原因就在于大金川崎岖的山势和大量的堡垒群。有的碉堡高达五十余米，共计二十四层，由此可见清军进攻的难度。阿桂指挥清军，用大炮不断轰击堡垒，清军步兵在火炮的掩护下，筑起土台，向堡垒里的士兵射击，消灭堡垒的防卫力量，清军的火炮再将堡垒轰成废墟。就在这样"笨拙"而有效的战术下，清军缓缓推进，终于肃清外围所有堡垒，来到了大金川主寨脚下。

乾隆兴奋异常，下旨阿桂拒绝接受大金川土司任何乞降，一定要完全控制大金川，不留后患。在乾隆的严令下，阿桂拒绝了大金川土司的投降，坚决要求大金川土司献出全部土地民众，被大金川土司拒绝。乾隆四十年（1775年）七月，清军向大金川主寨发动总攻。

经过半年苦战，清军终于在乾隆四十一年（1776年）正月攻破大金川最后的堡垒噶尔崖，大金川土司索诺木自缚出降。清军在长期的血战，付出惨重代价之后，终于彻底攻占了大小金川，实现了此前历代王朝所未能完成的目标。

两次大小金川之战历时二十多年，清廷为此付出惨重代价，光军费就超过七千万两白银，此外其他花费不计其数。清廷虽然付出如此惨重的代价，但收获却是巨大的：大小金川地区被清廷正式纳入版图，由四川省直接管理，也由此打通了进入西藏本土的除青藏线之外的另一条道路。川藏线的开发，不仅让多民族统一国家更加坚固，而且有力地遏制了英帝国主义对西藏的侵略，更使得抗战时期，中国能有四川省这样一个稳固的大后方。乾隆开拓的川边地区，有力地呵护着四川省的安全，否则英国势力如果深入到川边一带，对中国统一事业的危害可想而知。

鞠躬尽瘁感君心

　　遗憾的是，刘统勋已经看不到大小金川被彻底平定的那一天了。乾隆三十八年（1773年）十一月十六日，天寒地冻，北京城进入了最寒冷的季节。刘统勋早早起身，赴紫禁城上早朝。按照清廷制度，冬日和春日早朝时间是六点左右。为了上早朝，大臣往往在凌晨三点多甚至更早就要起身漱洗，然后趁着夜色向紫禁城进发。当晨曦快降临的时候，刘统勋的轿子已经行到东华门外。

　　突然轿子一倾，整个轿子马上失去平衡，开始向一边倒去。轿夫和卫兵们顿觉不好，马上查看，只见刘统勋面色苍白，嘴唇发紫，已经失去呼吸，东华门外一时大乱。

　　消息很快传到乾隆那里，乾隆大惊失色，连忙命御前大臣福隆安带着太医和药物前来抢救。可惜为时已晚，加上当时医疗水平落后，一生为国操劳的刘相国已经驾鹤西去。

　　乾隆听到刘统勋去世的消息，如五雷轰顶一般。四五年间，他失去了傅恒、刘统勋这两个亲手培养的首席军机大臣，再加上有些隔阂的尹继善，整个朝廷几乎为之一空，已经很难再找到这样的股肱之才！大金川前线酣战正烈，正是中枢用人之际，刘统勋却在此时撒手人寰，怎能不让乾隆大放悲声？

　　乾隆当即下旨，从厚抚恤刘统勋一门，并赐白金，为刘统勋举办后事。为了表达对刘统勋的思念之情，乾隆打破惯例，亲自到刘统勋家中吊唁。乾隆只见刘统勋的宅子门楣矮小，房屋逼仄，全无半点相国气派，再联想起当年刘统勋被抄家的情形，乾隆越发感慨刘统勋的忠诚，更是悲从中来，哀痛不已。

回到皇宫后，乾隆谈起刘统勋，大为赞叹："刘统勋不愧是真宰相！"这句赞叹对乾隆来说，真是太不容易了。

乾隆本人对"宰相"二字极为敏感和忌讳，非常不愿意臣子提起这两个字。尽管当时的朝臣普遍把军机大臣兼大学士看作宰相，但绝对是不敢在乾隆面前说出这两个字的。现在从乾隆自己嘴里说出这两个字，说明乾隆对刘统勋之看重。

乾隆一朝，军机大臣兼大学士的，先后数十位，包括张廷玉、鄂尔泰、傅恒、于敏中、尹继善、舒赫德、阿桂、福康安、和珅等名臣，但从乾隆那里获得"真宰相"称呼和评价的，唯有刘统勋一人！应该说，是刘统勋的精明强干、正直无私感动了乾隆，让乾隆不顾祖宗家法和自己的成见，一再为刘统勋破规矩，不但授予其首席军机大臣，而且正式承认刘统勋为"真宰相"，由此可见刘统勋在乾隆心中的地位！特别是与乾隆关系密切的傅恒、阿桂、和珅都没有得到这样的称呼，更可以看出刘统勋与乾隆关系之密切，对清室贡献之大。

刘统勋虽然逝世，但金川前线军情仍然紧急。仓促之下，乾隆任命刘统勋的副手于敏中担任首席军机大臣。

军机处进入了于敏中时代。

于敏中

翩翩江南佳公子

在乾隆朝，有一位赫赫有名的重臣，让乾隆都感到芒刺在背，在离不开他的同时又对他十分忌惮。当这位重臣去世之后，乾隆长久不愿意提起他的姓名，甚至想把他的名字从历史上抹去，这个人就是于敏中。

于敏中，江苏金坛人，出身于当地望族。于氏家族在明代就开始发迹，于敏中的祖先于孔兼是东林党成员，曾与东林党首领之一赵南星关系密切。于孔兼刚正不阿，屡次触犯万历皇帝的逆鳞，结果被贬回乡，常去东林书院讲学，为东林党培养了不少人才。明末清初的战乱让中晚明史料大量流失，我们已经很难得知于孔兼和东林党活动的具体资料，不能不说是憾事。

于敏中曾祖父于嗣昌，顺治十八年（1661年）进士，曾任山西襄垣知县。清朝入关之初，为了拉拢全国士绅，宣布全国士绅在明朝的功名，清朝原封不动地加以承认，并按照明朝的制度继续开设科举，一下子就稳定了全国的局势。士绅是汉地的精英阶层，得到士绅的支持，全国反清运动就失去了主心骨，逐渐被清朝镇压下去。

清朝入关之初，战乱频繁，明朝留下的各类官员和将领多如牛毛。清朝为了迅速平定全国，不惜对降官降将大肆封官许愿，各个割据政权的官员，只要愿意投降，都给予一定的安排。同时清朝入关也带来大量八旗官员，这就使得顺治年间的官员数量急剧增多，普通官员升迁不易。于嗣昌在这种环境下，仕途不得意也就可以理解了。

于敏中祖父于汉翔，康熙二十一年（1682年）进士。于汉翔擅长文学，在江南和京城的时候与文坛名流结社，在文坛拥有盛名。于汉翔的文名也引起了康熙的注意，仕途比其父顺利许多，被赐予山西学政，主管山西一省文教，对山西文教事业和人才培养作出许多贡献。于汉翔后来在江南为官，得罪了康熙的红人、两江总督噶礼。康熙年间汉族文官势力虽然已经开始抬头，但除了在南书房有一定优势外，整体实力还不能与雍正特别是乾隆时期相比。噶礼的母亲是康熙的奶娘，得罪了噶礼，后果可想而知。于汉翔不出意外地被免官，寓居在宣武门西的寄园。寄园风景优美，后来被改为全浙会馆，民国时期鲁迅先生多次到全浙会馆居住和游玩。

于汉翔的儿子于树范，随父亲长居北方，也颇有文名。康熙中后期，于树范被召入内廷充武英殿纂修，参加《康熙字典》《佩文韵府》等书的编辑。康熙兼通满汉文化，又有一定的国际眼光，深知文化事业的重要，专门将武英殿辟为宫廷编纂、刊刻书籍的场所。清代宫廷刻印典籍，多由翰林等高级文人主持和参与，所刻印书籍非常精美，这就是中国文化史上大名鼎鼎的"武英殿本"。于树范能入选武英殿纂修，说明其文化功底绝对是过硬的。于树范编书有年，没有功劳也有苦劳，后被任命为浙江宣平知县，也算是清廷酬谢其多年辛苦。但与父祖相比，于树范的功名实在是平淡了些。

让于氏一门想不到的是，于树范的儿子于敏中居然成了乾隆朝继刘统勋以后的第二位汉人首席军机大臣，为于氏家族带来空前的荣光。

康熙五十三年（1714年），于敏中出生，为这个书香门第带来了快乐和希望。于敏中并不是于树范唯一的儿子，由于其叔父于枋当时无子，于树范就将于敏中过继给于枋，作为于枋的嗣子。于枋亦有文名，才华在其兄之上，因此仕途也比于树范顺利许多。于枋也曾长期担任编修之职，因为才华卓著，被汉人重臣史贻直看上，做了史贻直的女婿。

史贻直是雍正、乾隆两朝重臣，先后署任福建总督、两江总督、陕西巡抚、湖广总督、直隶总督，后又被乾隆任命为协办大学士、文渊阁大学士，加太子太保。特别重要的是，史贻直是鄂党中坚，鄂尔泰去世后成为鄂党第二代领袖，权势滔天。有了这样的岳父，于枋一生比于树范顺心很多，也就不奇怪了。

于敏中过继给于枋，对于敏中的仕途显然会大有助益。乾隆日后也是因为史贻直，才对于敏中青眼有加，并且将其大加提拔的。毕竟从宗法上来说，于敏中算得上史贻直的外孙。

不过没几年，于枋就有了自己的儿子，因此于敏中就又回到了于树范身边。不过和于枋、史贻直的关系，并没有因为回到亲生父母身边而疏远，反而因为日后于敏中的青云直上而被一再提起，甚至让于敏中吃了瓜落儿。

出生在这样的家庭，于敏中的成才环境当然远远超过同龄人。当然，于氏与一流学术名门相比，肯定还是有些差距，但在这个时候，子弟本身资质的影响就不容忽视了。于敏中的资质绝对是第一流，不但父亲和嗣父比不上他，连文名卓著的祖父于汉翔与他相比都相形见绌。于敏中五岁从学，跟着祖父于汉翔学习"四书"，即《大学》《中庸》《论语》《孟子》。

相对于艰深的"五经"，成书于春秋后期至战国中前期的"四书"显然更容易上手。在清代，孩童蒙学的教材已经比较完备，《千字文》《百家姓》等启蒙教材，蔚为大观。于家世代书香门第，这些教材显然是看不上的，家传"四书"，显然是于家标准的家学模式，但这种模式对孩子的天赋要求很高。如果孩子天资不够，不但接受会很吃力，还会造成学问根基不扎实，从而在学问之路上走不了太远。

于敏中学习起"四书"来，却是游刃有余，不甚费力，让于汉翔大为称奇。于汉翔意识到，于敏中是上天赐予于氏家族的麒麟儿，必能振兴于氏家族。于汉翔拿出百倍的精神，向于敏中详细解说"四书"章句，并搜罗各位名家的注解，循序渐进地介绍给于敏中。

于敏中天资聪颖，不但掌握了祖父所教的"四书"及其各名家注解，还慢慢地开始学习"五经"。"五经"包括《诗经》《尚书》《礼记》《周易》《春秋》五部经典，成书于春秋中前期，是西周官学对于商周文献的总结、提炼和辑录，具有极高的文化价值和思想价值。正因为此，"五经"文字古奥，思想深邃，非常难于学习。

令于汉翔、于树范和于枋大为吃惊的是，于敏中学习起"五经"来，进度也非常迅速。大概十岁的时候，于敏中已经能够大体掌握"五经"经义，于汉翔无力再教授他了。

不仅如此，年幼的于敏中还练了就一手好字，让父祖都刮目相看。在中国古代，一手漂亮的毛笔字经常是士子进身的阶梯。于汉翔虽然文名卓著，但书法并不是他的长处。看到年幼的于敏中不但读书尽能掌握精要，而且在书法上也能有很大提升空间，于汉翔就明白，此子的前途，很可能远在父祖之上。

雍正七年（1729年），年仅十五岁的于敏中参加江宁乡试，高中举人，让父祖喜出望外。不过遗憾的是，数年后于敏中到京师参加会试，却没有能够续写神童的故事，遗憾落榜。于敏中只能带着遗憾，回到了家乡金坛。

赴京会试显然开阔了于敏中的眼界，与父祖当年同僚的交往，特别是与其他赴京会试士子的切磋，让于敏中意识到了自己的不足。于敏中虽然是神童，但学问都是家学所得，父祖的格局限制了于敏中的学问，让于敏中的学问与其他优秀士子相比显得单纯、浅薄，这是于敏中会试失利的主要原因。不过于敏中天资聪颖，迅速就意识到了这个致命的缺陷。聪慧的他，又会怎样安排自己的下一步？

风流状元炼成记

回乡后，于敏中痛定思痛，决心拜访名师，重新开始自己的学业。好在江南向来是文教之乡，名儒大师辈出，于敏中出身书香望族，本身更有神童之号，很快就拜到了名师。

金坛有一位儒学大家，名叫王步青，精通经史，雍正元年（1723年）进士，曾在京史馆工作五年，官至翰林院检讨。王步青的学问经历，显然远在于敏中父祖之上。特别是翰林院的经历能够让王步青接触到当时最为优秀的学问家，看到各种珍藏的秘籍，加上各种直接间接的高层经历，都是普通书香门第难以教授给自己子弟的。就连于家这种望族，在王步青面前都相形见绌。于敏中得知家乡居然有这样的名流，当即决定拜到王步青门下求学。

跟随王步青学习，打开了于敏中的眼界，开拓了于敏中的格局。当时的科举考试特别是会试，"四书"与"五经"并重，甚至"五经"的分量有时候还要大于"四书"。"五经"文辞古奥，考生如果对"五经"原文理解不透，很容易误解出题者的用意，从而造成偏题跑题，特别是殿试的出题者，很可能是乾隆本人！对于普通家庭出身的子弟，要想完全靠自己的力量通过科举考试，除非天赋异禀，否则是难如登天。再说这些普通士子的天赋，又有几人能超过于敏中？于敏中仅仅依靠家学，都做不到在科举场上如鱼得水，非得再寻名师重新来过不可。

王步青熟悉"五经"真义，学问严谨，与于家偏重文学的家学风格大不相同。更重要的是，王步青曾在翰林院供职，对乾隆的个性、喜好和学问风格很熟悉，这些都是进行会试特别是殿试的不传之秘。当然，王步青也不会傻到把这些不传之秘轻易传授于人。但于敏中天资聪颖，听到王步青的教诲能够举一反三，以小见大，更重要的是，于敏中父祖本身也具有类似经验，只是天资、历练不如王步青，没有像王步青那样善于体悟和总结这样的高级经验而已。王步青看到于敏中进步如此神速，知道此子不是凡人，索性倾囊相授，于敏中的进步速度更是一日千里。

更重要的是，于敏中通过王步青，与整个江南名流圈子搭上了关系。尽管于汉翔等也堪称名士，但由于长期在京师和北方为官，与江南本地名流交往并不算深入。王步青长期在金坛居住，加上又有翰林院的经历，自然让江南本土名流刮目相看。这些名流很多都是才子，精通儒、佛、老、庄的大有人在。同时江南也有不少望族数代人从事科举，积累下大量宝贵经验，这些知识都是不轻易外传的。于敏中天资聪颖，加上王步青的提携，很快就在名流圈子里站稳了脚跟。

与王步青和名流们的交往，让于敏中学到大量在家里学不到的宝贵知识，真正打开了于敏中的格局，最大限度地发掘了于敏中的潜力。从王步青和名流们那里，于敏中终于透彻地掌握了"五经"真义，了解了雍正、乾隆的学术倾向，还熟悉了诸子百家尤其是佛、老学说。这对于敏中未来的发展极为重要。清廷虽然奉儒家学说为正统，但宫廷也信仰藏传佛教，康熙到乾隆时期西藏多事，藏传佛教对于清廷来说就有了特别的重要性。于敏中熟悉佛学与佛教，对他在乾隆面前邀宠是很有帮助的。

于敏中在拜入王步青门下，与江南俊秀交流的时候，不断吸收科举和政坛运作信息。这段时期清廷政治逐步向中原王朝传统文官政治靠拢，汉文逐渐在公文中占据优势，但由于准噶尔、喀尔喀等方面的压力，满、蒙、藏文依旧大有用武之地。于敏中在与王步青等硕儒的交流中，敏锐地发现这一点，遂决定学习满、蒙、藏等边疆语文。

于敏中杰出的天赋在学习满、蒙、藏文中淋漓尽致地体现出来。满、蒙文是拼音文字，构词和语法与汉语差别很大。藏语虽然和汉语同源，但藏文本质上仍然是一种拼音文字，汉文则属于表意文字，差异仍是巨大的。考虑到于敏中成长于江南，很少有接触到满、蒙、藏语文的机会，就连驻防江南的八旗军也开始对满语生疏，于敏中能够顺利入门满、蒙、藏语文简直是一个奇迹。这种特殊的技能，将是乾隆极其重视于敏中，并让于敏中深入参与边疆政治，长期出任首席军机大臣的重要因素。

从于敏中早期经历可以看出，他的求学经历和学习成果与和珅有很大相似之处。甚至他们第一次科举都落榜，也是一种有趣的对应。乾隆时期的科举之路已经日益逼仄，竞争更加激烈，对普通家庭的子弟越来越不友好。即使于敏中、和珅这样出身于中等世家而非一流高门的子弟，要在科举上取得成功，也没有那么容易。

同于敏中相比，和珅是旗人，有挑选侍卫进入官场的机遇，身为汉人的于敏中就不得不重新拜师读书，结果就使得和珅的学问根基远不如于敏中。和珅一生过于顺利，没有经历过真正的挫折，心中缺乏敬畏，最后栽了一个跟头就再也爬不起来。于敏中虽然发展道路没有和珅顺利，但会试的挫折让他看透了人心，总算知道有所敬畏，随后打下的学问根基也让于敏中有更多的艺能服侍乾隆，而无须过分通过发挥财务上的功能让乾隆开心，这也让于敏中勉强保住了个人名节，没有被列入公认的大奸大恶行列。

经过长时期的充电后，于敏中信心十足地再次踏上赴京会试的路程。乾隆二年（1737年）丁巳恩科，年仅23岁的于敏中勇夺进士第一名，并经殿试成为状元。乾隆刚刚当上皇帝，丁巳恩科是他开的第一次科举考试，于敏中是乾隆点的第一个状元。

多才多艺侍师君

乾隆当时不过是二十六七岁的年轻人，刚刚登上皇位，身在宗室和重臣的包围之下，心情压抑可想而知。乾隆开设丁巳恩科，也是有着迫切的培养班底的考虑。于敏中经义严谨，文采风流，一笔好字更让乾隆拍案叫绝。等到殿试的时候，乾隆看到高大英俊的于敏中，二话不说就将其点为状元。

乾隆对高大英俊的帅哥情有独钟，于敏中、傅恒、和珅、福康安都是以身高和相貌著称。清朝中期著名的史学家赵翼也是文采风流，高绝千秋，但就是因为相貌一般，尽管傅恒大力向乾隆举荐赵翼，也是郁郁不得志。急需人才的乾隆看到才高八斗、相貌英俊的于敏中，就好比看到了梦中情人一般，自然大为满意。第一印象很重要，加上于敏中又是乾隆点的第一个状元，这些资本使他日后顺风顺水，终身得蒙圣眷。

非常凑巧的是，新科状元于敏中的族兄于振也是状元。更让人感到惊讶的是，于振是雍正为了庆祝自己登基而开设的恩科状元，是雍正皇帝的第一个状元！不知道乾隆在点于敏中为状元的时候知不知道这件事，若不知道，反而更能够增加乾隆本人的政治光辉。一帮雍正老臣看到这样的场景，也只能感叹冥冥之中自有天意，更消磨了几番雄心。

乾隆点了于敏中为状元后，有意试其文才，多次向其咨询文事，都得到了极其满意的答复。乾隆本人喜欢附庸风雅，愿意与文学俊秀交流，于敏中因此被频繁召见。乾隆惊喜地发现，于敏中不仅书法飘逸、文采风流、熟悉儒家学说，而且精通满、蒙、藏、梵文，兼通佛、老。不仅能够辅政治国，还能满足皇帝本人精神世界的需求，这个对乾隆来说太重要了。

自从秦始皇以来，中国的皇帝除了世俗层面的需求外，还有精神层面的需求，很多场合下这两种需求也是交织在一起的。对于清朝的皇帝来说，这一点尤为突出。

早在关外时期，熟悉蒙古文化的努尔哈赤就认识到喇嘛教对于蒙古人的巨大影响力，因此对喇嘛教大为尊崇。皇太极在重视满洲人传统信仰的萨满教的同时，对汉传佛教和道教也颇为重视。特别重要的是，皇太极对喇嘛教在蒙古世界的影响力有了真切的认识，因此把尊崇喇嘛教上升为国家政策的高度。

清廷入关以后，清朝诸帝在宗教上有了更多的选择。顺治本人信仰汉传佛教，在信仰上与坚持萨满教和喇嘛教的满洲贵族形成尖锐的冲突。康熙在信仰上要宽容许多，一度对基督教颇感兴趣，但最后还是坚持了满洲人关于萨满教的传统信仰，并对藏传佛教也颇为尊崇。

雍正的信仰世界更具有传统的中原色彩。雍正不但信仰汉传佛教，还对道教有着非同一般的迷恋。雍正不但在全国各地寻访道行高深的道士，而且开炉炼丹，大量服食丹药。雍正是中国历史上最后一位热衷于炼丹的皇帝，最后在壮年突然去世，与服食丹药有很大关系。

乾隆一登基，马上就驱赶了雍正收容在大内的道士，并命令停止在宫中炼丹。鉴于雍正皇帝的教训，乾隆当然对汉传佛教和道教保持一定的距离，而对藏传佛教却产生了很大兴趣。

俗话说"独乐乐，不如众乐乐"，乾隆对于藏传佛教的信仰，需要被周围人认同和理解，他对藏传佛教教义的学习心得，更需要有才子加以总结、阐发和升华。于敏中的适时出现，满足了乾隆皇帝信仰世界的需要，乾隆发现，于敏中精通藏文和梵文，对佛学也有很深了解，对藏传佛教教义的理解要远远胜过一般满汉大臣。看着高大英俊，既精通藏传佛教精义，又能用优美的汉藏文字将这些精义和独特体验总结出来的于敏中，使乾隆感觉找到了知音，怎能不青眼有加，异常喜爱？

有了天子门生和修行知音的双重身份，于敏中接触皇帝的机会要比一般人甚至其他状元更多。金榜题名当年，乾隆便让于敏中进了翰林院，授予其修撰职位。于敏中的文采让乾隆激赏，很快就让于敏中到懋勤殿供职。

懋勤殿在紫禁城西南，与存放皇帝衣帽鞋袜的端凝殿相对。懋勤殿在明朝是存放皇帝图书和文具的场所，清朝皇帝在此基础上将懋勤殿作为皇帝日常读书学习的场所，是皇帝个人的书斋雅室。康熙皇帝幼年时就在懋勤殿读书。

皇帝读书当然不能一个人自娱自乐，饱读诗书的翰林在旁边当值伺候就是懋勤殿日常运行制度的一部分。能够入选懋勤殿当值的翰林，都是全国通过科举考试的最优秀的读书人，能够为皇帝学习提供各种便利条件。皇帝在读书学习之余，也会经常与入值懋勤殿的翰林们谈古论今，甚至有些政事，皇帝也会拿出来征求翰林们的意见。翰林们能够入值懋勤殿的，不少都能够对国家大政有潜移默化的影响，有些翰林也由此得到皇帝的赏识而平步青云。

于敏中入值懋勤殿，常常有机会与乾隆品评文章，谈古论今，其丰富的知识和独特的眼光让乾隆刮目相看。乾隆尤其喜爱于敏中一手飘逸俊秀的书法，经常命于敏中为其抄写各种文书。于敏中初入懋勤殿当值的时候，乾隆命于敏中翻译、抄写《华严》《楞严》两部佛教经典。

于敏中意识到表现的时候到了。于敏中本来就精通梵文，将两部经典翻译成汉文对他来说非常轻松，其他状元与翰林可就没这个本事。于敏中翻译好这两部经典后，构思了一个独特的大工程。

据清代名臣阮元记载，于敏中翻译《华严》全文后，并没有急于将经文书写好上呈乾隆，而是做出一番别出心裁的设计。于敏中先在纸上画出一座宝塔，用他漂亮的小楷写在画格内，凡栏柱、檐瓦、窗阶、铃索皆有字，宛转依线，读之成文。更令人叫绝的是，经文中每有"佛"字，于敏中都将它写在柱顶或檐际的尊贵之处，非常讲究。为了完成这幅书法佳作，于敏中盘算了两年，亲笔写了一年，终于将《华严》汉文译文完美地呈现在乾隆面前。

乾隆等《华严》汉文经文已经不耐烦，甚至对于敏中暗起嫌弃之心，没想到于敏中拿出这么一件书法精品，不由得喜出望外。乾隆一生，尤其喜爱文物珍玩，紫禁城所藏珍品相当一部分是乾隆所搜集。同时，紫禁城的玉器、瓷器，相当部分的精品也都是在乾隆年间制作。于敏中聪明剔透，早早就发现年轻的皇帝身上所蕴含的享乐主义特征，因此专门花大精力制作这么一件书法珍品供奉，大得乾隆之心。

乾隆得此珍品，知道于敏中的此件书法作品日后必是传世奇珍，对于敏中自然更加宠信。乾隆雅好经史，喜欢阅读史书，并与翰林们就感兴趣的史实进行详细讨论。这又是于敏中的强项。于敏中天资极高，在江南游学的时候又得到江南诸位硕儒的真传，对《二十三史》自然信手拈来。非但如此，于敏中对诸子百家和各种野史逸事更是非常熟悉，让乾隆感觉到江南真是人才辈出，对于敏中的各种议论和意见更是重视。久而久之，乾隆遇到一些政事上的疑难，也习惯性地同于敏中商量，于敏中开始成为乾隆身边的"内相"，逐渐培养起初步的政务能力和决策能力，这对他日后成为首席军机大臣极为重要。

乾隆对于敏中也是尽心培养。乾隆初登大宝，身处重臣、宗室包围之下，一直在悉心发现和搜罗人才，这也是乾隆开设恩科的用意。于敏中精通多种文字和诸子百家，这种人一般都精通治道，擅长处理各种棘手的问题，而这种资质却是包括傅恒在内的满洲大臣所缺乏的。乾隆让于敏中长期在懋勤殿当值，也是让于敏中潜移默化接受高层政治的熏陶，却又不至于成为老臣们妒忌和对付的目标，用心堪称良苦。

在这个阶段，于敏中还奉乾隆意旨，在整理满文文献上下了很大功夫。于敏中精通满文满语，这个在当时的汉人翰林俊秀中很突出。满文创制不过一百年，在当时还是一种很新的文字。由于创制和使用时间较短，加上清朝统一全国的进程又过于迅速，满文缺乏一个较为平稳的发展、发育时期。清朝入关之初，满文的使用者主要还是八旗将领。这些人文化水平不高，虽然在战场上能够威风八面，但在发展满文上，却是有心无力。

因此，在清朝入关以后，汉人精英，包括张廷玉、张玉书等，在满文的发展上起了很大作用。精通满文是这些人的晋升阶梯，而且康熙、雍正也需要他们的文化知识来为满文的丰富和完善作出贡献。到了于敏中的时代，老一辈精通满文的汉人大员已经退出舞台，新生的满洲贵族长期处于汉文化的包围之下，对满文更显生疏。在这种情况下，于敏中精通满文的优势就被加倍放大，能够成为中枢使用满文的一个标杆，这也成为乾隆长期宠信他的重要原因。

在这段时间，于敏中还花很多精力校对、勘误《十三经》。《十三经》是南宋时期形成的十三部儒家重要经典，包括《易经》《尚书》《礼记》《诗经》《周礼》《仪礼》《春秋左传》《春秋公羊传》《春秋穀梁传》《孝经》《论语》《孟子》《尔雅》。这十三部经典是儒家思想的主要思想源头，在中国历史上有着重要的影响。但《十三经》成文较早，各种版本都有一些文字甚至章节上的讹误和矛盾，不便于后人学习和理解。乾隆命于敏中仔细研究、校对《十三经》，力争拿出一个较好的版本颁行天下。于敏中花了好几年时间，终于和其他翰林通力合作，拿出了一个让乾隆满意的版本，并由大内刻印珍藏。

大内藏书众多，各种秘本、善本、珍本冠绝海内，让于敏中眼界大开。于敏中由是钻研各种珍本，并与其他翰林互相切磋，学问也更为精进，隐隐有宗师气象。但于敏中志趣并不在此。

与康熙相比，乾隆对儒家学说态度更为诚恳，也更愿意在文化事业上倾注资源，尽管这种意愿带有他个人的视角和色彩。此时的乾隆年轻气盛，意气风发，对雍正信奉道教暗生鄙夷，乾隆决心通过扶持文化事业，来超越父亲，追赶祖父，成就自己盛世明君的荣誉。因此，乾隆对才华横溢的于敏中青眼有加，就是可以理解的了。乾隆不但要倚仗于敏中的才华治国，还需要依靠于敏中的才华编书修史，成就盛名。

乾隆初识于敏中的时候，不过二十六七岁的青年，对人性的把握尚没有后来那么深刻。因为共同的爱好，加上于敏中刻意的逢迎，乾隆同于敏中的感情是不错的。加上乾隆和于敏中年龄相仿，相处起来要比其他年长大臣更为融洽，甚至某种程度上于敏中比傅恒更得君心。但君臣二人都没有想到的是，少年君臣难始终。大臣过早遇到君王的赏识，未必是一件好事。傅恒晚年对自身和家族的未来忧心忡忡，就是因为这个缘故。只不过傅恒早逝，幸运地躲过了乾隆的清算。相形之下，于敏中就没有傅恒幸运，君臣二人真正到了决裂的边缘。甚至可以这么说，于敏中替傅恒接了"少年君臣难始终"的盘，成为乾隆晚年实现大臣新陈代谢所必须搬开的大石头。

政坛新星露头角

乾隆九年（1744年），于敏中奉旨主持山西乡试，标志着乾隆对于敏中的认同和喜爱达到了一个新的高度，于敏中即将结束文学侍从的生涯。

乾隆十年（1745年），于敏中奉旨督山东、浙江学政，成为主持一省文教事业的大员。乾隆希望培养于敏中的行政能力，专门让他从事熟悉的文教事业，可谓用心良苦。如果于敏中能够胜任，日后自然大有提拔机会；如果不能胜任，那也只能在乾隆身边做一个老翰林。

于敏中不负乾隆期望，在学政任上干得有声有色。毕竟于汉翔曾经担任过学政之职，对如何做学政，于敏中早就有了许多间接经验。乾隆让于敏中做学政，也是专门动了一番心思，栽培之意不言而喻。于敏中在学政任上，修建学宫，延聘名师，选拔人才，深得当地人赞誉，也给乾隆脸上增光添彩。

乾隆对于敏中的表现甚为满意，降旨将于敏中调回京师，入值上书房，负责教授皇子们读书学习。这个位置看似没有啥不得了的权力，却是乾隆苦心孤诣的安排。乾隆这个时候已经年近四十，皇子也有了好几位，都到了读书学习的年纪，需要安排一些品学兼优的老师。乾隆一下子就想到了于敏中。

乾隆此时也没有想到自己居然能当六十年皇帝，执政六十三年，而只是按照日常套路出牌。乾隆对于敏中深为喜爱，自然替他谋划将来。皇子们虽然年幼，但大清的未来却是属于他们的。教授皇子读书，能够让于敏中和皇子们建立密切的联系特别是情感联系，皇子日后有登基的机会，如果于敏中届时已经成为重臣，必然会在新朝大大受宠。明朝的高拱、张居正就是例子。

于敏中在上书房担任师傅，尽心尽力教授皇子们读书，深得皇子们的喜爱和佩服。清朝皇子们的教育分满、汉两大块，于敏中负责的汉学教育包含了传统的儒家思想教育和帝范教育，目的是筛选出最优秀的皇子继承皇位。到了乾隆年间，随着大一统王朝的巩固，如何统治这样空前庞大的王朝，就成了摆在皇帝面前的大难题。在这种情况下，汉学在皇子教育中的地位不断提高，汉学师傅的地位也日益提升，很多人成了真正的帝师，在政坛上发挥了极大作用。不过可惜的是，于敏中没能等到那一天。但乾隆对他的栽培和爱护，则是不可被抹杀的。

光阴荏苒，乾隆见于敏中教授皇子读书得力，皇子们的学业水平不断进步，不由得龙心大悦，遂将于敏中升为内阁学士。乾隆十八年（1753年），乾隆再次命于敏中为山东学政，主掌山东这个具有特殊意义的圣人之乡的文教事务。

于敏中在山东学政任上干得有声有色，令乾隆大为满意。乾隆十九年（1754年）二月，乾隆将于敏中召回京师，任命于敏中为兵部右侍郎。

于敏中回到京师，向乾隆具折谢恩后，开始了新的生活。兵部右侍郎是正二品大员，于敏中担任这个职务，意味着他已经进入乾隆重点培养的官员尤其是汉族官员行列。

这段时期于敏中的生活颇为惬意。除了忙于日常公务，于敏中还将相当一部分精力用于与乾隆和王公大臣的诗词唱和与文墨交往之中。乾隆读书理政每有疑难，也都向于敏中咨询，无形中更提高了于敏中的地位。明眼人都看出，在汉大臣之中，仅有军机大臣刘统勋、汪由敦、裘曰修等，资望在于敏中之前。而且于敏中精通满、蒙、藏文特别是梵文的优势，特别是对藏传佛法的精通，更是其他满汉大臣所不能企及的。在这种情况下，于敏中未来的汉官领袖地位，甚至继刘统勋之后军机处重量级的汉大臣的地位，已经为朝野上下所公认。

正当于敏中春风得意之际，却遇到了足以毁灭他仕途的麻烦。原来在乾隆二十一年（1756年），于敏中的父亲于树范去世，于敏中不得不回乡守孝。按照规定，清朝汉臣守孝时间最少也要二十七个月，但乾隆思念自己的文友兼修行同道，在第二年就将于敏中召回京城，署任刑部左侍郎。毕竟于敏中才高天下，乾隆无论是吟诗作对，还是修习佛法，甚至处理政务，都须臾不可离开于敏中。于敏中如此快速回京任职，也确实让许多人大跌眼镜。

让于敏中没想到的是，于敏中的嗣父于枋居然在乾隆二十三年（1758年）去世，于敏中不得不再次回到金坛守孝。没有多长时间，于敏中的生母又去世，于敏中不得不怀着悲痛心情戴孝办理母亲后事。于敏中伤心的是，嗣父和母亲在几个月内去世，他就不得不延长守孝时间，一算至少需要在金坛守孝五十四个月，足足四年半时间！即使宗法上于敏中已经不再是于枋的儿子，但由于这层关系的存在，于敏中也要为于枋守孝一年，守孝时间至少也要三十九个月。这对于敏中仕途的打击可想而知。

为了尽早回京，于敏中对朝廷隐瞒了生母去世的消息，只在金坛守孝一年就回到京师继续任职。没想到世界上没有不透风的墙，这件事很快就被御史朱嵇得知。御史的职责就是监察、弹劾百官，朱嵇性格又尤其严厉，当即上书乾隆，请求办理于敏中隐瞒亲丧，拒绝守孝之罪。

乾隆接到朱嵇弹劾于敏中的奏折，当即对于敏中加以询问。于敏中看到乾隆主动给自己申辩的机会，知道乾隆有意加以维护，胆子马上就大了起来。于敏中申辩称，大臣是国家栋梁，肩负重要的工作任务，守孝时间过长对国家和朝廷也不利。正是考虑到国家和朝廷的利益，自己才决定缩短守孝时间，为的就是报效朝廷和不负君恩。这通说辞实在勉强，恐怕于敏中都不能说服自己。

这个时候乾隆出手了。本来按照康熙、雍正年间的成例，重要部门的大臣遇到丁忧的时候，如果工作实在离不开这位大臣，可以经过皇帝批准，在任上守孝。乾隆登基以后，收紧了这个口子，大臣尤其是汉大臣必须回乡守制，一般情况下时间也不能随意缩短。刘统勋深受乾隆宠信，但乾隆也没在守制问题上给他开口子。但在于敏中这里，乾隆的态度就不一样了。

乾隆声称，自己早就知道于敏中在嗣父去世期间遭遇生母去世，是自己让于敏中结束回乡守孝，回京城在任守制的。这么一来，朱嵇反而成了没事找事，结果被乾隆大加申斥。于敏中不但没事，还被乾隆提升为户部侍郎。乾隆对于敏中的宠爱，整个朝廷都看清楚了。

军机处的"监军"

乾隆二十三年（1758年）正月，军机大臣汪由敦去世。当年八月，年仅三十一岁的"打帘子军机"梦麟去世。十二月，因为受到奸商牵连，著名文学家、水利专家裘曰修被乾隆逐出军机处，从此再也没有进入军机大臣的行列。这么一来，军机处只剩下傅恒、来保、刘统勋、刘纶等四名军机大臣，整个王朝的繁重机务都压在这四位大臣身上。人毕竟是血肉之躯，饶是四位大臣经验丰富，也难以完全承担这么繁重的工作。

军机处效率的下降，让乾隆也感到不便。乾隆决定抽调一批功勋卓著的大臣充实军机处，提高军机处的效率。当然还有一层不可明说的想法，就是适当削弱一下傅恒、刘统勋的权势。

乾隆二十五年（1760年）二月，兆惠、富德奉旨进入军机处，成为军机大臣。兆惠字和甫，乌雅氏，满洲正黄旗人，曾率兵镇压了阿睦尔撒纳和大小和卓之乱，功勋卓著，深受乾隆信任。可惜天不假年，乾隆二十九年（1764年）十一月，兆惠就去世，未能在军机处发挥更大的影响。富德，瓜尔佳氏，满洲正黄旗人，协助兆惠平定阿睦尔撒纳叛乱和大小和卓之乱，也是功勋赫赫。不过富德的人生却远比兆惠坎坷，两次下狱，后来随阿桂攻打金川，与阿桂产生矛盾后诬告阿桂，被乾隆处死。

乾隆二十五年（1760年）七月，兵部尚书阿里衮入值军机。阿里衮字松崖，钮祜禄氏，满洲正白旗人，讷亲之弟，与兆惠一起平定大小和卓之乱，战功卓著，深受乾隆赞赏。阿里衮后来随傅恒远征缅甸，不幸染病身亡。阿里衮儿子丰升额也曾经出任过军机大臣，还曾与和珅发生矛盾陷害过和珅，不过丰升额去世得比于敏中还早，否则和珅的仕途恐怕没有那么顺利。

可以看出，乾隆新补的几名军机大臣，都是在西北战场上立下赫赫战功的满洲勋贵，不但让刘统勋有些相形见绌，连傅恒在他们面前都感到不太自然。不过这些人既有战功，家世也不差，在军机处时间长了，甚至会有功高震主的可能。更重要的是，这几位新任军机大臣虽然武功赫赫，但在军机处当值需要的却是不凡的宏观眼光和行政能力，这对三位军机大臣来说就有些勉为其难了。

这三位大臣中，最为可惜的是兆惠。兆惠军功卓著，本来可以担任出征缅甸的统帅，却过早地去世。如果兆惠能多活十年，远征缅甸就不会需要傅恒出马，傅恒也就不会那么早去世，整个乾隆王朝的整体政局就会是另外一个面貌。历史，往往就是由一些小事决定了大方向，令人感叹。

军机处一下子来了三位新大臣，整个工作流程自然会受到影响。当然，这个时候西北军事还有不少善后问题需要处理，三位熟悉西北军情民情的新大臣还是有不少发挥空间的。不过乾隆心里也明白，除了兆惠以外，其他二位恐怕难以长期胜任军机大臣职责。不过在这个时候，乾隆手上还有一枚活棋。

乾隆二十五年（1760年）八月，于敏中奉乾隆诏，入值军机处。此时的军机处，功勋卓著的满洲大臣占据了绝对优势，不但刘统勋等人处于下风，傅恒也不能不受到冲击，军机处的效率并没有得到明显提高，反而较以往更有所下降。乾隆对此也有心理准备，只是留了几个月观察军机处的磨合情况。

果然像乾隆担心的那样,军机处塞进过多勋贵,导致工作难以协调配合,造成许多问题。特别是汉大臣在军机处仅有两人(刘统勋、刘纶),形成满重汉轻格局,对整个中枢行政产生了不利影响。汉官毕竟熟悉政务,善于协调各方,在地方上也有根基,如果在军机处分量过轻,对朝廷的正常运转也没有什么好处。更重要的是,兆惠、阿里衮等人进入军机处,让军机处的权势大大增强,对乾隆也产生了一定的掣肘。乾隆怎能不预为防范?于敏中进入军机处,就是顺理成章的事情了。

虽然于敏中是汉人,但他是天子门生,又长期随奉乾隆左右,与乾隆的关系和感情远胜兆惠等人。于敏中自从乾隆二年(1737年)成为状元,在乾隆身边二十多年,深受宠爱,对乾隆的心思、爱好和秉性的体察,远远胜过其他人,甚至连傅恒也不能与之相比,毕竟傅恒没有于敏中精通梵文和佛法的本事。傅恒担任首揆以来,最头疼的就是在各种大事上如何与乾隆保持一致,即使一贯忠谨,也时常会战战兢兢。现在于敏中到了军机处,他对乾隆的心思了如指掌,又与傅恒相识多年,没有感情也有交情,能够大大减轻傅恒的工作压力,让傅恒暗地里松了口气。

兆惠、阿里衮等人对于敏中也不敢怠慢。虽然兆惠、阿里衮战功赫赫,但论与乾隆的关系,还是不能够同于敏中相比。古来大将拜相的,最后踩坑的不少。不说远的例子,本朝鳌拜的下场,足以让兆惠、阿里衮等人胆战心惊。乾隆让心腹兼门生的于敏中进入军机处,显然是充任军机处"监军"的角色,新上任的三位军机大臣自然是防控重点。想到这些,兆惠等人当然会对于敏中和颜悦色,不敢以军功自傲。

于敏中进入军机处,让军机处的运转效率大为提高。于敏中熟悉乾隆的心思,对乾隆处理政务的意旨自然心领神会,让傅恒时常紧绷着的神经大为缓和。于敏中又熟悉满、蒙、藏文,能够与傅恒、兆惠、阿里衮等人就西北军务进行无障碍交流，也大大降低了兆惠等人出错的可能，无形之中对兆惠等人也有一层保护作用。于敏中与刘统勋等又同为汉人，在许多民政问题上有类似看法，彼此之间的配合自然不用说。尤为重要的是，于敏中是天子门生，这层关系让乾隆在面对于敏中的时候，自然而然地带有一层亲近感和居高临下的心理优势，也让他们的关系更加密切。于敏中又心思灵巧，事事迎合乾隆，各种暗示明示让傅恒、兆惠等人也对乾隆俯首帖耳，自然令乾隆大为满意，对于敏中也更加亲近。

于敏中明白，与乾隆密切的关系，是自己立足官场的根本。虽然进了军机处，但如果疏忽了与乾隆关系的经营，能否在重臣云集的军机处站稳脚跟，可就不好说了。

于敏中天资聪颖，善于吟诗作赋，记忆力更是超群，这一点让乾隆很是看重。乾隆也是喜欢附庸风雅之人，特别喜欢吟诗作赋，自然对于敏中青眼有加。乾隆的诗足足有四万多首，差不多赶上《全唐诗》所保存的唐诗总数，让人瞠目结舌。乾隆对吟诗的爱好已经融入骨髓，遇事则咏，吟咏完毕即置之脑后，都是旁边的翰林为乾隆记录下来整理归档。乾隆闲下来也会要来自己的诗作加以欣赏，对自己的诗才大为赞叹。平心而论，乾隆的诗才虽然一般，但这些诗作记录了乾隆遇到各种事情特别是军国大事的心情，对于了解一些重大历史事件具有很好的参考作用，不但是了解一些历史事件宝贵的第一手资料，而且是窥探乾隆心灵的窗口。这些诗作具有日记的性质，中国古代帝王很少有人写日记，考虑到这一点，这些诗作更是具有很高的史学价值。

乾隆作诗喜欢古风等长诗，而且好用生僻典故和古奥文字，没点本事是记录不下来的。于敏中精通文史，特别是熟悉各种古奥文字训诂和经史子集，对于乾隆诗作的记录常常是一气呵成，毫无错误，让乾隆都感到惊诧。乾隆感到于敏中加快了自己创作的速度，于敏中对乾隆诗作的记录，也暗地里做了些润色，让乾隆更加欣喜。这么一来，遇到重大国务活动，甚至到塞北和江南巡游，乾隆都要带着于敏中，于敏中成了乾隆须臾不可离开的心腹。

眼见乾隆对于敏中更加倚重，傅恒、兆惠、刘统勋等人也无话可说，凡事也都让着于敏中半分。当然于敏中也很乖巧，不会与这几位大佬过不去，反而给他们提供了许多工作便利。时间一长，这几位大佬对于敏中也有倚重的意思，于敏中在军机处的地位，也就一天比一天稳固了。

乾隆二十七年（1762年），富德因为犯错，被乾隆逐出军机处。乾隆二十八年（1763年）正月，工部尚书阿桂进入军机处，填补了富德留下的空缺。作为乾隆年间最后一位首席军机大臣，阿桂此时还稍显稚嫩。乾隆对阿桂也是存了认真培养的心思。阿桂书生出身，乾隆三年（1738年）考中举人，在当时的满洲大臣中显得卓尔不凡。不仅如此，阿桂还能文能武，是乾隆朝后期最重要的军事统帅，福康安在他面前也只能甘拜下风。不过这次阿桂在军机处的时间不长，很快就到西北与明瑞一起作战，不久升任伊犁将军。这个时候，乾隆对于敏中的倚重反而与日俱增。

乾隆对于军机大臣的选任，遵循着一个重要的原则，就是军机大臣必须时常离开中枢，到地方办理各种事务，如果不合意就很难回到军机处。除了首席军机大臣不可轻动，其他军机大臣，比如刘统勋，就经常奉旨出京，办理各项棘手事务。但于敏中却是例外。自从进入军机处以后，于敏中很少单独出京担任钦差大臣去处理各项事务，反而是经常随侍在乾隆左右。

乾隆离不开于敏中，是因为无论是修习佛法，还是吟诗作文，都需要才华横溢的于敏中协助。有一次乾隆带着于敏中到御花园游玩，时值清晨，到处姹紫嫣红，让乾隆诗兴大发，居然一口气作诗七首，作文二篇，实在是高产作家。于敏中在一旁早就开动他超强的记忆力，将乾隆的诗文牢牢记在心里。不过于敏中此时还不能回去默写，而是要随乾隆处理各种事务，军机处也有不少事情等着他回去商议。一直到晚上，乾隆已经回宫歇息，于敏中才有时间将早晨乾隆在御花园所作诗文默写下来。

约莫一两个时辰后，乾隆收到了于敏中让太监献上的文稿，正是乾隆早晨在御花园所作诗文，居然一字不差！乾隆仔细阅读了于敏中所记文稿，不由得心中狂喜，他自己也没有想到于敏中居然有如此记忆力，在处理一天的繁杂事务后，还能够将所作诗文一字不落地记录下来。这样的人以前只在古书上看过，没想到自己身边就有这样的大才！乾隆从此对于敏中更是倚重，或许曾经也有让于敏中赴地方从事各种差事的念头，至此也打消了。

相较之下，和珅虽然后来备受乾隆宠爱，但乾隆也曾让和珅到云南查处李侍尧一案，并有过让和珅出任云贵总督的打算。但对于于敏中，乾隆始终没有让他像和珅或者阿桂那样，中途离开军机处去从事其他工作，而是始终将于敏中留在身边。从这个意义上说，于敏中的受宠程度要超过和珅。

精通文墨也是汉人学士在乾隆朝的一个显著优势。尽管乾隆朝满洲人才如井喷般涌现，将相之才灿若星辰，但由于各种原因，却没有出现如纳兰性德一般杰出的文学家。这种状况当然令乾隆欣喜，但难以满足乾隆精神生活的需求。作为中国历史上著名的风流帝王，乾隆附庸风雅的癖好需要知音，而这类角色，则是由于敏中等人去扮演。于敏中等人利用自己精通文墨，能够与皇帝进行有效精神交流的优势，始终在政坛上牢牢占据一席之地，乾隆对此也只能听之任之。当然，和珅在后期能够部分替代于敏中，但和珅文才、理论修养和记忆力不如于敏中，也只能在乾隆的精神生活中扮演次一级的角色而已。

大清军国股肱臣

铁打的军机流水的大臣。乾隆知道军机处权重,所以很注意调整军机大臣,不让军机处形成强臣把持的局面,除了傅恒、刘统勋等人,军机大臣经常因为各种原因被调整出军机处。很快,阿里衮出京任陕西巡抚,离开了军机处。最可惜的是,乾隆二十九年(1764年),战功卓著的兆惠病逝,打乱了乾隆整个政治棋局。兆惠入军机以来,兢兢业业,表现上佳,加上杰出的战功,实在是傅恒不可多得的助手。有兆惠在,不仅傅恒的压力能大为减轻,而且如果有战事,兆惠也是当仁不让的出征人选。如果兆惠再多活十年,将是第三次清缅之战当仁不让的挂帅人选。轻悍的明瑞还需要继续历练,由兆惠挂帅,明瑞辅佐,不但清军胜算会大大增加,明瑞也会得到进一步的锻炼机会,从而不必年纪轻轻就捐躯疆场。

虽然乾隆不想让军机处为强臣所把持,但到兆惠去世之前,军机处还是形成了傅恒、兆惠、刘统勋三驾马车的局面。这个局面当然令乾隆不悦,因此于敏中就成了乾隆制约这三驾马车的重要棋子。于敏中备受帝宠,官位也水涨船高。乾隆三十年(1765年),于敏中被任命为户部尚书,这是他即将成为大学士的先兆。此时兆惠已经去世,留下的权力空白也需要人去填补,在军机处当值日久的于敏中开始逐步发挥更大的作用。

到了这个时候,乾隆也认为不能再继续让于敏中从事繁重的文字记录任务,而是要让于敏中解脱出来,将更多的精力用于军国大事。当然皇帝爱好吟咏的情怀也需要排解,于是乾隆特命梁国治进入南书房,负责做皇帝的高级文学侍从,相当于李白当年在宫廷的角色。

梁国治虽然也是才子，但和于敏中到底不是一个数量级的，对乾隆多年和于敏中互动过程中形成的习惯也不甚了解。不过，于敏中对梁国治还是颇为照顾，尽量帮助梁国治做好工作。

一日，于敏中和梁国治随侍在乾隆左右，乾隆突然诗兴大发，开始吟诗。乾隆在吟诗、联句方面，一向是才思如泉涌，很快便吟诵完毕，去忙其他事了。

按照乾隆和于敏中多年养成的互动风格，此时应该是负责文字工作的梁国治赶紧将乾隆的诗作记录下来，呈送到乾隆面前。经过乾隆御览肯定后，再由梁国治整理归档。但梁国治初来乍到，哪里懂得这些事情？兀自站在一边不知所措。

于敏中虽然忙于军国大计，却也在等着梁国治将诗文整理出来呈送乾隆御览。于敏中熟悉满、蒙、藏文字，很多边疆文字的军务公文，傅恒也不避讳他，直接送交于敏中处理。于敏中对满、蒙、藏文的熟稔程度，远超一般满军机章京，既能够很快抓住文字要点，又不会犯翻译和意会上的错误，深得乾隆和傅恒赞赏。但这么一来，于敏中的日常工作任务，显然又大大加重了。

于敏中左等右等，发现梁国治一直都没啥动静，心下知道不对，赶紧将梁国治叫到面前索要乾隆诗稿。梁国治也没想到还有这么一出，一点准备都没有，吓得面色苍白。乾隆对自己诗稿一向重视，梁国治第一次当值就弄丢皇帝诗稿，对他前途的打击可想而知。于敏中无奈之下，只能强行回忆乾隆诗稿，一一默写完毕，让梁国治誊写后呈送乾隆。乾隆核验之下，发现只错了一个字。乾隆认为梁国治第一次当值就能够有如此表现，实在不易，有成为第二个于敏中的潜质，大大夸奖了梁国治一番，却不知这还是于敏中的手笔。

于敏中的工作令乾隆和傅恒非常满意，由于在乾隆身边二十多年的积累，于敏中对军国大事日益熟稔，隐隐然有逼近刘统勋的势头。乾隆也有意增加于敏中的权势，以抵消刘统勋在军机处和汉官中的部分影响。乾隆三十三年（1768年），于敏中加太子太保衔，地位进一步提高。很快，于敏中就得到了更进一步的升迁机会。

乾隆三十四年（1769年）七月，首席军机大臣傅恒挂帅，远征缅甸。此前明瑞挂帅出征缅甸，结果捐躯疆场，让乾隆极为痛惜。乾隆环顾朝野上下，已无人能够挂帅出征，不得不让傅恒、阿里衮率领八旗精锐出战，押上了朝廷最大也很可能也是最后的本钱。此时的乾隆一定会思念几年前去世的兆惠。军机处的重担，更多的就压在了尹继善、刘统勋和于敏中的肩上。

八旗军崛起于白山黑水，擅长在寒带和温带作战，而缅甸则地处热带，缅甸北部又多丛林，非常不利于以八旗军为主体的清军作战。要不是丛林作战实在艰难，明瑞也不会这么轻易殒命。要知道明瑞是清军难得的勇将，勇冠三军程度放在当时世界上恐怕都是数得上号的。傅恒和阿里衮论悍勇和机变，真不一定赶得上明瑞，比明瑞强的只是用兵慎重而已。

缅甸作战环境的艰苦，大大超过了傅恒与阿里衮的估计。尽管清军英勇作战，还是敌不过恶劣的环境，傅恒与阿里衮都身染重病，阿里衮更是很快就去世。关键时刻，阿桂勇敢地挑起了协助傅恒指挥的重担，迫使缅军同意议和，双方达成了对清廷略微有利的条件后罢战休兵。傅恒回京后一病不起，于乾隆三十五年（1770年）七月去世，也卸下了如何与乾隆善始善终的心理重担。

傅恒一生光明磊落，实在是不可多得的贤相，他的英年早逝让乾隆悲恸不已。悲痛之余，乾隆不得不考虑由谁来担任首席军机大臣的问题。思来想去，乾隆选择了尹继善。

尹继善虽然名字像汉人，却是不折不扣的满人。尹继善字元长，号望山，满洲镶黄旗人。尹继善是雍正元年（1723年）进士，工诗文，门下有袁枚等乾隆朝著名的文人。尹继善深受雍正赞赏，曾长期在江南为官，深得江南人心。不过乾隆由于登基之初，曾与鄂尔泰、张廷玉发生过权力摩擦，因此对雍正朝老臣存有偏见。尽管尹继善在朝野上下尤其是江南有着崇高的威望，被公认为宰辅之才，但乾隆始终只是让尹继善在地方为官，一直到尹继善晚年才将其调回京城担任文华殿大学士，成为百官领袖，不久又进入军机处，成了名副其实的宰相。

虽然尹继善不像傅恒、刘统勋和于敏中那样受宠，但威望摆在那里，他继任首席军机大臣，即使是乾隆也不能说什么，只能认可这一事实。尹继善为人谦和，品行方正，在江南为民众做了很多实事，被江南民众亲切地称为"小尹"。加上尹继善的满洲身份和江南文化品位，堪称当时最为合适的替代傅恒的人选。

于敏中对尹继善也不陌生。虽然于敏中久在京华，但对于尹继善在江南的善政一直颇为心折。尹继善在军机处也有些年头，知道刘统勋等人树大根深，因此对资历稍浅又才华横溢的于敏中也颇为垂青。有了于敏中的支持，尹继善的地位稳如泰山，军机处一时无事。

乾隆对这种局面的出现也是无可奈何。尹继善虽然能力绝不在傅恒之下，但毕竟已年过七旬，也只能起到一个过渡的作用。乾隆在选择首辅的时候，就感到满洲人才捉襟见肘，暂时找不到能够像傅恒一样的人才。乾隆也不由得长叹，五六年间，傅恒、兆惠、来保、阿里衮等重要满洲军机大臣相继去世，舒赫德、阿桂资望历练都不够，军机处满洲大臣居然出现了青黄不接的局面。看来傅恒长期担任首席军机大臣也是有副作用的。乾隆也只好放下心中成见，让尹继善担任首席军机大臣。

让乾隆始料不及的是，尹继善担任首辅不到一年，也突然去世了。这下乾隆陷入抓狂状态。乾隆环顾满朝文武，满洲大臣出现可怕的断档，无人能够胜任首席军机大臣之职。这一次，乾隆会选择谁担任首席军机大臣呢？

意料之外，情理之中，乾隆选择了刘统勋担任首席军机大臣。这对乾隆是非常不容易的，因为汉人不得担任首席军机大臣是乾隆自己定的规矩。关键时刻，乾隆还是以国事为重，选择了最合适也最优秀的人选，体现了乾隆作为一名优秀君主的素质和涵养。当然，乾隆与刘统勋相知相惜多年，刘统勋清正刚直的人品，特别是对乾隆的忠贞，让乾隆放心大胆地将军机处交到了他的手里。

刘统勋的高升，也意味着于敏中地位的上升。兆惠去世、明瑞战死以来一系列的变故，让于敏中在军机处的地位大幅上升。但刘统勋接任首席军机大臣的时候，由于刘纶在此前去世，于敏中一下子成为军机处除了刘统勋外最熟悉辅政流程的大臣，升任次辅也是顺理成章。从这时候起，军机处进入了长达八年的汉人主政时代。

成为首席军机大臣

乾隆对这个局面的出现也是无可奈何。即使是信用汉臣的父亲雍正，在重用张廷玉的同时也重用了鄂尔泰。不过好在刘统勋和于敏中都是乾隆一手培养的大臣，乾隆这才稍微放心。乾隆没有想到的是，两三年间，军机处这个班子还要产生大变动。

不过现在乾隆和刘统勋顾不上这个，而是要解决迫在眉睫的大金川问题。考虑到清缅战争对清廷战争实力特别是八旗军精锐的伤害，尤其是担心缅甸会在清兵进攻大金川的时候有所动作，刘统勋一开始并不赞同对大金川用兵，但乾隆力排众议，坚持决定对大金川用兵。

刘统勋的担心是有道理的。清缅战争让近万名八旗精兵葬身异域，八旗精锐损失惨重，所余精兵是否能够同时应对大金川和其他方向，比如缅甸产生的威胁，实在没有把握。但乾隆的考虑也很有说服力：大小金川叛服无常，如果一味纵容，日后必成大患。在这个问题上，乾隆表现出了战略家的眼光，力排众议，由大学士温福担任主将，统率八旗和绿营精锐，出兵进攻大金川。

温福于乾隆三十五年（1770年）进入军机处，堪称乾隆重点培养的军机大臣。温福在平定准噶尔和大小和卓的时候有军功，乾隆对他寄予了殷切希望，将其作为另外一个傅恒来培养。如果温福能够取得平定大金川的殊勋，将来刘统勋身体不行的时候，温福便可以顶上，成为首席军机大臣。考虑到刘统勋已经七十多岁，战争结束的时候，刘统勋归天之日也就不远，位置就能够腾出来。实际上乾隆的这种盘算是对的，刘统勋甚至没有看到大金川之战获胜的一天。只可惜温福生性刚愎自用，没有兆惠那种果敢、精明和谨慎，让乾隆的打算落了空。

于敏中对乾隆的这种盘算也洞若观火。经过三十多年的淬炼，于敏中对军国大事的谋划和处理已经驾轻就熟。刘统勋虽然是首席军机大臣，但毕竟年事已高，气血已衰，很多事情乾隆交代下来，还需要他这个次辅去具体操办，刘统勋也只能掌握大局，确保大局按照乾隆的意图去发展。于敏中正值盛年，头脑敏锐，与傅恒、兆惠的合作又让他对军事有了足够的经验。加上刘统勋又是有军功傍身的人，军机处对大金川军事的指挥和统筹居然像模像样，有条不紊。这是清朝建立两百年来第一次出现汉族大臣全盘指挥军事的情形。即使到了清末，也再没有再出现这样的情形。

大金川战事如火如荼，所消耗资源远远超过乾隆、刘统勋的估计，给军机处的运行带来了巨大的压力。刘统勋年事已高，很多事不得不由于敏中代为解决，无形中提高了于敏中在军机处的地位。于敏中长期与傅恒、兆惠共事，协助他们解决了大量军务问题，终于在这个时候发挥出了这些宝贵经验的价值。在刘统勋坐镇、于敏中统筹的情形下，军机处克服了许多难以想象的困难特别是财政上的困难，确保了前线战事的各项需要。

让乾隆和刘统勋始料不及的是，温福那边居然出了大问题。温福跟着兆惠是打了不少胜仗，但那都是在兆惠的指挥下担任斗将，并不意味着温福就有主将之才。实际上，温福性情刚愎自用，不愿意听从下属的意见，性情又急躁，不要说不能和傅恒、兆惠相比，就是和明瑞相比也有明显短板。由这样的人出任进攻大金川的主将，后果可想而知。

乾隆三十八年（1773年）六月，在温福的拙劣指挥下，清军在木果木战役大败，被金川叛军歼灭4000余人，88名将佐殒命沙场，各项物资损失不计其数。木果木战役是清军自从和通泊之战以来最惨重的失败，某种程度上也成了乾隆一朝由盛至衰的一个转折点。

消息传到京师，乾隆、刘统勋大为震撼。乾隆和刘统勋万万没有想到温福居然闯下如此大祸，这也反映了当时八旗将帅的青黄不接。此时的乾隆一定很怀念兆惠。如果兆惠尚在，明瑞也会在兆惠的带领下逐步成熟，进攻大金川这种需要步步为营的艰苦战事，实际上很适合明瑞。无论是兆惠还是明瑞出征大金川，都不会出现木果木这样的大败。乾隆与刘统勋商议之后，决定继续进行这场艰苦的战争，由阿桂担任主将。

长期的辛劳摧残了刘统勋的健康。乾隆三十八年（1773年）十一月十六日，刘统勋在上早朝的路途上，于东华门外突然去世。乾隆得知刘统勋去世的消息后，如五雷轰顶一般，连忙派太医携带药物抢救，却已无力回天。刘统勋的去世，让乾隆失去了继傅恒之后最得力的臂膀，对乾隆朝后期政治影响甚巨。乾隆在悲痛之余，也要认真考虑，到底谁能够接替刘统勋，成为下一任首席军机大臣？

经过慎重考虑之后，乾隆决定由于敏中担任首席军机大臣。乾隆环顾四周，发现不知不觉间，于敏中已经成为资格最老，经验也最为丰富的军机大臣，与自己的关系也最近，也很难挑选出其他的人选。金川战事正紧，军机处尤其要发挥好中枢指挥作用，特别是要有效地与行政系统合作，才能够取得良好效果。于敏中是状元宰相，又在中枢供职多年，威望资历足以号召百官，更有多年随傅恒、兆惠、刘统勋办理军务的经验，在此危急时刻，舍此并无其他第二人选。乾隆任命于敏中担任首席军机大臣，就是可以理解的了。

　　于敏中临危受命，接替刘统勋留下的未竟事业，担负起协助乾隆指挥金川之役的使命。乾隆对于敏中还是更加宠爱，又授予其文华殿大学士之职，这可是当年傅恒所担任的职务，刘统勋都没有达到这样的成就！自从乾隆时期"三殿三阁"制度成形，特别是身为保和殿大学士的傅恒去世以来，保和殿大学士不再授予大臣，文华殿大学士贵为百官之首，是名副其实的百僚领袖，地位尊贵无比。清代乾隆后的汉人文华殿大学士，不过于敏中、李鸿章寥寥数人！其中李鸿章因为是汉人，按惯例不得为百僚之长，因此清廷打破惯例，让武英殿大学士宝鋆作为百僚之长，从此武英殿大学士排名文华殿大学士之前。于敏中的文华殿大学士，是"三殿三阁"大学士中货真价实的第一！这在整个清代，也是难得一见的。由此可见乾隆对于敏中的信任和宠爱程度之深。

平定金川的功臣

　　于敏中登上了清代汉大臣的巅峰，不由得志骄意满，生出睥睨天下之志。但精明的于敏中知道，这一切都是乾隆的恩典。如果活儿干不好，乾隆随时能够将这一切夺去。到时候不要说位极人臣，就是能否善终都不好说。于敏中打起精神，决心干好这个首辅，而首要的任务就是平定大金川之战。

木果木之战后，乾隆很快发现了温福的错误，大为震怒，夺去了温福的伯爵世职，仅保留三等轻车都尉世职，几年后又夺去温福三等轻车都尉世职。这就是乾隆厉害之处，有功必赏，有过必罚，于敏中在一旁看了，也不由得心惊肉跳。不过潜在政敌温福的倒台，倒是让他十分庆幸的。但温福的继任者阿桂，如果打好金川之战，却是前途无量的。

不过在这个时候，于敏中和阿桂是一条绳上的蚂蚱，一荣俱荣，一损俱损。其中的利害关系，混了半辈子官场的于敏中怎能体会不到？于敏中决心咬紧牙关，挑起刘统勋留下的重任，协助乾隆打赢金川之战，这样的话自己是首功，即使乾隆也一时半会儿奈何不得！

想通了这个道理，于敏中说干就干，开始紧张地投入金川之战的指挥。这个坑实在不是好填的，乾隆亲手提拔的第一个首席军机大臣讷亲就是栽在了金川上头。这么多年来，金川对大清一直是表面臣服，暗地里桀骜不驯，刘统勋也是因为金川之战任务沉重，无形之中缩短了寿命。如果刘统勋再多活两三年，乾隆的人事布局就会更加顺利，于敏中、阿桂、和珅等人的命运都会被改写。金川之战的指挥任务，于敏中能够顺利完成吗？

于敏中长期跟随乾隆左右，亲眼看到乾隆从一个军事菜鸟，逐步转变为杰出军事战略家的历程。甚至可以这样说，即使是傅恒，对这个过程的了解也未必比得上于敏中。于敏中进入军机处以后，由于熟悉满、蒙、藏文，因此就西北军务也与傅恒、兆惠等进行了长时间高强度的交流，对指挥战事的具体流程也是十分了解。军机处本来就是雍正为了处理西北军务而建立，某种程度上具有总参谋部的职能，于敏中在其中深受熏陶，一介江南书生能够指挥军事，也就不奇怪了。

在于敏中的紧张运筹下，乾隆对金川之战的指挥更加得心应手，清军在战场上也逐步取得优势。清军能够逐步扭转战场形势，于敏中功不可没。但在这个时候，却发生了一起足以颠覆于敏中政治生命的大事。

乾隆三十九年（1774年），乾隆发现自己的私人备忘录"道府记载"泄密，不由得大为光火。乾隆继位之后，虽然对雍正的诸多"新政"大有贬斥，却沿用了雍正所创立的密折制度。乾隆是善于思考又心思细密的人，在多年的政治生涯中，逐步形成了一整套行之有效的识人、用人方法。为了对这些人才进行评估和观察，乾隆以密折所提供的信息为基础，辅之以其他渠道的信息，建立了一整套完整的私人数据库，每个进入乾隆视野的人才都有相应的详细条目，并且不断更新，以供乾隆参考。由于这些人才很多都是道、府一级的中层官员，所以乾隆这个私人数据库也被称为"道府记载"。道府记载是乾隆个人极其机密的私人数据库和情报库，很多资料即使是傅恒、刘统勋和于敏中也不得一见，是乾隆选拔人才、管理国家的利器。现在这么机密的资料居然被泄露，乾隆怎能不大为光火？

正在热河的乾隆立即召集于敏中等重臣，询问如何处置此事。于敏中在这个时候尽显官场老油条本色，力劝乾隆不要深究此事，结果反而引起了乾隆的疑心。乾隆这时候已经当了约莫四十年的皇帝，其中的猫腻一眼就看出了，当即呵斥了于敏中，下旨严查此案。

这个案子的案情一点都不复杂，因为能接触"道府记载"的人就那么几个，乾隆三下五除二就弄清了整个案件的真相。原来乾隆视为最高机密的"道府记载"的确已经被泄露，做出这种勾当的就是负责为乾隆誊抄文稿的写字处太监高云从。明朝鼓励太监识字，结果造成太监乱政。清朝鉴于明朝的教训，曾经严禁太监识字。但乾隆感觉到一些机密的文字工作还是不方便由自己一个人处理，于是让一些粗通文墨的太监协助自己进行文字记录和整理工作。

早在康熙时期，康熙就让一些年幼的太监读书识字，以承担一些复杂任务。不过康熙并不想培养出饱读诗书的大太监，因此不同于明朝派翰林教太监读书，康熙只让满洲笔帖式教小太监读书，以限制太监们的见识和文化水平。乾隆承袭了康熙的做法，培养了一些粗通文墨的太监协助自己，高云从就是其中的佼佼者。

高云从在协助乾隆工作的过程中，得以接触到大量机密，慢慢萌生了野心。高云从手上掌握的大量机密资料，反映了乾隆对地方各级官员的真正看法，是各级大员包括于敏中所觊觎的顶级机密。高云从手上掌握了这些宝贝，就开始打起了自己的小算盘。

高云从开始拿这些情报资料，透露给一些官员，从这些官员手中收取好处。这些官员拿到了这些机密，也对高云从投桃报李。高云从的四弟高云惠跟上了乾隆的宠臣粤海关监督李文照，一起在广东捞了不少好处；高云从的三弟高云龙则弄到了河东河道总督姚立德的推荐，在山东临清"历练候缺"，真是让乾隆大为恼火！

让乾隆大开眼界的是，首席军机大臣于敏中居然亲自出马，为高云龙处理过买地纠纷。这还没完，户部侍郎蒋赐棨、刑部侍郎吴坛居然也和高云从扯上了关系。蒋赐棨是雍正朝重臣蒋廷锡之孙，蒋廷锡官拜文华殿大学士，是雍正建立军机处后选拔的第一批军机大臣，深受雍正宠信。乾隆做皇子的时候就对蒋廷锡印象很好，也下了大力气培养蒋赐棨，将其视为于敏中之后新一代汉官领袖，早就为他在军机处预留了席位。吴坛也是乾隆非常欣赏的汉臣，准备遵循刘统勋的升迁路线将其逐步提拔，至少是个协办大学士，结果一时糊涂，也上了高云从的贼船。

高云从本是个粗人，不知道所做事情的敏感性，而是拿着这些宝贝大肆兜售，结果机事不密，闯下了大祸。乾隆看到这些汇报和高云从的口供，不由得火冒三丈。特别是与高云从往来的大臣多为汉人，又触动了乾隆心中那根敏感的神经。但此案牵涉多名大臣，特别是高云从指证于敏中与其往来甚密，让乾隆一时难以决定处置的办法。

经过仔细思考，乾隆决定暂时赦免于敏中，因为于敏中对金川战事的指挥运筹让乾隆较为满意，一时半会儿也难以找到替代他的人才。当然，也要略施薄惩，免得于敏中平安过关，平白生出对君父的轻慢之心。乾隆当即下旨，命没有涉及此案的舒赫德审理于敏中等人。

舒赫德接到此等好差事，也是心里发麻。虽然他没有涉及此案，但高云从把事情弄这么大，说舒赫德一点风声都不知道，那是不可能的。乾隆对此不但心知肚明，而且对于舒赫德知情不报也不满意。舒赫德更明白，于敏中圣眷未衰，乾隆一时半会儿还离不开他，接这个案子一不小心就会得罪于敏中。思来想去，舒赫德慢慢有了主意。

舒赫德大笔一挥，判处观保、蒋赐荣、吴坛、倪承宽、于敏中、姚立德等人斩监候。这样一来，乾隆就可以开恩赦免他们，而且斩监候罪名不算太严重，方便乾隆让满意的人重新当差。如果判斩立决，乾隆就不好在赦免的同时再马上启用这些人了。舒赫德到底是徐元梦的孙子，世家子弟的底蕴摆在那里，一下子就摸准了乾隆的脉搏。

乾隆接到舒赫德的上奏，看到舒赫德的判决，不由得龙心大悦。这些"罪犯"都是乾隆培养多年的心腹官员，乾隆对他们倾注了很多心血，当然不想就这样放弃他们。让乾隆尤为满意的是，这些"罪犯"的认罪态度都很好，口口声声都是自己辜负天恩，罪该万死，乾隆感觉对他们真是没有白培养。乾隆由此心情大好，心中的怒火消了大半，大笔一挥赦免了这些人的罪过。其中于敏中被革职留用，以观后效，仍在军机处办事。

这件事看似有了个皆大欢喜的结局，只有主犯高云从被判处死刑并执行，却在乾隆心中留下深远的负面影响。此案所涉及的高官多为汉臣，显然增加了乾隆对于汉大臣的不信任感，刘统勋在乾隆心中留下的情感波澜也由此渐渐平息。同时，此案还打乱了乾隆对于汉军机大臣接班梯队的培养，蒋赐棨、吴坛等虽然貌似仍受乾隆重用，却被乾隆排斥出军机处候选大臣的名单，汉军机大臣出现了青黄不接的势头，导致于敏中去世之后十年左右，汉大臣少有人能在军机处与阿桂、和珅争锋，军机处迎来满大臣绝对优势的时代。当然，考虑到阿桂与汉大臣之间的亲密关系和刘统勋的渊源，汉大臣在军机处的劣势，或许没有看上去那么大。

经此一案，乾隆对于敏中的信任不说受到重创，也是大打折扣。于敏中看在眼里，急在心里，知道如果再不得乾隆心意，后果实在严重。于敏中于是打起百倍精神，兢兢业业办差，力争给乾隆以良好的印象，逐步挽回在"君师"心中的形象。

于敏中自此兢兢业业，每日在军机处尽心运筹，全力协助乾隆指挥金川之战。于敏中熟悉军事和满蒙语文的优势也得以充分发挥，大大减轻了乾隆的负担。

在乾隆和于敏中的指挥下，清军在金川战场步步为营，逐步取得了优势。乾隆四十年（1775年）八月，清军攻破大金川勒乌围官寨。乾隆四十一年（1776年）正月，阿桂率清军攻破索诺木最后据守的堡寨噶尔崖。在付出巨大伤亡和七千万两白银的代价后，乾隆终于取得了这场艰辛战役的胜利。

乾隆皇帝喜气洋洋，对阿桂、福康安等参战将士大为奖励和表彰，并将大小金川之地改土归流，由四川省管辖。当然，乾隆更没有忘记刘统勋、于敏中的定策谋划之功，对刘统勋和于敏中进行了重重封赏。于敏中被赏一等轻车都尉世职，并作为功臣绘像悬挂于紫光阁，与阿桂、舒赫德、福康安、丰升额、福隆安、海兰察、哈国兴等平定金川立下赫赫战功的武将并列，在整个清代都是不多见的。

于敏中终于长吁一口气，庆幸自己暂时渡过了政治难关。有了平定大金川这项大功劳，乾隆也难以撼动自己在军机处的地位。傅恒以来，首席军机大臣多在任上去世，这就意味着于敏中只要不再犯大的错误，是有很大概率一直任职到去世的。当然，这也受制于乾隆寿命。只有乾隆寿命比于敏中长，于敏中才有可能像傅恒、尹继善、刘统勋等人一样，平安在任上去世。如果乾隆身体不佳，就有可能采取措施，对于敏中的首辅地位进行调整，因为乾隆是绝不会让一位汉臣担任下届皇帝的首席辅政大臣的！想到这里，于敏中唯有默默祈祷，希望乾隆身体康健，能够活到自己身后，毕竟这个时候，乾隆和于敏中都是年逾六旬的老人了！

乾隆四十二年（1777年）四月，功勋卓著的军机大臣舒赫德去世。舒赫德出身文学世家，却以武勋名世，为乾隆和大清立下汗马功劳。随着舒赫德的去世，乾隆朝前期名臣宿将相继凋零，于敏中的地位也得以进一步巩固。

推动编纂《四库全书》

地位稳固之后，于敏中就在思考，如何进一步抓住君心，巩固恩宠。经过一番思考，于敏中决心抓住乾隆喜好文学的特点，推动《四库全书》的进一步编纂。

早在乾隆三十八年（1773年）二月，安徽学政朱筠上书乾隆，请求搜罗《永乐大典》没有收录的书籍，编撰成一部新的大型丛书，以遗后世。乾隆接到这个奏折，大感兴趣，下诏让首席军机大臣刘统勋会同军机大臣于敏中商讨此事。

刘统勋对此事并不热心。或许刘统勋认为，此时正值金川用兵之际，朝廷资源有限，还没有足够的人力和财力用于文化事业，因此委婉地建议暂时搁置此事。但身为次辅的于敏中对此却有不同看法。

作为天子门生和乾隆多年的文学侍从，于敏中对乾隆的心理有着极为准确的把握。乾隆雄才大略，又酷好文化事业，愿意在文化事业发展上投入资源。作为杰出帝王，乾隆也有着沽名钓誉的心理，希望用"盛世修书"这一中华古典传统来为自己的统治增光添彩，在历史上留下深刻印记。乾隆将此事交给军机处讨论，显然不是问此事该不该办，而是问此事该如何办。

领会到了乾隆的意旨，于敏中旗帜鲜明地和刘统勋唱起了对台戏，对于敏中来说这种情况是不多见的。于敏中表示，编纂大型丛书符合朝廷文治的需要，更是彰显皇上功德的盛事，刻不容缓，应当立即推行。即使暂时财力有所未逮，也应该先在全国范围内搜罗、整理书籍，为推行这一伟大文化工程做前期准备。于敏中建议，应立即下诏，为编纂这部典籍做好前期工作，特别是形成大致框架。待时机成熟的时候，完成这一伟大文化工程就水到渠成了。

乾隆看到刘统勋和于敏中两位最具分量的军机大臣的意见，当然是心情复杂。乾隆固然欣赏刘统勋的忠直，但对刘统勋时不时忤逆自己的意旨，却是大为头疼和不满。不过乾隆到底还是有明君气度，能够将刘统勋这样的直臣提拔成首辅，这在中国历史上也是不多见的。

于敏中就不一样。从身份上来说，于敏中是乾隆的门生，乾隆在他面前有着天然的居高临下的心理优势。正因为有这种优势，乾隆在于敏中面前也更放得开，反而更有利于他们之间形成亲密的关系。于敏中也深知这一点，因此注意事事唯乾隆马首是瞻，在各项问题上与乾隆保持高度一致。乾隆之所以对于敏中大加信任，甚至将他排于舒赫德、阿桂之前，是有君臣、师生相知的原因在内的。

乾隆当即拍板，采纳朱筠的建议，开设书馆，负责修书事宜。乾隆受于敏中建议的启发，下诏先对《永乐大典》未收录的书籍进行增补，并按照于敏中的建议，按经、史、子、集的分类，搜罗天下图书，充实为四库，故称《四库全书》。乾隆特地点名，由军机大臣刘统勋、于敏中和刘纶出任《四库全书》总裁，负责这项文化盛事。

无论于敏中的初衷如何，开设四库馆还是成了刘统勋和于敏中一次无声的较量。在这次较量中，显然是于敏中占了上风。于敏中正当盛年，本身又才华横溢，因此当仁不让地成了编纂《四库全书》的主角。就凭这个角色，于敏中在军机处的地位就几乎不可被动摇。

于敏中才华横溢，长于著述，天然就适合编纂《四库全书》这种大型文化工程。早在担任浙江学政期间，于敏中就撰写了《浙程备览》五卷，描述了浙江的风土人情和出产。此书约七万字，分杭州府、杭州西湖、嘉兴府、绍兴府、附载五目叙事，详细地记载了清朝中期浙江的基本情况，是研究浙江地方史的宝贵资料。

乾隆十四年（1749年），在上书房当值的于敏中为乾隆和诸位皇子讲述了宋代由宋徽宗敕撰、王黼所著的著名金石学著作《宣和博古图》。该书集中记录了宋代所藏青铜器的精华。分为鼎、尊、罍、彝、舟、卣、瓶、壶、爵、觯、敦、簠、簋、鬲、鍑及盘、匜、钟、磬、錞于、杂器、镜、鉴等，凡二十类，是中古史关于古代青铜器的总结性著作，学术和历史价值极高。此书对以上每类器物都有总说，每件器物都有摹绘图、铭文拓本及释文，并记有器物尺寸、重量与容量。有些还附记出土地点、颜色和收藏家的姓名，对器名、铭文也有详尽的说明与精审的考证，为后人研究新发掘的青铜器提供了翔实的参考。乾隆听了于敏中的讲述，深受触动，特命于敏中等将大内收藏的历代珍稀铜钱567枚进行绘图、整理和研究，编撰成《钱录》一书，垂诸后世。

乾隆二十六年（1761年），于敏中奉召在鄂尔泰、张廷玉所编书籍的基础上，编写《国朝宫史》三十六卷，并呈奏乾隆御览，得到乾隆夸赞。此书分训谕四卷、典礼六卷、宫殿六卷、经费三卷、官制两卷、书籍十五卷，对清朝宫廷的发展状况特别是书籍编纂状况做了详细的描述，是研究清代宫廷情况不可多得的佳作。

同年，于敏中又完成汉译《钦定满洲祭天典礼》六卷，编纂《钦定满洲源流考》二十卷，将很多清朝和满族早期史料系统编撰、保留，成为今日研究清史宝贵的甚至是不可替代的资料。

乾隆三十年（1765年），于敏中又奉召编纂完成《钦定皇舆西域图志》五十二卷。此书起初由刘统勋、傅恒编纂，由熟悉边疆语文的于敏中整理完成，后来经由和珅岳父英廉负责审定，是清朝第一部系统记述新疆历史的史书，具有珍贵的史料价值。

乾隆三十二年（1767年），闲来无事的乾隆翻阅明代大学士李东阳所撰写的《历代通鉴纂要》，深有感触。此书由明代大学士李东阳等奉明孝宗诏命，摘取《通鉴纲目》《纲目前编》及《续纲目》诸书中"尤切治道者部分"，按照"各照原文，通加节省"的原则编撰而成，共九十二卷，是一部普及性通史史书，具有广泛的受众面和相当的学术价值。乾隆对此书尤为喜爱，百读不厌，甚至专门命内府制作了方便携带的袖珍本，以便随时阅读。但就在那一年的那一刻，乾隆突然发现此书编纂时间过于久远，尤其是许多引文多有讹误，特命军机大臣于敏中和刘纶等对此书进行精审充实，形成一百二十卷本，成为乾隆学习历史的案头第一必备书。乾隆对此书极为喜爱，于敏中、刘纶等每编成一卷，即上呈乾隆，乾隆再在卷首详加批注，这在历朝历代都是不多见的。

于敏中不仅善于编纂书籍，自己也是文章大家。于敏中除了《浙程备览》之外，还有大量诗文，吟咏和描述了乾隆中前期诸多人、物、事，具有相当的历史价值和文献价值。乾隆四十三年（1778年），自感来日无多的于敏中搜罗、整理自己多年文稿，将其编辑成集，取名为《素余堂集》。此书文采风流，自从嘉庆十一年（1806年）刊行后，风靡海内，为广大士子所欣赏和学习。

正因为于敏中具有这样丰富的学识和编纂经验，所有人都感到主持编纂《四库全书》的重任非他莫属。没想到乾隆却任命刘统勋主持其事，让所有人的眼镜都跌碎一地。

不过仔细推敲下来，却可以发现乾隆的苦心。刘统勋反对编纂《四库全书》，乾隆和于敏中强行推动此项盛举，不能不伤及作为首辅的刘统勋的面子，乾隆让刘统勋作为《四库全书》的总负责人，也是对老臣的安慰之举，给足了刘统勋面子，体现了乾隆暖心的一面。同时，乾隆借助这个安排，也让刘统勋愿意运用手上的资源，配合《四库全书》的编纂，给于敏中等人创造更好的工作条件。乾隆心思的精细，通过此事就可以充分看出来。

乾隆让刘统勋担任《四库全书》的总负责人，也是对刘统勋的一次小小惩罚，当然这种惩罚也是无伤大雅，甚至反映了君臣之间关系的轻松诙谐的一面。这么一来，刘统勋也就无话可说，自然全力支持《四库全书》编纂这一文化盛事。

刘统勋虽然是总负责人，但乾隆一口气任命了于敏中、刘纶、舒赫德、阿桂等为正总裁，后又任命英廉、和珅等为正总裁，对《四库全书》的重视程度显然非比寻常。刘统勋去世以后，编纂《四库全书》的重任就落在了于敏中身上。

于敏中才华横溢，显然是完成这一任务的最佳人选。于敏中深知《四库全书》在乾隆心中的分量，明白乾隆要借此书的编纂名垂青史，因此丝毫不敢怠慢。于敏中此前曾负责编纂、校对多部文化典籍，对如何推动《四库全书》编纂这样的大型文化工程自然心中有谱。

于敏中利用自己的丰富文化经验，提出了《四库全书》的编撰原则、选书标准，以及各项体例。于敏中深知，自从《永乐大典》编纂成书以后，中国文化又有很大的发展，产生大量出色的书籍。将这些书籍搜罗到京师，并且根据严格的标准进行审定、整理和收录，是《四库全书》成败的关键。

这就是说，仅仅确定《四库全书》体例条例、选书标准是不够的，关键是要能够将大量书籍从民间搜集上来，并且对这些书籍进行精心审校和取舍。于敏中为了尽量搜罗书籍，除奏请乾隆公开下旨向民间征求书籍之外，自己还献出家藏珍贵书籍十七种，其中包括明刻本《本草纲目》。在于敏中的带动下，全国范围内掀起了进献珍稀秘本的热潮。当然，清廷也采用了一些欺骗手段，从天一阁获得大量珍稀秘本，承诺将原书抄录后发还，却在事后反悔，令民间藏书家损失惨重。对于这种情况的出现，于敏中作为首席军机大臣，也负有一定的责任。

这些珍本秘本被献给朝廷后，《四库全书》的编纂一下子有了原料，进程骤然加速。于敏中看在心里，喜忧参半。喜的是大量书籍被征选进武英殿和翰林院，很多珍本秘本本来以为已经失传，没想到居然能找到，比如《旧五代史》；忧的是这些书籍里有大量让乾隆不爽的文字，比如对明末清初抗清事略的描写，如何将其处置也是个难题。这些问题如果处理不好，有可能惹得乾隆龙颜大怒，将所编纂书籍完全否定并付之一炬也不是没有可能。

在这决定《四库全书》命运的关键时刻，于敏中数十年陪伴乾隆并熟悉乾隆心思的经验淋漓尽致地发挥了作用。于敏中认为，乾隆一心想完成这项巨大的文化工程，因此在处理相关"悖逆"文字上，只要妥善处理，就会有较大的容忍度。于敏中深谙历史，知道北魏权臣崔浩修史，照实收录拓跋皇族早期臣服中原政权的历史资料，结果触犯整个拓跋皇族的逆鳞，导致相关编纂人员罹难的故事，因此定下原则：如果整本书有"问题"，坚决不予收录；如果只是部分文字有问题，则进行文字修改即可收录。

于敏中果然摸到了乾隆的心思。乾隆虽然喜好以文字罪人，但他对编纂《四库全书》的重要意义是有充分认识的，因此的确如于敏中所预料，对所选书籍和编纂人员展现了较大的容忍度。在整个《四库全书》编纂的过程中，几乎没有编纂人员因为文字收录问题而获罪。一些具有明显"反清复明"色彩的大儒著作，比如顾炎武的《日知录》，则在修改"反清复明"相关的文字后被收录进《四库全书》，并得到了乾隆的默认。这对于乾隆来说，也是很不容易的。

乾隆对《四库全书》文化意蕴的重视，还在于他拉了一堆皇子和满蒙大臣担任《四库全书》的编纂工作。不但疏于文事的舒赫德、阿桂、英廉等被他拉进正总裁的行列，几位皇子，如十一阿哥永瑆，都被乾隆封为《四库全书》正总裁。乾隆也是借这个机会，让他爱重的这些皇子大臣，得到青史留名的机会，让世世代代的民众记住他们的名字。这些大臣也明白皇帝的用意，对《四库全书》的编纂也更加用心帮助，有力地推动了《四库全书》的编纂工作。

乾隆把舒赫德、阿桂、福康安、和珅、英廉等拉进《四库丛书》正总裁的名单，还有一层良苦用心。开四库馆的时候，乾隆已经是六旬老人，常恐在有生之年看不到《四库全书》编纂成功。刘统勋对《四库全书》的态度，让乾隆深恐人亡政息，担心自己一旦驾崩，《四库全书》还没有编纂完成的话，就有可能被搁浅。乾隆将这些王公大臣拉进正总裁名单，就确保了《四库全书》的编纂有了足够的支持力量。即使自己亡故，《四库全书》仍然有足够的资源可以继续，可谓用心良苦。乾隆这番苦心，的确铸就了乾隆盛世的文化辉煌。

于敏中跟随乾隆数十年，知道乾隆对于书籍的质量尤其是所引用资料的质量有着近乎严苛的要求，因此在这个方面也倾注了大量的心血。四库馆经常将一些重要书籍或者有问题的书籍呈送乾隆，乾隆对内容倒不是十分在意，却经常指出这些书籍有错字和校对问题。联想到乾隆对《历代通鉴纂要》中的错字和其他讹误的不满，于敏中花了大量精力去查找各种珍本、善本的错字、别字和其他讹误，并嘱托四库馆人员将其一一订正。

不仅如此，于敏中还意识到，《四库全书》的质量，很大程度上取决于对重要文人和作者文集的校对、审定质量。于敏中花了很多心血，让手下编纂人员对这些重要文人的文集做好多方校对和考据工作，以防出现质量问题。在于敏中的监督下，《四库全书》的编纂质量得到较好的保证，除了一些文字被篡改以外，整体质量要好于普通的单行本，为后人研究这些著述提供了良好的条件。

当然，《四库全书》的修订，是在乾隆的指挥下进行的，也反映了乾隆本人的思想和文化品位。比如乾隆对钱谦益就非常鄙视和切齿痛恨，因此对钱谦益的文集大肆禁止和焚毁。钱谦益在明清鼎革时期的表现也不尽如人意，没有能为明王朝死节，因此也遭到江南士大夫的鄙视。当乾隆禁止钱谦益的文集的时候，江南士大夫也采取了暧昧的配合态度，结果导致钱谦益诗文留下来的十不存一，大大影响了后人对钱谦益历史地位和文化地位的全面认识。有类似遭遇的还有戴名世、王锡侯、尹嘉铨、屈大均等人。

总体来说，乾隆将《四库全书》视为自己终身的文化事业，对《四库全书》寄予无限的期望。对于乾隆来说，编纂《四库全书》的意义和价值，首先在于奠定乾隆朝文治的辉煌和自身的文治功绩，其次在于彰显清廷的正统地位，文化和思想钳制反而是更低一层的目标。如果过于执着于最后一个目标，反而不利于前两个目标的实现，这一点乾隆非常清楚。所以对一些反清复明的标志性人物，比如顾炎武、黄宗羲、王夫之和方以智，《四库全书》都收录了他们的著作，也等于是给这些中华文明史上具有卓越地位的文化精英的著作以一层保护。到了嘉庆、道光时期，这些文化名流的著作又纷纷被刊行，流传天下。以永瑢、纪晓岚为首的四库馆臣更是在《四库全书总目提要》中对方以智作出积极的评价，称方以智学问冠绝有明一代。这些评价都要经乾隆御览并批准才可成文，而乾隆并没有对其做出批驳，等于是默认了这些评价。由此可见乾隆是很重视《四库全书》的文化意义和对于中华古典文明的价值的。

《四库全书》的编纂，是中国文化史上的一件大事，也彰显了清王朝文治的功绩，对于清王朝进一步汉化起了很大作用。在这个过程中，除了乾隆，于敏中的功绩显然是第一位的。如果没有于敏中打下的基础，特别是对乾隆诸多底线的清晰把握，《四库全书》的编纂绝不会如此顺利。

随着大小金川战事的平息，清王朝逐步迎来一个和平的时代，经济文化日益繁荣，大兴文治成为社会希冀的主流。即使是乾隆本人，也希望通过一系列文化举措打造文化发展荣景，为盛世增光添彩。此时的乾隆已经是六十多岁的老人，他并不知道自己能活八十九岁，乾隆年号会用六十三年之久。在这种情况下，乾隆对于编纂《四库全书》有一种时不我待的急迫感，将《四库全书》编纂视为当时最重要的政治活动。谁能在《四库全书》的编纂中掌握主导权，谁就能在政坛占据重要甚至主导性地位。于敏中是首席军机大臣，又实际负责《四库全书》的编纂，因此他在军机处的地位，短期内将无人能够撼动！

随着《四库全书》编纂工作的不断推进，于敏中在军机处的地位也越发巩固。毕竟于敏中武有辅佐乾隆平定金川的大功，金川之战被乾隆认为是"十全武功"的第一位,文又有牵头编纂《四库全书》这样的功劳,即使当年傅恒的文功武勋也不过如此。可以说,在傅恒之后,朝野上下终于迎来一位新的功勋卓著的强势首辅。

长江后浪推前浪

作为汉族大臣,于敏中在乾隆面前一直很能够摆正自己的位置,事事小心谨慎,不敢让乾隆稍有不快。即使已年过六旬,于敏中仍时时向乾隆进呈诗文,或者精心制作各项精美工艺品进献皇帝以固宠。但在其他大臣哪怕是军机大臣面前,于敏中就没有这么客气了。

舒赫德功勋卓著,是当时的次席军机大臣,虽然同于敏中也有过争执,但总体上还是保持了相安无事的关系。舒赫德明白自己有点像尹继善,并不太受皇帝待见。如果不是傅恒、兆惠过早去世,恐怕此生难有梅开二度重入军机的机会。舒赫德更明白,于敏中是皇帝一手培养的大臣,从入仕之初就被乾隆当成宰相苗子培养,加上又是天子门生和乾隆修行密友,即使自己是满洲人,与乾隆的关系也比不上于敏中。于敏中也明白与舒赫德处理好关系的重要性,专门花精力校勘舒赫德祖父徐元梦的传记,加了不少溢美之词,这么一来舒赫德也就不好再同于敏中有什么大的争执了。

排在舒赫德之后的是福隆安、阿思哈、袁守侗和梁国治。福隆安是傅恒之子,被乾隆着力培养,是乾隆很看好的宰辅人才,可惜英年早逝,否则不一定轮到和珅出头。但在这个时候,福隆安在于敏中面前还是小字辈。毕竟于敏中辅政有年,很多事情离开他,乾隆也会感到抓瞎。福隆安显然是乾隆看好的下一任首辅人选，但此时还需要磨砺，毕竟军国大事的处理技巧和泰山崩于前而面不改色的宰相风度，也不是一时半会儿就可以学到的。更何况于敏中自从高云从事件后，在乾隆面前越发谨慎小心，也在乾隆朝的文治武功上立下了天大的功劳，于情于理，乾隆也只能支持于敏中继续执政。

舒赫德、福隆安在于敏中面前都恭敬有加，不愿意轻易同于敏中唱反调，更不用说其他几位资历更浅的军机大臣。其中梁国治初入军机处的时候，于敏中对他多方关照，教会他如何做好乾隆的文学侍从，他一时半会儿在于敏中面前也只能伏低做小。在这种情况下，于敏中的权势越发显赫起来。

乾隆对于这种情况的出现也很是不爽。乾隆二十年（1755年）以后，皇帝对权力和大臣越发驾轻就熟，轻易不会让军机处出现强势的首辅。傅恒担任首辅十年后，乾隆开始有计划地培养刘统勋，并且用刘纶作为备胎，钳制傅恒的权力。兆惠平定西北后，乾隆很快就将他调进军机处当差，用来钳制傅恒和刘统勋。现在于敏中权势熏天，又是汉人身份，乾隆心中的不爽可想而知，尽管于敏中与乾隆的关系是那么密切。

此时的舒赫德已垂垂老矣，军机处的运转效能悄然下降，也令乾隆不满。乾隆是一位追求极致主义的皇帝，任何的拖沓颟顸都让他不满，也绝不容忍军机处跟不上他的节奏。于敏中也已经是六旬老人，承担事务的能力和精力也不如以往那么充沛。乾隆看看只比自己小三岁，日益衰老和佝偻的于敏中，心中也别有一番感慨。

乾隆明白，无论是于敏中还是自己，都已来日无多。少年君臣难始终，难就难在彼此的关系会在漫长的岁月里被权力所侵蚀。乾隆一直有意识控制于敏中升迁速度，除了于敏中身为汉人，需要控制其权位之外，更重要的是乾隆对于敏中深为喜爱和宠信，故而想与其尽量善始善终。当然，于敏中既已成为一人之下、万人之上的首辅，功劳地位直追当年的傅恒，还没有什么有力的人能对他进行钳制，就不是乾隆乐于看到的了。如果于敏中能活到自己身后，显然会成为新君的首席辅政大臣，这对乾隆来说，更是不可接受之事。

让乾隆感到庆幸的是，于敏中显然也参透了当年傅恒的自保之道，全力操心于国事，借此损害自己的健康，换得乾隆的放心。乾隆看到此等情景，知道如果不发生意外情况，于敏中应该会在自己前面去世，心下轻松不少。

但乾隆还是有自己的考虑。高云从事件让汉军机大臣培养梯队出现暂时的断层，而满大臣梯队经过多年的培养，已经渐渐度过青黄不接的危机。乾隆手上现在有四张好牌：福隆安、丰升额、阿桂、和珅。更何况乾隆还重点培养福康安，只不过准备把他当作阿桂军事上的继承人来培养。

乾隆四十一年（1776年），在大金川之战立下殊勋的阿桂再度入值军机，成为军机处最耀眼的新星。同年，初露风华的和珅也首度入值军机，军机处的未来将属于他们。面对这种情形，于敏中能不紧张吗？

于敏中有足够的理由感到紧张。阿桂、和珅入值军机，意味着乾隆已经在考虑军机处的新陈代谢问题。最终目的为何？显然是要换掉他这个首席军机大臣。

在这个时候，于敏中感到了傅恒和刘统勋所未曾感到，至少未曾充分感到的阵阵寒意。傅恒担任首席军机大臣的时候风华正茂，刘统勋担任首席军机大臣的时候，乾隆也正值壮年，乾隆不会专门谋划考虑军机处通盘的人事问题。此时乾隆已经进入老年，于敏中明白，皇帝已经开始谋划自己的身后事，自己这个首辅随时可能被拿掉。毕竟自己只比皇帝小三岁，经过四十多年的国事操劳，气血早衰，也的确不是辅佐少主的合适人选。乾隆的这个心思，于敏中倒是理解的。如果乾隆真的走得比自己早，于敏中也没有把握一定能够在新君面前站稳脚跟。

更让于敏中感到不安的是，梁国治与和珅这两颗政治新星，已经在慢慢侵蚀乾隆对自己的宠爱。经过多年的淬炼，梁国治已经完全胜任乾隆文学侍从的角色，同时梁国治的诗文水平也大幅进步，常让乾隆刮目相看。此时的于敏中已经是六旬老翁，四十多年的官宦生涯已经耗尽了他的心血和才思，赋诗作文的水平远不如壮年时期。毕竟年龄不饶人！于敏中以诗文得宠，年轻时风光无限，年纪一大，才思衰退，当然会引起乾隆的不满。乾隆对于敏中的态度，直接决定于敏中的政治前途。当年严嵩也是以擅长青词得宠于嘉靖帝，擅权二十余年。后来年纪大了，才思下降，逐渐和嘉靖帝疏远。徐阶打倒严嵩，也是在青词撰写上狠下功夫，青词水平全面超越严嵩，这才让嘉靖帝在政治上抛弃严嵩。想起这些往事，于敏中能不心惊肉跳吗？

和珅的出现对于敏中的威胁更大。于敏中能够在乾隆面前受宠四十多年，除了精通诗文，对边疆语文特别是汉藏佛法的精通更是于敏中向乾隆邀宠的秘密武器。于敏中的优点，和珅也具备。和珅精通满、蒙、藏文，对汉藏佛法也较为熟悉，尽管水平不能同于敏中相比。但和珅年仅三十不到，人又长得高大英俊，让乾隆时常感到青春的活力。人老了，就喜欢被年轻人拥簇的感觉，对于乾隆这样的英主更是如此。乾隆看到和珅那张英俊的面容，再看到于敏中那张老气横秋、须发皆白的脸，心中会有什么想法，于敏中用脚指头都能想得到。

自从和珅在乾隆面前露脸之后，乾隆逐渐发现，原来满洲人里也有文采风流不亚于于敏中的奇才。当然，和珅的学问精深程度特别是系统性还是不如于敏中，但胜在年轻，伺候年迈的皇帝更是绰绰有余。在研习佛法的时候，乾隆已经不再召唤于敏中，而是找更年轻的和珅。和珅毕竟是满洲人，虽然其佛法理论水平比不上于敏中，但由于其出身和文化背景，对于藏传佛法一些观点的理解，要比学盖百家的于敏中更加到位。在争夺乾隆皇帝的宠爱上，于敏中当然毫无悬念地败给了和珅。

在这个节骨眼上，于敏中发现自己在军机处并不孤单。皇帝一下子将阿桂与和珅送进军机处，军机处里满洲勋贵云集，肯定会打破原有的格局。阿桂战功累累，又是自己推荐为征讨大金川的统帅，对自己当然有几分眷顾与感激之情。阿桂又与刘统勋交好，汉官对刚正的阿桂观感颇佳，加上是满洲人，显然是下任首席军机大臣的有力竞争人选。不过阿桂初入军机，距离上一次进入军机处的时间也已不短，依经验来说，比福隆安要差不少。

到了这个时候，于敏中一定回忆起当年兆惠、阿里衮等人进入军机处的情形，也更切身地体会到当时傅恒的感受。正是因为有了这样的亲身经历，于敏中很快找到了对策，重新站稳了脚跟。只要自己小心谨慎，不犯大的错误，乾隆也一时也没有拿下自己的理由。毕竟于敏中是军机处最资深的大臣，对于治国理民甚至军务都有丰富的经验，一时半会儿还替代不了。这些能力，无论是阿桂还是福隆安，都需要更长时间的历练才能具备。于敏中突然意识到，下届首席军机大臣到底是谁，乾隆自己也在犹豫。作为首席军机大臣，对于继任者的人选，其实是有很大的发言权的。

尽管于敏中在邀宠上已经渐渐不如梁国治与和珅，但多年的根基特别是汉官领袖的地位，却是梁国治与和珅比不了的。乾隆虽然已经不怎么让于敏中进入自己的私生活领域，但在国家大事上还是很重视于敏中的意见，毕竟到这个时候于敏中已经是最资深的军机大臣，辅助乾隆打造了大清治理天下的黄金时期。乾隆每看到于敏中，就情不自禁地想起自己的黄金岁月。因此，步入晚年的乾隆也愿意将国事更多地交给于敏中为首的军机处，同时希望于敏中将乾隆黄金时期的治国经验教给阿桂、福隆安与和珅等人，从而让乾隆盛世的光辉照耀大清后代生生世世。

生姜还是老的辣

　　于敏中抓住乾隆求稳怕乱的心理，全力辅佐乾隆治国。大金川之战结束以后，清朝二十多年的战争时期落下帷幕，经济复苏的进程更加快速，一幅太平盛世的景象。乾隆自己的心态也发生了变化，更愿意倾注心力于文治，这个就离不开文人宰相于敏中。聪慧的于敏中充分利用乾隆心态的变化，积极劝说乾隆与民休息，注重收集图书文物，打造盛世景象。

　　自从平定大小金川之后，乾隆觉得，自身的功业已经到了顶点，大清的盛世也如预期般到来，自继位以来心里那根紧绷的弦放松了不少。此时的乾隆，压根没想到自己居然能活八十九岁，掌握皇权六十三年，而只是按照康熙和雍正的岁数，推算自己的寿命应该与康熙相仿。出现晚年心态的乾隆开始考虑一件事，如何总结历朝历代特别是大清立国以来的经验教训，并形成详细的成果，以昭垂后世，让乾隆盛世的光芒永远在人间绽放。

　　乾隆的这个心思很快被聪颖的于敏中捕捉到，于敏中顿时来了精神。于敏中深通经史，更有四十多年的高层生活经验，于诸多历史事件有独到的看法。同时，于敏中具有长期的军政治理经验，乾隆是如何度过一个又一个危机，最终有惊无险地到达胜利的彼岸，此时的于敏中比谁都清楚。相形之下，无论是梁国治还是和珅，都没有足够的能力来完成乾隆的这项心愿，无形之中让于敏中重新巩固了在乾隆心中的地位。

　　乾隆四十三年（1778年），乾隆颁发《贰臣传》，标志着乾隆将解决清朝初期一系列与儒家纲常相违逆的问题置于极端重要地位，清廷开始彻底奉行儒家纲常，并以儒家纲常为准绳要求满汉臣子。同年，乾隆为多尔衮、允禵、允禟等平反，标志着乾隆对清王朝前中期历史多年深入系统的思考化为政治现实层次的果实。乾隆认识到，只有正确评价多尔衮等人的功绩，才能正确认识清朝入关时期的历史，为今后可能出现的政治危机提供借鉴。同时，也只有解决允禵、允禟等人的问题，才能够防止皇室今后再度出现这样手足相残的惨剧，也从一个侧面表达了乾隆对父皇雍正的不满情绪。

于敏中熟悉满汉文字，更曾经主持编纂《钦定满洲源流考》，对清初的诸多史实可谓谙熟于胸。一些已经发黄的老满文文献，于敏中也能够凭借自己对满文和蒙古文的熟悉，顺利进行释读。这就让于敏中在乾隆面前的分量进一步增加。

尽管乾隆自己是满人，但因年代久远，很多史实依靠口耳相传已经渐渐失真，想弄清那些事实就需要去翻阅发黄的老满文甚至蒙文档案。由于入关前的历史记载很多都不完善，就需要查阅者除了熟悉满文，还要有一流的考证功夫。乾隆可谓给自己的大臣出了一道大难题。

乾隆对雍正时期出现的满人贵族文士化的潮流可谓深恶痛绝，鄂尔泰一族的遭遇就可以说明这个问题。乾隆登基以后，大力鼓励满人尚武之风，康熙晚年和雍正时期满人贵族文士化的趋势被乾隆有效遏制。但这么一来，满人尤其是重臣中精通满汉文字文章的人才日益稀少，研究清初历史，总结历史经验教训这个重任，到底又落在了于敏中等汉臣的肩上。

于敏中等不负重任，帮助乾隆系统了解了清朝早期历史中很多业已模糊不清的问题。作为清朝入关后甚至整个清代史上堪称最雄才大略的君主，乾隆以战略家的眼光，系统回顾和总结了整个清朝中前期的历史，并力图做好各种战略规划让后人遵循，为清王朝的长久统治而殚精竭虑。在这个过程中，于敏中作为首席军机大臣，利用其丰富的学识和政治经验，发挥了不可替代的作用，也让阿桂、福隆安、和珅、梁国治等新秀相形见绌，从而有惊无险地度过了个人政治生涯的危机。

于敏中明白，虽然自己地位已经暂时没有动摇的危机，但看自己的身体状况，估计会走在皇帝的前头。这既让于敏中欣慰，也让于敏中担心。按照傅恒、尹继善、刘统勋的先例，再加上自己的大功，乾隆没有拿掉自己首席军机大臣位置的借口殁于任上的概率应该很大，这是让于敏中欣慰的地方。

熟读经典的于敏中深知，古往今来权臣的倒台，除了皇帝已经心生厌倦外，其他大臣的配合也是很重要的原因，有的时候甚至是主因。就像明朝的严嵩，如果没有徐阶等人一直策划倒严，是不会那么难看地下台的。要想像傅恒、尹继善、刘统勋那样平安殁于任上，就要在军机处寻找得力盟友，逐步将权力过渡到这个人的手上，并设法让他成为首席军机大臣。

于敏中寻找的得力盟友正是阿桂。于敏中深知，现在军机处满洲强臣聚集，对自己首辅的地位构成强大威胁。但从另外一个方面讲，他们之间也有很明显的竞争关系。自己一旦卸任首席军机大臣，到底由谁来继任，这就够让乾隆费脑筋的了。

乾隆要考虑的不仅是普通的继任问题，更要考虑的是，下一任首席军机大臣有可能是辅佐新君的得力人选，能够顺利协助新君进行平稳过渡。想明白了这一点就会知道，除了阿桂，几乎没有人能够担负此等重任。

当然，福隆安也是乾隆多年来倾力培养的首辅人选，在军机处当差多年，论统筹全局的经验比阿桂更加丰富。而且福隆安是傅恒的儿子，因为傅恒、福灵安早逝的缘故，乾隆对傅恒一直心怀歉疚，这才大力培养福隆安和福康安。在这个决定大清未来命运的关键时刻，乾隆的感情是有可能发挥作用，从而让权力天平倾向于福隆安的。

于敏中认为，于公于私，自己都应该支持阿桂成为下一任首辅。于公，阿桂功勋累累，威望、功勋和资历，足以慑服满朝文武大臣；于私，阿桂与自己和刘统勋关系较好，文化素养也比较深厚，与汉大臣关系甚为融洽。于敏中深知，高云从事件让汉大臣在军机处的力量受到沉重打击，也必须找到一个代言人，来为自己的徒子徒孙提供卵翼。虽然福隆安相对于阿桂弱势，但福隆安是顶级勋贵出身，有着自己的圈子，不会像阿桂那样下大力气保护自己的徒子徒孙。想到这里，于敏中当然豁然开朗。

于敏中开始运用各种机会和渠道，大力向乾隆推荐阿桂。于敏中不仅向乾隆指出了其中的利害关系，更向乾隆暗示，如果福隆安升迁速度过快，不仅不利于新君继位后的政局安定，还会影响到富察家在新朝的地位。新君可以容忍年迈的阿桂暂时辅政，但不一定能容忍春秋正盛的福隆安和福康安长期辅政。为富察家的未来着想，应当稍微压制福隆安和福康安，好让他们在新朝充分发挥作用，这才能让傅恒含笑九泉。

乾隆也时常为这些事情头疼，不知如何处置为好。遇到这样的疑难问题，乾隆就撇下了和珅与梁国治，直接找于敏中商议。这个时候乾隆终于感到了于敏中的贴心。毕竟于敏中跟随乾隆左右四十年，彼此之间已经十分默契，经常是对视一眼就明白对方的想法。正当乾隆为于敏中的权倾朝野而感到厌烦和忌惮时，于敏中却经常找机会和他谈论首辅的继承人问题，不能不让乾隆大为开心。

乾隆眼看于敏中乖巧识趣，做出一副不打算长期恋栈的样子，再想起四十年以来于敏中不辞辛劳，鞍前马后殷勤伺候的情景，心一软就将于敏中的话都听进去了。有了于敏中的支持，阿桂在未来的首辅之争中已经胜出，福隆安黯然出局已成定局。当然按照于敏中的说法，福隆安如果现在位极人臣，非常不利于新君日后对他的重用，乾隆和福隆安对此也无话可说。

于敏中这一把算是赌对了。本来乾隆对他已经暗生厌倦，但经过于敏中的多番鼓唇弄舌，也明白了暂时不能让他去职，以免阿桂或者福隆安尾大不掉，给新君留下难题。乾隆想想雍正给他留下的鄂尔泰和张廷玉与自己多方斗法的情形，不由得对于敏中的话连连称是，打消了更换首辅的念头。

地位重新稳固的于敏中知道，自己只是赢了上半场。要想成为下半场的赢家，就需要结好阿桂，并适当为阿桂扫清道路。和珅作为政坛新星，在乾隆那里大受宠爱，也被认为是未来首辅的有力人选。于敏中早就看和珅不爽，对和珅分走乾隆的宠爱一直怀恨在心。偏偏这和珅又年轻不知忌讳，不但于敏中对他多有不满，阿桂、丰升额、永贵等对深得君心的和珅也是大为侧目。很快，和珅遇到了仕途上的第一次挫折。

原来和珅初次担任户部左侍郎之后，部里有位名叫安明的笔帖式，对和珅百般巴结，希望和珅提拔他做司务。为了达到这个目的，安明多次向和珅行贿。此时的和珅心里还有所忌惮，知道于敏中、阿桂这些人对自己火箭般的上升速度有想法，所以好言拒绝了安明的行贿。但和珅还是办了事，找了丰升额把安明提拔成司务。

安明当了司务以后，没想到他父亲去世，按照惯例安明需要守孝。安明不想失去刚刚得到的机会，就隐瞒了这个消息。没想到这件事被丰升额得知，在与永贵商量后，丰升额让永贵去举报了安明，并说和珅是安明的后台。

这件事闹到最后，安明被处死，和珅则被降两级留用，和珅的仕途遭到沉重打击。这个事情，可以说是乾隆朝中期权臣对和珅的联合打击，背后隐隐可见于敏中的影子。毕竟和珅圣眷正隆，单靠一个丰升额还是不敢这么去找和珅麻烦的，有打脸乾隆之嫌。乾隆最后明知和珅冤枉，还是惩办了和珅，也是因为看到了丰升额后面有人。

经过于敏中一番运作，他在乾隆面前的地位终于彻底稳固，即使乾隆本人也拿他无可奈何了。当然，这并不意味着于敏中有多强的实力，而是于敏中巧妙地利用了乾隆的需求，以及军机处错综复杂的权力关系所得到的结果。乾隆也意识到，于敏中已来日无多，多半会走在自己前头。让于敏中一直占着首辅的位置，无论是阿桂还是福隆安继承他，也只会削弱这些继承者的威势，从而有利于自己百年之后新君顺利进行权力交接。即使出现万一的情况，自己走在于敏中的前头，阿桂和福隆安也足以遏制风烛残年的于敏中，从而更有利于新君从于敏中这个老朽手上拿回权力。思来想去，乾隆决定还是不动于敏中，也默认了他对和珅的打击。更何况于敏中大力举荐阿桂的意见，乾隆也听进去了。

于敏中终于长吁一口气，安然地坐在首席军机大臣的位置上，从容地等待着死神的光临。这个时候的于敏中一定感慨万千：作为一名江南汉人文士，他登上了有清百多年间汉人甚至普通满人所能登上的权力最高峰，而且是在乾隆这样的英主手上。乾隆事事与他商议，对他倚重有加；阿桂、福隆安等无论心中怎么想，对于敏中也是恭恭敬敬；和珅、梁国治虽然是乾隆的新宠，但在争宠大战中并没有从于敏中手中占得太多便宜，反而吃了不少暗亏。清代人臣所能获得的恩宠，除了三眼花翎和配享太庙外，于敏中都得到了。

如果问于敏中还有什么遗憾，就是没有能够像张廷玉那样，门生故旧遍布要害部门。不过这也是没有办法，乾隆对此比雍正要敏感得多。于敏中又长期在大内随侍乾隆左右，提拔自己的门生故旧远不如张廷玉那么方便。这么一来，于敏中只能够利用自己和家族，包括外公史贻直多年来积累的社交资源，不动声色地将自己的亲朋故旧提拔上来。当然，这么做也是有风险的，就是容易造成一荣俱荣、一损俱损的格局，甚至有可能造成康熙以来汉官交际网络的崩溃。精明的于敏中当然不想看到这种结果，如果真的出现这种情形，即使不影响自己生前的荣耀，也会对自己身后毁誉造成重大影响。

聪明剔透的于敏中又开始了紧张的谋划。多年来,利用手中的权力和家族积累的资源,于敏中已经打造了一个庞大的权力网络。尽管粗看起来,这张网络不像张廷玉的那么显眼,但韧性和配合度都很强。自从高云从事件后,于敏中行事也更加小心,尽量不给乾隆留把柄,因而乾隆也没有发现什么蛛丝马迹。通过这张隐秘的网络,于敏中频繁插手各省人事,获取可观利益,包括阿桂在内的各位军机大臣也都噤若寒蝉,有的甚至从中也获取政治利益。毕竟当年高云从事件,连舒赫德这样资深的军机大臣都不敢开口告发,更何况资历远低于舒赫德的阿桂和福隆安!

让于敏中庆幸的是,这些隐秘很多只有自己一人知晓,而且阿桂、福隆安等人也或多或少牵涉其中。只要自己生前不出事,身后的事情自有阿桂、福隆安去料理。毕竟皇帝也年事已高,一旦乾隆驾崩,阿桂和福隆安也需要借助于敏中留下的汉官资源去稳定朝局。这些事情乾隆也是心知肚明,只是觉得有益于朝局才当作不知道而已。

重臣身后哀与荣

乾隆四十四年(1779年)十二月,于敏中病重不治,在首席军机大臣任上走完了自己的一生,享年66岁。乾隆得知于敏中去世的消息,不由得深为感慨,悲痛之心也油然而生。尽管于敏中晚年已经渐渐让乾隆心生厌恶,但于敏中毕竟陪伴乾隆度过了他当皇帝后最美好的黄金年华,亲眼见证了乾隆盛世是如何一步步建立起来的。在大金川之战胜利以后,乾隆盛世到达了顶点,经济文化发展成绩极为可观,于敏中在其中功不可没。

这些往事都一一浮现在乾隆眼前，怎么能不让乾隆无比伤感？毕竟乾隆也是来日无多的年近七旬的老人了！

乾隆下旨，对于敏中大加优抚，比照刘统勋的规格办理后事，并赐谥号"文襄"。为表彰于敏中的功绩，乾隆命将于敏中入祀贤良祠，仅次于张廷玉入祀太庙配享的待遇。

于敏中去世后，阿桂继承了于敏中的职务，成为新任首席军机大臣。福隆安则郁郁寡欢，可能他从阿桂的经历中悟出，"出将"才能"入相"，对于满人来说，出色的军功是担任首辅的重要甚至是主要加分项。在这个方面，自己非但不如阿桂，也不如自己的弟弟福康安。福隆安这才明白为什么乾隆不让福康安在军机处长期当值，而是让他征战四方，奥妙原来如此。参透了这些事情的福隆安从此身体一日不如一日，于乾隆四十九年（1784年）去世。

于敏中去世以后，人们很快就重新步入了生活的正轨，军机处进入了阿桂时代。乾隆本以为自己会渐渐淡忘了于敏中，没想到这个名字始终盘旋在日渐苍老的皇帝的生活里。

乾隆四十五年（1780年）六月，于敏中孙子于德裕到官府控告他的堂叔于时和，声称于时和侵吞祖父于敏中在京师的资产，并且在三月份将所侵吞资产转移回家乡金坛。听了这番控告，乾隆大为诧异。在乾隆的印象中，于敏中虽然喜好弄权，但在钱财上却并没有表现出过多的贪婪，乾隆内心也一直把他当作第二个刘统勋看待。现在出了这档子事，勾起了乾隆的好奇心，想看看于敏中到底有多少家私。乾隆急忙命阿桂、英廉查办此案，顺便摸摸于敏中的家底。

阿桂虽然有心回护于敏中，但知道乾隆非常重视此案，哪里敢表现出来一丝一毫。阿桂等急忙通知江苏巡抚吴坛，让吴坛领皇命到金坛查抄于时和所侵吞的于敏中家财。这位吴坛就是当年高云从事件的主犯之一，乾隆一直包庇、回护，居然当上了富甲天下的江苏省的巡抚。吴坛虽然也想回护于敏中，但知道这件事的利害关系，只能亲自到金坛办案，将结果呈送乾隆。

乾隆看到办案结果，不由得大吃一惊。原来于时和带到金坛的于敏中家财，价值高达200万两白银！乾隆想起刘统勋家族三代为官，才积累下家财2万两白银，这才明白自己被于敏中所愚弄。

但是乾隆明白，是自己将于敏中一路提拔到首辅。如果大张旗鼓查办于敏中，肯定会搞出许多不堪内幕，对自己的形象会有很大损害。考虑到于敏中在清朝文化事业上所立的功勋，而且于敏中毕竟和乾隆有深厚感情，乾隆还是心一软，决定保全于敏中的名节而放过此事。

乾隆下旨，这200万两白银，除了给于德裕3万两养家之外，其余巨款都交给金坛地方，用于地方公益事业。于时和侵吞叔父于敏中财产属实，判处流放伊犁充任苦差。很快又查出苏松粮道章攀桂为于敏中营造豪华花园，乾隆也只是将章攀桂革职了事。乾隆对于敏中的回护之情，显而易见。

事情还没完。乾隆四十六年（1781年），甘肃冒赈案败露，牵涉甘肃省几乎全部官员。乾隆大怒，将主犯原甘肃巡抚、时任浙江巡抚的王亶望判处死刑，赐同案犯、受王亶望胁迫的陕甘总督勒尔谨自尽。其他案犯共计处死正法者56人，免死发遣者46人，冒赈贪污银款数量达2811350余两。

乾隆从本案很多供述中，敏锐地发现此案又和于敏中有关。乾隆又羞又怒，但考虑到如果彻查于敏中，势必会引发动荡，从而影响到自己的接班布局，只能再度"好汉打脱牙和血吞"，将于敏中的罪行掩盖了过去。

有意思的是，甘肃冒赈案还牵扯出一个案中案。原来王亶望案发以后，乾隆让闽浙总督陈辉祖去查抄王亶望的家。原来王亶望家资巨富，颇有名声，乾隆对王亶望的家藏珍宝也颇有兴趣。陈辉祖查抄王亶望家产后，将抄家清单呈送乾隆。乾隆见清单上没有多少奇异珍玩，不由得疑心大起，让阿桂前去调查陈辉祖是否侵吞王亶望家财。

乾隆本以为精明强干的阿桂会很快调查出真相，没想到阿桂居然陈奏，声称并未查到陈辉祖可疑行状，建议从速了结此案。乾隆一看阿桂这种态度，明白阿桂是在有意回护。陈辉祖同于敏中有交往，更曾经与阿桂共同办差，具有相当的感情基础。阿桂想大事化小保住陈辉祖，也是可以理解的了。不过，乾隆并不想轻易放过此事。

乾隆下旨，严厉斥责阿桂颟顸糊涂，责令阿桂从严查办陈辉祖案，不得听信陈辉祖的花言巧语。阿桂见此情状，知道如果再回护陈辉祖，弄不好把自己也赔进去，只得对陈辉祖从严查办，果然查抄出大量原属于王亶望的奇珍异宝。阿桂不敢怠慢，连忙造册送交乾隆，这才躲过一劫。至于陈辉祖，被乾隆判了个斩监候。不过陈辉祖素有劣迹，很多人乘机将这些劣迹揭发出来。乾隆眼见群情汹汹，只得赐陈辉祖自尽。

乾隆借王亶望、陈辉祖案，不轻不重地敲打了阿桂和他身后的汉官集团，警告他们稍知收敛。这个时候乾隆对自己的寿命已经有新的评估，觉得短期内应无去世之虞，因而心态已经有了大的改变。阿桂和他身边的汉官，本来是乾隆准备留给新君的稳定力量，现在看起来也没那么顺眼了。乾隆觉得有必要对百官进行敲打和一定程度的整肃，让他们知道大清王朝真正的当家人到底是谁。

此时的福隆安、丰升额已经相继去世，乾隆需要新的力量来充实军机处。和珅作为满洲大臣中的新秀，在军机处的地位急遽上升。年迈的乾隆需要借助和珅的力量，牢牢抓住大权，而刚直的阿桂是不会像和珅那样无底线地迎合乾隆的。

经过这一系列事件，乾隆对于敏中的看法发生了根本性的转变，特别是乾隆开始恨屋及乌,将对阿桂等人的不满情绪转移到了于敏中身上。乾隆五十一年(1786年)二月初八日,乾隆像往常一样把玩大内收藏的古董,突然被一件精美的瓷器所吸引。乾隆仔细观赏之下,发现此件瓷器是明朝嘉靖时期的作品,顿时心潮汹涌。

看到这件嘉靖年间制作的精美瓷器,乾隆立即想起了逢迎嘉靖、窃取大权的严嵩。嘉靖笃信道教,喜爱修行,严嵩抓住嘉靖的爱好,利用自己杰出的文学才能帮助嘉靖修道,从而取得大权,让明朝的国势由盛至衰,危害可谓巨大。

乾隆紧紧地盯住手上的瓷器,脑海里开始回忆起于敏中如何利用自己精通佛法的优势协助、鼓励自己修行,从而不断获取自己信任,最终位居首辅的往事。于敏中不就是大清的严嵩吗?更让乾隆不可容忍的是,乾隆一直对乃父雍正修道非常不满,但雍正修道只是自己私人生活的一部分,并没有为此影响朝局,特别是文臣张廷玉等还时时劝谏,没有利用自己的才华帮助雍正修道,更没有借机取得重要权位。乾隆一向自诩功绩超过乃父,直追乃祖康熙,却在这个问题上被雍正比了下去。

乾隆心中血气汹涌,又羞又怒。此时的乾隆,已经摆脱乾隆四十三年(1778年)以来的晚年心态,对自己的寿命有了新的信心。乾隆再也无须将自己和于敏中捆绑在一起,而是认为必须对于敏中加以一定的惩办,一解被于敏中愚弄多年的心中之气。乾隆当即下旨,将于敏中撤出贤良祠,以示惩戒。

随着时间的流逝,乾隆也日渐苍老,悄悄迈过八旬大关,真正成为"古稀天子"。大清的皇帝们寿命都不算太长,即使是以长寿著称的康熙,寿命也不过是七十周岁。雍正去世的时候还不到六十,所以乾隆在于敏中还活着的时候就开始预备后事,却没想到一预备就是十几年。

正因为有这样的心态,认为自己寿数无多的乾隆开始了怠政,想在去世前过几年好日子。这种想法其实也是人之常情，毕竟乾隆为清王朝甚至整个中国立下大功，临终前快活几年，至少乾隆自己认为不足为过。

在这种心态的驱使下，乾隆开始重用善于敛财的和珅，通过和珅来搜刮钱财，满足自己奢侈生活的需要。为了防止阿桂聒噪，乾隆经常借各种由头，将阿桂打发出京城，方便和珅揽权。在乾隆眼里，和珅毕竟是专门豢养和调教的奴才，是协助自己紧抓住军政大权的工具人，而阿桂却是国家大臣，是留给新君稳定朝局的利器，关系自然要隔着一层。在生活日益腐朽的同时，乾隆还能念及这一层，对于封建君主来说已经是颇为不易。

乾隆的这种心态，势必造成乾隆朝晚期吏治加速败坏，和珅等人上下其手，把朝廷搞得乌烟瘴气。当然，早在于敏中执政的时候，这种趋势已经开始，只不过于敏中慑于乾隆对贪腐低容忍的态度，做得非常隐秘而已。现在看到乾隆带头躺平，又有和相爷给自己撑腰，下面的官员胆子也就变大了。于是，在乾隆五十年（1785年）以后，大清的吏治，一日坏于一日。

乾隆对这一切也并非毫无察觉，但等到他发现势头不对的时候，已经是温水煮青蛙，积重难返了。作为创造了乾隆盛世的君主，自幼就熟读唐玄宗故事，并以唐玄宗为镜子，深自警惕，没想到晚年还是弄到了这步田地。乾隆每念于此，能不痛心疾首？

更让乾隆烦恼的是，自己居然执政已经六十年，为帝时间直追祖父康熙皇帝。要知道康熙登基的时候，才是八岁的幼童，大权都在索尼、鳌拜等人之手，实际执政时间只有五十多年。乾隆尽管在登基之初受到鄂尔泰、张廷玉等人的牵制，但始终没有受制于这二人，所以实际执政时间已经超过了康熙。

到了这个时候，乾隆明白，新君继立之事已经不能再拖下去了。如果不解决这个问题，有可能给野心家创造空间，趁自己病重的时候政变宫闹，拥立不堪之人为君，以求富贵万年。乾隆熟读诗书，对这些把戏当然谙熟于胸，而且他身边的确也有这样的人。

望着年近八旬、垂垂老矣的阿桂，乾隆知道，阿桂也已来日无多，恐怕很难再在新朝发挥稳定器的功能，震慑住潜在的野心家。乾隆不得不痛下决心，择日将皇位内禅给皇十五子永琰，定下君臣名分，以绝野心家之望。

做出这个决定后，乾隆心下一阵轻松，但随之而来的是巨大的失落感。毕竟自己为帝已经一个甲子，紫禁城和圆明园的一草一木，都浸透了乾隆时代的气息。这一切很快都要过去，怎能不让乾隆为之伤感？

乾隆更加明白，永琰羽翼已成，阿桂和当年于敏中、张廷玉、鄂尔泰的门生故旧，围绕着永琰和阿桂，已经形成了一个强大的集团，势力实在不可小觑。在阿桂的卵翼下，于敏中的门生故旧已经拥有了越来越大的权力，新朝来临的脚步声已经越来越急切。

一想起于敏中，乾隆心中的不满就翻江倒海。于敏中虽然已经去世十五六年，但他的阴影依旧在紫禁城和圆明园的宫墙外徘徊，对乾隆施加了巨大压力。为了对抗这种压力，乾隆不得不重用和珅，也让吏治进一步败坏。乾隆更明白地记得，傅恒、刘统勋执政的岁月，可谓风清气正，乾坤朗朗。吏治的败坏，人心的堕落，都是从于敏中主掌中枢的时候开始的。

乾隆六十年（1795年）五月，国史馆上呈《于敏中传》给乾隆御览。看到《于敏中传》，乾隆心中的怒火一下子被点燃，提笔写下严厉的批语，对于敏中的一生作出了否定性的评价，并宣布夺去授予于敏中的轻车都尉世职，以为后来者所戒。

乾隆和于敏中一生的恩怨，至此画上句号。

和珅

满洲寒门的俊秀子弟

乾隆十五年（1750年）五月二十八日，一个男婴出生在福建副都统常保家中。谁也没有想到的是，这个正在呱呱大哭的男婴，日后居然能成为当朝皇帝乾隆最宠爱的大臣。

和珅出生的时候，乾隆在傅恒的辅佐之下，正在慢慢地找到做皇帝的感觉，特别是乾隆的军事指挥和策划能力正在不断进步，大清的经济和国力也正在步入巅峰时期。

在盛世的外表之下，危机也在暗暗酝酿。对于大清来说，最动摇国本的是八旗经济基础的逐步崩溃。八旗制度从本质上来说是一种贵族农兵制度，八旗兵拥有自己的土地，国家也发饷银，八旗兵个体收入比较丰厚，这才能够脱产专心从事武艺和其他军事训练。在清军入关以后，八旗兵摆脱了关外时期通过狩猎补充农业生产不足的刚性需求，训练对于维持八旗兵战斗力的重要性大为上升。

清军入关以后，将大量无主土地特别是旧明朝藩王土地圈为"旗地"，尤以直隶省（今河北省、天津市以及北京市和山西省部分地区）为最。这些旗地数量巨大，甚至囊括整乡整县，构成八旗兵丁的主要经济基础。但随着全国形势渐渐稳定，八旗人口也开始增多，八旗普通成员的生活开始窘迫起来。

人口增多，朝廷给的饷银又有定数，而且也不是每个男丁都能当兵吃粮，很多八旗子弟就把脑筋放到了旗地上头。不少旗人偷偷把土地典卖给汉人，八旗的土地制度开始动摇。这种情况在康熙中后期就出现，越到后来越难以遏制。清朝皇帝当然明白这类行为对八旗制度和八旗兵战斗力的危害，多次下旨制止，甚至出钱将出售给汉人的旗地赎回，重新分配给旗人，但还是无法制止这种情况，到最后只能听之任之。

这种情况的不断蔓延，让普通八旗成员对财富重要性的认识日益提高。生存资源的紧张，也让八旗家庭内部关系变得微妙。本文的主人公和珅就深受其害。和珅三岁的时候，母亲生下和珅的弟弟和琳，却不幸难产而死。和珅九岁的时候，父亲常保又染病身亡，和珅兄弟一下子成了孤儿。

这么一来，就有族人开始动歪脑筋，想把和珅兄弟赶出家门，好霸占常保留下的财产。和珅兄弟年幼，对这种事情毫无反抗能力，那些人眼看就要得手。在这个节骨眼上，常保的一位小妾，加上常保的一个老仆人勇敢地站了出来，保护和珅兄弟。在他们的保护下，和珅兄弟终于没有被赶出家门，得以平安长大。

和珅虽然后来被称为和大人，却有一个如雷贯耳的姓氏——钮祜禄，与电视剧里的甄嬛同姓。当然，同姓并不一定就是一个家族，甚至在阶级上都有所区分。晚清重臣荣禄姓瓜尔佳，但瓜尔佳氏以苏完一系为尊。有一次荣禄遇到一位都统，看到对方也姓瓜尔佳，就上去和他攀同族。没想到对方反问："您的姓氏里有苏完两个字吗？"荣禄只好摇头。都统也不管户部尚书的面子，直接说："那咱们不是同族。"让荣禄尴尬不已。

不过从出身来说，和珅地位要比荣禄高。和珅长大成人后，承袭了父亲三等轻车都尉世职，而荣禄只承袭了父亲骑都尉世职。按照清朝贵族制度，骑都尉比轻车都尉低一等。清朝在关外时期，努尔哈赤直接引进明朝官制，设游击、参将等职务，和明朝基本一致；皇太极当政以后，为表明不忘根本，将这些官职名称都改为满文，不少还成了贵族爵位，比如子爵为"精奇尼哈番"，男爵叫"阿思哈尼哈番"，轻车都尉叫"阿达哈哈番"，骑都尉叫"拜他喇布勒哈番"，云骑尉叫"拖沙喇哈番"。乾隆登基以后，为这些满语贵族爵位都制定了汉称，从此以后史书上都以汉称称呼这些贵族世职。

和珅天资十分聪颖。差点被赶出家门的经历，以及儿时父母双亡所带来的困窘生活，让他早早地对世态炎凉有了深刻的了解。和珅当然想改变自身的命运，但对于他这样父母已经不在了的年幼满洲人来说，要想走武勋之路并不容易。

和珅成长的岁月，正是乾隆逐步削平周边大患，建立盛世武功的时期，周边威胁与康雍时期相比大为减少。与此相对应的，是帝国的规模越来越大，治理任务也越来越沉重。在这种情况下，满人的武力优势无从发挥，文化素养又不及汉官，整个满人官僚的地位都在遭受潜在却又深刻的冲击。和珅相貌俊美，身体也不算健硕，只能依靠聪颖的天资去学文，这反而给他带来了机遇。

少年和珅在学习儒家经典和文史知识方面表现出极高的天分，很快就考上了咸安宫官学。咸安宫官学为雍正所创建，专门为教育内府子弟而设，后亦于八旗子弟中选俊秀者入学，是清朝中后期培养满人官员的重要教育机构。

雍正与和珅一样不善弓马，却在国家治理和人才培养上有超强的敏感度。雍正在激烈的竞争中脱颖而出，成为大清入关以后的第三代君主。雍正敏锐地发现，关外那种八旗成员各认本主，只忠于自己主子的情况，不仅不利于君主集权，而且实质上还是一种马上治国，不能满足治理大一统帝国的需要。如果放任这种情况而不去提高满人的文化素养和政务能力，随着时间的推移，满人在国家各级机关中的地位将越来越低于汉人。出于这种紧迫感，雍正设立了咸安宫官学，专门培养八旗俊秀子弟，提高他们的文化素养，培养他们的政务能力。

雍正的努力没有白费。在他的努力下，满人的文化素养大大提高，政务能力也水涨船高，这才出现傅恒这样的杰出名相，辅佐乾隆成就一代盛世。乾隆登基以后，在提高满人文化素养方面的观点与雍正高度一致，咸安宫官学的地位也就愈加重要。

聪颖的和珅当然明白这个机会来之不易，因此发奋攻读诗书，学问突飞猛进。乾隆为了培养人才，亲自下旨让翰林前来教学，为学生提供最好的学习条件和师资。和珅很快就引起了老师们的注意，其中吴省钦、吴省兰这两位来自上海（江苏南汇，今属上海）的才子兄弟翰林对和珅尤为喜爱。

和珅小小年纪，在咸安宫的时候就显出了他的早慧。和珅不仅努力学习儒家经典，还认真学习满、蒙、藏文，并熟练掌握了这三种边疆语文。应该说和珅虽然小小年纪，眼光却是不凡。和珅在咸安宫的时候虽然准噶尔已经平定，但西藏仍有不安定因素，英国等境外势力对西藏已经开始觊觎。实际上，安定藏区是乾隆一朝边疆治理的重要任务，甚至在某种意义上说是中心任务。平定准部、两次大小金川之战、清缅战争，无不与藏区的安定和巩固息息相关。少年和珅能够领悟到蒙古和西藏治理的重要性，进而发奋学习并熟练掌握了这两种语文，可见其不凡资质。

蒙文和藏文文献是中华文明的文化宝藏，有着大量鲜为人知的重要文献，在中华文明史上拥有重要地位。和珅熟悉这两种语文，不但开阔了他的视野和思维，而且让他能够自如地在多种文字语境中进行思维切换，从而辅助乾隆作出正确的政务判断，这也是乾隆后期离不开他的重要原因。

靠上大树

梧桐凤凰栖，花香蝶自来。和珅如此资质，加上容貌俊美，又是旗人出身，自然引起了贵人的注意。看上和珅的贵人叫英廉，说来也是乾隆的宠臣之一。英廉是内务府汉军镶黄旗人，本姓冯，是乾隆自己的包衣奴才出身，与乾隆个人的关系更加亲近。英廉早年仕途坎坷，但中年以后开始发达，以其出色的政务能力赢得了乾隆的青睐。八旗能吏培养不易，英廉多年以来在多个职务上历练，熟悉基层情况和钱粮等需要较强技术性的业务，尽管英廉颇有劣迹，乾隆却一直对英廉多加优容。大学士于敏中去世以后，乾隆认为英廉原本就是汉人，特地让英廉继任于敏中留下的汉大学士之缺，成为清廷有史以来第一位出任汉大学士的汉八旗旗人。

和珅遇到英廉的时候，英廉是内务府总管，堪称乾隆的内当家，位高权重。英廉一辈子官场得意，膝下却是孤独，只有一个孙女承欢膝前。随着孙女日益长大成人，英廉为孙女找一个东床快婿继承家业的心思越发迫切。

英廉本是内府包衣出身，尽管是汉军，与皇帝的关系比一般满人更为密切，当然知道应该从哪里寻觅佳婿。咸安宫是培养八旗俊秀子弟的摇篮，这里的优秀子弟如果得到自己的提携，一定是未来皇帝重用的对象。经过多方筛选，英廉看上了聪颖俊秀的和珅。

和珅听到内务府总管希望自己成为他的孙婿后，不由得又惊又喜。饱尝世态炎凉的他明白，要想摆脱家道中衰的命运，就得找到直上青云的阶梯。这么多年来，和珅也在不断地寻找贵人，但始终没有达到他的心理预期。现在英廉找上门来，让他喜出望外。英廉和皇帝的关系，京城里的人只要稍晓些事，岂有不懂的道理？和珅当即允诺了这门亲事，很快就与英廉的孙女冯氏成亲。

成为英廉的孙婿后，和珅的人生步入了快车道。和珅父亲常保是武官，虽然地位不算低，但对官场之道，参悟肯定不如相应级别的文官。常保去世得也早，和珅从他那里学到的东西也有限，除了一个世袭爵位，也没得到太多资源，难以在和珅的宦海生涯中起到太大的支持作用。现在和英廉结亲，和珅收获颇丰，彻底弥补了父亲早逝带给自己的短板。

乾隆三十四年（1769年），就是傅恒在缅甸浴血征战的那一年，踌躇满志的和珅参加了科举考试。但结果却让他挨了一记闷棍，咸安宫才子居然名落孙山。不过作为满人，和珅本来就不一定硬要走科举的道路。在英廉的指点与运作下，和珅以文生员的身份承袭了父亲留下的三等轻车都尉，从而获得了担任侍卫的资格。这些运作对老于宦海、深谙宫廷内情的英廉当然是小菜一碟，但对于和珅来说，无疑是人生的巨大转折。

和珅在袭爵之后，很快被选入宫中担任侍卫。有了傅恒的珠玉在前，乾隆对于从侍卫中选拔人才兴趣浓厚。乾隆三十七年（1772年），和珅被授予三等侍卫，进入粘杆处当差。

粘杆处一般老百姓不太知道，但在清末民国时期却大大有名，就是让老百姓谈虎色变的"血滴子"。民间传言，雍正皇帝养了一批杀手，喜欢用一种可怕的杀人武器"血滴子"。据说杀手一旦使用这玩意儿，就能够割去受害者的头颅，受害者的头颅最后会化成一滴血，所以叫"血滴子"。这些谣言越传越邪乎，甚至雍正皇帝本人也被讹传为武林高手，在江湖上欺男霸女，滥杀无辜，残害忠良。20世纪七八十年代香港电影界以雍正和"血滴子"为主线，拍了很多武侠电影，输入到内地后唤醒了内地关于雍正和"血滴子"的记忆，各种地摊小说又重新添油加醋，越传越邪乎，不过也为后来二月河的小说与电视剧《雍正王朝》的大火铺平了道路。

历史上真正的粘杆处当然没那么邪乎，更没有超自然的力量。粘杆处的正式名称叫作尚虞备用处，名义上专门负责皇帝的娱乐与协助护卫皇帝出巡，暗地里却是雍正设立的情报机构。"九龙夺嫡"时期，各方势力犬牙交错，敌中有我，我中有敌，局中人都不敢完全交心，互不信任。在这种情况下，雍正身边的一些家奴和太监，专门给雍正搜集各种情报，为雍正登基立下汗马功劳。雍正当皇帝以后，把这些人编入内务府，设立"粘杆处"来搜集王公大臣的情报，效果不错。乾隆登基以后，也保留了粘杆处，一直到仁厚的嘉庆继位以后，粘杆处才逐步被废除。

当然，特务政治并不是雍正的发明，明朝的东厂、西厂和锦衣卫更是大名鼎鼎。明朝的军功阶层在洪武屠杀、靖难之变和土木堡之变的过程中被一扫而空，明朝皇帝由于缺乏可靠的社会支持力量，不得不利用太监掌握的东厂、西厂等特务机构控制社会。雍正利用粘杆处，主要还是为了对强大的八旗王公阶层有所制约，因而清代特务政治在规模、持续时间和危害性上要远远低于明代。

和珅进了粘杆处，少不了英廉在背后的运作。进了粘杆处，也让和珅有了在乾隆面前露脸的机会，毕竟粘杆处明面上的职能之一就是护卫皇帝出巡。聪颖的和珅很快就引起了皇帝的注意，在一众侍卫中脱颖而出。

皇帝的新宠

和珅的初步发迹有多种说法，比较常见的一种是：有一次和珅随众侍卫准备伺候乾隆出行，结果乾隆发现一时间居然找不到御用的黄龙伞盖，大为光火，说了一句"虎兕出于柙"就不再言语。众侍卫面面相觑，场面好不尴尬。这也难怪，侍卫们多是皇室成员、功臣子弟和武进士出身，文化水平不高，接不上皇帝的话也是正常。

乾隆的这句话出自《论语·季氏将伐颛臾》，后面还有两句话"龟玉毁于椟中，是谁之过与"，意思是出了问题闯了祸，总要有人负责。朱熹对这句话做了一个经典评注"典守者不得辞其过"。乾隆在这个场合说出一句"虎兕出于柙"，既是表明自己的态度，也是在考验周围人的学识。

机会从来只留给有准备的人。就在众侍卫面面相觑，场面异常尴尬的时候，和珅清清嗓子，一字一板地吐出朱熹的话："典守者不得辞其过。"乾隆听到此言，面色稍霁。毕竟乾隆将这些侍卫看成贴身人马，当然希望里头能出像傅恒一样的人才。看到自己说的一句不算难的论语句子，居然全场人都回答不了下一句，乾隆怎能不失望不气恼？！幸亏俊美的和珅马上领会到自己的意思，而且巧用了朱熹的批注，直接说出自己的心意，又如何让乾隆不倍加欣赏？

乾隆从此对和珅另眼相看。经过深入接触，乾隆发现和珅不仅相貌俊美，而且精通诗书，特别是精通满、蒙、藏文，不由得大喜过望。乾隆一生非常重视边疆安定，为了处理边疆问题，乾隆也下大功夫学习了这些边疆语文。满人本是边疆民族，随着清朝统治的巩固，关内外满人对满文逐渐生疏，更不用说蒙文和藏文。汉大臣中精通满文者有之，精通蒙文、藏文者就不容易找了。眼前的俊秀青年，不仅是满人，而且精通满、蒙、藏文，更熟悉儒家经典，怎能让乾隆不另眼相看？

经过一番考察，和珅终于像当年的傅恒一样，开始从侍卫行列脱颖而出。乾隆四十年（1775年）十月，和珅被擢升为乾清门侍卫，十一月又升为一等侍卫，满洲正蓝旗副都统。这是乾隆准备把和珅推进文官系统的重要信号。

乾隆四十一年（1776年）对于和珅是关键的一年。该年正月，和珅被任命为户部右侍郎，负责财政工作。和珅心思灵巧，非常适合财政税务这类需要细心、敏感而又要在大范围内调度各项资源的工作，理财也成了和珅在朝廷立身的重要技能。

在立下诸多不世功业以后，乾隆的骄奢之心也在悄然滋长。同时，由于乾隆盖世武功带来的帝国框架的增大，还有其他各项开支，都对帝国的财政构成很大压力。在这种情况下，乾隆就需要理财能手做好内当家，开源节流，既能够满足自己骄奢生活和帝国庞大国防开支的需要，又不至于对帝国造成大的损害。这么重要的工作交给汉大臣去干，乾隆不放心。和珅的横空出世让乾隆如获至宝，特别是在和珅表现出杰出的理财才能后更是如此。

还要看到的是，在傅恒之后，满洲英才有逐渐断档之势。傅恒为首辅二十年，器量宽宏，精于吏事，又能协和满汉大臣，实在是四海之望。傅恒之后，满洲大臣像他这样，既能够统领政务，又能够压制、驯服文官系统中汉人百僚的，几乎出现断档：尹继善各方面条件都比较优越，但年纪太大，在担任首辅两年多以后就骤然去世；阿桂器量宽宏，但其才能更多的是表现在军事上，行政能力相比傅恒明显是短板；福隆安、福康安兄弟资历较浅，行政能力也不如乃父傅恒。在这种情况下，乾隆不得不重用汉大臣，甚至以汉大臣刘统勋、于敏中作为首辅（军机处领班大臣），这对乾隆来说当然是不甘心的。和珅的出现，让乾隆看到了压制汉大臣势力扩张的希望。

在乾隆的苦心经营下，阿桂、和珅成了一对黄金搭档：阿桂为首辅，出任当年傅恒的角色，负责宰辅天下、协调满汉，保证帝国的平稳运营；和珅则以他杰出的行政才能抓起了整个朝廷的行政工作，确保朝廷的大政方针忠实围绕乾隆的意图去制定和推行。尽管性格耿直的阿桂与和珅关系并不和睦，但在乾隆的操控下，两人却形成了奇妙的均衡，有效压制了汉大臣势力，让乾隆晚年的军机处切切实实地掌控于满大臣之手。

在发现和珅杰出的才干后，乾隆对和珅的宠遇完全不下于当年的傅恒：在担任户部右侍郎数月后，和珅被任命为军机大臣、总管内务府大臣，又被任命为满洲镶黄旗副都统、国史馆副总裁，赏一品顶戴。升迁之速，令人瞠目结舌。

不过，初入官场的和珅还是保留了年轻人的一些天真，并没有像后来一样贪婪无忌。和珅到户部任职以后，一个名叫安明的笔帖式向和珅赠送厚礼，希望和珅将他提拔为司务。清朝的户部作为国家最重要的财政管理部门，长期以来都是由满人尚书说了算，其办理各项事务的胥吏也多为满人，水非常深，即使一个小小的笔帖式，哪里是出身低微的和珅所能随便得罪的？和珅当然不敢随便收他的厚礼，不过为了防止安明陷害，还是向他保证会在户部尚书丰升额面前推荐安明。

和珅果然没有食言，经过一番运作，很快把安明提拔为司务。本来这个事情到这时候已经有一个皆大欢喜的结局，但随后发生的变故让和珅真正领教了官场风云变幻的厉害。

安明为了感谢和珅，赠送给和珅一块珍贵的玉石，和珅坚决拒收，让安明喜不自胜。没想到几天以后，安明的父亲突然去世，让安明陷入困境。虽然安明是满人，但这个时候朝廷的礼制已经基本采用明制，安明要卸去职务，回家为父守孝三年。安明不想失去刚刚到手的官职，就开始动起了歪脑筋，结果害了和珅，更害了自己。

安明嘱托家人，严密封锁父亲去世的消息，然后若无其事地到户部正常上班。安明以为事情做得天衣无缝，却不料这世上哪里有不透风的墙，而且有些人专门喜欢拿这些事做文章。户部尚书丰升额与礼部尚书永贵早就不满乾隆对于和珅的宠遇，一直想找个机会给和珅一点颜色看看。安明利用和珅的关系升官，早被丰升额盯上，安明隐瞒父丧的消息很快就被丰升额探知。

丰升额如获至宝，马上联名户部尚书永贵一起弹劾和珅包庇安明犯下人伦大罪，实在是罪不容诛。丰升额与永贵这一招可谓毒辣，此项罪名一旦坐实，和珅人头都可能不保，更不要说还想什么辉煌前程。丰升额、永贵和英廉都是乾隆重点培养的满人老官僚，虽然才具器量不足以担起作宰为辅、压制汉僚之重任，但官场经验却不是和珅这种毛头小伙所能相比的。丰升额与永贵的致命一击，和珅能躲过吗？

丰升额与永贵这事情做得实在是不地道，连永贵的儿子伊江阿都看不下去了。伊江阿与和珅是好友，经常在一起诗词唱和，饮酒作乐，当然不愿意看到和珅无故遭难。更重要的是，和珅是皇帝亲自看上并要大力培养的人才，老爹和丰升额嫉妒人家的际遇，想在人家一出道的时候就干掉人家，有这个把握吗？干不掉的话，与和珅就结下生死大仇；就算能够顺利干掉，不啻当众重重打了乾隆的脸，恼羞成怒的乾隆肯定会寻机报复。仔细思量之下，伊江阿决定拉兄弟一把，将这个事情告诉了和珅。

和珅对安明的破事也有所耳闻，暗地里也捏了一把汗。伊江阿的消息一来，早有预案的和珅连夜写了两份奏折，一份送到军机处备案，一份留在自己手上。奏折的内容就是弹劾安明隐瞒父丧，不肯守制，实在是大不孝，请求皇帝惩治；自己也有荐人不当之责，请求皇帝予以惩办。不过机灵的和珅并没有急于拿出自己手上的奏折，而是静静等待丰升额与永贵先出手。和珅小小年纪，就表现出惊人的政治斗争能力，这一下两位老臣要吃瘪了。

第二天，永贵等果然上奏弹劾和珅包庇安明。在乾隆面前，和珅不慌不忙地拿出奏折，弹劾安明大不孝，理应重重治罪；自己荐人失察，亦当担责，请乾隆发落。永贵一见如五雷轰顶，连忙指责和珅蓄意包庇安明，蒙蔽皇上，实在该重重治罪。

乾隆为君已经四十多年，对臣下的这些把戏早就谙熟于胸，见丰升额和永贵如此不给他面子，顿时拉下了脸。乾隆声称，早就收到了和珅的弹劾，安明这厮胆敢隐瞒父丧，拒绝为父守孝，实在是名教罪人，罪当凌迟！全家流放边疆！和珅荐人失察，但事后果断与安明划清界限并主动弹劾，也自动请罪，降两级留用，负责监督崇文门税务，总管行营事务。

这一个回合下来，看似永贵和丰升额赢了，和珅上升的势头被两个老奸巨猾的老官僚打压下去，但永贵和丰升额绝对是得不偿失。永贵和丰升额的这一记耳光，重重地打在了乾隆脸上，等于说乾隆眼光有问题，这才提拔和珅这种不孝不忠之徒。恼羞成怒的乾隆能不寻机报复吗？果然不久后，永贵的祸事来了。

早先山东王伦起义，给事中李漱芳陈奏，王伦裹挟饥民造反，请求乾隆在镇压的时候予以鉴别和宽恕，被乾隆怒斥为一派胡言。乾隆下旨，将李漱芳降为礼部主事。李漱芳的正直引来了不少朝臣的钦佩，包括永贵。不久，永贵暗中运作，要提拔李漱芳为吏部员外郎。

乾隆看到永贵等人要提拔李漱芳的奏报，再想起永贵等人弹劾和珅的事，不由得火冒三丈：这不是明摆着要和自己唱对台戏吗？暴怒的乾隆当即下诏，痛斥永贵做人情给李漱芳，陷君父于不义，自己却做好人，实在可恶！夺去所赏永贵之顶戴花翎，削去其吏部尚书职务，命永贵以三品顶戴赴伊犁办事。

乾隆还不解恨，甚至撂下狠话：永贵到伊犁以后，如不实心办事，着即正法！可见乾隆心中衔恨之深。好在永贵为人正直能干，到了伊犁以后，把诸事打理得井井有条，安定了边疆形势。乾隆见到伊犁方面的奏报，火气也消了大半，又念起永贵诸多好处，于是发还永贵的顶戴花翎，将其召回京师。乾隆四十五年（1780年），永贵升为协办大学士，正式进入宰相的行列。三年后，一代廉吏永贵病卒于家中。

永贵虽然得到平反，满朝文武可都看清了皇帝的屁股到底坐在哪一边，都识时务地闭起了对和珅说三道四的嘴。但对于乾隆来说，也有迫不得已的因素。此时的军机处，由刘统勋、于敏中把持已经十多年，满洲大臣青黄不接，乾隆的权力也遭到一定的约束。永贵等人虽然颇有才干，但一是不能与傅恒、刘统勋等相比，二是岁数偏大，难以长期执掌中枢，所以乾隆盯上了颇有才干、丰神俊朗、年纪又轻的和珅。永贵、丰升额等不是不明白其中的奥妙，这才妒火中烧，做出了损人损己的蠢事。

查处李侍尧

在仕途遭遇小挫后，和珅很快又踏上快车道。乾隆四十四年（1779年），乾隆命和珅在御前大臣上学习行走，和珅的权力更加扩大。御前大臣是康熙设置，负责管理皇宫包括皇帝个人安全，职责主要是值班于内廷、稽查官员之行走、武职官员引见、宣读旨意等，寻常大臣要见皇帝，必须经过御前大臣这一关。由此可见，御前大臣权力太重，常常是由宗室或者有亲戚关系的蒙古王爷担任，而且曾有规定军机大臣不能兼任御前大臣。和珅现在御前大臣上学习行走，就打破了这个规矩，由此可见乾隆对和珅信任之深。

乾隆专宠和珅，还与他从政几十年所形成的一些独特感悟有关。傅恒之后，满洲人才青黄不接，乾隆不得不让刘统勋、于敏中先后出任首辅约十年之久。两位汉人首辅，尤其是于敏中，让乾隆亲眼看到了强势汉大臣辅政的可怕之处。乾隆作为强势君主，面对于敏中这样的强势汉人首辅尚且感到碍手碍脚，更何况资质远远不如乾隆的其他君主？！在这种情况下，乾隆当然要培养满洲大臣，一是为了晚年大权独揽，舒心如意，二是为了不给儿子留下强有力的汉军机大臣和他们的派系。乾隆从入关多年的政治生活中感悟到，满洲大臣势力再大，总归是皇帝的奴才，处理起来总能控制后果；汉大臣在地方有强大奥援，处理起来就不是那么简单的了，弄不好会动摇地方对于朝廷的忠诚。因此清朝皇帝在政治上成熟以后，对于处理汉大臣总是慎之又慎。

乾隆也不例外。汉大臣势力的抬头，乾隆感觉尤为明显。尽管在顺康时期，满洲大臣凭借军功，曾经把汉大臣压得喘不过气来，但随着全国局势的安定，擅长治理和钱粮等技术任务的汉大臣势力迅速恢复。不过在康熙、雍正时期，这种恢复还算可控，原因在于复杂的上层权力架构将汉大臣的权力做了分割，一些重要权力机构，比如议政王大臣会议，汉臣是不能染指的。同时，文武兼资的汉军八旗的存在，也让清廷在地方治理和一些技术性工作方面，不必全然借助汉大臣的力量。清廷前期统治的稳固，与这两点息息相关。

但是，这两个权力支柱，都被乾隆自己亲手拆掉了。议政王大臣会议对君权形成强大制约，顺康雍乾四位杰出君主，都在利用各种方式，架空议政王大臣会议，从议政王大臣会议手中收回权力，最后在乾隆五十六年（1791年），乾隆正式撤销了这个会议。议政王大臣会议的撤销，固然理顺了上层权力关系，有利于君主个人，但也搬去了挡在汉大臣面前的巨石。

汉军八旗那就更有意思了。早在入关前，就有大量辽东汉人被编入八旗，皇太极后来专门将投降的明军单独编旗，成为汉军八旗，由各旗旗主专门管理。这些汉军八旗成员很多原来就是明朝的官僚和武将，军政经验丰富，在清朝平定天下的过程中发挥了重要作用。在天下平定以后，汉军八旗又为清廷贡献了大量地方大员，让权力始终牢牢掌握在八旗贵族手里，避免了让很多心怀异志的关内汉人降官掌握大权，有力地稳定了清廷的政治局势。

但随着天下形势的稳定和经济的发展，八旗人丁开始滋长，对国家财政构成沉重负担。历代清帝都试图解决这个问题，最后乾隆拿出终极解决方案：汉军出旗为民。乾隆是说干就干的人，经过一番猛如虎的操作，到了和珅崭露头角的岁月，大量汉军已经被赶出八旗，剩下来的多半是汉军中素质较低的部分，在八旗中担任服务型工作，已经很难在政治上发挥牵制汉官的作用。

面对这种形势，乾隆就不得不承受汉官势力强劲复苏带来的政治后果。而且汉大臣门生故吏遍布天下，牵一发而动全身，让乾隆在处理与汉大臣相关的问题的时候不得不时常高高举起，轻轻放下。乾隆当然不甘心出现这样的情况，只能把矛头对准民间的读书人。乾隆时期一次又一次的文字狱，与乾隆本人试图驯化汉族文人，让其主动接受满洲贵族的主导地位，是息息相关的。只不过乾隆做得太过，效果也不明显，连乾隆自己也感觉这种政策用处不大，不得不在晚年亲手取消了这种政策。

从这些角度来看，乾隆重用和珅就可以理解了。乾隆本人也没想到，自己居然能活八十九岁，因此他明白，自己晚年重用的首辅，有一定托孤大臣的性质，再不济也要把持着政权，不能让外人所染指，甚至是自己指定的皇位继承人！所以像于敏中这样的汉臣，乾隆是压根不会考虑的。放眼朝廷，能够满足这种条件的，只有阿桂与和珅了。考虑到阿桂是武臣，朝政不如和珅熟悉，乾隆对和珅的依赖，就是可以理解的了。

出于这种考虑，乾隆有意识地给和珅增加威势的机会，命他赴云南查处李侍尧案。

和永贵一样，李侍尧也曾是乾隆的宠臣，不过到这个时候都要给新人和珅让路，甚至做垫脚石。李侍尧是李永芳四世孙，李永芳是投降清廷（后金）的第一个明朝官员，在清代历史上有特殊的作用和地位，李永芳家族也因此受到清廷的特殊恩遇。

李侍尧长得短小精悍，第一次见到乾隆的时候，乾隆就对他大加赞赏，称赞其为天下奇才。乾隆看人很注重外表，非常喜欢高大帅气的美男子，和珅就是因为外貌出众，才被乾隆一眼看中。李侍尧其貌不扬，能被乾隆看上并有这种评价，可见其必有过人之处。

李侍尧被乾隆看上后，一路高升，乾隆甚至让他占据满缺，出任满洲副都统。有大臣认为李侍尧是汉人，出任满缺史无前例，建议乾隆搁置这个任命。乾隆说："李永芳孙，安可与他汉军比也？"李侍尧顺利地出任了满洲副都统。

有了皇帝的亲自背书，李侍尧的仕途当然是一路高歌，相继任湖广、两广总督，袭封二等昭信伯爵、授内大臣，可谓一路高升。

乾隆四十二年（1777年），缅甸决定与清王朝结束清缅战争以来的敌对状态，与清廷修好。乾隆得知缅甸愿意向清廷称臣纳贡，不由得大喜过望，决定派遣得力大臣到云南与缅甸接洽，务必成全此等美事。乾隆扳起手指头沉吟：阿桂才略见识足以担当此等大事，但中枢不可无人，阿桂不能够脱身；彰宝虽然熟悉云南情况，但身染重病，不能肩负重任；李湖认真，但无才能处理一方军政大事；杨景素没有经历过大事，与缅甸会谈非同小可，稍不留心就会再度兵戈相加，他肯定不合适。思来想去，乾隆觉得只有现在军机处行走的武英殿大学士李侍尧能够担任此等重任，于是下旨任命李侍尧为云贵总督，全面负责与缅和谈，务必使缅甸心悦诚服，通使纳贡。

李侍尧果然不负君望。在与缅甸的谈判中，李侍尧软硬兼施，照顾到清廷面子的同时，在一些次要问题上也适当照顾了缅甸的诉求，双方很快达成协议：清廷开放滇缅经济、文化交流，缅甸向清廷称臣纳贡。至此清缅长达数十年的对峙结束。

李侍尧立下如此大功，按道理下一步就应该回京继续入值军机辅佐阿桂，成为军机处仅次于阿桂的大员。他又是乾隆私人门生，乾隆当然乐意重用李侍尧，不会将其作为一般汉官对待。果真如此，乾隆晚年手上又会多一枚压制汉大臣的活棋。但在这个时候，李侍尧的愚蠢和贪婪葬送了自己的前途和功劳。

乾隆四十五年（1780年），云南粮储道海宁上书乾隆，告发李侍尧贪纵营私的罪行，款款都是大罪。乾隆御览之后大惊失色，这李侍尧胆大包天，居然在短短两年多内犯下如此大案，实在是打脸！乾隆愤怒之下，命和珅到云南查办李侍尧。

和珅接到圣旨，心里又喜又忧。喜的是终于可以搬开李侍尧这块大石头。李侍尧在军机处的时候，对和珅多有鄙视。和珅对这位出身高贵、根基雄厚又文武全才的大爷也是避之唯恐不及。李侍尧如果从云南回京，肯定会成为军机处仅次于阿桂的人物，他又是等同于满洲的"陈汉军"（入关前追随清廷的八旗汉军），压住一个和珅根本就是小菜一碟。这次总算可以借机拿下李侍尧，也省得他和阿桂联手。

忧的是皇帝的态度不好把握。和珅当然想把李侍尧给弄死，把案子办成铁案，但这样一来在乾隆那里过得了关吗？当年永贵弄自己不成，最后被皇帝送到伊犁吃沙子，差点掉了脑袋的情景，和珅可是记忆犹新。再怎么说，李侍尧伺候乾隆已经数十年，与乾隆关系的深厚程度远远胜过自己。皇帝对李侍尧，肯定是有旧情的。如果李侍尧逃过这一关，将来还有东山再起的可能。做得太绝的话，皇帝脸上挂不住，事后会把一腔怒火撒在自己身上，那可就划不来了。和珅思来想去，终于有了主意。

和珅到了昆明云贵总督府，当即收缴了李侍尧印信，拔去其花翎顶戴，将李侍尧拿下问罪。聪明的和珅马上开始调查李侍尧的罪行，发现李侍尧贪腐情况属实，涉案金额为三万六千余两白银。和珅赶紧将案情写成奏折，飞速上报乾隆。

乾隆眼看和珅已经将案子审结，只待自己定谳，不由得暗夸和珅聪明。李侍尧这厮虽然可恶，但人才难得，留着还是能够做不少事、救不少火的。这三万多两银子，说多不多，说少可也不少，严惩之余再拉一把，李侍尧肯定会感恩戴德，不敢拿大，继续玩命效力。乾隆主意已定，在费了一番手脚以后，赦免了李侍尧。

经过李侍尧案以后，乾隆对和珅大为满意，觉得和珅深体圣心，办事得体，实在是可造之材。和珅以其精巧的心思和手段，不动声色地除掉了李侍尧这样一个强有力的对手，也砍去了阿桂一臂，在与阿桂的角逐中占据了主动。

不过，云贵之行对和珅来说也有很好的锻炼作用。和珅此前主要活动范围还是在京师，缺乏主政一方的经验。与李侍尧相比，和珅的地方经验少得可怜，这就为他主政中枢增添了许多不便。聪明乖巧的和珅，很快就从乾隆查办李侍尧的旨意里估摸出另外一层意思：让自己增加阅历与见识，特别是地方实际政务经验。

和珅到云贵以后，详细听取了地方有识之士对于云贵川政务的看法，特别是清缅关系的一些看法，不动声色地将李侍尧一些政绩记到自己功劳簿上。不过和珅也的确聪明，能够在很短的时间里迅速抓住问题的关键，因此通过云贵之行，和珅迅速形成了处理云贵川一带问题的系统看法。尤为重要的是，和珅熟悉藏文，云贵川一带与藏区关系密切，因此和珅借云贵之行，加深了对藏区，乃至南亚次大陆国际政治风云变幻的了解，让他具备了初步的国际眼光，为他后来辅佐乾隆处理西藏军务问题打下了基础。

其实相对而言，李侍尧比和珅更具备国际眼光。李侍尧曾长期担任两广总督，广州是当时中国唯一的对外开放口岸，所谓的"十三行"在清廷的监督下开展对外贸易，各国商人包括英国商人都到广州开展贸易。李侍尧在与各国商人打交道的过程中，不但积累了丰厚的财富，也获得许多西洋各国的知识。到云南以后，通过与缅甸的交流，李侍尧更掌握了英法在南亚次大陆的一些活动，以及它们与缅甸的关系。尽管这些情报资料远不是系统的，而是比较零碎，但足以让李侍尧将其与在广州积累的对外知识联系起来。李侍尧也由此成为清廷内部不多的有系统性国际眼光的官员。

李侍尧如果不出事，回到军机处基本是铁板钉钉，他多年积累的关于南洋的知识也会在中枢得到快速传播，对乾嘉时期整个中枢知识结构的更新会起到良好影响。再考虑到数年后西北的藏区又爆发战事，李侍尧的南洋知识会派上大用场。合适的人等不到合适的时机，令人感叹。

和珅不动声色地拆掉李侍尧的军机之路，看似占了大便宜，却将自己置于一个为乾隆独宠的险境。在乾隆之后，和珅势必要为皇帝扛起晚年执政出现的种种过失，从而成为新帝立威的垫脚石。如果李侍尧在军机的话，和珅受到牵制，基本只能扮演一个文官之首的角色，受到朝野上下的嫉恨会少很多。和珅最后虽然也会丢权柄，但应该能够得到一个终老于家的结局。

经过和珅一番运作，乾隆多年培育的军机人才接班梯队一下子被打乱，乾隆只能更加依赖和珅。或许是因为辛劳半生，自觉时日无多，乾隆对朝政也逐渐不像以往那样上心。就像当年的唐玄宗一样，乾隆也逐渐把军政大事的处理交给手下大臣，自己则保留最终裁决权。和珅因为年轻、干练和忠心，终于成为乾隆身边类似杨国忠一类的人物。之所以没有像杨国忠一样捅出天大的娄子，乃是因为乾隆始终还保持着政治上最起码的清醒。

不是带兵的料

和珅回京以后，得到了一个天大的荣宠：乾隆决定将最心爱的女儿和孝公主许配给和珅的儿子丰绅殷德，由于这个时候和孝公主和丰绅殷德还年幼，乾隆敕命待二人成年之后再举行婚礼。不知道和珅给乾隆灌了什么迷汤，反正这么一来，和珅成了乾隆的儿女亲家，满朝文武在与和珅顶牛以前，能不先掂掂自己的分量吗？

到了这个时候，和珅已经彻底变了。如果说初入官场的和珅，还有几分天真和年轻人的理想主义的话，经过这几番风雨，和珅已经彻底洞悉官场的内情。和珅发现，随着晚景的来临，乾隆对朝政已经越发倦怠，不愿多事的想法在皇帝的心中逐步成了主流。如果充分利用这个机会，不就能给自己和家族获取大量资源吗？特别是和珅见到李侍尧积聚的大量财富以后，心就像脱缰的野马一样，再也拉不回来了。

乾隆却有另外一番心思。虎老余威在，乾隆晚年在面对大的冲击的时候，反应还是非常敏捷，决策还是异常清晰的，丝毫不像一个已经八十多岁的老人。考虑到乾隆的年纪，只能解释为他有意地逐步将自己从日常繁杂的政务中解脱出来，只将精力放在最重要、最需要权威拍板的地方。如果还像年轻时候一样平均使用精力，估计乾隆会少活好几年。这个时候乾隆就需要一个心腹之人，替他打理日常政务，不过这个人不能有啥根基。从这一点来看，阿桂和李侍尧都不合适，最合适的人选当然是和珅。

到了这个时候，乾隆已经是清朝最杰出的国务活动家，比他老辣，或者和他一起成长的臣子，如张廷玉、鄂尔泰、傅恒、刘统勋、于敏中等，都已经不在人世。放眼偌大帝国，已经无人在政治经验和决策能力上与乾隆相比。对于和珅这张牌，乾隆自信能够收放自如。

让乾隆喜出望外的是，和珅尽管贪婪，却在国务活动中表现出了杰出的能力，基本压倒了一干汉大臣。和珅聪明伶俐，长于财政、钱法等技术管理职责，又有辅政之才，无须借助汉大臣之力就可以顺利辅政。满人入关以来，还是第一次出现这样能够在政务和技术管理上力压汉大臣的人才！即使是当年的傅恒，操作具体政务的能力与和珅比也要差一筹。虽然和珅的军事能力是短板，但这与他的长处相比，已经不重要了。

和珅这种情况，暗示着满洲权贵的一个发展方向，即弃武从文。清廷入关以来，满大臣往往能在与汉大臣的权力角逐中胜上一筹，关键原因就在于满大臣群体的军事能力。满大臣能武能文，尽管在行政能力和专业管理方面不如汉大臣，但是凭借军功和皇帝宠信，总是能压住汉大臣。但到了和珅崛起的时候，一是四周基本平定，传统中华文明圈基本已经尽被清廷掌握，用武机会大减；二是八旗土地制度逐渐崩溃，八旗家庭生计问题日益突出，很难有财力能用于培养子弟的武功，子弟从文考科举的情况越来越多，对外用武机会的大减，更让学习四书五经，培养行政能力成为八旗子弟出路的首选。乾隆万万没有想到，自己豁出命来，抓住一切机遇平定四方，反而加快了八旗子弟政治势力的下降。否则没有平定准噶尔的话，还能够为八旗子弟提供建功立业的场所，八旗政治势力的强势还能持续得更久。

这个苗头从乾隆晚年开始就已经看出来了。典型的观察对象就是和珅和大人。乾隆对和珅异常宠信，也为之计深远，希望和珅能在战场上建功立业，巩固自身的地位。机会很快就来了。

乾隆四十六年（1781年）三月，甘肃撒拉族人苏四十三，不满清廷官员的压迫，举旗起义，击败前来镇压的清军，率众直攻兰州。消息传到京师，清廷大为惊骇。陕甘绿营是清廷依仗的主要武力之一，常与京旗劲旅和索伦兵共同行动，是清廷征战四方的主力。甘肃是陕甘绿营主要驻扎地和兵源地，现在居然被苏四十三打得一败涂地，清廷特别是乾隆不能不感觉到空前的危机。

不过老于兵事的乾隆明白，尽管陕甘绿营堕落如斯，依靠京旗劲旅和全国财赋的支持，镇压苏四十三还是不在话下的。正因为如此，乾隆感觉这次军事行动有较大的容错空间，可以给和珅提供一个机会，让他熟悉军事指挥，在朝廷建立进一步的威望。

乾隆下旨，和珅为钦差大臣，赴甘肃指挥军事。当然乾隆的本意是想让和珅收割军功，压根没有把宝押在初上战场的和珅身上。乾隆镇压起义的王牌有三张：阿桂、李侍尧与海兰察。

海兰察是索伦人出身，清军名将，在平定准噶尔和对缅作战中建有奇功，是乾隆王朝中后期的主力战将，相当于岳忠琪在雍正和乾隆前期的地位，但战功更加辉煌。乾隆引以为豪的"十全武功"中，一大半都有海兰察的身影。有了这样一位勇将，加上老帅阿桂，还有戴罪立功的李侍尧，为这场战役乾隆做出了全力一搏的态势。由此可见，乾隆此时尽管已经年过七旬，但政治头脑和军事头脑还是异常敏锐。

但是乾隆的苦心安排，抵不上和珅的瞎指挥。海兰察纵横疆场数十年，用兵如神，哪里是战场经验薄弱的起义军所能应付的？在苏四十三对兰州的围攻步步升级，眼看就要打下兰州城的时候，海兰察率领少数清军，突袭义军大营，迫使义军放弃对兰州的围攻，退兵结寨自保。战场形势迅速发生逆转。

这个时候和大人粉墨登场了。和珅自负其才，本来以为这是天上掉下来的功劳。眼见海兰察击退义军，抢了头功，好不气恼。和珅到了前线，马上用钦差的身份压住海兰察，强行改变了海兰察的军事计划，下令清军兵分四路，大举进攻义军。

和珅在军事上只有马谡之才，哪里能够玩转这么大的战役？海兰察等人眼见和珅胡作非为，乐得撂挑子，让他自己去承担后果。在和珅的胡乱指挥下，占尽优势的清军大败，总兵图钦保战死。图钦保曾随明瑞在缅甸立有大功，是清军勇将之一，就这样不明不白地死了。

乾隆见状，知道和珅压根不是疆场立功的料。为了防止和珅继续闯祸，也为了统一指挥，防止和珅干扰阿桂，一纸诏书将和珅调回京师。

在阿桂、李侍尧与海兰察的指挥下，义军节节败退，最终被残酷镇压。

和珅灰头土脸地回到京师，心情大为懊丧。乾隆看他可怜，也觉得此次挫了他的锐气，于是好言安慰了几句。不久，乾隆下旨，让和珅兼任兵部尚书之职。

和珅跌了这么一跤，也算是明白了自己在军事上的分量，再也不敢向乾隆请求到前线指挥。不过和珅明白，满洲人以武立身，军事不行，在阿桂、李侍尧面前总归矮上一头。为了弥补这个缺陷，和珅绞尽脑汁，想出两个弥补的办法。

一是在军事上大力栽培自己的弟弟和琳。和琳与乃兄不同，相对来讲不太贪财，为人也较正直，为和家在大众特别是在满人贵族之间获得不少同情分。和珅已经在军机处当值多年，深获乾隆信用，当然不便于在政治上大力举荐和琳，以免招致乾隆和百官的猜忌。聪明的和珅让和琳主要在军事上发展，和琳也聪明争气，为自己找到了一个好老师，就是老哥的死对头，大名鼎鼎的将军首辅——阿桂。和琳多次随阿桂办差和征战，讨得了阿桂的欢心，阿桂将自己的一身本事教给了和琳，尽管很有可能保留一些，但也难能可贵。由此可见和琳的本事。当然，这也说明阿桂与和珅虽有矛盾，但双方都留有一线，都不想把对方往死里整，通过和琳缓和了双方不少矛盾。乾隆五十年（1785年）以后，随着阿桂的衰老，和琳在军事上逐渐吃重，并与名将福康安合作征战，与其也结下深厚情谊。正因为此，和琳在军队中的地位进一步巩固，也让和珅在军事上的发言权大为提高。

二是协助老迈的乾隆指挥军事，扮演好乾隆军事智囊的角色。经过四十多年的磨砺，乾隆已经成长为清廷入关以后最擅长军事指挥的君主。但毕竟岁月不饶人，到了乾隆五十年（1785年）以后，乾隆已经74岁，成为那个年代不折不扣的耄耋老人。随着年纪的增长，乾隆的军事指挥能力和信息处理能力不可避免地下降。但在乾隆晚年，四方军情仍然火急，对乾隆构成了强大的身体和精神压力。在这种情况下，精明聪慧的和珅，利用他熟悉边疆语文的优势，逐步参与到协助乾隆军事战略指挥过程上来。各方报来的军情信息，以及搜罗来的各种情报，很多都是用满文、蒙古文和藏文书写。对于一般汉大臣来讲，很难同时掌握如此之多的边疆语文，这就让和珅在军事战略指挥中的地位越发重要起来。和珅协助乾隆处理大量日常军务问题，让乾隆得以将精力集中于最关键的问题，提高了军事决策效率，功劳可谓不浅。在处理这些军国大事的过程中，和珅的军事战略眼光也得到很大锻炼，再不是军事上的门外汉，因此也顺利地填补了阿桂年老以后清廷中枢军事指挥人才的空白，让军机处能够充分面对多方军事挑战。由此，和珅补上了自己在军事上的短板。

接待英国使团

和珅的这份功劳，乾隆都看在眼里，因此也对和珅大加封赏。在乾隆眼中，此时的和珅已经能够成为类似傅恒一样的人才，因此让和珅参与到更多的重要国务活动中来，特别是外交活动。最重要的一次，就是处理英国马戛尔尼使团访华问题。

在大清制霸天下，雄起东方的时候，西欧那旮旯也没闲着，吃鸡大赛一直如火如荼。经过近两百年的角逐，英国在这场吃鸡大赛中逐渐占据主导性地位。英国不但殖民地遍布全球，而且在本土爆发了产业革命，以蒸汽机的发明为契机，诞生了近代化的工业。昔日与大明周旋的西班牙、葡萄牙、荷兰等国，纷纷退出这场吃鸡大赛，把赛道让给了英国。

如果说大清是东方霸主,那英国无疑就是西方霸主。问题在于当西班牙、荷兰等国横行大洋的时候,东西方技术发展虽有差距,却是可以在短期内克服的。实际上,无论是大明还是大清,甚至是日本和朝鲜,都有效地吸收了西欧的军事技术,打造了自身的辉煌。清军利用引进的红衣大炮大杀四方固然是个例子,万历朝鲜战争中,日本在朝鲜大量使用从葡萄牙等国引进的鸟铳,也获得不菲战果。结果日本的鸟铳技术被朝鲜学去,朝鲜军队组成了自己的鸟铳部队,在对抗清军,以及臣服清朝后随清朝进攻明朝和沙俄的作战中发挥了重要作用。

岁月悠悠,将近200年过去了,这个时候英国掌握的技术优势,已经不是东方帝国短期内可以破解的了。1785年(乾隆五十年),英国发明家瓦特改良的蒸汽机投入使用,1790年(乾隆五十五年)瓦特蒸汽机技术得到进一步完善,英国的国力越发膨胀起来。

乘着这股技术革命的东风,英国对外扩张的步伐骤然加快。1757年(乾隆二十二年),英国东印度公司在普拉西之战中大败孟加拉王公的军队,侵占了印度最富庶的土地。英国占领孟加拉以后,逐步展开对印度的蚕食。到了1785年(乾隆五十年)前后,英国占领整个印度的形势基本明朗化。

随着印度逐渐沦为英国的殖民地,英国在远东的存在也日益加强。同时,在对华贸易中,英国商人所占据的地位也越来越吃重,英国成为西方对华贸易最频繁、最主动的国家。

但在当时的中国,为了减轻海防压力,执行的是"一口通商"政策,即西洋商人到中国做生意,只能到广州,而且只能够与清廷授权的商贸组织"十三行"进行贸易。"十三行"贸易额显然不可能太高,但每年都能为清廷赚得数百万两银子的关税,内务府在其中分得了相当部分,直接进了皇帝的内帑。

不过，这点贸易额显然不能够满足英国人的需要，英国急切希望扩大对华贸易额。英国政府经过仔细研判，认为这么大的事情，中国沿海地方当局显然做不了主，必须经过乾隆本人的批准。英国政府决定打着为乾隆祝寿的旗号，派遣使团到中国进行谈判，使团的负责人就是马戛尔尼，因此这个事件被称为"马戛尔尼使团访华事件"。

为了讨得乾隆的欢心，英国政府下了血本，准备的礼物价值据说有四万英镑，折合白银至少十五万两！礼物清单包括自鸣钟、枪炮、四轮马车、钻石镶嵌的手表、各型天文仪器等，囊括了当时英国和欧洲大陆最新的科技和产业发展成果。这些贵重礼物拿到中国市场出售，价格翻几番自不待言。英国人送这些礼物，半是献媚，半是炫耀实力，希望用这些贵重的礼物打动乾隆，让乾隆答应英国的要求。

乾隆是何等老辣，一眼看穿英国的诉求绝非仅仅是商贸方面的。对于欧洲正在发生的事情，乾隆也有自己的情报来源。英国的强大，以及英国对印度的征服战争，早就被乾隆所获悉。在这些战略情报的认知上，乾隆的敏感要远超后人的想象。

特别重要的是，马戛尔尼使团到达中国的时间是1793年6月（乾隆五十八年五月），而就在1793年1月，法国国王路易十六被革命的巴黎民众送上断头台。这个消息震动了全世界的君主，包括乾隆。与后人想象的不同，清廷早在康熙时期就和法国有较为频繁的交往，清廷高层特别是皇室核心成员对法国并不陌生。法国传教士张诚、白晋为康熙皇帝出力颇多，让康熙在许多技术工作，比如测绘、历法、建筑、河工等方面，能够利用西欧最新的科技成果，而无须完全依靠汉人文士和工匠。为了感谢法国传教士的贡献，康熙给法国传教士专门修建了一座教堂，就是在中国历史上大名鼎鼎的西什库教堂。因此，清朝皇帝对法国一点都不陌生，甚至在一定程度上将法国看成友好国家以及潜在的牵制沙俄的盟邦。

路易十六被推上断头台，不由得让乾隆担心起清朝皇室的命运，面对马戛尔尼的出使，更加兴趣缺缺。不过，乾隆也从情报中了解到，英国是比法国、俄国更为强大的国家，而且掌握了印度大部分地区，实在不可小觑。既然如此，就不能够随便把马戛尔尼使团打发走，而需要摸一摸他们的意图和底细。为了达到这个目的，乾隆派出了熟悉"夷务"的和珅。

乾隆皇帝这下算是找对了人，但事情发展的结果却超出了乾隆的想象和掌控。和珅熟悉边疆语文，长期军机处工作的经历，也让和珅积累了较多关于俄国、法国等欧洲国家的知识，对英国自然也有了初步的接触。此时熟悉英国情况的李侍尧已经去世，和珅只能够通过各种间接情报来对英国进行研判。所幸和珅在处理滇缅问题和西藏问题的时候，对英国多有耳闻，印象自然也较为深刻，所以在当时的清朝上层，除了福康安以外，和珅是最熟悉英国情况，也是有足够权威与马戛尔尼打交道的人。

和珅本来就是贪财好货的主，眼光更是不俗。在察看过马戛尔尼所送的国礼后，和珅对让人眼花缭乱的各色珠宝垂涎欲滴，而四轮马车、新式枪炮等又让和珅大为震惊。结合以往积累的"夷务"知识，和珅很快就判断出"英夷"的分量：这是一个亘古未见的强敌，切不可等闲视之。

在与马戛尔尼等进行较为充分的交流以后，和珅发现，"英夷"虽有侵略目的，但总体上还是为扩大通商而来。和珅心下一块大石头落了地。

贪财好货的和珅发现，这些"英夷"商品如此精美，如果在中国市场上出售，显然能获暴利，这个和珅比谁都清楚。同时，"英夷"又对中国的丝绸、瓷器、茶叶等大感兴趣，也让和珅欣喜。另外，"英夷"的新式枪炮所展现出的威力，也让和珅觉得有必要尽快进口，从而增强中国军队尤其是京旗的实力。经过认真思考，和珅觉得与英国扩大通商，既利国利民，也能让自己的荷包更加充实，于是对马戛尔尼十分热情。

乾隆可就不高兴了。乾隆早就看出英人所图非小，通商很可能只是第一个步骤而已。印度在英国人手上岌岌可危的命运，让乾隆不能不备感忧心。巴黎沉重的断头台斩下的路易十六的头颅，也让乾隆不寒而栗，实在不想和这帮夷人再有什么往来，管他是"英夷"还是"法夷"。乾隆果断地拒绝了马戛尔尼及其所代表的英国政府的要求，并利用跪拜与否的礼仪之争，让英国人无话可说，空手而返。

英使团虽然灰溜溜地离开了避暑山庄，但他们并没有忘记慷慨招待和帮助过他们的和珅。马戛尔尼等人写下大量文字，描述了这段出使中国的旅程。在马戛尔尼等人的笔下，和珅长相英俊，为人机警，办事精明，通情达理，又有洞察世界大势的宏观眼光，实在是不可多得的第一流人物。英人盛赞和珅"具备大国宰相之才"，无疑是比较客观的。当然，英人也记录了宫廷所传的和珅与乾隆的不伦之恋，绘声绘色地描述了和珅与乾隆之间的暧昧关系。这个说法到底是真是假，已经不好断言，真相早就被埋在历史的尘埃之中了。

敛财有术

和珅能够在清廷掌握大权近二十年，让功劳卓著的阿桂、李侍尧靠边站，依靠的当然不仅仅是乾隆的宠幸，更有自身卓越的才华。不过，贪财好货是和珅的大缺点。随着权力的增大，和珅贪恋财货的缺点被成倍放大，最终将和珅推进了坟墓。

和珅幼年家境贫寒，缺少金钱让幼年的和珅吃尽苦头。正因为如此，和珅很小就知道了金钱的重要性，内心对金钱充满强烈渴求。刚入官场之初，和珅因为不知深浅，还不敢过于放肆，等他逐步取得乾隆信任后，就开始大肆敛财了。

和相爷生性机巧，又曾长期生活在下层社会，对于敛财方式比一般满洲贵族要熟稔得多。早在兼任崇文门税务的时候，和珅就心领神会，把这个税务部门变成了乾隆的钱袋子。当然，要猫逮老鼠，就要对猫偷鸡摸狗的行为睁一只眼闭一只眼，乾隆对于和珅将这些银子中的少部分揣进自己腰包的行为，自然假装不知道。这无疑让和珅敛财的胆子更大。

乾隆晚年日益喜欢奢华排场，这就需要大量金钱。随着乾隆对财富的渴望越来越强烈，他对善于聚敛的理财大臣日益依赖。在这些大臣中，和珅无疑是最为突出的。

和珅理财之道包括两个方面，一是开源，二是节流。在开源方面，和珅巧立名目，大肆摊派赋税，不过经过和珅苦心运筹，基本在社会可承受范围之内。所以尽管和珅大肆聚敛，总算没有闹出啥大乱子，让乾隆深为满意。当然在办这些事的时候，和珅也没少往兜里塞银子，乾隆只当没看见。

在节流方面，和珅也很有一手。和珅长期掌管户部和内务府，整顿了相关出纳纪律，让中下层官员和胥吏的腐败空间大为压缩。多出来的银子，除了进乾隆本人的内帑之外，其他的自然进了和珅个人的腰包。

乾隆晚年喜欢举办各种庆典，还喜欢大兴土木，这些都需要巨量的钱财。在和珅的苦心运筹下，许多工程建设环节的盈利空间被大量压缩，很多耗材也以次充好。节约下来的钱财，自然进了和珅个人的口袋，但和珅就是有这个本事，能把整个庆典和工程环节搞得妥妥帖帖，至少短期内看不出啥问题，这就是他心思机巧的地方了。

有了如此本领，乾隆对和珅自然越发信任，忠诚厚道的阿桂哪里斗得过他？眼见得皇帝对和珅越发倚重，阿桂只能闭嘴不言，这就更助长了和珅贪财敛财的气焰。

自觉大权在握的和珅眼见无人约束，越发大胆。除了大肆贪污以外，还向地方官甚至参加科举考试的士子索贿。科举是朝廷发现、选拔人才的主要渠道，和珅担任翰林院掌院满学士，控制了翰林院大权，掌院汉学士不敢抗衡。和珅利用这个机会，大肆向士子索贿，迫使士子们通过贿赂等方式投靠到和珅门下。和珅用这种方式，既获得大量钱财，又打破了汉官对于科举考试和人才的把持，变相地向汉官队伍里掺了沙子，乾隆当然乐见其成。对于和珅来说，连科举考试这块"禁脔"都动了，还怕些啥？各地官员出于各种目的，争相向和相爷进贡。和相爷自是笑纳，很少有回绝的时候。

和珅幼年生活艰辛，不得不奔走市井，因此对各行各业的生意经门儿清，对财富的认识要远胜于十指不沾阳春水的普通满洲贵族，包括傅恒。拿到钱以后，和珅并不急于消费，也不是像其他地主老财一样把钱埋起来，而是用于各种投资。

大清帝国是一个农业国家，有钱人首要的投资对象自然是买房子买地收租，和珅也不例外。有了钱以后，和珅在北京城和京郊购买大量房屋田产。据和珅的抄家清单，和珅共有房屋3000间，田地8000顷，堪称大房东、大地主。当然，土地房屋过多会引来乾隆的妒忌，所以和珅没敢在土地房屋上投资过多，而是把脑筋用在了其他方面。

当铺和钱庄是旧中国民众重要的融资渠道，穷人找当铺，富人找钱庄，各有各的道。王公贵族们手头紧的时候，也会把家里的古玩字画拿到当铺典当换钱，当然这些古玩字画一般是赎不回来的。当铺一般都会狠杀价格，典当的钱财一般和实物市场价格相比都会大大缩水，其利润可想而知。钱庄（银号）在旧中国更有高利贷的性质，利润丰厚，没有后台是不敢进入这个行业的。这些问题，对于和相爷来说统统都不是事儿。依仗自己的权力，和珅开办了大量当铺和钱庄，获取了高额利润。据和府资产查抄报告，和珅共有当铺75间，拥有和投资的各色银号总共300多家，其中永庆当、庆余当、恒兴当、恒聚当等，都是典当业巨头。和珅家资之雄厚，由此可见一斑。

随着权力的膨胀和家产的增加，和珅所涉足的投资领域更是包山包海，令人震惊。据统计，除了金融和地产外，和珅的投资领域还包括煤炭、建材、商业、物流、矿业、文玩、药材、瓷器、洋货、镖局等产业。只要有利可图，没有不被和相爷看上的。短短十多年间，和珅就打造了自己的商业帝国。

和珅对财富的贪欲永无止境，他的眼光又盯上了乾隆的库房。乾隆库房有着无数的奇珍异宝、文物古玩，令和珅垂涎三尺。乾隆皇帝有一件珍宝，这件珍宝就是和真马差不多大小的一匹玉马，据说由上好和田玉雕刻而成。乾隆得到这匹玉马后非常喜爱，将它珍藏到皇宫大内。和珅早就盯上了这匹玉马，就利用自己内务府总管的身份，买通看守的太监，将这匹玉马偷回自己家中。和珅为了讨好自己的小妾，将这匹玉马放到自己家中洗浴的地方，专供自己的小妾洗浴后乘坐休息，实在不成体统。

和珅被抄家以后，这匹玉马也被抄出来，重新送回大内。嘉庆后期，皇帝命令将这匹玉马从紫禁城送到圆明园，结果在咸丰十年（1860年）被火烧圆明园的英军抢走，现藏于英国大英博物馆的东方艺术馆。

和珅偷盗的大内宝物不止这一件，还有不少类似的记载，恕不一一列举。可能有读者要问，和珅就不怕乾隆发现吗？还真不怕！乾隆年事已高，记忆力远不如以往，很多珍宝自己都记不得了。和珅也是瞅着这个空子，才敢把乾隆的珍宝搬到自己家里。而且和珅家离大内很近，只有数百米，后来成了恭王府。如果乾隆想起某件珍宝，而这件珍宝又被和珅搬回自己家里，和珅完全可以偷偷地把这件宝贝再搬回来。更何况年已八旬的乾隆前一刻发出的命令，后一刻如果没有和珅的提醒，他也未必记得，这更是壮了和珅的胆子。

聚敛了如此巨大的财富,和珅为人可是吝啬得紧。和府家人,多数是吃咸菜馒头白饭度日,很少有能大吃大喝的。据说每到吃饭的时候,和珅如果在家中用餐,就在正堂摆上粗茶淡饭,和珅与家人吃上几口,再说几句勤俭持家的冠冕堂皇的话,就慢慢走进自己的书房。在那里,管家刘全早就摆上山珍海味和美酒,和珅一人在书房悄悄享用。

和珅如此胡作非为,难道其他官员,包括阿桂,会不知道?当然不是。朝廷百官,要么党附和珅,要么虽然拒绝与和珅同流合污,但看到皇帝如此宠幸和珅,只能暂且忍耐。和珅疯狂聚敛财富,这些官员都选择视而不见,等着和珅志骄意满,恶贯满盈的一天!

泾渭分明忠与奸

随着时光的流逝,乾隆的身体也一天不如一天。每次上朝的时候,朝臣们都能感觉到皇帝的衰老。当然,作为中国历史上最杰出的君主之一,乾隆在大事上还是保持着清醒的决策能力,只不过需要人帮助他处理日常琐碎的政务。按照军机处形成以来的规矩,即使是日常政务,军机大臣特别是首席军机大臣也不得擅自做主,必须向皇帝禀报以后,由皇帝拿出处理意见,才能拟旨下发。这下子可就难住大清君臣了。

乾隆本人当然不愿意军机处撇开自己独立处理政务,实际上军机处也没有这个权力和能力。明朝倒是可以。明朝皇帝将属于自己的"批答"之权分拆,将拟定政事处理意见的"票拟"之权归内阁,批复并颁行的权力归宦官掌握的司礼监,理论上如果皇帝不问政务或者病重,内阁和司礼监合作是能够维持国家机器运行的。万历皇帝幼年，就是通过内阁与司礼监的合作，维持了国家的正常运转。但在清朝不一样，军机处离开了皇帝，就什么都不是，而且军机大臣是可以从较低品级的官员中直接选任的，如果不加大学士或者协办大学士头衔，很难镇住外廷百官。乾隆精力一衰退，对于大清政务的正常处理，就产生了很不利的影响。

清朝政治的特点就是"家法"森严，特别是对于满洲人而言。对于汉族大臣，清朝皇帝还有几分客气，对满洲大臣来说，除了一层君臣之义，还有一份主奴关系约束。这就使得满洲大臣一旦失势，下场要比汉大臣惨烈得多，尽管满洲大臣在位的时候经常可以压制汉大臣。康熙朝的鳌拜、索额图，雍正朝的鄂尔泰，乾隆朝的和珅、福康安，道光朝的穆彰阿，咸丰朝的肃顺、载垣、端华等人的下场，都是血淋淋的例子。

乾隆晚年的军机处，已经按乾隆的愿望，实现了满人当家。阿桂是首席军机大臣，和珅紧随其后，其他的军机大臣威望、功勋和权势与这二位相比，差距甚远。乾隆政务处理能力下降，就需要这二位发挥更大的作用，阿桂与和珅会做出怎样的选择？

阿桂恭谨贤良，当然不愿意做逾越本分之事，而且和珅已经在朝廷形成庞大的势力集团，阿桂更加步履艰难。和珅的身边，有和琳、福长安（军机大臣，傅恒之子，福康安之弟）、吴省钦、吴省兰等人，声势浩大，阿桂难以与之抗衡。如果阿桂逾越本分，很可能遭到和珅等人的陷害，这不能不让阿桂三思行事。

和珅就没有那么多顾忌了。尽管和珅才华横溢，但没有栽过大跟头，市井之气又太重，当然不会放过这个扩张自己权力的机会。和珅倚仗乾隆的宠幸，根本不像阿桂那样感觉到其中的危机，这就是政治成熟度的差距了。和珅由于愚蠢和短视，将亲手为自己挖掘坟墓。

利用乾隆的信任和需求，和珅开始进一步揽权。乾隆五十四年（1789

年），和珅任殿试读卷官，充教习庶吉士。乾隆五十七年（1792年），和珅兼翰林院掌院学士，充日讲起居注官。乾隆五十八年（1793年），和珅又充教习庶吉士，兼管太医院、御药房。和珅兼职越来越多，颇有当年杨国忠身兼四十余职务的风采。不知道乾隆在让和珅拥有如此重权的时候，可曾为和珅想过一想如何收场？

和珅在权力膨胀的同时，心态也越发骄狂，甚至敢于凌辱军机处同僚。王杰是清朝唯一的陕西状元，文采斐然，深得乾隆欣赏。王杰曾经担任上书房总师傅，对于皇子们的学业要求异常严格。某次乾隆进入上书房，发现王杰正在责罚皇十五子永琰，就是未来的嘉庆皇帝。乾隆大为不悦，一边命永琰起身，一边责怪王杰。王杰回答："即使皇子以后当了皇帝，教育以后就是尧舜之君，不教育就是桀纣之流！"乾隆一听大为震动，连忙命永琰听从王杰的教导。正因为有王杰这样严格要求的师傅，永琰即位以后才广施仁德，成为清朝有名的仁厚之君。

王杰文采风流，深得乾隆赞赏，这也是和珅难以替代他的地方，自然让和珅心生不快。王杰受皇命撰写《大清一统志》，又兼任国史院副总裁，负责编纂乾隆的诗集《高宗纯皇帝圣制诗五集》，深得乾隆欢心。乾隆五十一年（1786年），王杰出任军机大臣，与阿桂、和珅、福长安等一起执掌军机处。乾隆五十二年（1787年），王杰又出任东阁大学士，正式成为"状元宰相"，这是古代读书人所能达到的最高峰。王杰科举正途出身，又是状元，拜相后即使阿桂见了他也要礼让三分。和珅侍卫出身，自觉处处矮王杰一头，不由得妒火中烧，就想着如何戏弄、折辱王杰一番。

某次散朝，和珅与王杰一起回到军机处办公。当着军机处众大臣、章京的面，和珅一把抓住王杰的手，肆意抚摸："状元宰相的手真是柔嫩，好似那柔荑一般，果真是一双好手啊。"众军机大臣、章京见状，都不发一言。王杰板着脸说："这双手只能做状元，又不能弄钱，有什么好的。"和珅一听狼狈不堪，赶紧放开王杰的手，众大臣、章京暗笑不已。

经过此次事件，和珅与王杰结下了深仇。和珅多次向乾隆诬告王杰，只因为王杰一身正气，两袖清风，和珅这才没有得逞。王杰从此以后处处小心，与阿桂和另一位汉军机大臣董诰一起，抵制和珅权力的扩张。军机处从此形成两派，一派是和珅、福长安，另一派是阿桂、王杰和董诰，两派泾渭分明，彼此相互憎恶，甚至不愿意在同一天上班。乾隆眼见得这般情形，自是心下得意，便也不管不问。

乾隆禅位幕后的刀光剑影

乾隆晚年虽然生活骄奢，精力也大不如前，但比当年的唐玄宗还是强上太多。平心而论，乾隆一生，特别是当皇帝以后，遇到的挑战非一般君主所能相比。乾隆十年（1745年）以后，清廷进入多事之秋，整个边疆形势失去了康雍时代的宁静，各种新旧问题扑面而来。在这种情况下，乾隆冷静以对，逐渐成长为出色的军事统帅，并维持了国内局面的平稳和繁荣。晚年虽然宠幸和珅，可在他的眼中，和珅起初只不过是自己一件称手的权力工具。但人是有感情的，和珅近二十年全心全意的服务，也温暖了老年乾隆的心，因此在军机大臣们的权力天平上是明显倾向于和珅的。不过乾隆并没有失去政治警觉性，他对阿桂、王杰、董诰等人，也是多有赞许，不让和珅对他们肆意迫害，这一点要胜过很多君主。但随着时光的流逝和政局的变幻，军机处的这种微妙平衡还是被打破了。

乾隆是中国历史上最长寿的君主，总共活了八十九岁。乾隆二十五岁登基，或许是继承了康熙的长寿基因，乾隆皇帝的寿命也是超出许多大臣的想象。乾隆朝的首辅，去世得都比乾隆早。乾隆晚年政务和军事能力已臻化境，与傅恒、刘统勋、于敏中、阿桂等一流英才的辅佐与淬炼有很大关系。但随着乾隆年龄的增长，谁来继承其大统，就成了突出的问题。

乾隆年轻时一直有个心愿，就是立嫡子为皇太子，为自己，也为大清标明正统地位。但奈何天不从人愿，两位心仪的人选，就是富察皇后的两个儿子先后去世，让富察皇后心痛欲绝，早早香消玉殒。经历过这些事情，乾隆的心气也没有了，立嗣之事就此搁置。

乾隆吸取康熙和雍正的教训，严禁皇子干政，的确保证了政局的稳定和清朝汉化过程的顺利进行。说到底，皇子以管部等各种形式干政，本质上是关外后金时期制度的遗留。这种制度在确保皇室近支成员政治能力的同时，极大地干扰了君权的运行，阻碍了清朝的汉化进程。正是在乾隆手上，这些关外旧制被一一革除，清廷在价值观上也更加趋向传统汉族王朝，比如定宋朝为辽金宋三朝正朔，编纂《贰臣传》等。当然，作为一名杰出君主，乾隆非常明白自己的这些措施对满洲人地位的影响，为此也做了不少补救措施。比如，乾隆下令编纂《钦定满洲源流考》，从文化上教导满人不要忘本；重用满洲大臣；花大力气培养满人中的英才等。但汉官势力崛起的大势，是乾隆个人无力改变的。

乾隆的皇子们失去国务活动的舞台，只能优游山水，吟咏文字，等待父皇垂青。没想到乾隆身体异常强健，不少皇子竟没能活过乾隆。到了乾隆晚年，发现居然没几个皇子能够继承皇位了。

乾隆大为伤心，一辈子征战四方，替大清拔了那么多的刺，排了那么多的雷，晚年居然落了个后继乏人的境地。乾隆辗转反侧，思量如何破局，甚至将皇长孙、定郡王绵恩列入立储考察对象。但鉴于明太祖朱元璋传位太孙的不成功先例，以及大清"家法"并没有这样的规定，乾隆还是选择了皇十五子永琰为继承人。

乾隆的心意,并没有和其他人商量,包括和珅。但聪慧的和珅早就从各种蛛丝马迹中,窥得了真正的人选。和珅不由得暗暗心惊:老头子真有主意,这种事情居然一点也没有征询大臣,特别是自己和阿桂的意见。和珅或许还在幻想,能够在立储问题上有发言权,从而示好于储君,长保富贵,然而乾隆并没有给他这个机会。

更令和珅心惊肉跳的是,这位皇十五子永琰,是王杰一手教出来的,对王杰、阿桂等人感情极深。老人家百年之后,谁将执朝廷和军机处之牛耳,已经是板上钉钉的事了。一想到这个,和珅、福长安就急得像热锅上的蚂蚁——团团乱转。

事到如今,和珅也只能到嘉亲王永琰那里去碰碰运气了。趁着乾隆还没有宣布此事,和珅密访嘉亲王府,向永琰献上一柄名贵的玉如意。和珅明显是在向永琰泄露消息,并且卖人情献媚。嘉亲王不动声色地收下了这柄玉如意,可也没有特别的表示。

乖巧的和珅很快就领会到了嘉亲王对自己的敌意,不由得脊梁骨直冒凉气。嘉亲王这么薄待自己,除了对自己诸多不法行径有所耳闻之外,更重要的是他已经形成了自己的班底:王杰是永琰师傅,多年来感情深厚,彼此心意相通,远非自己所能比拟;阿桂和董诰与王杰素来交好,通过王杰的关系,更是成了永琰的铁杆;永琰另一位师傅朱珪正在担任两广总督,政治经验丰富,随时可以回京入值军机或者入阁。有了这么整齐的阵容,而且这些人都与和珅不睦,永琰掌权以后,他和珅能有好果子吃吗?

对于和珅、福长安而言,那段时间的确遇到很多添堵的事。嘉庆元年(1796年),和珅弟弟和琳去世。和琳是乾隆晚年重点栽培的将领,功勋卓著,被乾隆赏赐三眼花翎。这三眼花翎在清朝极其名贵,整个清代只有七人获得，分别为傅恒、福康安、和琳、长龄、禧恩、李鸿章和徐桐，连阿桂与和珅都没有获得三眼花翎。由此可见，乾隆也不是对和珅薄情，只是觉得和珅有和琳这么个好弟弟，无论如何也会平安着陆。没想到人算不如天算，和琳居然走在了和珅前头。

福长安就更悲催了。福长安的老哥福康安比和琳死得还早。福康安与和珅一直有些瑜亮情结，福康安不太看得惯出身较低的和珅，给和珅找了不少闲气受。聪明乖觉的和珅在这个时候显现出了他的宰相风度。和珅多次借机向福康安大献殷勤，更是动员福长安与和琳向福康安表达仰慕之意。俗话说伸手不打笑脸人，和珅如此殷勤，加上整日在皇帝身边，福康安又常年在外征战和镇抚地方，与和珅搞好关系有百利而无一害，搞坏关系他福康安也没啥好果子吃。福康安再看看与和珅如胶似漆的弟弟福长安，还有自己的得力助手和琳，心中也暗暗放下了对和珅的成见。这兄弟四人允文允武，又都是乾隆的宠臣，年纪还轻，连阿桂也要怕他们三分。所以乾隆不是没有替和珅打算，而是打算得太周到了。

嘉庆元年（1796年），福康安病逝于军中，由和琳代领其军。没多久，和琳也随福康安而去，和珅、福长安一下子没了主心骨。形势对和珅越发不利。

更让和珅惊恐的是，乾隆居然把皇位内禅给了嘉亲王。乾隆这么做，和珅也能理解：面对自己这文武双全的兄弟四人，嘉亲王的力量实在是太薄弱了。乾隆将皇位直接传给嘉亲王，显然是不希望其他人在储位问题上动手脚。还是这句话，人算不如天算，谁又能想到福康安、和琳居然在短短一年内相继身亡呢？这么一来，乾隆自己也势成骑虎，因为这兄弟四人只听他的话。现在福康安、和琳相继逝世，对乾隆来说交出皇位就成了很危险的问题。和珅、福长安面对阿桂、王杰和董诰，乾隆与嘉庆的潜在实力对比就出现了巨大的失衡。

成为"二皇帝"

就在这个时候，和珅再次与乾隆走到了一起。乾隆自己也没有想到，福康安与和琳居然在一年内相继去世，像晴天霹雳一般把乾隆弄得茶饭不思。这两个但凡有一个活着，乾隆心里都不会这么不踏实。乾隆看看军机处，阿桂与王杰、董诰等汉大臣政见相同，性格秉性也类似，关系越走越近，都暗地里支持嘉庆亲政。福康安、和琳这么一死，想想退位后被唐肃宗和李辅国逼迫得狼狈不堪的唐玄宗，乾隆心里怎能没有巨大的危机感？

看到进退失据的太上皇，和珅心里立即有了主意。出于巨大的危机感，乾隆决定抓住大权，防微杜渐，防止唐玄宗的命运落到自己头上。虽然内禅之后天下已经改元"嘉庆"，但乾隆指示，内廷仍然用乾隆年号。

和珅配合乾隆，处处挤压嘉庆的权力。乾隆在禅位以前，就没打算放弃处理朝政的权力，和珅虽是次辅，却在乾隆的纵容下一直把持军机处，大事小情还是处处向乾隆请示，事后才向嘉庆汇报。嘉庆心中窝火，却也无可奈何。和珅这么一来，不仅打压了嘉庆，还把阿桂给边缘化了。和珅与阿桂在乾隆晚期的长期争斗，至此终于开始分出了胜负。

和珅不但协助乾隆抓紧权力，还在伺机打压嘉庆。嘉庆元年（1796年），乾隆准备召两广总督朱珪进京担任大学士，让嘉庆大喜过望。朱珪曾经在上书房教嘉庆读书，与嘉庆关系深厚，嘉庆欣喜之下赋诗祝贺朱珪。诗稿还没完全写好，就到了和珅手上。和珅如获至宝，拿着诗稿一溜烟跑到乾隆面前告状，说嘉庆利用乾隆的恩典收买人心，请太上皇处置。

和珅这种做法就是典型的利令智昏了，传统的说法叫作"离间天家骨肉"。这在让嘉庆下不来台的同时，只会增长嘉庆对和珅的恨意，事后和珅能有好果子吃吗？除非这次一鼓作气把嘉庆拉下台。和珅办得到吗？

乾隆接到和珅的小报告，不由得大怒。嘉庆这首诗的确是犯了乾隆的忌讳，但乾隆是一位老到的政治家，几十年的风风雨雨，让他处理这样的事情得心应手。乾隆马上问正在身边的军机大臣董诰："你久在刑部当差，说说此事应如何处置？"董诰连忙跪下叩头："圣主无过言。"委婉劝告乾隆放过此事。乾隆默然良久，说："董诰有大臣之体，你要多多教导皇帝君臣之道。"董诰连连叩头谢恩。

董诰的机敏和拼死保护让嘉庆躲过了一场致命危机，不过朱珪进京的任命也因此被和珅成功阻止了。这一下和珅算是与嘉庆结下了梁子，不是几句好话就可以善罢甘休的。和珅要想彻底缓和与嘉庆的关系，至此已无一丝一毫可能。

不过和珅自己还在做着排除异己的春秋大梦，加紧策划排挤阿桂等人。但在这个时候，和珅的确是掌握着优势。通过告嘉庆的刁状，和珅彻底站在了乾隆的一边，也由此赢得了乾隆对他的更大信任。

嘉庆二年（1797年）八月，忠谨的阿桂去世，终年八十一岁。临终前，阿桂仍以不能亲眼见到嘉庆亲政为最大遗憾。阿桂临终前感慨地对家人和前来看望的王杰、董诰说：

"我年逾八十，可死；位居将相，恩遇无比，可死；子孙皆以佐部务，无所不足，可死。今忍死以待者，实欲俟皇上亲政，犬马之意得以上达。如是死，乃不恨然。"

一生刚烈正直的阿桂再也等不到这一天了。阿桂的存在，就是对嘉庆、王杰和董诰最大的保护。阿桂与和珅缠斗十多年，让和珅始终不能肆意而为，也保护了一批忠臣良将，为嘉庆朝的治理打下了人才基础。随着阿桂的病重，和珅顺理成章地成为军机处首席大臣。王杰、董诰等人的命运，开始岌岌可危。

嘉庆二年（1797年）二月，董诰因丁忧离职；当年闰六月，王杰被赶出军机处，此时离阿桂去世还有一个多月。至此军机处反和珅势力土崩瓦解，阿桂也在愤懑和遗憾中走向人生终点。阿桂去世后，福长安成为军机处次席大臣，其余军机大臣资历甚浅，军机处至此已为和珅一党完全把持。

看到和珅彻底把持了军机处，乾隆也放下心来，至少几年内嘉庆是难以对自己形成威胁了。乾隆对嘉庆的心态也很矛盾。说他不爱自己的儿子，却是他亲手将皇位禅让给嘉庆，让其他皇子再也不能挑战嘉庆的地位；说他爱自己的儿子，他又亲手给嘉庆上了很多束缚，让嘉庆的亲信纷纷遭到贬斥与压制。或许这就是权力和人性的两难吧。不过从整体上看，乾隆对嘉庆还是很不错的，但这种皇家难得的舐犊之情却在遭到乾隆日益衰弱的身体的侵蚀。

年岁不饶人。阿桂去世的时候，乾隆已经八十六岁，身体机能在快速衰退。年迈的乾隆逐渐出现耳聋、视力衰退、言辞不清等情状，让和珅又喜又忧。喜的是可以借乾隆身体不好乘机揽权，忧的是乾隆身体日益衰弱，一旦出现什么意外，后果实在难以预料。和珅会采取什么对策？

和珅采取的对策就是进一步抓权，利用太上皇的权威彻底架空嘉庆，不愿放弃大权的乾隆自然也更依赖和珅维护权力。但乾隆毕竟已经是八十多岁的老人，衰老的速度根本不以人的意志为转移。乾隆不仅出现了听力衰退症状，而且视力、记忆力都出现很大衰退。不久，乾隆说话也开始变得含混不清，除了和珅外，几乎没有人能弄清楚乾隆话语的意思。这么一来，整个帝国的大权就落到了和珅手里。

太上皇日益衰老，对头们又都被赶走，和珅开始忘乎所以了。军机处大小奏报，在和珅的把持下，都是选择性地向乾隆汇报。当时白莲教起义已经爆发，前线缺乏福康安、和琳这样的良将主持军务，战况并不顺利。和珅生怕一些不利信息会刺激到乾隆，从而让太上皇提前龙驭上宾，很多不利信息就都被封锁起来，只向太上皇报喜不报忧，哄得老人家满心欢喜。至于不利消息如何处置，和珅就和福长安商量着办了，一脚把嘉庆踢到旁边，不得与闻。这不是作死是什么？

到了这个时候，和珅政治素养欠缺的缺陷开始暴露，并且因为太上皇身体欠佳而被成倍放大。和珅因为能够充当言语不清的太上皇的"翻译"而掌握了皇权，这本来是一件十分可怕的事情，和珅却自以为得计，一点都不避讳。太上皇的各项指示，都由和珅笔录下来，再写成圣旨发往各部各省。其中到底有多少是太上皇的意思，有多少是和珅的意思，那就不知道了。对于太上皇的一些亲笔御批，或者和珅不在时由其他军机大臣誊录的乾隆意旨，有不合和珅意的，和珅就直接撕掉，重新伪造一份，并形成圣旨和廷寄发往全国各地。和珅已经丧心病狂至此了！

嘉庆这个时候也感到和珅的威胁与可怕。在和珅的打压下，嘉庆的人马都被排挤出决策层，对军国大计根本不能发表自己的意见和看法。董诰本来因为丁忧离开军机处，但乾隆一直记挂忠诚的董诰，也希望嘉庆能够在国务活动上发挥一定影响，就想将董诰召回朝廷。乾隆将此事吩咐下去，这个时候作为乾隆"翻译"和小棉袄的和珅不干了，坚决不许将此事告诉他人，对太上皇则哄骗说董诰伤心过度，不能回京伺候，搞得乾隆老大不开心。其实董诰早已回京，只是慑于和珅的淫威，没人敢告诉太上皇。某次乾隆出宫巡视，发现董诰正在一旁下跪迎接，喜不自胜。乾隆当即授董诰刑部尚书之职，帮办川、楚镇压白莲教军务，素服视事，无须参加朝廷各项庆典。不过在和珅的阻挠下，董诰还是没有能够回到军机处。

有一次嘉庆去给乾隆请安，乾隆正在念经，旁边只有和珅伺候。嘉庆不敢作声，突然乾隆开了口："他们叫什么名字？"和珅赶紧报出两个人名，乾隆点点头，继续开始念经。少顷乾隆结束了念经，眼见太上皇一脸倦意，嘉庆连忙请安后告退。

嘉庆心下奇怪，于是问出来相送的和珅："太上皇为何念经？你说的又是什么人？"和珅回答："太上皇对川楚军务非常着急，念西藏秘法诅咒白莲教匪头目，那两个人就是白莲匪首。"嘉庆一听大为惊骇。

嘉庆暗中寻思，和珅可以说完全掌控了太上皇，如果哪一天和珅趁太上皇神志不清之际，突然以太上皇的名义下旨废掉皇帝，另立新君，这可如何是好？此念一起，嘉庆心中杀机顿生，和珅的末日快要到了。

岁月荏苒，到了嘉庆三年（1798年）年底，乾隆已经八十七岁了。皇宫上下都洋溢着喜气洋洋的色彩，除了快要过年以外，还有一个原因就是乾隆想操办九十（虚岁）大寿庆典。这个肥差自然又落在和珅身上。

和珅自然尽心尽力操办这场庆典，捞钱还是小事，揽权才是大事，他恨不得为太上皇操办百岁庆典。乾隆爷真的活到一百岁的话，这江山恐怕都要姓和，福康安与和琳活不活着已经无所谓了。但看看太上皇日益衰老的身体，和珅还真有点高兴不起来。

太上皇身体虽然看上去康健，但早已经是外强中干，这一点和珅最为清楚。如果太上皇身体一切安好，自己也不会当上"二皇帝"不是？早在乾隆退位之前，宫里宫外就有人给和珅起了个"二皇帝"的绰号，连马戛尔尼都知道了这个绰号。嘉庆在乾隆与和珅面前，只能乖乖当"儿皇帝"。和珅望着日益衰老的乾隆，也不免开始忧心，只能祈祷上苍多赐给太上皇几年寿命。

但现在和珅还顾不上这些，他要为乾隆和宫里一起欢度新年做准备。乾隆过年很有讲究。禅位以前，乾隆每年在圆明园度过大部分时间，和珅也陪乾隆住在圆明园一带。乾隆喜爱和珅，将紧邻圆明园的淑春园赏赐给他。淑春园本是小园林，和珅成为淑春园的主人以后，大兴土木，将淑春园建造得富丽堂皇，还在淑春园里建了一条石舫。这条石舫按照大内的规格所建（今在北京大学未名湖畔），后来成为和珅的罪状之一。乾隆每到冬季，就准备回到紫禁城过年，这个时候紫禁城才会迎来自己的主人。

乾隆从圆明园回銮后，一般都居住在养心殿，每年都在养心殿迎来新春佳节。乾隆退位以后，本来建造了养性殿作为自己的居所，但因为养心殿靠近军机处，是帝国最高权力的象征，在和珅的撺掇下，乾隆拒绝搬出养心殿，还是在这个帝国中枢发号施令。不过乾隆也向臣民承诺，如果有幸能过九十华诞，就交出养心殿给嘉庆，自己搬到宁寿宫居住。

每年腊月二十三左右，乾隆总是要下旨"封宝"，将玉玺清洗封存，意味着皇帝即日起不再办公，专心致志准备过春节。乾隆内禅之后，虽然交出了玉玺，但每年的"封宝"仪式，还是郑重地进行。一到除夕，乾隆就举行"封笔"仪式，除夕早上御笔被封存，到了大年初一再举行"开笔"仪式，启用御笔。

除夕当天，乾隆照例要与妃嫔、王公、大臣一起用年夜饭。清宫一直沿用满人入关前的规矩，一天只吃两餐，平常的午饭都是下午两点钟开始，而除夕这一天例外，下午四点才开始。按照惯例，当乾隆在乾清宫坐到御座上的时候，年夜饭就开始了。

按照惯例，乾隆自己坐一桌，旁边是皇后的一桌。皇帝、皇后都是用金龙大宴桌，下面的桌子都是两位妃嫔共用一桌。皇帝的年夜饭一般有四十道菜，皇后是三十二道菜，妃嫔们是十五道菜。菜品满族风味浓郁，也有一些汉族名菜。至于年夜饭的主食，主要有粳米饭、馒头以及各种馅的饺子。

过了正月初三，宫里的庆典渐渐平息，皇帝也打点行装，准备到圆明园过元宵节。正月初五前后，乾隆带领妃嫔等，经西直门坐船去圆明园。其后的庆典，以及相应的赏赐活动，就在圆明园进行。

此时的乾隆已经是近九十岁的老人，身体也经不起太大的折腾，在紫禁城居住的时间要比壮年时长上许多。此时的乾隆正喜气洋洋，催促嘉庆、和珅与百官为自己筹办九十大寿。

但这个时候的乾隆却没有想到，死神在他最不经意的时候光临了。自古帝王很少有像乾隆这么长寿的，雍正去世的时候五十八岁，寿命在古代帝王中也算不错了。

乾隆自从平定大小金川后，就开始准备后事，不然也不会急着给多尔衮、允禵等人平反，没想到这一等就是二十年。随着岁月的流逝，乾隆开始忘记自己的年龄，以为自己还可以再活十多年。

乾隆去世与和珅末日

嘉庆四年（1799年）正月初二，乾隆服用了补品"参莲饮"后，突然感到不适，身体状况急转直下，到了初三上午就已不治去世。人参本身是大热之药，莲子又是大凉的东西，对身体的作用那是一半是海水一半是火焰，年老的乾隆哪里经得住这些？联想起康熙在去世前也是服用了一碗人参汤，再考虑到清帝饮食普遍喜欢肥猪肉、肥鸭肉这些油腻食物，年老不能承受补药的作用可能是乾隆去世主因。

乾隆的突然去世，让整个紫禁城陷于一片慌乱，更让和珅陷于极大的惶恐之中。乾隆自从退位以后，更加依赖和珅处理政事，抓住权力，和珅利用这一点，甚至可以说架空了两个皇帝。阿桂去世以后，受到阿桂庇护的王杰等汉军机大臣，都被和珅赶出了军机处，嘉庆被和珅进一步架空。如果乾隆再多活五到十年，恐怕嘉庆都有被和珅矫诏废掉的可能，反正彻底架空是避免不了的。现在乾隆突然去世，和珅的末日终于来到了。

嘉庆当即下旨，和珅与福长安在宫中负责操办乾隆后事，并在乾清宫为乾隆守灵。这么一来，和珅与福长安连家都回不去，只能乖乖地留在乾清宫，做了嘉庆的政治俘虏。

打虎亲兄弟，上阵父子兵。乾隆尚在世的儿子们，对和珅早就非常不满，罕见地拧成一股绳对和珅同仇敌忾，这个时候更成为嘉庆依靠的对象。嘉庆下旨，八阿哥、仪郡王永璇晋封仪亲王，负责紫禁城安全保卫工作，带领大内侍卫，牢牢看守住乾清宫，不让和珅、福长安离开半步；十一阿哥、成亲王永瑆为军机大臣，接管和珅把持的军机处，并在军机处搜寻、整理和珅垄断朝政的不法罪状；乾隆长孙、定亲王绵恩任九门提督，掌握京师军权。嘉庆又命令王杰、朱珪、董诰、刘墉等被和珅打压的官员，接管各个要害部门，防止和珅党羽可能的异动。

这些皇子、大臣平时对和珅早就切齿痛恨，而且其党羽、门生、眼线遍布军机处。内阁、六部，迅速从和珅集团手中接管政权。和相爷已经成为瓮中之鳖，就待嘉庆一声令下，当即就可擒拿归案。

正月初五，在嘉庆的暗示下，给事中王念孙、御史广兴等纷纷上书弹劾和珅，为擒拿和珅做好了舆论上的准备。

正月初八，太上皇乾隆的遗诏几经斟酌后，终于向天下发布，宣告乾隆时代的彻底结束。成亲王永瑆、仪亲王永璇奉皇帝旨，在乾隆灵前顺利擒拿和珅与福长安。嘉庆并派出得力人员查抄了和珅、福长安的家。

巨奸落网，人心大快。和珅把持朝政十多年，虽然因为乾隆的监控和阿桂的抵制，未能像严嵩那般残害太多忠良，却也贪财好货，败坏国是，久已为世人所侧目。甚至连乾隆本人，对和珅也更多的是利用而不是倚重的态度。乾隆对和珅与对阿桂、王杰的态度，那是天壤之别。现在和珅终于倒台，怎能不让朝野人心为之大振？

正月十一，在初步查抄和审讯的基础上，嘉庆下旨，命朝臣廷议和珅、福长安之罪。廷议结果，认为和珅有二十桩大罪，并于正月十三晚以上谕的形式向社会公布。嘉庆特地命军机处将此上谕发给各省督抚，命他们讨论如何给和珅定罪。

正月十六，直隶总督胡季堂覆奏，将和珅痛骂一顿，请求按照谋反罪名，将和珅凌迟处死。胡季堂的回复虽然狠毒，却为处理和珅一案定下了基调。嘉庆看到胡季堂的回奏，自然大为满意。按照宽自上出的老规矩，嘉庆将胡季堂的奏折下发给在京文武大臣，命他们讨论如何处置和珅。在京文武大臣明白皇帝的用意，决议"和珅照大逆律凌迟处死，福长安照朋党拟斩，请即行正法"。

嘉庆拿到了他想拿到的结果，自然通体舒泰。不过生性仁厚的他还是决定给和珅一个体面，决定赐和珅自尽，免受凌迟之刑。福长安则改判斩监候，但要让他跪视和珅自尽。

嘉庆下诏，赐和珅白绫，放其还家自尽。福长安紧随其后，跪在一边眼睁睁地看着和珅自尽。虽然残忍了些，但如果嘉庆在斗争中失败，恐怕下场比这个还惨。和珅捧着三尺白绫，看着旁边面如土色的福长安，不由得感慨万千。

此时的和珅当然有一千个一万个不甘心，但说什么也都没有用了。他或许感叹，如果乾隆还能够多活三五年，如果福康安、和琳尚在人世，他肯定不是这个下场。但历史不容假设，时光更不能倒流，福康安、和琳的相继去世，为清算和珅铺平了道路。

和珅捧着三尺白绫，不甘心地吟出了一首绝命诗：

五十年来幻梦真，

今朝撒手谢红尘。

他时水泛含龙日，

认取香烟是后身。

吟罢这首诗，在瑟瑟发抖的福长安和监斩的众大臣、侍卫面前，和珅悬梁自尽，结束了他波谲云诡的一生。

和珅生性喜好聚敛，也颇有经营能力，擅长经商，甚至通过广州十三行与外商经商牟取暴利。和珅巨富早就天下闻名。

和珅家资雄厚，连乾隆的几个皇子都心知肚明。某次永瑢、永瑆、永琰等皇子闲谈，都对和珅切齿痛恨，扬言如果父皇让自己当皇帝一定杀了和珅。十七阿哥永璘自嘲："父皇一直瞧不上我，即使皇位下雨也落不到我头上。哥哥们以后谁做了皇帝，记得把和珅的宅子赏给我就成。"这句话被嘉庆记在心里，后来果然将和珅的宅子赏了一半给永璘，并封永璘为庆亲王。

永璘的孙子奕劻，是慈禧太后晚年宠臣，也是袁世凯的政治后盾，在晚清政坛上发挥了重要作用。奕劻的童年，就是在和珅宅子里度过的。后来庆王府降封，宅子超越了规格，内务府就将和珅府收回，赐给了恭亲王奕䜣，就是现在大名鼎鼎的恭王府。

现在和珅倒台，他家到底有多少财富，就成了天下人瞩目的大事。查抄官员果然在其家中发现大量金银财宝，还有大量地契房契。据薛福成在《庸庵笔记》中的记录，仅仅珠宝一项，就有：

大东珠（六十余颗，每颗二两）。珍珠十八颗手串（共二百三十六串）。珍珠数珠（十一盘）。大红宝石（二百八十块）。小红宝石（三百八十三块）。蓝宝石（大小共四十三块）。宝石数珠（一千一十盘）。珊瑚系珠（五十六盘）。蜜蜡数珠（十三盘）。宝石珊瑚帽顶（一百三十二个）。玉马一匹（高一尺二寸，长四尺）。珊瑚树八株（高三尺六寸）。白玉观音一尊（高一尺二寸）。玛瑙罗汉十八尊（高一尺二寸）。金罗汉十八尊（高一尺三寸）。白玉九如意（三百七十八支）。

数额堪称惊人。

当然，这里面有大量皇宫大内的珍宝，很多都是被和珅偷偷拿回家中占为己有。乾隆年老昏聩，很多珍玩放在仓库里想不起来，被和珅偷偷盗走占有。乾隆万一想要，和珅就推托走程序，然后一溜烟跑到自己家取出给乾隆，反倒是比正规走程序从库房中取出还快些。

这些情况，瞒得了乾隆，却瞒不了嘉庆和经手的内务府官员。这些抄出的珍宝，也就成了和珅侵吞皇室资财、侵犯皇权的铁证。

当然，和珅还有其他大量财产，估值数千万两白银。值得注意的是，和珅家财很多都是国库通私库，大量的钱财也算利用为乾隆理财的机会赚得，深究起来会伤及皇室脸面，因此嘉庆也并不想深究。后来有大臣上奏嘉庆，请求进一步追查和珅财产，遭到嘉庆驳斥。

乾隆晚年虽然不复壮年时期的进取，但对身边大臣的清廉度还是有一个基本要求。于敏中大肆弄权，家财也不过两百万两白银。和珅虽然贪腐程度比于敏中严重数十倍，但也绝不至于像传闻中所说的那样有八亿两白银的家资，更何况除了最后两三年，他的弄权程度还是赶不上于敏中。如果真的如此，不但乾隆不容，阿桂、王杰、董诰、刘墉等也会向乾隆检举揭发，更不用说八亿两白银的家财会对国民经济造成何等的破坏。

嘉庆清算和珅，主要还是为了收回皇权，重振朝纲，并不是为了图谋和珅的家财。这点资财对于到处都需要拨款的大清王朝来说，也是杯水车薪。民间所传的"和珅跌倒，嘉庆吃饱"，其实不过是齐东野语，说这话的人根本不明白当时大清王朝所面临的局面是何等严峻，岂是和珅区区数千万两家财所能够解决的！

福康安

身世之谜

乾隆十九年（1754年），一个男婴在傅恒府上呱呱落地，这就是乾隆朝著名的大将福康安。

傅恒对于这个男孩肯定是喜爱的，给他取名为"傅康安"。

父亲对孩子喜不喜欢，从取的名字就可以看出一二。傅康安还有三个兄弟，名叫傅隆安、傅灵安、傅长安，而傅康安这个名字，在兄弟四人当中显然是很好的，代表了傅恒对这个男孩的美好祝愿。

不过傅恒在这里有点小小地触犯了历代清帝的忌讳，就是在外人看来，"傅"有可能成为这个家族的汉姓。清朝皇帝都很忌讳满洲臣子取汉姓，康熙朝名臣徐元梦是满洲正白旗人，因为梦见一位老人，告诉徐元梦他本是汉人，姓徐，从此以徐为姓，改名徐元梦，而遭到康熙的憎恶。尽管徐元梦学问优异，能折服江南士子，被康熙称为满人文学第一，却一生坎坷，多次遭康熙帝折辱和贬斥。接受了这个教训，徐元梦的子孙乖乖去掉了徐姓，又改回满名，这才出了舒赫德这样的著名军机大臣。傅恒给儿子取这样的名字，显然乾隆不会太高兴。

乾隆在这方面相对康熙还是温和很多，也更愿意与汉臣交心，所以只是下旨，将傅恒的四个儿子名字第一个字由"傅"改为"福"。这样既照顾了傅恒的体面，又代表着皇帝给傅恒家族的祝福，显然让傅恒一家非常开心，因为这代表着皇帝对傅恒家族下一代的关爱。

但从福康安出生开始，有一个疑团一直伴随着他，就是民间一直传说，福康安是乾隆的私生子。

这个传说在清朝时期就已经被广泛传播，说得有鼻子有眼儿。说法不少，但大致情节都是傅恒之妻、福康安之母瓜尔佳氏有一次到皇宫参加傅恒之姐孝贤皇后的生日宴会，乾隆见瓜尔佳氏貌美，借故离席，又命太监传唤瓜尔佳氏，在大内将瓜尔佳氏霸占，结果就生下了福康安。甚至有人绘声绘色地说，孝贤皇后受此刺激，就被活活气死了。甚至还有说法，说傅恒外出征战，回来看见瓜尔佳氏抱着一个男婴，傅恒气得大喊："这是谁的野种？"瓜尔佳氏抱着男孩理直气壮地大喊："龙种！"傅恒一下子蔫了。

福康安的身世之谜越传越离谱，甚至有人写了一首诗吟咏此事，摘录如下：

家人燕见重椒房，龙种无端降下方。丹阐①几曾封贝子，千秋疑案福文襄。

由此可见福康安是乾隆私生子的传说，早在清朝就深入人心。不过在笔者看来，这个传说有很大的想象成分，并不是那么可靠。

第一，孝贤皇后死于乾隆十三年（1748年），而福康安在乾隆十九年（1754年）出生，中间隔了六年，传说不攻自破。甚至可以这么说，这个传说是在乾隆去世以后才开始传播的，因为这个时候人们已经忘了孝贤皇后去世与福康安出生相隔的时间，只有没有经历过那个时代的人才会这么想象和编造。

第二，傅恒虽然会带兵打仗，但本质上还是文臣，又是首席军机大臣，怎么会经常出征在外？而且傅恒自从第一次金川之战后，就长期没有出征，福康安出生的前后几年，傅恒都没有在外征战的记录，一直到福康

---

① 满语，"后族"之意。

安十几岁的时候才再度出征缅甸,第二种说法也经不起推敲。

第三,说在孝贤皇后生日宴会上乾隆与瓜尔佳氏私通,这个就更经不起推敲。到了乾隆时期,清宫各项制度在明宫制度的基础上,日益严密和完善,已经不是关外时期那种古朴的形态。瓜尔佳氏作为傅恒之妻,也是朝廷命妇,命妇觐见皇帝皇后,都有一整套烦琐的礼仪。同时,在觐见的时候,有着诸多的耳目,整个流程也非常慎重,由不得皇帝擅自离开,除非有特别重大的军情。但在乾隆十三年(1748年)孝贤皇后去世以前,清朝并没有特别重大的军情,而且皇后生日饮宴,皇帝是不可能和一帮女眷在一起喝酒的,否则的话成何体统!由此可见,说孝贤皇后生日宴会上乾隆认识瓜尔佳氏,这个说法近乎胡扯。

第四,乾隆是如何与瓜尔佳氏私通的,这个也有很大问题。乾隆以后清廷的大权都集中在军机处,军机处就在紫禁城隆宗门外,隆宗门里面就是后宫。傅恒天天在军机处当值,如果乾隆召瓜尔佳氏进宫私会,肯定要从傅恒眼皮子底下过去。即使晚上召她进宫,傅恒回家看到老婆不在家,肯定要大发雷霆不说,其他当值的军机大臣(包括正人君子刘统勋)和军机章京也都会看在眼里,傅恒还怎么表率百僚?在圆明园同样有这个问题。同时,清朝皇帝是很难出宫的,出宫肯定会留下蛛丝马迹,但目前来看并没有乾隆长期出宫的记录,所以乾隆如何与瓜尔佳氏私会?晚上肯定不行,只有白天出门,但那么多的耳目和严密的制度,足以消灭这种可能。

通过以上的分析可知,乾隆不太可能与瓜尔佳氏有私情,所以福康安基本上也不可能是乾隆私生子。但这种宫闱秘史从来都能够勾起人极大的兴趣,而乾隆对福康安的特殊恩宠,又让人对他们的关系更加起了探究和编派的兴趣。

不过,乾隆对福康安的特殊恩宠,也给了这些传言以滋生的土壤。乾隆非常喜欢福康安,甚至将福康安带到身边亲自抚育,更让人跌碎一地眼镜。要知道清宫对皇子和公主抚养权极其重视且规定极其严格，皇帝一般只有对比较喜欢的皇子、皇孙才会亲自抚育，乾隆更以得到康熙亲自抚育半年为一生的荣耀。这更让人增添了对福康安身世的联想。

但是，如果放眼整个中国史甚至世界史，这种情况可谓比比皆是。汉武帝就很喜欢大臣金日䃅的两个儿子，让他们在身边接受教育；唐玄宗更是认王忠嗣为干儿子，王忠嗣还和太子李亨一起接受教育，关系之密切甚至引起了唐玄宗的妒忌。福康安与乾隆的关系，大抵相当于王忠嗣与唐玄宗的关系。只是乾隆没有像唐玄宗那样让福康安与嘉庆发展密切的发小关系而已。

算起辈分，乾隆是福康安的亲姑父，福康安可谓是含着金汤勺出生。对于傅恒家的家风，乾隆是深为满意的，当然希望傅恒家族能够再出人才为己所用。乾隆对福康安青眼有加，就是可以理解的了。

还有一点不可忽视，就是乾隆对孝贤皇后感情很深，最遗憾的就是与孝贤皇后的儿子没有一个成年的，乾隆每念于此，能不在内心怀有深深遗憾吗？乾隆将福康安接到身边亲自抚养，很可能是为了弥补与孝贤皇后没有成年皇子的遗憾。乾隆本人对福康安、福隆安、福长安等人的关爱和照顾，也很可能与这一点密切相关。

事实证明乾隆的眼光果然很毒辣，福康安的确是傅恒四个儿子中最为杰出的一个。在同时期的满汉大臣子弟中，福康安的能力也是非常突出的。乾隆用人有两个特点：第一是好用世家子弟，比如傅恒、阿桂、刘墉（刘罗锅）、舒赫德等人；第二是喜欢用高大英俊的帅哥，比如傅恒、于敏中、和珅、王杰等。乾隆孙子定郡王绵恩，因为容貌秀美，乾隆差点把皇位传给他。福康安这两点都占了，乾隆怎能不喜欢？

乾隆的文韬武略绝对不是盖的。乾隆自幼生长在雍王府，复杂的身世，父亲的爱重，特别是在九王夺嫡的复杂环境下耳濡目染，让乾隆养成了深沉的政治谋略。同时,乾隆汉文化素养深厚,文辞经史能力远胜于前代清朝各位帝王,对封建政治的悟性也比康熙、雍正更上一层楼。尽管有人嘲讽乾隆,说乾隆作诗五万首,都是平庸之作,但乾隆的本意并不是要当最杰出的诗人。乾隆写诗,更多的是将其作为日记来写,是他心灵的窗口,实在是研究乾隆和乾隆朝政治不可多得的历史资料。

乾隆的军事眼光也不一般。乾隆当政前十年,整个清廷并没有大战,一直到第一次金川之役,乾隆朝才开始进入一个紧张的战争阶段。从第一次金川之役起,乾隆从战争中学习战争,不但有效地提高了自己的军事指挥能力,而且维持住了八旗军的战斗力,让八旗军成为清朝不断征战的主力。当然这么做也是有代价的,代价就是八旗精锐大量损失在疆场,加速了八旗军在嘉道年间的坠落。

有了这样一位皇帝姑父亲自抚育,福康安成长环境之优越就可想而知了。乾隆教导福康安是用传统满洲人的方式,当然也教一些诗文,但乾隆并不想把福康安教导成一名老学究。此时的乾隆已经年近五十,对人才的培养和使用,都有了自己独特的心得。在乾隆看来,满洲人上马能战,下马能治国,文武双全是压制上升势头日益明显的汉大臣的主要优势。只要乾隆身体康健,福康安又是块材料,入值军机还不是他一句话的事?而且出于培养心腹武将的考虑,乾隆也更愿意让福康安学武,就像汉武帝培养霍去病、唐玄宗培养王忠嗣一样。

初出茅庐的世家子弟

光阴荏苒,福康安在乾隆和傅恒的教习下渐渐长大。果然如乾隆所料，福康安长大后头脑敏锐、身强力壮、一表人才，在傅恒的四个儿子中最为出色。无论是乾隆还是傅恒，看到福康安都满心欢喜，特别是他对武艺和军事的超常天赋，更让乾隆和傅恒暗暗称奇。

在和珅还在苦苦寻觅自己道路的年纪，福康安已经是踌躇满志，准备大展宏图了。皇姑父视福康安如己出，当然会为他好好安排。经过多年淬砺，乾隆对人才培养已经驾轻就熟，他开始按照自己早就绘制的蓝图去培养福康安。

乾隆三十二年（1767年），年仅十三岁的福康安承袭云骑尉世职，授三等侍卫，并在乾清门行走，一如当年的傅恒。不过对自己亲自教养的福康安，乾隆显然是寄予了更多的希望。傅恒为相二十年，虽然谨小慎微，但毕竟当政日久，在朝廷上威望卓著，甚至有时让乾隆都感到芒刺在背。乾隆亲自教养福康安，并重用福隆安等人，无疑是向傅恒暗示在适当的时候交出权力。

傅恒长期侍奉乾隆，对乾隆的心态把握非常到位。傅恒明白，按照乾隆的个性，自己要想和他善始善终，一直侍奉乾隆到地老天荒，几乎是不可能的。翻开史书，哪一朝哪一代都没有这样的先例。稍有不慎，富察家落得个索额图家那样的下场，也不是不可能的。傅恒的伯父马齐曾经与索额图同朝为官，对索额图是如何发迹，又是如何衰亡的过程，知道得可是非常清楚。每每想起这些，傅恒心里能没有压力吗？

傅恒也一直在思考家族的退路。乾隆春秋正盛，立储之事也不是急务，但越是这样，富察家就越是危险。富察家之所以在自己这一代大放光芒，风头甚至盖过了伯父，关键原因就在于姐姐嫁给了未来的皇帝。到了下一代，富察家还会有这样的好运吗？傅恒不敢想，也不太敢指望。就算有这样的好运，新太子就不会忌惮富察家的影响吗？

这些问题，像大石头一样长期压在傅恒的心头，让他喘不过气来。傅恒后来身体急剧变差，与长期的心理压力也有很大关系。乾隆对于福康安的养育，对于福隆安等人的重用，摆明了只打算让富察家做自己的孤臣，富察家如何在新君面前立足，恝不在乾隆考虑范围之内。但这些不可回避的关键性问题，将在未来决定福康安的命运。

乾隆三十五年（1770年）七月，一代名相傅恒病逝。傅恒去世得如此之早，的确让乾隆措手不及。尽管因为权力问题，乾隆已与傅恒暗生龃龉，但乾隆还没有完全做好替换傅恒的准备。不过对于傅恒来说，就算出征缅甸后仍在人世，数年后第二次金川叛乱爆发，作为平定第一次金川叛乱的主帅，傅恒也要负政治上的责任，被乾隆贬斥也在情理之中。傅恒的去世，也在无形中保全了自己的声望。

这个时候，福康安十六岁，已经能够依靠自己的力量在宫廷和朝堂立足。傅恒的去世让乾隆悲痛不已，富察家又迎来一拨新的圣眷。

傅恒还在世的时候，年仅十五岁的福康安就被乾隆擢升为二等侍卫。傅恒去世的那一年，福康安被升为一等侍卫，为正式进入朝廷做好了铺垫。

乾隆三十六年（1771年），福康安被乾隆封为户部右侍郎、镶蓝旗蒙古副都统，正式进入朝廷大员的行列。第二年，乾隆让福康安入值军机，担任军机处行走，进入了朝廷的中枢部门，日夜辅佐乾隆处理国家大政。

不过这个时候军机处人才济济，福康安真的只能"学习行走"。首席军机大臣刘统勋老成谋国，两袖清风，治国经验丰富，深得乾隆爱重；次席军机大臣于敏中号称江南才子，政治手腕了得，乾隆对他也颇为欣赏；福隆安也是军机大臣，兼任工部尚书，福康安在哥哥面前当然也得稍避锋芒，而且兄弟二人同在军机处，也不免招人议论。福康安只能事事小心，再不能像儿时那样任性。

乾隆让年幼的福康安入值军机，很可能只是稍挫其锋芒，培养其耐性，而不是真正要让他去接傅恒的班。刘统勋、于敏中和福隆安，还有时常出入军机处担任军机大臣的舒赫德、丰升额，无一不是乾隆朝赫赫有名的重臣。这些人可不是乾隆与傅恒，是真的会给福康安脸色看的。福康安自幼生长在宫中，傅恒对这个儿子也是非常喜爱，无形当中培养了福康安不少骄娇之气。福康安没有傅恒身上那种谨慎谦逊的品质，这一点可能也决定了他最终的命运。乾隆送他进藏龙卧虎的军机处，可能也是觉察到了这一点，借各位军机大臣的手对福康安进行敲打、磨砺和培养。

不过乾隆更为欣赏的是福康安的军事潜能。乾隆培养满洲大臣的特点就是要求满洲大臣能文能武，并视其表现再发挥其特长。比如傅恒，乾隆发现他更擅长文事，所以主要委任傅恒佐理政事，但也要求在必要的时候他能够带兵出征。阿桂则擅长武事，乾隆就让阿桂主要负责统兵作战，政事打理就交给了和珅。和珅初次上阵征战就出了大洋相，乾隆从此不让和珅过问武事，对外征战就打包给了福康安。

乾隆对福康安的培养，还有一些深层次的考虑。与康熙、雍正不同，乾隆非常重视八旗将领人才梯队的培养，唯恐八旗将领出现断层。乾隆年间的多次征战，也让乾隆发掘了不少八旗将才，最典型的就是阿桂和明瑞。本来按照乾隆的设想，明瑞会是阿桂以后清廷最勇猛，也是最重要的将领，特别是明瑞有傅恒之谋略，海兰察之勇猛，实在是不可多得的将才，让乾隆深为满意。只可惜人算不如天算，明瑞在征缅战场上为国捐躯，让乾隆在伤心之余，不得不寻找新一代的八旗将才。

福康安和海兰察就是乾隆培养和发掘的八旗新一代将才。尽管八旗兵入关已经百年，但由于长期的战争，加上清政府财政充裕，因此八旗兵的待遇和给养都能得到充分的保证，作战能力比关外时期差不了太多。八旗入关后，到了雍正时期，总兵力约有二十万。其中，大约有十万人驻扎在京城一带，由皇帝亲自指挥，号称"京旗"，是清军的精锐；另有十万人化整为零，驻扎在各个地方，号称"驻防八旗"，用来弹压地方，监视绿营。这十万人长期居住在地方，训练强度无法得到保证，渐渐也就不堪重用，但京旗由于皇帝重视，狠抓训练，并时常与准噶尔等敌人作战，因此保持了较强大的战斗力。

但到了乾隆中期，旗人由于要兼顾文武，军人气质大为下降，官僚与读书人气质渐渐浓厚。比如阿克敦、阿桂父子，就都是读书人出身，也长期担任文职。乾隆要选八旗将才，就比顺治、康熙甚至雍正要更费功夫，还得冒较大的失败风险。比如鄂尔泰之子鄂容安在伊犁殉国，温福因指挥拙劣死于大金川前线，都是失败的案例。在这种情况下，乾隆自然对亲自抚育和教养的福康安寄托了更大的期望，希望他能成为明瑞一般的将才。

海兰察更是乾隆中晚期清军的重要将领，是索伦兵出身。清朝中期，由于驻防八旗战力的渐渐衰落，东北八旗就成了清廷充实八旗战力的重要补充力量。八旗兵在清代能维持那么长时期的战斗力，与东北八旗源源不断的补充有很大关系。到了太平天国时期，大量关外八旗入关作战，典型的就是多隆阿率领的黑龙江马队，在与太平军作战中发挥了重要作用。其中，清廷早就发现，黑龙江地区的索伦兵战斗力强悍，特别是善用强弓重箭，在战场上发射出的重箭箭雨杀伤力极强，颇有皇太极时期八旗兵的风采。索伦兵就成了清廷的最爱，从康熙时期就被清廷不断征调，为清廷征战四方。

海兰察是索伦人，早年以普通一兵的身份加入清军征讨准噶尔，屡立战功，被乾隆封为一等侍卫。海兰察骁勇善战，弓马娴熟，能从百万军中取上将首级，实在是清朝中期不可多得的勇将。海兰察虽有军事谋略，但文化不高，智略多在战术层面，所以乾隆通常都是让海兰察担任阿桂与福康安的副手。这样既能够发挥海兰察勇猛善战的长处，又能够让阿桂和福康安在政治上保护海兰察，让他免遭小人暗害。当然阿桂和福康安在保护海兰察这一点上还是颇有度量的,毕竟海兰察有着关外人的质朴,不熟悉清朝官场的规矩和繁文缛节,要暗算他其实并不算什么难事。

平定金川立奇功

福康安在战场上初试啼声,并遇到一生的搭档海兰察,是在第二次金川之战。乾隆为了镇压大小金川叛乱,派遣温福为定边将军,阿桂和丰升额为副将军,兵分三路,大举进攻金川叛军。福康安受乾隆之命,前往军中授予印信给温福等人,并担任领队大臣。

乾隆三十八年(1773年)正月,福康安来到当嘎尔拉山山下阿桂的军营,将副将军印信交给阿桂。作为乾隆的心腹,阿桂深知乾隆派遣福康安到前线的用意,就顺势将福康安留在军营效力。

不过阿桂还是心里有些打鼓:福康安固然武艺超群,在八旗新一代子弟中属于佼佼者,但毕竟没有受过实战的考验,这些功夫说难听一点就是花拳绣腿。而且阿桂素闻福康安颇有骄娇之气,对他能否适应艰苦的军营生活,实在也是心中没底。阿桂也只能用试试看的心态,将福康安留在了军营。

福康安很快就在战场上找到了证明自己的机会。乾隆三十八年(1773年)六月,清军主力在木果木遭遇大败,定西将军温福战死,阿桂、福康安收拢败兵,与丰升额等合兵一处,稳住了战线。乾隆闻讯,当即任命阿桂为定西将军,丰升额、明亮为副将军,并从吉林、黑龙江抽调索伦精锐,从西北抽调蒙古骑兵和绿营精锐参战。乾隆集中全国精锐和人力、物力,在首席军机大臣刘统勋的有力支持和统筹下,发誓一定要平定大小金川！

　　福康安的表现，让阿桂，甚至海兰察这样从死人堆里爬起来的铁血军人都有些诧异。本来按照阿桂的设想，福康安参赞军事，协助自己运筹帷幄就好，冲锋陷阵一类的事情，还是让海兰察，以及明瑞之弟、福康安的表兄明亮等人去做为好。毕竟福康安深受乾隆宠爱，如果像明瑞那样在战场上有个三长两短，阿桂自己也感到难过，更不用说不好向乾隆交代。但福康安拒绝了阿桂等人的好意，坚持要领兵上阵。

　　福康安的气概让阿桂、海兰察和明亮都既吃惊又有点佩服。但战场不是校场，你在校场上威风八面，有可能上了战场就尿了裤子。阿桂和明亮等人只能嘱托海兰察好好保护福康安，也暗暗做好了福康安一旦在战场上表现不佳，就让其从事参谋与后勤工作的准备。

　　随着大队援军的到来，清军又逐渐恢复了进攻能力。乾隆三十九年（1774年）二月，清军经过长途跋涉，向喇穆喇穆山发动猛烈攻击。这一带地势险要，山势纵横，叛军以喇穆喇穆山上的工事为主阵地，结合其他的山头，形成了防御清军进攻的体系。由于喇穆喇穆山险峻难攻，清军采取了先肃清周围工事，再进攻主峰的策略。

　　福康安身先士卒，率兵攻克喇穆喇穆山西部的各个叛军堡垒，乘胜攻克叛军要隘罗博瓦山。这一带氧气稀薄，叛军依仗坚固工事居高临下，发动进攻都需要相当的勇气，更不用说攻克这些堡垒和雄山了。福康安不畏艰险，在海兰察的帮助和带领下，连战连捷，并攻克了叛军占据的斯东寨。在这些激烈的战斗中，福康安的武勇和指挥能力得到充分展示，并赢得了海兰察的敬重。军人的威望只有通过战争才能打出来，也只有这样才会获得其他军人的尊重！

　　福康安不仅勇猛善战，临阵机变能力也在这场战争中充分地表现出来。某天夜晚，土司兵仗着自己熟悉气候和地形，偷偷夜袭副将常禄保

（旗人，赫舍里氏）麾下的四川绿营。四川绿营猝不及防，一时陷于被动。福康安正率兵在不远的地方扎营，听到枪声大作，顿时判断四川绿营遇袭，赶紧带着麾下旗兵前来救援。经过一番苦战，清军击退了叛军的进攻，四川绿营转危为安。

乾隆得知这一消息，不由得大为欣慰，多年来对福康安寄予厚望，果然没有看错人。不过乾隆内心还有那么一丝忐忑：战场形势瞬息万变，特别是大金川地区，各方面形势更是不容乐观。名将之所以是名将，除了有杰出的指挥才能以外，能够有足够的运气和能力逃过各种战场意外事件也是很重要的。乾隆看看福康安的战绩，打法勇猛，一往无前，隐隐约约有明瑞的影子，心里浮上了一丝担忧：福康安会不会遇到和明瑞一样的命运？

事实证明乾隆有些多虑了。福康安作战风格不仅勇猛，而且有足够的智慧。福康安在阿桂的麾下，一路攻山拔寨，战绩堪称彪炳。大金川地区经过历代土司的苦心经营，拥有数量众多的堡垒群。这些堡垒依据山势构建，特别是地形险要的地方都建有坚固的堡垒，堡垒上还有瞭望哨，彼此之间还能相互接应，将整个地区牢牢封锁。清军每攻克一座堡垒，都要付出巨大代价。

乾隆三十九年（1774年）十一月，清军在攻占格鲁克古后，继续进攻险要的陡乌当噶大碉、桑噶斯码特木城石卡。这些地方易守难攻，叛军早就构筑好强力工事，等待清军来攻。如果硬拼的话，不但要付出惨重的伤亡，后勤物资能不能支撑也是大问题。危急时刻，福康安挺身而出。

福康安和阿桂等商议，叛军正面工事实在强固，而且依据天险，正面进攻非常难以攻克。唯一的办法，就是利用主力与叛军对峙，迷惑叛军，再派遣一支奇兵绕到敌军身后，一举制敌。

这个主意当然很好，但问题是谁去承担这种奇袭后方的重任？要知道这种战斗任务不仅艰难,而且异常凶险,一旦被发现,很可能就是死路一条,没有别的路可走!关键时刻,福康安向阿桂提议,由他自己带领数百精兵,绕小路奇袭叛军后方。

福康安带着数百兵士,裹上十余日干粮,一路跋山涉水,从小路偷袭叛军后方。所幸的是,一路上并没有遇到叛军。不过也不奇怪,山路异常险峻,稍不留神就会落下悬崖,熟悉路况的叛军正是觉得这些道路根本无法通行,才放心大胆地不设防的。时值隆冬,福康安带着部下,爬过一座又一座悬崖峭壁,越过极少有人通行的深沟险壑,从山间狭小的缝隙间穿行,终于如神兵天降般地杀到了叛军后方的当噶海寨。

叛军猝不及防,一时间慌了手脚,而且当噶海寨也没有做好布防的准备,稀里糊涂地就丢给了清军。福康安乘机带领清军继续向陡乌当噶大碉、桑噶斯码特木城石卡发动进攻,叛军大乱。

阿桂见叛军阵脚大乱,立即率领正面的清军进攻陡乌当噶大碉、桑噶斯码特木城石卡。叛军两面受敌,渐渐不支,陡乌当噶大碉、桑噶斯码特木城石卡顺利地为清军所攻占。清军向大金川土司腹地进军的门户被福康安打开了!

福康安精神抖擞,再接再厉,又打下克勒吉尔博寨。阿桂让福康安率领一千精兵,跟着海兰察到宜喜方向,从甲索进攻得楞山,焚烧萨克萨古大小寨数百个,又渡河攻占斯年木咱尔、斯聂斯罗市二寨,并攻破大金川官寨勒乌围官寨的屏障荣噶尔博山。阿桂将战况写成奏报,八百里加急上奏乾隆。

乾隆接到阿桂战报,看到福康安取得如此战绩,不由得大喜过望。虽然在乾隆心里,福康安仍然是个工具人,但他的确对福康安有着超过一般大臣的感情。毕竟福康安是乾隆亲自教养,按照理想中的大将模式,结合多年心得体会和参照史书记载,培养出的优秀人才。乾隆把福康安当成自己倾注多年心血的一件得意之作，迫切希望这件得意之作能够在战场上大放光芒。如今福康安不仅实现了乾隆对他的期望，而且初上战场的表现甚至超过了傅恒、阿桂、兆惠等一干名将，怎能不让乾隆欣喜万分？

乾隆下旨，封福康安为内大臣，赐号嘉勇巴图鲁。福康安得到封赏，作战更加卖力。到了这个时候，阿桂也不能再对福康安等闲视之，而是将真正的硬骨头交给他了。福康安带领清军继续进攻，一直打到章噶。勒乌围官寨就在眼前！

勒乌围官寨是历代大金川土司倾全力经营的大本营，拥有严密的防御体系。勒乌围官寨倚山傍河，具有完善的堡垒群，层层设防，堪称固若金汤。周围的转经楼、科布曲山腿，将勒乌围官寨团团护住，与勒乌围官寨互为犄角。大金川土司们充分利用了这种有利地形，在官寨周边构筑了大量寨落、木城、石卡，彼此火力可以相互支援，而且能够有效克服各种射击死角，不得不让人佩服设计者构思之巧妙。

官寨旁边是大金川河，大金川土司在河对岸也布置了军队，扎乌古、阿尔古一带的叛军能用枪炮向清军射击，隔水支援叛军在官寨的守军作战。更有甚者，官寨东边沿山麓还有层层山崖，山崖上有各种碉楼和堡垒，里面聚满了从各个外围堡垒败退而来的大小金川兵民。这些人与清军作战经验丰富，不是什么好啃的骨头。

面对如此严密的防御体系，不经过一番血战显然是难以攻占勒乌围官寨的。要知道清军打到勒乌围官寨门口已经是奇迹，历朝历代都没有官军如此深入大小金川地区。阿桂一面下令扫清勒乌围官寨外围，一面与明亮、福康安和绿营将领梁朝桂等人，商议用兵方略。

此时的清军已经先后攻占叛军堡垒3000多座，每攻占一座堡垒，都付出人员物力的巨大代价，乾隆也为之焦躁不已。此前，首席军机大臣刘统勋暴毙于大内东华门外，与大小金川战事艰难就有相当之关系。刘统勋的去世让乾隆异常痛心，乾隆任命于敏中取代刘统勋任首席军机大臣，负责统筹金川战事。

乾隆为进攻大小金川付出巨大代价，彻底失去了平常心，发誓一定要踏平大金川。大金川土司索诺木眼看清军杀到老巢门前，自知这次难逃清军布下的天罗地网，咬牙不管官寨内还有大量小金川官兵，干脆设宴毒杀小金川土司僧格桑，向清军献上僧格桑的尸体，请求投降。

乾隆当然拒绝了索诺木的乞降。乾隆为了这场战争，花了七千万两白银，几年间损失上万兵马，数百官将，还搭上一个首席军机大臣（刘统勋）和一个大学士（温福）。如果就这么接受索诺木的投降，如此惨重的代价不都打水漂了吗？接受了索诺木的投降，几年后他再恢复被清军摧毁的堡垒，后来的君主还能够像乾隆这样狠下心去攻打吗？多半是不了了之。乾隆下旨给阿桂，绝不接受任何投降，一定要犁庭扫穴，彻底摧毁大金川土司势力。

乾隆四十年（1775年）七月，清军向勒乌围官寨发动猛烈进攻。清军上千门火炮不断轰击，各个堡垒纷纷在清军的火炮下瓦解。为了减少伤亡，阿桂采纳绿营将领梁朝桂的建议，派遣梁朝桂带领绿营兵士攀爬悬崖峭壁，绕到叛军堡垒后方发动进攻，叛军大败，逃出营垒又被正面清军所消灭。经过如此残酷的战斗，清军逐渐收紧包围圈，官寨已然在劫难逃！

八月十五日中秋之夜，清军开始对官寨的总攻。在大炮的支援下，海兰察从东南方向进攻，普尔普、台斐英阿自南进攻，福康安等从西北进攻，任岱从东北进攻。丰升额带领一支机动部队，负责增援各处和追杀金川残兵。金川兵经过长期残酷战争，早已心惊胆战，在清军的攻势面前纷纷败退。经过一整夜的鏖战，八月十六日凌晨，清军攻占了勒乌围官寨。索诺木此前见势不妙，匆匆逃往大金川最后的老巢噶拉依。

清军当然不会放过索诺木，恶狠狠地继续扑向噶拉依。清军从勒乌围出发，阿桂将两三万清军分为七队，全力进攻这个大金川最后的据点。福康安担任了开路先锋的角色，带领第一队将士，逢山开路，遇水架桥，乘胜一路进攻。大金川剩余军队眼看勒乌围官寨被清军攻破，知道大势已去，纷纷投降，福康安如秋风扫落叶一般，接连攻克达河布果碉及当噶克底、绰尔丹等寨。十月，福康安向达噶木发动进攻。达噶木堡垒坚固，地势险要，易守难攻。福康安再次使用迂回出击的战术，亲率麾下精兵和侍卫们从侧面绕到碉堡后面，一举攻占了达噶木。至此，通向噶拉依的道路已经被福康安完全打开。

乾隆四十一年（1776年）正月，阿桂率领三万多清军向噶拉依发动猛烈进攻。为了准备这次进攻，乾隆专门派遣精于测量之术的西洋人傅作霖到金川前线，为清军计算火炮射击参数。清军本有火炮优势，有了傅作霖的测量和计算，清军火炮准头大增，将噶拉依轰得遍地瓦砾。福康安率领部下向噶拉依猛攻，夺下两座大石卡，掐断了索诺木逃跑的路线，并收紧了包围圈。福康安向阿桂请示后，将大炮调进所攻占的大石卡，日夜不停地向噶拉依轰击。

事已至此，索诺木也知道再抵抗下去已经毫无意义。同时，清军已经掐断了噶拉依的水源，大寨内用水越来越紧张，出寨投降的兵将也越来越多。为了保全寨内妇孺老幼的性命，索诺木决心自缚出降。

乾隆四十一年（1776年）二月初四，索诺木跪捧印信，带领兄弟和妻子、头人、喇嘛等全寨共计两千余人出寨投降。清军在付出极其惨烈的代价后，终于完全攻占了大小金川。

阿桂在拘捕索诺木等人后，立即八百里加急呈递奏折，飞速向乾隆报捷。

乾隆接到阿桂的告捷奏折，不由得泪流满面。这场战争堪称乾隆朝打得最艰苦的一场战争，多少年后仍让乾隆为之后怕。正因为如此，乾隆晚年在炫耀自己的"十全武功"的时候，毫不犹豫地将平定大小金川列为第一功。

大小金川之战，也让中原王朝的触角，深深进入了西南边地，巩固了西南国防。在乾隆进攻大小金川的时候，英国正在鲸吞印度，并且取得重大进展。1757年（乾隆二十二年），英国东印度公司的军队在普拉西大败印度的孟加拉王公军队，为英国征服整个印度铺平了道路。1763年（乾隆二十八年），英国在所谓的卡纳蒂克战争中击败法国，将法国的势力排挤出南印度，印度逐步落入英国的魔爪。此时距第二次金川之战爆发仅有八年！到了乾隆晚年，英国逐步控制了印度大部分地区，并且对西藏和云南表现出强烈兴趣。

大小金川控扼着四川进藏道路，对于整个西南安全形势关系重大。乾隆之所以允诺傅恒与缅甸的和议，并且在缅甸违约不愿来朝贡的时候还保持克制，甚至申斥请求第五次征讨缅甸的大臣，就是因为害怕大小金川土司乘机作乱，包抄征缅清军的后路。一旦出现此种情形，整个西南形势就糜烂不可收拾了。

大小金川的收复，让清廷对西藏的影响力更加巩固。随着准噶尔的覆灭，英国对西藏的觊觎成为影响西藏稳定的首要因素。乾隆及时平定大小金川，有力地遏制了英国对西藏的侵略，确保了西南的稳定，实在是功劳巨大。

乾隆下旨，封阿桂为一等诚谋英勇公，授吏部尚书、协办大学士和军机大臣。福康安作战英勇，封为三等嘉勇男，原有之云骑尉世职，由福隆安第二子丰绅果尔敏承袭。此外，还赐缎十二匹，白银五百两，并绘福康安画像藏于紫光阁。

出色的地方经济官僚

福康安回京后，乾隆将其由户部右侍郎转为户部左侍郎。乾隆四十一年（1776年）四月，乾隆授福康安为镶白旗蒙古都统；七月，赏戴双眼花翎；九月，调任正白旗满洲都统；十月，赐紫禁城内骑马。

福康安在大小金川之战中的表现，远远出乎乾隆意料。乾隆本来只想福康安能够向阿桂、海兰察和明亮等人学一些用兵之道，感受一下战场气氛即可。福康安这块良才美玉，在乾隆看来还太年轻，还需要慢慢琢磨方能成器。没想到福康安不畏艰险，居然扛起了这么重的作战任务，而且一路高歌猛进，其表现让阿桂和海兰察这样的宿将都无话可说，简直有第二个海兰察的风范。乾隆高兴之余，也在思考如何进一步培养、打磨福康安。

多少年了，明瑞在缅甸战场的捐躯，始终是乾隆心中一个痛点。将才难得，明瑞显然是大将之才，问题就在文事和行政历练过少，性格中存在轻悍好勇的一面。这种性格当然会让明瑞能够抓住各种战机屡立奇功，但也让明瑞只擅长打顺风仗，遇到逆境就容易做出不理智的决策，从而让麾下大军和本人陷于困境。如果明瑞能够有更多的文职历练，或许会培养他沉稳的气质，就不会那么早在战场上牺牲。乾隆每念于此，都不由得长久叹息。如果明瑞熬过了那次战役，再多历练几年，很可能会成为真正的大将和宰相，军机处也就不会让于敏中独占鳌头。

乾隆决定，要让福康安出任地方封疆大吏，总揽一方事务，既培养其军政才能，又培养其沉静之气。乾隆四十二年（1777年），福康安被任命为吉林将军。次年，福康安调任盛京将军。

东北是清朝发祥之地，清廷入关以后，对东北仍然很重视。东北既是八旗精锐的补充地，也是大量珍贵物产（人参、貂皮、东珠、海东青）的产地。如果东北地方利用这些丰富物产致富，又有强大的军事潜力，那清朝皇帝就该睡不着觉了。因此，清朝皇帝在东北不设巡抚、布政使等民政官员，而是设盛京将军管理，直接抓起东北地区的财政和民政。后来清朝皇帝觉得盛京将军辖地太广，又将东北分为三将军（盛京将军、吉林将军和黑龙江将军）管辖。乾隆还专门将盛京将军的品阶由正一品降为从一品，以削弱盛京将军的影响和话事权。

不管如何，盛京将军统辖着当时关外最富庶、人口最多的区域，又管辖清朝入关前的首都盛京（今沈阳市），地位和影响绝不容低估。对于福康安来说，盛京将军能够让他熟悉东北地区的形势和国防状况，更能够让他军政民政一把抓，培养其宽阔的眼界和视野，潜移默化地滋养和提高他的军事才能。这是乾隆从阿桂和明瑞身上吸取到的正反两个方面的经验，用在了培养福康安这个冉冉升起的军界新星上。

乾隆四十五年（1780年），福康安被授为云贵总督，总览云贵事务。云南对于清朝国防有特殊意义，对全国的经济意义更不容低估。云南与缅甸等东南亚国家接壤，从明末起云南在对缅交往中就扮演了特殊角色。清缅战争过后，虽然缅甸并未朝贡，但清缅关系却一直在向缓和的方向发展。在第二次征讨大小金川的时候，缅甸方面对此也颇有风闻，但并没有做出任何威胁清朝边境安全的举动，此举让乾隆大为满意。乾隆也否决过继续征缅的建议，在云南方向上只想息事宁人。在经济上，全国经济所需的银两和铜钱，相当一部分来自云南，因此云南的矿业和铸钱业对全国影响重大。正因为这些原因，不是乾隆非常信得过的人，是不会出任云贵总督职务的。

经过在关外的磨炼，福康安在处理军政和民政上已经颇见火候。这也不奇怪，福康安毕竟长期生活在大内和相府，又曾经担任大内侍卫，耳濡目染的就是各种政事的处理和事后的各种复盘。同时，他又在军机处当过差，对各项政务的决策流程也有切身体会，因此让他担任云贵总督，乾隆的心里是有底的。作为乾隆的心腹，福康安更明白乾隆的心意：滇事以修葺内政为要，切不可擅开边衅。不过为了防止缅甸方面误判，也需要福康安这一员虎将让对方不要有什么想法。

福康安就任云贵总督后，将主要精力都放在地方政务上，军事只以整军经武，增强防卫能力为要，让乾隆大为满意。福康安一上任，就将铜矿事务作为新官上任的第一把火。

铜政是清代前中期云南政务的重头戏。中国铜储藏量虽然比较丰富，但矿藏主要集中在边远地区。而且矿石品位不高，在清代的技术条件下难以开采，因此在顺治、康熙年间，中国主要从日本进口铜料铸造铜钱。清廷鉴于明朝货币制度紊乱，下令只允许使用银两和铜钱，而在明朝铸钱量是比较小的，从洪武到隆庆，只有六位皇帝铸造了自己的年号钱。在这种情况下，清廷对铜料的需求自然大增，日本就成了中国解决铜料来源的首要渠道，从康熙二十二年（1683年）海禁开放开始，几十年内中国铸币用铜几乎全部来自日本，每年进口量为二三百万斤，最高的年份达到七百万斤。

进入雍正年间，因为日本铜产量也开始减少，而且日本商品经济的发展也需要铸造大量铜钱，日本铜料的出口量开始急剧下降。这下子就给大清王朝的经济造成重大冲击。经过廷议，清廷决定在铜矿丰富的云南开采铜料，运送进京铸钱。

清廷不仅将铜料运送进京，也在云南地方设宝泉局就地铸钱，运到各地平息钱荒。但铸币权毕竟是一个政权最重要的权力之一，清廷也无意将铸币大权交给云南地方。乾隆四年（1739年），乾隆皇帝颁发了著名的《云南运铜条例》，将滇铜作为清朝主要铸币铜料来源，铜政从此成为云南要政。此后100余年间，大量滇铜被运送到京师宝泉局，成为京师铸钱用铜的最主要来源，经常性占到全国铸钱用铜的80%以上。可以说，如果没有云南在铸钱铜料上对全国经济发展的贡献，大清王朝盛世的成色会大打折扣。

不过到了乾隆四十一年（1776年）左右，云南铜政出现严重问题，铜产量大幅下降，京师宝泉局铸钱铜料短缺严重，对遭到大金川战局摧残的经济造成不利影响。在这种情况下，乾隆坐立不安，派了好几个大员去整顿都效果不彰。乾隆只得抱着试试看的心情，让福康安去整顿云南铜政和矿务。

福康安接过这个烫手山芋以后，凭着一股年轻人的锐气，开始对云南矿务进行调查。福康安通过调查发现，导致铜料危机的原因主要有两方面：一是生产环节。矿藏开采浪费严重，并且有贪腐和冒领铜料情形。此外，还有不法分子偷偷弄来铜料，直接在当地铸钱，导致大量铜料流失。二是运输环节。运输问题一直是困扰滇铜供应京师宝泉局的大问题，清代为外运滇铜逾期而破产的云南官员不在少数，由此可见滇铜运输的艰难。福康安发现，由于征讨大小金川的需要，大量云南牛马被征用，导致滇铜只能通过人力运出。这样不仅效率很低，而且官府给运铜民工的工钱也较低，进一步降低了滇铜外运的效率。要真正解决京师宝泉局铜料供应危机，就必须解决这两个方面的问题。

经过详细调查，福康安认真整饬了铜矿开采秩序，抓捕了一批贪官污吏，严禁非法采矿和私自铸钱。同时，福康安注意改善铜矿工人的待遇和收入，提高他们的积极性，并任命了一批年轻有为的官员来管理采矿。在福康安整饬后，云南矿业得到很大改善，百姓收入也开始增加。福康安将这些措施写成条文，要求属下严格执行，避免了很多弊政，也让福康安的继任者有了基本章程可以遵循。

在运输环节，福康安认为，只有给运铜百姓以足够的补偿，才能够确保铜料运输畅通。署理镇雄知州屠述濂向福康安建议，在运铜路上改为站运，由威宁、镇雄、毕节三州县平均分摊力役，确保铜路畅通，得到福康安的采纳。在福康安和屠述濂等人的努力下，铜路运输条件大为改善，铜料出省不再是难题。

为了提高铜料生产效率，福康安不惜重金，聘请内地能工巧匠到云南改进铜料生产流程。这些工匠考察了云南铜矿的冶炼情况，发现高炉技术落后，冶炼效率很低。在福康安的支持下，这些工匠设计并建造了新的高炉，改进了冶炼技术，铜料生产能力比以往大为提高。

在福康安一系列组合拳下，云南省铜矿的生产能力和运输状况都得到大大改善，京师宝泉局铜料危机逐渐被消除。经过福康安的整顿后，一直到咸丰年间，清廷基本没有再出现过铜料危机。福康安杰出的行政能力，得到了乾隆和满朝文武的一致赞许。

云南整顿铜政的历练，让福康安意外地成为清廷的货币金融专家。通过办理铜政，福康安对整个铸币流程，以及铜料开采运输过程，都有了详尽的认识。铜料开采运输殊为不易，特别是铜料运到京师，更需要走陆路进长江，经过险峻的三峡滟滪堆，一直运到长江边仪征一带进京杭大运河，通过运河运到京师才算完成任务。福康安肩负如此重任，再加上亲身体会到铜路畅通对于整个经济的影响，让他对货币金融特别是铸钱对经济运行的影响有了深入的了解。多年后福康安解决西藏问题，这些知识都派上了用场。福康安在这个方面的经验，甚至连以理财能力著称的和珅都比不上，堪称乾隆朝金融能臣。

开始独挡一面

　　福康安驻滇二年，云南政通人和，百姓安定，深得乾隆赞赏。这个时候乾隆又交给福康安新的任务，让福康安出任四川总督，到四川剿"匪"。

　　明末清初，由于长期的战乱，导致四川人口大减。因此在治理上，清朝就设置了"川陕总督"来治理陕西和四川。这两个省结合起来，几乎是中国大半个西部的精华地区，一般来说不会如此办理，只会想方设法让这两个地方分开治理。但由于四川人口大量减少，因此在很长一段时间内，将四川并入陕西军政长官治理范围内是能便利治理和降低治理成本的。但随着四川人口和经济的恢复，再将四川纳入陕西方面管理，在国防上就显得比较危险了。

　　乾隆十三年（1748年），清廷设置四川总督，并让四川总督兼四川巡抚职事，从此四川巡抚不再设置，一直延续到清末。

　　四川人民富于反抗精神，一直反抗清廷的统治，所以清廷对四川的经营也非常用心。除了在四川将军政和民政合二为一外，清廷还在成都布置了大量八旗驻防军队，由成都将军进行管理。这种军政格局，在当时的全国都是少有的。

　　乾隆让福康安担任四川总督兼成都将军，是考虑到福康安在大金川作战经年，熟悉四川状况，又是旗人大员，兼任成都将军也可以放心。当时四川民众不满清廷的统治，特别是大小金川之战让四川负担沉重，"盗贼"四起，威胁到清廷在四川的统治。

　　四川由于长期战乱，人口稀少。清廷统一全国以后，就从湖北等地大量组织无业民众移民到四川，号称"湖广填四川"。移民的到来让四川迅速恢复了生机，但也形成一些有组织的移民武装团体，造成对社会的威胁，清廷把这些武装流民团体称为"啯噜""啯匪"。由于第二次金川之战，四川人民苦于沉重的劳役，破产者众多，"啯匪"的队伍更加庞大，对清廷在四川统治秩序构成强大威胁。为了应对这一威胁，乾隆让具备一定军事经验的福康安出任四川总督，围剿"啯匪"。

"啯匪"再厉害，毕竟没有正规系统的军事训练与经验，怎么能敌得过福康安麾下身经百战的八旗兵？不过七八个月时间，"啯匪"的势头就被福康安打下去，大量"啯匪"被捕杀。不过福康安在捕杀"啯匪"的同时，也注意到稍加节制。不过九个月光景，福康安就向乾隆上奏，称"啯匪"问题基本解决。乾隆对此大为满意，决定将福康安提拔为御前大臣，加太子太保。

在这个阶段，乾隆对于满洲英才的培养有自己的考虑。刘统勋去世以后，军机处长期为于敏中所把持。于敏中政治手腕高超，又娴熟中枢政务，即使是乾隆一时也拿他奈何不得。傅恒、尹继善之后七八年间，满洲军机大臣无论是能力还是资望，都不足以与刘统勋、于敏中相抗衡。不过，随着于敏中的老去，以及阿桂的崛起，乾隆对培养满洲军机大臣的急迫感开始降低。和珅的崭露头角，让乾隆更可以在相当程度上摆脱对汉族文官的依赖，从而在军机处维持满洲大臣的优势。在这种情况下，乾隆大可以给福康安更多时间去历练，提高他的功勋和资望，而不必像对待和珅那样骤然给其高位，让其成为众矢之的特别是汉官的嫉恨对象。

乾隆还要考虑的是，阿桂年事已高，此时已过六旬，不再适合在战场一线征战。乾隆需要一个信得过的将才，能够代替阿桂去征战四方。福康安在军事与政务方面表现出来的杰出才能，让乾隆大为满意。福康安不仅精于军事，在民政特别是经济方面表现出来的统筹才能和大局观，放在整个清代满汉官员中也是少见的。这些优点都被乾隆看在眼里，对福康安的规划和使用，就大大不同于和珅甚至阿桂。

乾隆四十八年（1783年）初，福康安奉诏回京，担任工部尚书。五月，乾隆授福康安总管銮仪卫大臣、阅兵大臣、总管健锐营事务。乾隆四十九年（1784年）三月，福康安被擢升为兵部尚书、总管内务府大臣。

由此可见，乾隆对福康安的任用类似于刘统勋，让他辗转多个部门，培养其丰富的政务经验和绵密的人事基础，但在乾隆心中，军事始终是福康安的主要活跃领域。乾隆晚年军事人才的逐渐凋零，也让福康安的武将角色更加吃重。

乾隆四十九年（1784年）四月，甘肃爆发田五领导的反抗清廷压迫的回民起义。西安副都统明善率清兵镇压，被打得大败，明善战死。消息传到京师，乾隆大为震惊，连忙派遣福康安会同阿桂率领京旗精兵前去镇压。

阿桂年事已高，只能够居中指挥，具体前线指挥作战，都是由年富力强的福康安去完成。为了镇压此次起义，乾隆让勇冠三军的海兰察随着阿桂与福康安出征，可谓出动了超豪华阵容。清军作战经验丰富，阿桂、福康安指挥海兰察，采取坚壁清野、步步紧逼的战术，残酷地镇压了这次起义。

乾隆闻讯大喜过望，封福康安为嘉勇侯。福康安为了软化当地民众的反抗精神，提出在甘肃设立学校，发展文教事业，得到乾隆的赞许。福康安同时还奏请乾隆，发展西北水利事业，提高农业产量，以减少当地民众的反抗，得到了乾隆的批准。

乾隆五十年（1785年）七月，福康安回京担任户部尚书，掌握全国财政大权。乾隆五十一年（1786年），福康安被乾隆任命为吏部尚书、协办大学士，成为清廷中枢要员。不过乾隆还是稍微控制了一下福康安的升迁速度，深恐其升迁过快引发官场怨望，毕竟乾隆也希望福康安在自己身后能够发挥重要影响，这样就不便对其像和珅一样荣宠太过。

立殊勋于台湾

正当福康安在京师享受和平生活的惬意的时候，台湾突然爆发以林爽文为首的天地会起义，又需要他出马镇压了。

林爽文原籍福建漳州府，幼年随父亲渡海来台，成年后加入天地会，成为彰化天地会首领。乾隆五十一年（1786年），林爽文率彰化天地会众发动反清起义，占领彰化县衙，自称"盟主大元帅"。林爽文占领彰化县城后，全台天地会纷纷响应，一时间除了福建陆路提督署台湾兵备道柴大纪据守的诸罗城等少数几座城池外，台湾府大部分地区都落入林爽文之手。

消息传到京师，乾隆急忙命令闽浙总督常青（满洲正蓝旗人，佟佳氏）带兵渡海镇压林爽文起义。常青已经是七十老翁，手下的八旗驻防军和绿营兵又不得力，哪里是林爽文的对手？不但没能打败林爽文，自己反而被林爽文军队团团包围在台湾府城。常青大为窘迫，连忙向清廷求救。

乾隆接到常青的求援奏报，当即决定派遣福康安和海兰察率领绿营精兵八千，渡海镇压林爽文。此时的阿桂已经是七十老翁，只能够在军机处指挥作战，已经没有精力再上战场。不过有阿桂这样作战经验丰富的老帅坐镇军机，整个战事显然会顺利得多。

福康安也踌躇满志，这是他第一次作为主将负责指挥整个军事行动。阿桂老去以后，福康安已经是清军头号大将，他当然希望顺利镇压林爽文，正式建立起自己在整个清军的威望。

乾隆五十二年（1787年）十一月，福康安、海兰察率领八千清军和数百大内侍卫，在台湾鹿仔港（今台湾彰化西南鹿港）登陆。由于海水意外退潮，福康安等在船上耽搁了一二日，方才顺利登陆。此次乾隆并未派遣精锐京旗和索伦兵出征，只派遣数百名大内侍卫作为特种部队交给福康安指挥，主力是由各地抽调的绿营精锐组成。乾隆也意识到，如果对绿营战力限制太过，八旗会在长期的战事中损失过大，从而不堪重负，对清廷的统治也是不利的，因此将这次出征的任务主要交给了绿营。

福康安登陆以后，兵锋直指被林爽文团团围攻几个月的诸罗城。台湾岛上原来就有数万清军，只不过被义军分割包围，各自为战，处于被动挨打的状态。福康安带领清军一上岛，岛内清军顿时有了主心骨，开始支棱起来了。福康安在岛上的绿营军中挑选精兵六千，再加上愿意协同清军作战的一些地方武装共一千余人，总计将近两万人向诸罗城下的义军扑来。

义军虽然势大，却只能打打腐败的福建地方八旗和绿营，如何能是久经沙场的福康安、海兰察和他们麾下绿营精锐的对手？特别是乾隆为了尽快镇压此次天地会起义，还派出了数百名的大内侍卫出征，清军更是如虎添翼。福康安身先士卒，亲自率领数百大内侍卫冲进敌军阵营，经过一番厮杀，义军自然败下阵来，诸罗城之围遂解。福康安带着清军喜气洋洋地进了城，却不料惹出一个大麻烦，铸就一个千古奇冤。

原来义军进攻诸罗城一直不克，是绿营总兵柴大纪率兵死守，牵制了义军大量兵力，这才让义军难以扫荡岛上清军，从而给了福康安以登陆的机会。乾隆对柴大纪的功劳大为嘉奖，特赐柴大纪荷包、奶饼慰劳。乾隆五十二年（1787年）六月，柴大纪被任命为福建陆路提督，仍兼领台湾总兵，后又加"太子少保"，封一等义勇伯，世袭罔替，可谓厚遇。

福康安进了诸罗城，本以为柴大纪会遵守礼节，以上座相迎。福康安奉天子诏令，解救诸罗之围，是柴大纪的上司，更有恩于一城民众，于公于私，福康安上座都是理所应当。没想到柴大纪仗着自己有功，居然以主人之礼接待福康安，让福大人坐了客位。这对于心高气傲的福康安来说，当然是不可容忍的。

福康安是行动能力很强的人，马上上奏乾隆，弹劾柴大纪阴险狡诈，谎报战功，不可信任。虽然措辞严厉，但福康安也并不想弄死柴大纪，只是借机发泄心中不满而已。但后面的事态发展，就超过了福康安所能控制的程度了。

乾隆对绿营兵涣散腐败的习气早已非常不满，对绿营兵甚至八旗汉军也存在一定的偏见。在他手上，大力推动八旗汉军出旗为民，严重地削弱了八旗集团的力量，导致汉官汉将从乾隆后期开始，分量越来越重。乾隆看在眼里，急在心头，却也时常有力不从心之感。

乾隆在对腐败的绿营不满的同时，对于绿营抬头的趋势也非常警惕。尽管绿营腐败，但毕竟人数众多，如不压制，对清廷的潜在威胁还是不小的。出于这种考虑，乾隆对绿营多有压制，绿营在征缅战争中的不佳表现，也让乾隆这种既轻视又警惕的心理越来越强。

不过，柴大纪再怎么样，毕竟是有大功劳的人，乾隆对这一点还是有数的，对柴大纪的处理，一开始还比较慎重，甚至有一定的回护之情。再说，乾隆给了柴大纪那么多褒奖，再去严查柴大纪，这不是自打脸吗？所以乾隆一开始并不想深究此事。

但是福康安较了真。福康安第一次担任主将出战，遇到柴大纪这个事情，当然心情不爽，认为是对自己权威的挑战。福康安到底没有傅恒的谦恭，傅恒遇到这种事情，很可能点到为止就过去了。福康安一是年轻，二是骄纵，三是想杀鸡儆猴，在八旗和绿营中建立自己的威望，就抓住柴大纪诸多不法情事不放，请求乾隆严查柴大纪。

福康安的奏报有不少是事实，毕竟在当时的闽浙绿营，风气的确腐败，柴大纪自然也不能免俗。但柴大纪的功劳却是实实在在的，这个让乾隆心里还是有些舍不得。就在这个时候，一起偶然事件改变了整个事件的发展走向。

原来是乾隆召见回京述职的工部侍郎德成，向其询问浙江海塘工程的修建状况。本来这是一次有专门目的的召见，一般不会询问其他情况。但被柴大纪的事情搞得坐卧不宁的乾隆，顺嘴向德成问起了柴大纪的情况，一下子把德成问住了。

按照清朝的规矩，皇帝召见大臣，如果大臣节外生枝，主动扯起其他事端的话，不但皇帝本人会不高兴，也会被同僚所侧目甚至打击。真正有什么事，可以向皇帝上奏章走正规流程。德成深知其中利害，加上乾隆对德成也不是很喜爱，当然不敢乱说圣眷正隆的柴大纪。

乾隆何其精明，一看就知道其中有文章，立即告诉德成直言无罪。有了皇帝的保证，德成的胆子开始大起来，竹筒倒豆子一般讲述了柴大纪诸多不法情事，包括柴大纪纵容台湾兵丁渡海贸易，导致台湾绿营腐朽难用，仓促间丢失大量台湾县乡给了林爽文叛军的事实。乾隆一听，勃然大怒，对柴大纪的看法急剧转变，当即下旨拿问柴大纪。

福康安此时已经将义军逼到绝境，林爽文本人都插翅难逃，正在四处躲避清军的追杀。福康安眼见镇压林爽文的全功即将归己，柴大纪已经乖乖躲在驻地不能前来抢功，自然心情大好。没想到在这个时候接到乾隆的圣旨，先是把福康安本人臭骂一顿，指责其不能细察柴大纪奸状，实属有负圣恩。

不仅如此，乾隆还指责福康安有意帮福州将军恒瑞开脱镇压林爽文不力的罪行，整天为他评功摆好，有欺君之嫌，应着即将恒瑞押送来京，不得有误。乾隆最后说，柴大纪多有不法情事，虽有微功，但渎职与欺君之罪更大，命福康安立即严查，不得有误。

此份上谕口气严厉，不近人情，丝毫不顾及恒瑞也是宗室，反而直指福康安想包庇有亲戚关系的恒瑞，吓破了福康安的胆子。福康安接到圣旨，吓得浑身瑟瑟发抖，头上的顶戴花翎哆哆嗦嗦了几乎一整天。这个时候的福康安，一定很后悔参奏柴大纪的不法行径，结果招致皇姑父口气如此严厉的指责。如果当初忍下这口气，保住恒瑞根本就是小菜一碟。不过事已至此，福康安也只得安排恒瑞进京，同时缉拿柴大纪，严加审讯。

到了这个份上，福康安也顾不上许多了。如果这个时候还对柴大纪手下留情，那福康安自己可要吃瓜落儿了，福康安哪里会为与自己素无渊源，又曾得罪过自己的柴大纪开脱？更不用说因为袒护恒瑞的事，已经让乾隆龙颜震怒。福康安当即命人大规模调查柴大纪本人和台湾绿营的不法勾当，诸多罪名，有的没的，一股脑儿扣在柴大纪身上，飞马上奏乾隆。

乾隆这时候心情也很不好。此时已是乾隆五十三年（1788年）新年，乾隆本来定下正月初八在重华宫与大学士和翰林们作诗联句，庆贺新春。乾隆为此次联句定的题目是平定台湾，但林爽文迟迟没有被抓获，乾隆就不好意思搞联句，不得不推迟联句活动，心里自然对福康安更加不爽。

福康安知道自己平白无故捅了大娄子，急切之下更加大力搜捕林爽文。此时义军主力已经被福康安歼灭，只有林爽文等头领尚未被拿获。不过天佑福康安，正月初四，林爽文被台湾民兵所抓捕，献到福康安大营，福康安这才长吁一口气，赶紧向乾隆报捷。

从台湾向京师报捷，不但需要跨海，还需要越过千山万水，在当时的交通条件下至少也需要25天。乾隆接到福康安擒获林爽文的报捷文书的时候，已经差不多是农历二月了。福康安排挤台湾绿营进剿林爽文，结果耽误了大量时间，台湾本地绿营也少不得给福康安下绊子，这才导致福康安进军进程远不如阿桂预想。而乾隆正是根据阿桂的预估和测算，才定下正月初八联句的大典。福康安进军不力，无疑搅了乾隆的好事，让他大大丢脸，乾隆怎能不满怀愤怒？

乾隆这一腔怒火，总要找个出处，不是福康安就是柴大纪。就在这个节骨眼上，乾隆下令调查柴大纪的结果都送上来了，调查人正是福康安的老熟人李侍尧。李侍尧在奏折中列举了台湾绿营军纪废弛，士兵多有渡海经商的情状，结果导致林爽文刚起兵的时候，台湾绿营无力镇压，让乾隆勃然大怒。

这个时候受福康安之命负责押送林爽文部俘虏的大内侍卫额尔登保又补了一刀。额尔登保告诉乾隆，福康安率兵进攻林爽文余部的时候，让柴大纪留守嘉义（此时诸罗城已经按照乾隆御旨改名为嘉义）的时候，柴大纪并没有请求福康安随军出征，而是很痛快地留了下来。乾隆何等样人，一听就明白柴大纪在耍花招，给福康安下绊子，让福康安难以按期完成作战任务，而福康安这个不谙官场窍门的愣头青就中了招。乾隆对柴大纪印象急剧变差，下旨拘捕柴大纪进行审讯，并抄其家。

柴大纪被押送到京城，乾隆命人在审讯过程中向柴大纪出示福康安弹劾他的上奏，以及乾隆维护柴大纪的御笔亲批，回护之情跃然纸上。到了这个时候，乾隆还是想放柴大纪一马，想着板子高高举起，轻轻落下。

柴大纪如果聪明一点，就应该明白乾隆这是在示恩，特别是暗示愿意赦免自己的罪过。最好的应对策略就是赶紧承认罪名，恳请乾隆饶恕，乾隆也就会就坡下驴，放柴大纪一马。当年恒文的金手炉案，云南巡抚郭一裕痛快地承认全部罪行，不但免死，而且数年后就复出担任正三品的河南布政使，恒文抵死不认罪名，结果被赐自尽。如果柴大纪脑子清楚，赶紧承认罪名，乾隆不但会放他一马，很可能还会考虑让他复出，毕竟李侍尧也被判处两回死刑，全凭态度好才获得乾隆宽恕。

柴大纪这时候却犯了糊涂。可能是长期没有与乾隆沟通的机会，柴大纪对于乾隆的风格并不了解，反而以为自己立有奇功，皇帝应该容许自己申辩。其实李侍尧等人搜罗的证据中，相当一部分都是铁证，但对于当时风气腐败的绿营来说，也是司空见惯。乾隆把这些罪状摆出来，再拿出福康安的弹劾奏折和自己维护柴大纪的御笔亲批，已经是考虑到柴大纪不懂其中奥妙，几乎是明示要他认罪。柴大纪坚决不认罪，当然被判处死刑，呈请乾隆亲自裁决。

一般来说，臣下进行这种判决当然是越重越好，给皇帝留下轻判的余地，以示"恩自上出"。对于这种判决，乾隆一般都会为人犯说话，减轻惩罚，甚至过后会重用。阿桂的父亲阿克敦就被判死刑，最后被乾隆赦免，更不用说柴大纪的顶头上司李侍尧了。但乾隆看到柴大纪这个态度，不由得无名火起，更觉得福康安弹劾他狡诈油滑、不可轻信是对的，干脆心一横，同意了对柴大纪的死刑判决。可怜的柴大纪没多久就被拖到刑场秋决，铸就了一段千古奇冤。

两百多年来，知道这个事情的人都为柴大纪抱不平，对福康安多加指责，甚至以骄横闻名的礼亲王昭梿也为柴大纪打抱不平，指责福康安构陷柴大纪，导致柴大纪被处斩。但平心而论，构陷柴大纪固然说明了福康安身上存在封建官僚庸劣的一面，但福康安的初衷只是争功和报复，并没有一定要置柴大纪于死地的意思。柴大纪在嘉义之围解后，没有要求随福康安出征，坐视福康安在前线出乖露丑，让两者的矛盾大大加深。这些事情瞒得了别人，怎么能瞒得了久经战阵的老帅阿桂！柴大纪后来被审判，军机处和京师的清流们无一人为他说话，就很能说明问题。

福康安初次担任主将领兵作战，就遇到这档子事情，也暴露了福康安缺乏历练、器量不大的缺憾。不过，这本来并不是什么不可弥补的缺点，但遇上了台湾甚至柴大纪本人的特殊情况，就造成了严重的后果。如果是傅恒或者阿桂遇到这种情况，很可能会忍让柴大纪于一时，事后再论功罪，这也会让柴大纪更心服口服。福康安一是年轻未经世事，二是自幼生长环境优越，不免带有骄娇之气，结果未能处理好和柴大纪的关系，导致柴大纪冤死，实属可叹。

柴大纪冤狱也对福康安造成严重的后果。通过柴大纪的遭遇，绿营将领都对福康安产生不满情绪，在与福康安的合作中也都滋生了防备和抵触心理，这就使得福康安不能像阿桂那样，能够在八旗和绿营中建立起普遍的威望，而只能够指挥八旗作战。甚至一些八旗将领也看出这种情况，从而对福康安产生轻慢之情。典型的就是海兰察。曾有人对乾隆奏称，阿桂发下号令，海兰察大气都不敢出，百分百地按时按量完成；福康安发下号令，还需要对海兰察再三安抚，海兰察才不情不愿地去完成福康安的命令。个中缘由，除了福康安威望不及阿桂，柴大纪案造成福康安在军中根基不牢，应是主因。

柴大纪一案，有点类似于三国末期钟会邓艾案件。钟会邓艾案件起因与柴大纪案件类似，也是中央军系与地方军系争功，但因牵涉孤城解围问题，让柴大纪案件更为复杂。柴大纪死守嘉义，是清军在林爽文起义早期几乎唯一的亮点，也的确对义军的行动造成很大阻碍。乾隆为了表彰柴大纪，同时振奋清军战心，对柴大纪大肆封官晋爵，却意外地造成柴大纪威权过重，有可能影响到福康安全权指挥地位的尴尬情形。

以唐代张巡死守睢阳为例。张巡死守睢阳，拖住了安史叛军进军江淮的步伐，让江淮这个唐朝赋税重地没有落入叛军之手，对大唐几乎有再造之恩。唐肃宗为酬其功，封其为扬州大都督、邓国公，但周围唐军就是不发兵救援，担心的也正是张巡功劳过大，威望过高，解围后容易引发政治上的不测后果。柴大纪的位置很类似张巡，只是功劳没有张巡那么大。在这种情况下，柴大纪稍有不慎，就会引起政治上的全面反噬，从而导致悲剧后果。

随着柴大纪被处斩，福康安算是过了这一关，但在未来引发的后果却不是福康安所能预料和把控的。这场争斗闹到最后，几乎所有人都是输家。如果硬说有赢家的话，就是镇压林爽文起义不力的李侍尧、恒瑞等人，轻轻松松地卸下了镇压不力的包袱，这也是他们大肆攻击柴大纪的原因。乾隆因为对柴大纪的种种褒扬和封赏，再加上对福康安有意无意的偏袒，在政治上大大失分。福康安自己也感受到了天威难测，不由得战战兢兢。乾隆对他也产生了一定的看法，并没有让他像傅恒那样立即回京入值军机。或许在乾隆看来，福康安还需要在地方多加历练，方能真正成熟。

福康安没吃到羊肉反惹一身臊，稀里糊涂地帮助了闽浙总督李侍尧等人解套背锅，却留下一堆麻烦要乾隆和自己去处理。不过，福康安毕竟心地纯良，并没有把气都撒在台湾民众头上，而是积极调查台湾情况，为台湾的长治久安而殚精竭虑。

经过详细调查，福康安向乾隆提出《清查台湾积弊酌筹善后事宜》，请求整顿台湾吏治，强化对于台湾绿营的管理，防止扰民，并在税收上给予台湾一定的优惠。福康安专门向乾隆陈奏，恳请乾隆在台湾淡水厅开设官渡，允许福建百姓因公私原因来台。

康熙收复台湾的时候，为了防止产生新的割据势力，曾规定不许官民携女眷来台，导致台湾岛上男女比例失衡，大量无业游民没有家眷之累，肆行不法。福康安看到这一点，请求乾隆允许官民携眷来台。愿意在台落户的，情况经过核验，便可顺利在台入籍。

在这些措施的基础上，福康安进一步向乾隆提议，全面开放大陆民众向台湾迁移。福康安认为，福建、广东一带人多地少，民众生活艰难，而台湾土地肥沃，人口稀少，需要大量的劳动力进行开发。福康安提议，全面放开移民，有此意愿的民众，经过地方官查验批准，就可以顺利渡海，全家编入台湾户籍。

福康安的这些提议，全面突破了康熙制定的治台框架，对他来说是有一定风险的。但是福康安出于台湾长治久安的考虑，还是向乾隆提出了这些有助于台湾开发的建议。乾隆接到福康安的奏报以后，也痛快地批准了福康安的奏请，在革除台湾地方痼疾的同时，全面开放大陆民众迁移至台湾。

福康安的建议起到了良好的效果。此后数十年间，台湾人口激增，从乾隆四十七年（1782年）的91万多人增长到嘉庆十六年（1811年）的194万多人，并且大都是福建、广东一带移居台湾的汉族人口，有力地增强了中央政府对台湾的控制。到了光绪十九年（1893年），台湾人口已经达到254万多人，岛内以汉族人口为主体的格局已经很难改变，为抵御同治、光绪年间的美、日侵略，维护祖国对台湾的主权，打下坚实基础。

为了安抚台湾人心，福康安尊重台湾民众的信仰，在台湾鹿港和台南都兴建了妈祖庙。乾隆五十二年（1787年）秋冬之际，福康安就让心腹德明额负责在鹿港筹备建设妈祖庙，并于年底开始动工。第二年六月，妈祖庙建设完成，被称为"新祖宫"，福康安向乾隆请求御笔亲书"佑济昭灵"匾额，悬挂于新祖宫内。至今鹿港新祖宫仍是岛内知名妈祖庙。

在台南府，福康安也兴建了一座著名的妈祖庙，就是台南海安宫。台南海安宫由福康安带头，在台官员集体捐俸银修建，地址选在码头边上，旁边就是接官亭，清代官方来台人士一进台湾就可以看到海安宫。海安宫至今仍是台湾南部重要的妈祖庙之一，因为靠近镇渡头，故又称"镇港妈祖"。

不仅如此，福康安还在北京修建了妈祖庙，将妈祖信仰带到了北方。福康安修建的北京妈祖庙名叫"天后宫"，就坐落在福康安府邸的旁边。天后宫不仅对信众开放，也是富察家的家庙。富察氏管理这座天后宫，岁岁供奉，年年祭祀，成为北京著名的妈祖庙。

福康安在台湾不仅留下了诸多善政，还留下很多传说。不过有意思的是，这些传说的主人公不是福康安，而是福康安的政敌嘉庆帝。台湾民间传说，林爽文带领天地会造反，乾隆皇帝派遣太子嘉庆率领一万多大军渡海来台，打败了林爽文，护佑一方平安。在打败林爽文以后，嘉庆并没有立即离开台湾，而是微服巡游全台，一路上路见不平行侠仗义，为台湾人民做了很多好事。嘉庆游台湾的故事，在台湾中南部尤为流行，而这一带正是清代台湾经济文化中心，也是福康安当初在台湾的主要活动场所。

嘉庆游台湾的故事，在清代就开始流传，后来被改编为歌仔戏，飞入台湾千家万户，成为台湾重要的地方曲目。台湾影视界对这个题材也非常热衷，拍了好几版影视剧，其中刘德凯主演的《嘉庆君游台湾》曾在祖国大陆播出，反响不错，也让大陆民众体认到台湾民间传说的魅力。不过多数观众不知道的是，剧中的嘉庆君，真实的原型却是在金庸武侠小说中威风八面又阴险狡诈的福康安。

福康安在台时间不过一年，却在台湾留下这么多动人故事，与他为台湾治理和发展殚精竭虑、造福民众有很大关系。流传至今的嘉庆君游台湾的传说，就成了台湾人民对福康安永久的纪念。

救火队长

虽然对福康安处理柴大纪案件上的表现颇有不满，但乾隆对于福康安的行政和军事能力还是高度认可的，也有意为他创造更多的历练机会，以免遭官场中人暗算。乾隆五十三年（1788年）十一月，福康安调任闽浙总督，代替突然去世的闽浙总督李侍尧镇守东南。

福康安闽浙总督的位置还没坐热，两广方面又出了幺蛾子。原来两广总督孙士毅与安南交战，吃了败仗，乾隆急忙让福康安担任两广总督，主持对安南战事。

乾隆晚年，朝廷渐有人才凋敝之势。福康安年轻有为，文武双全，因此被乾隆当成尖刀，四处救火。这肯定会摧残福康安的健康，甚至对整个清朝的历史都产生了影响。

福康安到了两广，收集了孙士毅麾下的残兵败将，发现安南军队有相当的战斗力。福康安考虑到清廷迭经大战，国内需要休养生息，乾隆也晚年倦怠，并不认为安南是对大清多大的威胁，主观上也不想惹太大的事情，因此提出以强大的军事力量为后盾，迫使安南和谈进贡。

福康安的策略得到了乾隆的赞同。同时福康安也看出，安南政局刚刚稳定，安南方面也不想与大清死磕，导致不可预测的后果。因此福康安派出使节，与安南方面交涉。安南一下子就抓住了福康安递出的橄榄枝，答应了福康安提出的全部条件，并且派人到京师称臣纳贡。为了讨乾隆的欢心，安南使团甚至身穿满洲服饰到京师觐见乾隆，哄得乾隆满心欢喜。

福康安在两广总督任上大约四年半时间，是他一生中难得的能够稍稍休息的时光。两广靠近南洋，与海外联系较多。当时西方殖民者虽然没有能够占据整个南洋，却在南洋建立了较稳固的商业据点，贸易活动很频繁，整个南洋地区逐步被纳入早期的全球化过程中。

相对全国，两广接触西方科技特别是军事技术相对较容易，也能够打开清朝官员的眼界。福康安在两广为官，可以对西洋军事技术有很切身的体会。当时西方军事技术已经有较大提高，特别是先进的燧发枪，对清军构成相当的威胁。但由于当时的燧发枪后坐力较大，精度也不算高，因此并未引起福康安太大的注意。不过，在广东的见闻对于福康安还是很重要的，因为他后来征讨廓尔喀的时候，会遇到他在广东看到的大部分西洋武器。

广东不仅是清代接触外来科技与文化的重要窗口，在清代前中期特别是乾隆时期更是对外贸易的唯一窗口。乾隆二十二年（1757年），乾隆撤销各个海关,将所有的贸易集中到广州海关,由广州对外贸易垄断组织"十三行"代理。"十三行"还充当了广东海关征收关税的枢纽型角色,绝大部分海关关税都被直接解送内务府和户部。除此之外,"十三行"行商还经常为清廷的军事行动和赈灾贡献款项,比如清廷镇压林爽文起义,行商就捐输白银三十万两充作军费。

在这种情况下,管辖"十三行"和广东海关的两广总督职务就显得非常重要,非天子近臣不能担任。乾隆朝担任两广总督的大臣,无一不是乾隆的心腹。福康安能够担任两广总督之职,正是因为乾隆对他的绝对信任,进而放心大胆地把钱袋子交到他手里。

通过在两广的任职经历,福康安对西洋文化有了虽然粗浅却够用的感性认识。这使得他在处理西藏事务的时候,能够用一种初步的近代眼光,去看待和处理西藏及周边相关事务,为西藏的长治久安作出谋划。事实证明,这一点对西藏抵御外来侵略非常重要。

藏边风云急

乾隆五十三年(1788年),廓尔喀与西藏噶厦①发生贸易冲突。廓尔喀借口噶厦对其商品征收税赋过重,派兵侵扰西藏,实际上是想掠夺西藏僧俗财富。此时由于大金川的改土归流,四川进藏道路业已打通。面对廓尔喀的侵扰,乾隆迅速作出反应,命副都统鄂辉、成都将军观成、副都统佛智、四川提督成德等率领官兵3000名出兵西藏。从四川进军后藏地区要

---

① 藏语音译词,意为"发布命令的机关",即清代中后期和民国时期的西藏地方政府。

比青藏路线快捷很多，很快观成就带领一支清兵接近了班禅驻地日喀则。

听到清军援兵到来的消息，廓尔喀军队在掠夺一番后开始撤退，并且与噶厦签订和议。噶厦同意每年向廓尔喀支付三百个银元宝（折合白银一万五千两），廓尔喀人同意退兵。鄂辉等也想着多一事不如少一事，毕竟高原作战后勤艰难，台湾林爽文起义又消耗了清廷不少财政资源，孙士毅那边形势又开始吃紧，又要花费大笔银两。随福康安一起擒获林爽文的鄂辉当然明白乾隆暂时不愿在西藏打大仗的心思，就怀着侥幸心理坐视噶厦与廓尔喀私自议和。消息传到京师，乾隆对鄂辉的"战功"大为满意，将鄂辉提拔为四川总督。

人类的基本生活经验告诉我们，纸包不住火。鄂辉的伎俩只能奏效于一时，最后还是要经受时间和人性的考验。乾隆对此其实也心知肚明，不过在安南的事平息以前，他还需要几年的准备时间去休养生息。不过当那一天真的来到的时候，吃亏的可就是鄂辉了。

乾隆五十五年（1790年）十月，廓尔喀人依约到拉萨索取三百个银元宝的贡金。廓尔喀人乘兴而来，没想到新上任的执政噶勒丹锡㗼图呼图克图（呼图克图为清朝授予蒙、藏地区喇嘛教上层大活佛的封号）拿出一副新官不理旧账的态度，拒绝支付这笔贡金。廓尔喀人当然不干，讨价还价之下，执政只同意支付一百五十个银元宝，让廓尔喀人大怒。廓尔喀使节拒绝接受这一百五十个银元宝，启程回国。

廓尔喀人向来骁勇善战，桀骜不驯，日后被英国看上成为雇佣兵，威震天下，哪里肯吃这个亏？廓尔喀讨贡使节回去后，把讨贡的情形在国内一宣扬，顿时群情激奋。一场大战即将开幕。

乾隆五十六年（1791年）六月，西藏派出使团携带三百个银元宝出访廓尔喀，希望通过谈判，撤回此前签订的条约并拿回文书，作为补偿将三百个银元宝作为礼物献给廓尔喀。可惜到这个时候已经有点迟了，廓尔喀人已经做好战争准备。

六月二十二日，廓尔喀军队越境突袭了远道而来的西藏使团，使臣噶伦丹津班珠尔、扎什端珠布、戴琫江结被俘虏，押往廓尔喀都城阳布。

七月，廓尔喀军队再次入侵西藏。廓军兵分三路，进攻后藏，中心目标则是日喀则的扎什伦布寺。

廓尔喀军队素养强悍，后藏军队不是对手，节节败退。八月初三，廓尔喀占领了定日、济咙。八月十六日，萨迦沦陷。八月二十一日，廓尔喀军队攻陷扎什伦布寺，大肆劫掠，扎什伦布寺的珍宝为之一空，甚至清廷的册封金册也被这些强盗抢走。

九月初，廓尔喀军队向日喀则城发动猛攻。都司徐南鹏率领八十名绿营兵坚守，击毙廓军十余人，廓军进攻失利。廓军大怒，围攻日喀则城八个昼夜，仍然不能攻破清军的坚守。鉴于高原作战条件艰难，而且也劫掠大量珍宝，廓军决定见好就收，退兵回朝。

消息传到京师，乾隆大为震怒，当即决定将鄂辉等一干人等拿问。考虑到军情紧急，乾隆这才决定让鄂辉等戴罪在军前效力，毕竟这些人熟悉前线情况，对接下来的大战还是有用的。

乾隆准确地判断，廓尔喀囿于后勤能力，不能在西藏久战，前藏暂时无忧。每年九月开始，藏廓边境就开始下起鹅毛大雪，交通完全被断绝。廓军急急忙忙撤回国内，显然是受到这一因素的影响。这就是说，乾隆至少有四五个月的时间来准备这场战争，而暂时不用担心前线形势恶化。

乾隆显然明白，对于廓尔喀的侵犯，决不能等闲视之，更不能苟安于一时。乾隆半生苦战，除了台湾和安南之役以外，其余战争几乎都是围绕西藏的安全去打的。廓尔喀虽小，但如果轻视廓尔喀的威胁的话，数十年奋战的结果都可能毁于一旦！

打了这么多年仗，乾隆也变成了军事老油子，知道什么仗一定要坚持打下去，什么仗是政治仗，只要达成战略目标就可以及时收手。安南之战就是典型的政治仗，只要安南同意称臣纳贡，没有骚扰边境的想法，就没必要同安南打大仗。廓尔喀之战也是如此。只要廓尔喀不侵犯西藏领土，乾隆也是愿意同廓尔喀和睦相处的。

但廓尔喀侵犯后藏，掠夺扎什伦布寺这种行为，坚决不能容忍！一旦容忍，会让廓尔喀生出觊觎西藏领土之心，会让西藏更不能安宁。乾隆此时虽然已经步入古稀之年，却仍有"不遗祸于子孙"的思想觉悟。乾隆决心在自己的风烛残年，打一场人生的最后之战。

临危受命

乾隆放眼整个朝廷，此时将星已不复乾隆中期的繁茂情景，好在福康安已经成长为栋梁之才，足以担任此次艰苦的作战任务。乾隆决定，授福康安将军衔，主持西藏军政事宜和对廓尔喀作战。

经过长期残酷的战争，八旗精锐损耗严重，特别是清缅战争和第二次讨伐金川之战。清缅战争由于八旗主力在热带雨林作战，伤亡特别是因病损失惨重，估计八旗兵死亡人数不下万人。第二次征讨金川之战，八旗主力亦遭重创，估计死亡人数在五千以上。这种残酷的消耗，让八旗损失大量弓马娴熟、富于战争经验的中级军官和种子部队，在相当的程度上出现了战力衰退。乾隆无奈之下，也只能将绿营兵作为征战的主力，从征讨林爽文就可以看出这种苗头。绿营兵得到战争的锤炼，作战能力也有所提高，从而一直到太平天国起义以前的六十年间，成为清廷内外征战所依仗的主力。

乾隆五十六年（1791年）十月，福康安从乾隆手里接受将军大印，海兰察、台斐英阿等为参赞大臣，协助福康安进行军事指挥。此时的海兰察已经进入晚年，仍然披挂上阵，意气不减当年。福康安敬重海兰察的将才和威望，事事都与海兰察商议，无疑让清军内部更加团结，增大了战争胜算。

福康安向乾隆请求，从黑龙江调动索伦兵1500人参战，乾隆痛快地批准了他的请求。此外，乾隆按照平定林爽文的先例，派遣100名武艺高强的大内侍卫到军前效力。这是福康安带到前线的全部家底。值得注意的是，此次出征，乾隆并没有派遣京旗主力出战，可见京旗在多次战争中的损失，已经让乾隆颇为心疼。其他的兵力，就是来自四川总督麾下的绿营兵，包括收编的金川士兵。

索伦官兵到京后，福康安带着这支大约2000人的兵马，经由青海一带入藏。乾隆早就谕令陕甘总督勒保和青海办事大臣奎舒，全力配合福康安大军作战，为其提供良好的后勤保障。勒保从陕甘绿营抽调出1500匹马，奎舒从青海蒙古部落收购3000多匹好马，都交给了福康安大军。由于乾隆已经决定，征讨廓尔喀主要使用四川绿营，因此陕甘绿营只派遣少量兵力跟随福康安入藏作战。

乾隆五十六年（1791年）十二月二十日，福康安率领清军从西宁出发，向着拉萨行军。福康安的用意是要与西藏僧俗上层拉近关系，得到他们的全力支持。同时福康安还考虑到西藏情况复杂，需要理顺中央和地方关系，也需要深入了解拉萨的各项具体情况。乾隆选择福康安作为主将，也是看中了福康安善于安抚各方，能够有效善后的大优点。

福康安带着2000多清军精锐冒着严寒，克服强烈的高原反应，一路跋山涉水，在路上过了春节。乾隆五十七年（1792年）正月二十日，福康安大军克服重重困难，终于到达拉萨。

福康安一到达拉萨，就听到清军藏廓边界战略要地聂拉木的好消息。原来行走参赞大臣成德带领四川绿营和驻防旗兵早就赶到后藏，计划击退入侵后藏的廓尔喀驻军。乾隆五十六年（1791年）十二月初一，福康安还没有来到西宁的时候，成德率领千余四川绿营和旗兵已经到了扎什伦布寺。此时扎什伦布寺已经被廓尔喀人洗劫一空，成德于是率兵向廓尔喀人侵占的战略要地聂拉木发动进攻。十二月二十八日，清军在拍甲岭之战中击败廓军，乘胜进攻聂拉木。

从十二月底到正月初八，成德数次进攻聂拉木，都未能将其攻克。正月初九，被乾隆严厉谴责，甚至戴枷示众的鄂辉带着援兵，前来协助成德进攻聂拉木。清军得到援兵和给养，士气大振，经过多次进攻，终于攻克聂拉木，为福康安下一步的军事行动打下了良好基础。

福康安到拉萨后，积极听取拉萨官方对前线情况和战况的汇报，对前线的情况有了一个大致的了解。成德和鄂辉的胜利，让福康安大喜过望。福康安深知，自己率领的兵力只有2000多人，主力还是擅长山地作战的四川绿营。四川绿营的表现，让福康安长吁了一口气，对此次作战的信心更加充沛。

不过福康安也知道，四川绿营保卫疆土虽然有余，但要完成乾隆出境作战的意旨，就必须借助索伦兵的骑射功夫了。福康安核算了一下兵力，参战的四川绿营大约有5000人，自己带来的八旗军和少量陕甘绿营大约有2000人。这就是说，福康安目前可以指挥的军队，有六七千人。

此次远征，需要跨越白雪皑皑的喜马拉雅山，才能顺利与廓军主力交战，对福康安的压力可想而知。这么多压力中，最大的压力就是后勤压力。廓尔喀毕竟远离四川和青海，因此要打好这场战争，就必须取得西藏地方的全力支持。

乾隆五十七年（1792年）正月二十三日，福康安在布达拉宫与八世达赖、七世班禅两位西藏宗教领袖会面。福康安向两位大师传达了乾隆的圣谕，褒奖两位大师深明大义，能够与朝廷齐心协力，抵御廓尔喀的进攻。福康安进一步向八世达赖和七世班禅传达乾隆的旨意，乾隆认为，西藏地方多事，皆因法度不明所致。大兵此次西征，定要为西藏消弭外患，但西藏内部也要妥善办理善后事宜，另立章程，确保西藏长治久安。八世达赖和七世班禅都表示支持乾隆的决策，全力协助福康安远征廓尔喀并办理善后事宜。福康安大为满意，于是请求西藏地方协助办理诸项后勤事宜。西藏地方不敢怠慢，一一精心办理，为大军南征创造了良好的条件。

跨越喜马拉雅山

在拉萨停留将近一个月后，福康安、海兰察等率领数千清军出发。乾隆鉴于后藏军情政情复杂，为了增加福康安临机处置的权力，特于三月十五日授予福康安"大将军"称号，以示位居一般八旗驻防将军（比如"成都将军"）之上。

福康安到达日喀则后，催促川藏各地赶紧运送军粮，为大战做好准备。不过福康安还想为和平解决争取一下，于三月传谕廓尔喀王子，向王子晓以大义，要求廓尔喀保证不再侵犯西藏，并退还扎什伦布寺被掠的财物。

廓尔喀王子不出意料地拒绝了福康安的提议，令和平解决的最后一丝希望化为泡影。到了这个时候，不仅福康安，乾隆也对和平解决失去了耐心。这段时间乾隆也没闲着，正在紧锣密鼓地为讨伐廓尔喀做各项周密准备。乾隆从四川、云南进一步抽调绿营兵入藏，并下旨让西藏地方军队助战，总兵力将近两万人，统一由福康安指挥。由此可见大小金川战役的重要性，如果没有大小金川之战，根本不可能抽调四川和云南绿营入藏作战。

西藏僧俗也积极支持清军的作战行动。摄政策墨林活佛阿旺楚臣积极支持清军，扩充地方军队交给福康安指挥，壮大了清军的实力。可惜策墨林活佛很快圆寂，继任的摄政功德林活佛下令清理仓库，将库存的大小火炮三十余门、火药铅弹三万余斤全部交给清军。各寺庙活佛、喇嘛也积极贡献财物，支持清军。地方贵族和领主也向清军献上大量牛羊马匹以供军用。

西藏僧俗的爱国热情甚至感染了青海蒙藏王公，青海蒙藏王公土司纷纷献上大量牛羊马匹，供清军反抗外来侵略之用。青海、西藏僧俗群众的爱国热情，让乾隆皇帝大为感动，下旨褒奖这些僧俗领袖群众，并对他们献上的财物牛羊给予一定的金钱补偿。有了群众的支持，清军的战意更加高涨。

乾隆五十七年（1792年）闰四月，喜马拉雅山麓的降雪渐渐停止，大规模军事行动的时间窗口已经打开。闰四月二十七日，福康安、海兰察等率领乾隆调集的清军主力，与成德等人率领的四川绿营在定日会合，声势更加浩大。

清廓边境地形地势复杂，一眼望去，满是白雪皑皑的崇山峻岭。世界十大高峰，有八座在清廓边境，由此可见远征廓尔喀的艰辛。在这样艰辛的条件下作战，对人的身体和意志力是极大的考验。事实上，此战结束以后，海兰察就病逝，福康安也在不久后去世，显然与远征廓尔喀对身体的损耗密切相关。

福康安决定，清军兵分两路，一路由自己和海兰察率领，共六七千人，穿越终年白雪皑皑的崇山峻岭，兵锋直指廓尔喀重兵保卫的要塞东觉；

成德率领四川绿营三千多人从聂拉木发动进攻，向多洛卡和陇冈发动进攻，目的是牵制廓尔喀的兵力，掩护福康安和海兰察的主力作战，使之首尾不能相顾。

福康安率领清军一路势如破竹，大败廓军。到了五月初十，清军攻克整个济咙，收复了所有被廓军攻占的领土。五月十四日，福康安、海兰察率领清军进入廓尔喀领土热索瓦，开始在廓尔喀的本土作战。

清军主力进入廓尔喀领土后，与廓军隔热索河对峙。热索河为吉隆河支流，水流湍急，是进入廓尔喀腹地的必由之路。热索河上只有一座木板浮桥，称为热索桥。廓军在热索桥两岸都建有坚固石卡，并且将热索桥的木板抽去，仅仅保留桥身，严阵以待清军。

这个时候，福康安在大金川之战积累的经验就充分显示出它的价值。福康安祭出当年自己亲自验证过的战术，采用迂回策略对付热索桥之敌。令人感慨的是，执行当年福康安迂回包抄任务的，恰恰是投降清廷的大金川藏兵。

十五日，清军假意进攻热索桥北的廓军石卡，吸引廓军的注意力，暗中却派遣善于攀登的金川藏兵翻越两座高山，来到热索河上游。藏兵伐木为筏，乘着木筏轻松渡过了热索河，出其不意地对热索桥南岸的石卡发动袭击。

廓军没想到对手居然出现在身后，不由得阵脚大乱。就在南岸廓军手忙脚乱抵抗清军之际，福康安与海兰察率领清军主力向北岸廓军石卡发动猛烈进攻。此时北岸的廓军早已军心大乱，很快就被清军全部消灭。清军携带早已准备好的木板，乘胜铺桥，南岸的廓军被骁勇的金川藏兵牵制，无力反制清军的行动，很快就在清军的两面夹击之下落败。清军夺占了至关重要的热索桥，打开了进入廓尔喀腹地的道路。

清军攻占热索桥后，乘胜进攻，很快于五月十七日逼近廓尔喀的防御重镇协布噜。福康安等人察看地形，发现这里有一条水流湍急的河流，河上本有一座桥梁，却被廓军拆毁，只剩下桥墩。河北旺堆山坡地势低下，河南克玛山坡地势极高。清军由北向南进攻，处于低位，而廓军既有河流之险要可以依靠，又能够居高临下监视、打击清军，整个战场形势对清军极为不利。

虽然位于不利地形，但清军士气正旺，福康安还是对协布噜发动了试探性攻击，结果两次进攻都被击退。

福康安与海兰察等人商议，协布噜地形有利于敌军，正面强攻恐怕一时难以奏效。最好的办法莫过于重演热索桥之战的战术，在正面佯攻的同时，派遣重兵绕道攻击敌人后方，才能够一举奏效。福康安此时已经探明协布噜周围地形，决定亲自带领奇兵，绕道攻击协布噜之敌的后方。

五月二十二日，惠龄与额尔登保继续从正面向敌人发动攻击，吸引廓军的注意力，福康安则率领一支精兵翻越崇山峻岭，向着河流的上游进发。根据福康安多年高原作战的经验，山地的河流一般不会太宽，上游尤其狭窄。如果能在上游比较狭窄的地方渡河，就能够乘着山势进攻下游之敌，再坚固的堡垒也会被瓦解。

果然不出福康安所料，二十三日晚，清军发现了上游可以渡河的地点，并在夜间渡河成功。清军渡河以后，兵分三路，向下游敌军发动猛烈进攻。

在惠龄等人正在进攻的协布噜桥上游，还有不少廓军士兵和堡垒。清军沿着河流一路前进，先后焚毁敌寨五座，杀伤大量廓军，一直杀到协布噜桥南石卡。另一路清军在台斐英阿的带领下翻山越岭，从西南夹击旺堆南岸，廓军一时大乱。

北岸的惠龄部眼看对面敌军被清军围攻，不失时机地开始渡河攻击正面敌军。廓军遭到三面围攻，力渐不支，所有木城石卡都被清军攻克。

清军在协布噜获胜之后，兵不卸甲，马不停蹄，一路向廓尔喀纵深挺进。清军南行100多里后来到噶多，又疾行20余里到了足木古拉巴载山梁。福康安等上奏乾隆，描述了该处地形为"山下有横河一道，隔河大山即系东觉"。

东觉地势险要，是廓尔喀境内有名的重镇，廓尔喀在此屯集重兵防守。廓军屯兵于山巅，在半山以下营建了多座木城和石卡，一直延伸到河边。横河两岸都是高山，两岸都有重重工事，看上去令人窒息。

福康安经过仔细思考，并与海兰察等商议，决定兵分三路：福康安亲自率领部分清军，于六月初三迂回到上游，一直潜行到噶多普大山，没想到廓军在上游也布置有兵力，福康安部于初五被上游廓军发现，不得不一边前进一边作战，前进速度开始放缓。经过苦战，福康安部歼灭了敌军，终于抵达山麓地带，并在水浅处渡过横河。

海兰察率领另外一部分清军，分两路绕行到雅尔塞拉、博尔东拉等地，与廓军迎头相遇。就像军事家们常说的那样，狭路相逢勇者胜，经过一番厮杀，廓军基本被歼灭。廓军所占据的石卡，被海兰察全部拆毁。

福康安在正面留下少数清军，不过将多数大炮留给了他们。正面清军利用火炮优势，不断向对面廓军进行轰击，吸引了他们的注意力。此时的福康安和海兰察两路人马已经肃清了挡在他们面前的敌人，在玛木拉胜利会合。

福康安与海兰察合兵一处，从东觉敌人后方发起猛烈进攻。廓军没想到敌人居然从自己身后杀出来，一时阵脚大乱。正面清军见到敌人忽然乱作一团，知道福康安等人已经偷袭成功，当即向敌人发动猛烈进攻。

廓军陷入三面包围，不由得阵脚大乱。清军眼见廓军已经坠入彀中，不由得军心大振，越战越勇，很快就将正面廓军大部歼灭，将木寨石卡尽数拆毁，取得了东觉之战的胜利。

东觉之战残余的廓军一路败退，清军一路追杀，一直追杀到雍雅才驻扎下来，此时已经是六月初九。福康安鉴于清军长期艰苦作战，体力消耗甚大，决定在雍雅休整几日，等待给养补充运到再发动进攻。

六月十五日，廓尔喀方面释放了此前被掳的清军士兵王刚等人，并致信福康安，向清军求和。福康安看信后要求廓尔喀国王、摄政王叔亲身来清军大营请罪，并放还其他被掳人员，方准和议。廓尔喀使节只得诺诺而去。

双方其实都明白，彼此能够接受的和谈条件差距过大，不再打上一仗是很难达成一致协议的。对于福康安来说，此时盛夏已经渐渐过去，再过两个月即将迎来大雪封山的秋季，后勤就会成为大问题。福康安必须抓紧这段时间筹备物资，与廓军再打一场大战，最好是能够动摇对方都城，迫使廓尔喀求和，否则后果不堪设想。

六月二十五日，廓尔喀按照福康安的要求送还全部被掳人员，但只派了两名大头人到福康安大营请降，国王和摄政王叔则未见人影。福康安见状大怒，要求廓尔喀国王、摄政王叔亲自前来请降，并撤去通往廓尔喀都城道路上的所有兵马，否则将继续征讨。两名大头人听完福康安的训示，只能够回去带信给国王和摄政王叔。

福康安又等了一二日，发现对手已经不会再派遣使节来大营，决定继续发动进攻。此时的清军经过十多天的休整，战斗力也大为恢复。不过这十多天也给了对手调动兵力、布置防务的时间，一场恶战即将来临。

经过补充，福康安手上还有大约六千人的兵力，足够对廓军发动猛烈攻击。在福康安的指挥下，清军又攻克噶勒拉、堆补木等地，兵锋直指廓尔喀都城。不过这个时候谁也没有想到，清军连胜的脚步即将终止。

清军一路高歌猛进，眼看就要杀到廓尔喀都城，没想到却被帕朗古大桥和周边工事拦住了去路。此处又有横河一道，河上有桥，名叫帕朗古大桥。桥两岸设有石卡，特别是桥对岸是一座大山，廓军在山上建有多座堡垒、石卡和木寨，高度不一，防御工事立体化系统化十分完善。清军将士看到这个阵势，不由得倒吸一口冷气。

包括海兰察在内的清军将领都看出，帕朗古的防御不比其他地区，到底是廓尔喀京畿门户，这块骨头不好啃！海兰察等都向福康安表达了自己的担忧，建议暂缓进攻，以观其变。

但这个时候福康安已经没有选择了！时间已近八月，大雪封山的日子越来越近。大军深入廓尔喀境内作战，后勤无比艰难。一旦拖到九月开始下雪，清军恐怕要全部葬身于廓尔喀！福康安明白，自己能够继续作战的时间窗口，满打满算不过两个月而已！

怀着一丝侥幸，福康安下令进攻帕朗古。进攻一开始还比较顺利，清军顺利击溃正面之敌，占据了大桥的北面。随后，清军通过大桥，向桥对岸的廓军发动猛攻。廓军不敌，纷纷败退，大桥完全落入清军之手。

战场经验丰富的福康安看到这种情形，知道敌军士气已经动摇，所依靠的无非是坚固的工事，决定对敌军发动更加猛烈的进攻。不过遗憾的是，此时廓军坚固的工事体系开始发挥出可怕的威力。廓军工事都建筑在大山上，设计科学，火力配置合理，廓军依仗工事，居高临下地对清军进行射击，清军处于山谷，周围又没有可以遮蔽的树木和巨石，一时间伤亡惨重。

清军不顾战场形势不利，坚持不断向廓军发动进攻，与廓军激战良久。在清军的强大攻势下，廓军战线逐步松动，左翼廓军的战线开始出现缺口。川军名将张芝元大吼一声，率领一百名金川藏兵突入廓军左翼缺口。没想到这却是廓军设下的圈套，清军中了埋伏，张芝元只身逃脱，一百名金川藏兵全军覆没。

海兰察带领索伦兵进攻廓军右翼，情况同样不容乐观。任凭索伦兵如何英勇善战，面对廓军的坚固工事也是无可奈何。战事正当胶着之际，一支廓军突然杀出，向川军占据的帕朗古大桥发动奇袭，希望一举攻占大桥，切断清军退路，进而全歼清军！

在此危急关头，据守大桥的四川绿营发挥出惊人的战斗力。廓军向川军发动猛烈进攻，川军死战不退，廓军也遭到很大伤亡。福康安见状，连忙指挥正在进攻的清军回头进攻大桥方向的廓军，与守桥川军一起，将大桥方向的廓军全歼。

仗打到这个地步，福康安自己也泄了气。眼看廓军阵地依旧坚固，福康安只得发出撤退的军令。清兵早已疲惫，听到撤退的命令，不由得撒丫子就跑，结果成为廓军的活靶子，很多人在过河的时候被廓军打死打伤。清兵过河之后一点人数，发现撤退造成的损失比进攻还大。不过廓军的尖刀部队已经在夺桥的时候损失惨重，廓军也明白野战能力不如清军，获胜的原因完全在于帕朗古强固的工事，所以也没敢乘胜追击清军，生怕转胜为败。

福康安带着败退的清军回营，不由得又羞又恼。清点人数，此战清军损失一千多人，回到军营的不足五千人。损失的人马虽然不多，但都是迭经恶战、长于高原作战的精兵，一时半会难以补充，让福康安心疼不已。更要命的是，清军的后勤供应开始出现大问题，不但士兵口粮难以得到保证，还有六七百病患和伤员需要照顾。福康安已经没有能力再发动一次进攻了！如果廓尔喀此时发动进攻，清军也只能勉强招架而已。幸运的是，廓尔喀的战力也到了极限，也不敢轻易向清军发动进攻。

廓尔喀虽然取胜，但也只是解决了迫在眉睫的危机而已。虽然福康安的攻势被遏制住，可别忘了成德又率领三千川军正在从另外一条路线发动进攻。由于福康安吸引了廓军绝大部分注意力，成德的川军势如破竹，正在加速向福康安靠拢。两支清军合兵一处，尚有近万人的兵力。如果成德不与福康安会师，而是另外选择路线突袭廓尔喀都城的话，对廓尔喀的危害可想而知。不过到这个时候，廓尔喀已经分不出兵力对付成德了。

经过慎重考虑，廓尔喀决定向清军求和。这个时候福康安也清醒地意识到，大雪封山在即，千万不能恋战，只能见好就收，迫使廓尔喀献出与噶厦签订的条约文本，并保证对大清称臣纳贡，不再侵扰西藏即可。当廓尔喀的求和使团到达福康安大营的时候，福康安热情地接待了他们。

使团不但献上大量牛羊犒军，解决了清军的后勤困难，并且带来了让福康安满意的条件。经过谈判，福康安同意停止进军，并允诺再请旨之后划定边界，将占领的东觉等地归还廓尔喀。

乾隆不久就接到了福康安的奏报，对福康安的战绩大为满意。乾隆心知肚明，在世界屋脊上能取得这样的战绩，实属不易，换一个人未必能有这样的战绩。五十多年皇帝生涯的淬炼，让乾隆知道什么时候该见好就收，而不是像输红眼的赌徒一样，不顾客观条件的限制而继续下注。这种宝贵的品质，让乾隆得以闯过多个难关，掌握这个庞大帝国五十多年而游刃有余。乾隆痛快地批准了福康安的请求，认可了廓尔喀提出的求和条件。

当福康安在帕朗古军营接到乾隆皇帝同意求和的圣旨的时候，不由得长出一口气，清军将士也都喜形于色。此时深秋已至，随时可能出现大雪封山的情形，清军已经不能再在帕朗古久留。如果不利用短暂的有利时机与廓尔喀达成和议，难保廓尔喀方面看到清军的窘境，不会产生全歼清军的心思。当然以福康安的聪慧，早就利用请旨的这段窗口期，加紧做好各项后勤工作，储备了不少物资，预备在帕朗古过冬，这对廓尔喀也形成了实实在在的威慑。有鉴于此，廓尔喀方面也没有再生异心，而是痛痛快快地按照约定条件，与福康安签订和议，保证尊重西藏疆界并向大清称臣纳贡，又送来大量物资，欢送清军离境，清军也按约定，将帕朗古、东觉和协布噜等地归还给了廓尔喀。

《钦定藏内善后章程二十九条》

福康安带着巨大的荣誉回到了拉萨，受到拉萨军民僧俗的盛大欢迎。不过深体圣意的福康安明白，乾隆交给他的任务，至此才完成一半。清朝入关以来，在维护西藏稳定，防止内外势力干预西藏与朝廷关系上，付出了巨大的努力和代价。福康安的亲伯父，傅恒之兄傅清，就是在担任驻藏大臣期间为维护国家统一，被反叛势力杀害的。时隔四十多年后，当福康安进入拉萨城的时候，心中一定想起了这位未曾谋面的大伯。

福康安在藏及廓尔喀作战经年，对西藏与廓尔喀摩擦的根源有了清晰的认识。原来西藏缺乏铸钱能力，内地银钱也不容易运送到西藏，西藏僧俗在支付的时候，不得不依赖廓尔喀所铸造的银币。廓尔喀见有利可图，便在银币中大量掺铜，将这些含铜银币以1∶1的等额价格，从西藏官民手上换取白银，令西藏官民损失惨重。

沙阿王朝在廓尔喀当政后，决定铸造成色较高的银币取代劣质旧币，但强迫西藏官民以1∶2的比例兑换这些旧币，遭到西藏官民的强烈抵制。因为货币兑换原因产生的矛盾越来越激烈，加上双方贸易冲突，让廓尔喀悍然决定入侵西藏，才酿成此次大战，这才有福康安入藏。

到了这个时候，福康安在云南、广东等地积累的丰富金融和贸易知识就派上了用场。福康安认为，西藏通行廓尔喀钱币，不啻是将区域金融主权拱手相让的行为，危害实在巨大。这个问题如不解决，在不久的将来必然再度爆发冲突。为西藏长治久安计，必须解决这个问题，在西藏自行铸造钱币，解决官民急需。

福康安认为，西藏本身不产铜，从云南运铜进藏耗资巨大，得不偿失，唯一可行的只能是铸造银币。福康安进一步提出，在西藏铸造银币，除了需要考虑规格，铸造三种不同面值的银币以便于流通外，还要考虑到成色的问题。银币成色如果过低，肯定竞争不过廓尔喀和英国银币，将为日后埋下祸根。为此福康安提出，应当铸造高成色但不足额的银币，满足西藏官民所需。

福康安向乾隆建议，铸造"实重九钱易白银一两"的银币，面额仍是一两，实际含白银九钱，剩下的一钱白银抵消铸造费用，并用于贴补地方开支。福康安的这个建议，不但让地方有动力源源不断铸造银币，维护了西藏金融主权，而且不至于给民众造成太大负担，实在是利国便民。从此西藏白银不再外流，不但稳定了西藏的金融和物价，也减轻了内地的负担。

对于福康安来说，西藏善后问题更是乾隆念兹在兹的重要事宜。早在福康安入藏之前，乾隆就谕令福康安，务必要办好西藏善后事宜。乾隆已垂垂老矣，他一生的功业，与西藏有密切的关系。乾隆希望在有生之年，将西藏多年积累的问题和矛盾打包解决，为大清的长治久安创造条件。

乾隆收到和议已成，清军获得对廓胜利的奏报后，再次将西藏善后提上议事日程。尽管对福康安非常信任，但乾隆还是决定派遣熟悉藏情的四川总督孙士毅、大臣和琳奔赴拉萨，协助福康安与惠龄处理西藏善后事宜。

福康安一回西藏，就拜见了八世达赖和七世班禅，取得了他们关于重新设立善后章程的支持。到了拉萨以后，福康安、惠龄与孙士毅、和琳等详细商议，逐步有了大概构思，飞马向乾隆汇报。

乾隆接到福康安等人的奏报，专门批示七条意见，命令福康安等详加斟酌。早在乾隆十六年（1751年），乾隆便颁布了《酌定西藏善后章程》，作为清廷治理西藏的法规，这是清廷治理西藏的第一部法规，意义堪称重大。乾隆鉴于郡王珠尔默特那木扎勒的叛乱，决定取消册封军事强人为西藏郡王的郡王主政制度，严格地限制了西藏大军事贵族的权力，对西藏的安定起到重大作用。

但在废除郡王主政制度后的四十多年，西藏的政治运作也出现了不少弊病，对西藏的稳定造成不良影响。乾隆意识到，郡王主政制度的废除虽然有利于国家统一，但在具体实践中却造成权力分散和管理混乱的弊病，对西藏的长治久安是不利的，必须加强驻藏大臣的权力，增强中央政府在西藏政治生活中的最高仲裁者的作用，才能够从根本上解决废除郡王主政制度所造成的权力真空问题。

早在乾隆五十四年（1789年）二月，乾隆就指示成都将军鄂辉，提出新订西藏地方治理章程的问题。乾隆专门要求，新订章程应当重点关注西藏地方官员选择任用权和驻藏大臣的地位。鄂辉、成德等人接到乾隆谕令，不敢怠慢，经过多番磨合，草拟了《藏地善后事宜十九条》，报请乾隆御览。乾隆五十四年（1789年）八月，军机大臣和珅等人对鄂辉上报的"十九条"进行仔细商议后，形成比较完善的文稿，上奏乾隆皇帝。

福康安打败廓尔喀后，乾隆鉴于此战前后西藏管理上暴露出的大量问题，决心在"十九条"的基础上，重新加以增补修订，制定新的章程。福康安由于其丰富的军政经验，被乾隆指定为新章程草拟的实际负责人。

福康安、孙士毅、和琳等人接到乾隆圣旨后，以"十九条"为蓝本，结合乾隆最新旨意，并充分征求了达赖和班禅的意见，制定出了完善的文本，报请乾隆御批。乾隆审核御批后，形成了新的章程，这就是著名的《钦定藏内善后章程二十九条》，并由福康安等主持，由满汉文翻译成了藏文文本。

《钦定藏内善后章程二十九条》与此前的章程相比，内容上更加完善，也更具有针对性。《钦定藏内善后章程二十九条》更强调清廷对西藏的直接治理，强化了驻藏大臣的权力和作用。不但被授予驻藏大臣主持"金瓶掣签"、主导外事、监督审核财政收支等权力，还将驻藏大臣的权力细化、条目化、常态化和规范化，让驻藏大臣在基层治理和日常行政中拥有了更大的话语权。

《钦定藏内善后章程二十九条》最重要也是最引人注目，对后世影响极其深远的，就是确立"金瓶掣签"制度。乾隆亲自设计金奔巴瓶，制造成功后命御前侍卫专程送到拉萨，规定今后寻访达赖喇嘛、班禅额尔德尼和各主要活佛的转世灵童，需要在大昭寺释迦牟尼像前用金瓶掣签的方式正式认定。办法是在寻访到灵童的候选人后，由驻藏大臣向皇帝上奏，请求开启"金瓶掣签"程序。皇帝御批同意后，方可举行掣签仪式。经过掣签后，才能确定灵童的具体人选。

"金瓶掣签"制度的实行，确立了中央政府在达赖喇嘛、班禅额尔德尼等大活佛转世问题上的最高权威，避免了矛盾斗争乃至战乱的发生，有利于蒙藏社会的长期相对稳定。事实证明，"金瓶掣签"制度有利于维护和稳定蒙藏地区的社会局势，安定边疆，团结宗教上层人物和广大僧俗群众，对西藏的长治久安发挥了重要作用。

此外，《钦定藏内善后章程二十九条》还包括大量经济、贸易和行政管理方面的规定，对西藏的社会和经济生活起到了强有力的稳定作用。清政府依据《钦定藏内善后章程二十九条》，对西藏进行了卓有成效的治理，这种治理框架，尤其是"金瓶掣签"制度，为新中国治理西藏提供了重要的参考。

在《钦定藏内善后章程二十九条》制定的过程中，福康安以其出色的军政才能和经验，为《钦定藏内善后章程二十九条》的完善起到了重要作用。福康安通晓边情，对政治、经济和军事都有很深的体会，加上傅清在西藏的经历对富察家的影响，福康安对西藏事务堪称精通。这些综合性的知识和能力，都反映在《钦定藏内善后章程二十九条》中。《钦定藏内善后章程二十九条》后来在西藏治理中发挥了重要作用。

将星陨南疆

顺利地在西藏完成乾隆交给的重大任务后，福康安并没有能够好好休息，而是被乾隆委派了新的任务。此时的福康安身体已经出现很大损耗，对他的健康产生不容忽视的影响。但此时乾隆已经无人可用，老迈的阿桂已经不能出征，和琳又不能完全信得过，所有的压力都由福康安一肩扛起。

乾隆五十八年（1793年），安南国王阮光平（即越南西山朝皇帝阮惠）去世，令清廷大感紧张。乾隆生怕安南方面再生变故，担心南疆再生战事，连忙命福康安到广西主持军务。

这个时候的福康安也是手忙脚乱，毕竟此时无论在军务还是地方政务上，福康安都已经是乾隆的救火队长，能为他稍稍分担的，唯有和琳与乾隆晚年宠臣孙士毅二人。福康安接到乾隆的命令后，只得与和琳、孙士毅商议，将西藏其余善后事宜委托给二人处理，自己再次踏上漫漫征途。

就在这个时候，福康安接到消息，生母瓜尔佳氏去世，让福康安伤心不已。按照清朝制度，副将以上武官遇父母去世需离职丁忧，满蒙武官丁忧百日，汉族武官丁忧三年。福康安尽管丁忧时间不长，但按礼制也需离职百日，赴京守孝。

福康安离京有年，自然思乡心切。现在遇到母亲去世，当然悲痛欲绝，希望回去为母亲主持后事。但军情紧急，乾隆也不希望南疆再出大事，毕竟大清朝的财政也很难再支撑起一场新的战争，因此要做好必要的防范工作。在这种情况下，福康安只得强忍悲痛，听从乾隆的安排，为母亲在职守孝。

在高原长期鏖战对福康安健康的影响，到这个时候终于开始表现出来。福康安还没有到广西就开始生病，病情之严重，到了让乾隆赶紧从千里之外的京城派御医为他诊治的程度。福康安一边诊治，一边急急忙忙地向广西进发，并不断探听安南军情，深恐自己的病情耽误国家大事。福康安探知，安南幼主临朝，内部局势迅速陷于混乱，因此也没有精力再在南疆搞事，这才让福康安长吁一口气。

福康安上奏乾隆，将有关安南局势的情况悉数告知中枢，判断安南将在一个较长时期内不会对南疆造成威胁，请求回京休养。此时的乾隆也从其他渠道得知了安南的局势，认为福康安所奏属实，就同意了福康安的请求。福康安在离京数年后，终于又回到了家中。

福康安回京后，乾隆对福康安大加封赏，赐爵忠锐嘉勇公，福康安终于靠自己的力量成为公爵。不过，相对于功名利禄，福康安更希望能在京城过几天安生日子。这里的一草一木，福康安是那么熟悉，他也更希望能够尽可能多回忆和母亲在一起的时光，只有京师的府邸能够让他感觉到母亲还没有走远。

但乾隆并不打算让福康安长居京师。此时的乾隆，已经在考虑权力交接问题。虽然身体还算硬朗，但他心里明白，和于敏中相比，自己已经是超长待机，不仅熬死了于敏中，甚至还有可能熬死阿桂。如果阿桂走在自己的前头，那么在自己百年之后，新君能否从和珅等人手上顺利接收权力，乾隆实在没有把握。

相对于和珅，乾隆对福康安的感情更深，甚至可以说有几分舐犊之情。乾隆多年执政，富察家立下汗马功劳，傅恒、傅清、明瑞都为国事付出生命，这份情乾隆是永远记住的。

但让乾隆忧虑的是，军机处已经分成针锋相对的两派，一派以阿桂、王杰为首，凝聚了大部分汉官，以及部分满官，是乾隆留给新君的力量。另一派以和珅、福长安为首，是乾隆的贴身近臣，乾隆依靠他们牢牢抓住权力，防止储君联合阿桂等动摇皇权。两派明争暗斗，矛盾甚至大到阿桂与和珅不愿意同时出现在军机处办公。这种矛盾，其尖锐程度已经超过当年的鄂尔泰和张廷玉了！

在这种状况下，功勋卓著的福康安如果长居京师，进入军机处几乎是不可阻挡的事。问题是以福康安的功勋和实力，他进入军机处，势必会成为两派竞相拉拢的目标。无论他倒向哪一方，都会让已经极其脆弱的权力平衡猛然失衡，从而对乾隆本人造成重大影响。这不仅对国事没有好处，对福康安本人也没有什么好处。

出于这种考虑，乾隆并不打算让福康安在京师久留。乾隆更不希望，福康安在复杂的形势下被人暗算。有人千方百计想拉他下水，此人不是别人，就是福康安的好弟弟福长安。

福隆安去世后，乾隆开始重用福长安，让福长安与和珅联手处理政事，并经常让年迈的阿桂到地方处理各种杂务，以防被阿桂等人架空。福长安好死不死，居然同和珅穿起了一条裤子，无疑成为新君和阿桂、王杰等人的眼中钉、肉中刺。

和珅、福长安知道自己根基薄弱，非得有实力雄厚的大将支持，才能够在乾隆百年后站稳脚跟。福长安就盯上了自己的好哥哥福康安，希望把威望、实力仅次于阿桂的福康安当作自己与和珅强有力的后盾。

乾隆虽然年老，可一点都不糊涂，早看出福长安的小九九。正因为福长安如此愚钝，乾隆对他才没有多少顾惜之情，对福康安可就不一样了。乾隆把福康安看成自己精心雕琢的得意作品，绝不容他人觊觎和毁坏。为防止福康安被拉下水，乾隆下旨，将福康安派到成都，担任四川总督。

让福康安担任四川总督，既是对他的保护，也是因为藏务有大量善后事宜需要他处理。由于安南有变，很多事情扔给了和琳、孙士毅，但这二人无论是才略还是威望都差福康安很远，不能让乾隆完全放心。自从大小金川被朝廷平定以后，川边事务就和藏务紧紧联系在了一起。四川物产丰富，又扼守入藏通道，因此被乾隆视为内地向西藏投射力量的重要基地。四川总督的权力，也随之更加重了起来。

福康安在四川总督任上，兢兢业业，为四川做了不少事情。四川战略位置重要，因此清廷在中后期不设四川巡抚，四川总督兼任巡抚，统揽军政民政，以防西藏和云南生事。福康安深知自己肩上的重任，在处理好诸多善后事宜的同时，决定带领金川土司入朝觐见。

乾隆当然很高兴地批准福康安带金川土司入朝觐见的要求，但并不打算让他借机滞留京师。在带领金川土司入觐后不久，乾隆再度下旨，命福康安为云贵总督。

乾隆自觉对福康安有所亏欠，为安其心，专门赐其御服黑狐大腿褂，以示宠眷。

乾隆苦心孤诣，想把福康安与福长安、和珅分开，没想到旁边还有一个和琳。和琳也是乾隆朝晚期难得的将才，战功卓著，甚至被乾隆赐予配享太庙的荣誉。这个荣誉连福康安都没能得到。当然，经历过张廷玉配享太庙风波的乾隆明白，这个荣誉最好还是由新君来给。

和琳与福康安关系甚好，在和琳的影响下，福康安的政治天平逐渐向和珅、福长安一边倾斜……

乾隆六十年（1795年）二月，在昆明的福康安又接到乾隆圣旨，命其会同四川总督和琳、湖广总督福宁等,率领各省绿营共十多万人,前去镇压吴八月、石柳邓、石三保领导的苗民起义。苗民虽然勇敢善战,但清军毕竟是正规军,武器、战术等多个方面,要远远胜过起义军。不过半年时间,起义军就被福康安镇压下去。

消息传到京师,乾隆对福康安的战绩大为满意,决定给予福康安重重的封赏。乾隆知道福康安翘首以盼回到京师任职,但乾隆暂时还不想让他掺和中枢政局。为了抚慰福康安,乾隆决定封福康安为贝子。

贝子全称"固山贝子",是清朝皇室爵位的一种,几乎不授予普通满人。乾隆封福康安为贝子,在清代三百年历史上可谓孤例,再无其他非宗室满人被封为贝子的事。福康安是乾隆私生子的传闻,更加有了市场。其实,这仅仅是乾隆不知道如何安抚战功卓著的福康安而使出的无奈招数。

被封为贝子之后,福康安果然大为振奋。回京任职固然是福康安的夙愿,但被封为贝子,却是普通人臣所能获得荣誉的极限,这比配享太庙还要让福康安兴奋。福康安对乾隆隐隐生出的怨恨心理,此时就被大大冲淡了。

遗憾的是,此时福康安已经逼近他生命的终点。长期的征战摧毁了福康安的健康,高原反应、南方的瘴气,是出生在北国的满人不能长期承受的。丙辰年(1796年)正月,乾隆将皇位内禅给皇十五子永琰,改元"嘉庆",当年就被称为"嘉庆元年"。

嘉庆元年(1796年)五月,福康安突患重病,多方医治无效身亡。已经是太上皇的乾隆得知这个消息,不由得悲痛万分,追封福康安为"嘉勇郡王",又创下非宗室满人封王的先例。嘉庆虽然对福康安的去世心头暗喜,但表面文章还是要做的,也与乾隆一起写诗悼念。不过,福康安的去世,为嘉庆全面继承皇权扫清了障碍。和珅集团的实力大为削弱,即使阿桂去世,嘉庆也能够有惊无险地从和珅手上接收权力。数月后和琳去世,更让和珅集团渐渐步入必败之境地。

嘉庆四年（1799年）正月，乾隆在紫禁城养心殿去世，终年八十九岁。嘉庆以迅雷不及掩耳的速度拘押了和珅，并且在十多天后将其赐死。嘉庆终于迎来全面执政的日子，开始对和珅集团进行清算。

福长安当然是第一个清算对象，庸碌的他被夺去官职和爵位，险些被问斩。看在傅恒、傅清、明瑞的面上，嘉庆饶了福长安一条命，让他亲眼观看和珅被赐死的情形，随即让他去为乾隆守灵。

和琳此时已经去世，当然也遭到了清算。嘉庆下旨取消和琳配享太庙资格，夺去公爵爵位和三眼花翎，改授三等轻车都尉。

处理完和珅、福长安、和琳以后，嘉庆开始将矛头对准福康安。嘉庆多次下旨，痛斥福康安作战像年羹尧，挥霍无度，导致清军风气为之腐败。嘉庆虽然没有彻底清算福康安，但对福康安的厌恶溢于言表。嘉庆十三年（1808年），皇帝又找借口将福康安之子德麟由世袭贝勒降为贝子。

福康安为将多年，经济上当然不可能完全干净，这与清廷奇特的军费制度有很大关系。清朝军费是事后报销，打仗以前需要将领会同地方想办法先行垫付，才能让军队顺利开拔。军队一路上的吃穿用度，经常也要和路过的地方商借部分，约定报销后再归还。而军费报销程序又极其烦琐，康熙晚年还在报销四十年前平定三藩的军费。福康安本人为了报销军费，也多次遭到户部胥吏的勒索。这些胥吏很多都是在户部世世代代打工的旗下大爷，树大根深，即使显贵如福康安也不敢拿他们怎么样，反倒要对他们赔笑脸，满足他们的各种要求。

在这种情况下，福康安不得不想出各种办法去弄钱，甚至有时候会使出一些流氓手段，就是可以理解的了。但在作战的时候，福康安的确做到尽可能少残害百姓，福康安麾下的清军也很少有胡乱杀害无辜百姓的记录，这个在清代是很突出的。在战争结束后，福康安又往往能想办法善后，为当地的长治久安殚精竭虑，确有政治家的风范，也体现了福康安身上良善的一面。因此嘉庆把清军的腐败风气都归咎于福康安，的确对福康安不公平。

但福康安却被老弟福长安和好友和琳给害惨了。福长安为人庸碌，看不清和珅的手段，福康安本人更没有看清楚，和琳的各种曲意奉承就是在蓄意拉他上和珅的船。福康安晚年功勋卓著，却只能当云贵总督，心中也有怨气，结果给和珅、和琳以可乘之机，拉着半心半意的福康安上了船。其实乾隆让福康安当云贵总督，就是为了等嘉庆执掌大权后调他回京，让嘉庆对福康安有恩后，才能放心使用。这是乾隆仿效唐太宗驾驭李世勣的故伎，可惜福康安没能够挺到那个时候。

福康安的去世，带走了乾隆王朝最后一丝风华。从此在嘉庆时代，再没有乾隆悉心培养的得力干臣。乾隆对嘉庆朝政治的影响，远远不如其父对乾隆朝的影响，这或许是历史对乾隆的反讽。